La sage-femme de Berlin

DE LA MÊME AUTEURE
AUX ÉDITIONS J'AI LU

La sage-femme d'Auschwitz, City Éditions, 2023 ;
J'ai lu, 2024.

ANNA STUART

La sage-femme de Berlin

ROMAN

Traduit de l'anglais
par Stéphanie Alglave

J'AI LU

TITRE ORIGINAL
The Midwife of Berlin

ÉDITEUR ORIGINAL
Publié pour la première fois au Royaume-Uni en 2023
par Bookouture, une marque de Storyfire Ltd.

Pour Kate, ma merveilleuse agente.
Sa sagesse, sa persévérance, sa compréhension
et son soutien m'ont été indispensables.
Avec les remerciements et l'affection
d'une femme forte à une autre !

Prologue
Ester

Auschwitz-Birkenau, décembre 1943

C'est un miracle. Chacune des naissances qu'elle a observées lui a paru relever de la magie, mais ce n'est qu'en mettant au monde son propre enfant qu'elle comprend qu'il s'agit d'un miracle. Comment a-t-elle réussi à créer un être miniature aussi parfait ? Comment a-t-elle fait pour extraire ce minuscule être humain de son corps amaigri ? Comment est-elle parvenue à produire le lait qui nourrit sa fille ? Et comment est-il possible qu'ici, dans cet enfer sur terre, elle puisse encore l'allaiter ?

Un bébé n'a pas sa place à Auschwitz-Birkenau ; mais aucun enfant ne devrait être enlevé à sa mère.

Il faut que je la cache, se répète-t-elle constamment, mais il n'y a aucun endroit où la cacher entre les baraquements de bois dénudés.

Il n'y a aucun tapis à Auschwitz-Birkenau, il n'y a pas non plus de coussins ni de chaises. Aucune femme ne possède d'autres vêtements que la tenue rayée qu'elle porte sur le dos, aucun matelas n'est garni de plus d'une poignée de paille, aucune couverture n'est assez épaisse pour recouvrir ne serait-ce qu'un membre glacé. Ester n'a pu maintenir son enfant en vie durant ces deux précieuses journées que grâce à la générosité des autres, qui lui ont donné une partie de leurs rations, aussi difficile que cela soit pour elles d'y renoncer. Mais même si elle cachait le bébé dans l'un des recoins les plus reculés des baraquements, celui-ci serait voué à une mort certaine.

Elle caresse le duvet que Pippa a sur la tête. La petite est blonde. Cela aussi est un miracle. Les nazis aiment les enfants blonds. Elle sait qu'ils la lui prendront, qu'ils la confieront à une « bonne Allemande » et que, grâce à cela, Pippa restera en vie. Ainsi, elle sera en sécurité.

Mais elle grandira loin de sa mère.

Que vaut-il mieux, en définitive ? Que votre enfant meure avec vous, ou qu'il reste en vie loin de vous ?

Voilà le genre de décisions déchirantes que les camps exigent que vous preniez. Ester a assisté un nombre incalculable de fois à cette torture vécue par d'autres femmes, mais désormais elle la ressent elle-même, telle une dague labourant cruellement son propre ventre. Elle ne porte plus Pippa, mais sa fille a laissé son empreinte dans chacune de ses cellules, et lorsqu'ils la lui enlèveront, elle aura l'impression que celles-ci se rompront.

Et il est certain qu'ils *vont* la lui enlever. Ester ne peut dérober Pippa aux yeux du national-socialisme, auquel rien n'échappe et qui démontre un mépris universel. Mais il y a une chose qu'elle peut faire…

Je dois la tatouer.

Elle attrape son aiguille. Tatouer un numéro sur les bras d'un enfant juif n'est pas autorisé, mais elle peut inscrire son propre numéro sous l'aisselle de la petite, afin qu'il reste invisible. Et un jour, lorsque cette obscure folie sera terminée, elle pourra la retrouver. Il s'agit d'un sombre espoir, mais cet espoir pourrait bien être assez puissant pour qu'elle survive au moment effroyable où ils lui enlèveront sa précieuse petite fille.

Elle lève l'aiguille, puis trace les chiffres. La petite fille écarquille les yeux et pousse un vagissement, mais ne proteste pas davantage. Elle est peut-être trop faible, ou bien, d'une certaine manière, comprend ce qui se passe.

— Là, là, murmure Ester pour la rassurer. Cela ne va pas durer longtemps. Mais je dois le faire. Ainsi, personne ne pourra contester que tu es bel et bien ma fille.

Mais cela sera-t-il le cas ? Elle profite de la présence de Pippa deux jours supplémentaires.

— Je t'aime, ne cesse-t-elle de lui répéter. Je t'aime et je t'aimerai toujours, et je ne cesserai jamais de te chercher.

Pippa la contemple de ses beaux yeux bleus en battant des paupières.

Mais le quatrième jour, un cri s'élève depuis l'entrée du baraquement.

— Une voiture ! Il y a une voiture !

Ils sont là. Ils sont donc venus. La douleur de la perte qui l'attend la transperce telle une flèche, et elle serre contre elle son enfant, posant ses lèvres sur ses yeux bleus pour les refermer, afin que la petite ne voie pas les mains de sa mère la déposer entre les griffes avides de l'ennemi.

— Je suis désolée, Pippa, gémit-elle. Je suis tellement, tellement désolée.

La silhouette sombre et malfaisante du SS apparaît dans l'encadrement de la porte. Des mains manucurées s'extraient d'un manteau confectionné sur mesure et s'emparent de son bébé, telles les serres d'un prédateur se saisissant de sa proie.

— Ne lui faites pas de mal, implore-t-elle.

— Pourquoi lui ferais-je du mal ? rétorque l'homme d'un ton méprisant. Il s'agit d'une parfaite fille du Reich.

Un gloussement cruel, le claquement d'une botte fourrée sur le sol, et les voilà partis. Ester s'écroule à terre et demeure immobile. La douleur est insupportable, mais elle n'est pas physique. Non, ce qu'elle ressent est bien plus déchirant. Elle sent monter en elle une colère féroce, une amère détermination. Elle ne les laissera pas s'en sortir aussi facilement ; elle ne les laissera pas gagner.

Il *vaut* mieux, naturellement, que son enfant reste en vie. L'espoir est la chose la plus douloureuse qui soit, mais il lui donne aussi une grande force. Retrouver sa petite fille devient désormais le but d'Ester, son défi, l'objectif qui la fait avancer… Sa raison de vivre, de rester en vie, au milieu de la crasse, du froid et de la peur qui règnent à Auschwitz.

PREMIÈRE PARTIE

1
Olivia

Stalinstadt, Allemagne de l'Est, jeudi 18 mai 1961

Ce ne fut pas le coup frappé à la porte qui réveilla Olivia, ce ne fut pas non plus la voix de l'homme, mesurée mais emplie de la ferme intention d'être obéie, ni même la réponse sereine de sa mère. Ce fut l'inquiétude qu'elle perçut dans la voix de son père, qui s'infiltra jusque dans son sommeil et la fit sortir de son lit. Son père était un homme doux et pacifique, mais ce soir-là, il paraissait en colère.

— Je l'accompagne, sinon, elle n'y va pas.

— La présence des hommes n'est pas autorisée, répondit sèchement la voix.

Le cœur battant la chamade, Olivia s'apprêta à enfiler sa robe de chambre, puis elle changea d'avis ; il était hors de question d'affronter la Stasi en chemise de nuit. Elle tendit donc la main vers ses vêtements de la veille, qu'elle avait jetés hâtivement sur sa chaise. Sa mère en aurait été contrariée. Elle accordait une grande importance à l'ordre, mais Olivia s'était sentie trop fatiguée pour plier proprement sa tenue. Bien réveillée désormais, elle enfila la blouse bleue et la jupe noire de la Freie Deutsche

Jugend – la FDJ, la Jeunesse libre allemande – sans s'embarrasser des collants en laine ni du foulard bleu et blanc.

Elle percevait encore des bribes de conversation provenant du bas de l'escalier, et l'homme était manifestement à bout de patience. Elle se dépêcha de sortir de sa chambre. Ses parents se tenaient épaule contre épaule dans le couloir face à un homme trapu enveloppé dans un épais manteau, debout dans l'encadrement de la porte comme s'il était chez lui.

« La Stasi est le bouclier et l'épée du Parti, murmura Olivia pour elle-même, répétant ce qui lui avait été enseigné à l'école. Il n'y a rien à craindre du ministère de la Sécurité d'État si l'on est un bon socialiste. »

Jusqu'à présent, elle avait cru à ces paroles, mais du fait de la présence de cet officier debout dans son entrée au beau milieu de la nuit, elle ne parvint pas à maîtriser la peur qui se répandit insidieusement et spontanément dans ses veines.

— Votre femme ne court aucun danger, monsieur, affirma l'officier.

Le « monsieur » semblait avoir été prononcé avec désinvolture et son affirmation ne paraissait guère plus convaincante.

La mère d'Olivia, Ester, jeta un coup d'œil vers son époux. Son uniforme de sage-femme paraissait d'un blanc si éclatant sous la lumière de la lune qui filtrait à travers la fenêtre qu'elle semblait presque fantomatique.

— Ce n'est qu'une naissance, Filip. Ce n'est qu'une mère.

— Il s'agit d'une prisonnière, ma chérie, répondit-il. Elle pourrait être dangereuse.

— C'est pour cette raison que nous l'avons placée sous bonne garde, aboya l'officier de la Stasi.

Il était en train de s'énerver et Olivia savait parfaitement que cela était dangereux.

— Je t'accompagne.

Tous tournèrent leurs regards vers elle et, se sentant exposée, elle émit le souhait d'avoir pris le temps d'enfiler ses collants. Elle s'élança vers l'avant, tout en jetant un regard vers la porte derrière laquelle dormaient ses petits frères pour s'assurer qu'elle ne les avait pas réveillés.

— J'accompagne maman, reprit-elle.

— Tu n'y es pas obligée, ma chérie, répondit Ester.

— Je n'y suis pas obligée, mais je vais le faire. Je veux venir.

— Parfait, intervint l'officier de la Stasi. Viens donc. Il n'y a pas de temps à perdre. Elle poussait de véritables hurlements lorsque je suis parti.

Ester s'autorisa à esquisser un sourire.

— Cela arrive, parfois.

Les entrailles d'Olivia restaient nouées par l'appréhension, mais le calme de sa mère l'apaisa et elle glissa ses pieds nus dans ses chaussures d'école. L'homme jeta un regard à sa chemise de la Jeunesse libre allemande et, avec un bref hochement de tête approbateur, prit le manteau que Filip tendait à sa fille et l'aida à l'enfiler.

— Merci.

— Faites attention à vous, leur recommanda Filip en les embrassant toutes les deux.

Il paraissait encore inquiet mais Olivia se sentait plus confiante, désormais. Elles n'allaient pas avoir d'ennuis, mais allaient rendre service à l'État, car c'était leur devoir. Ses craintes furent balayées par un sentiment d'excitation croissant. Elle avait déjà assisté sa mère lors d'accouchements auparavant, et même à plusieurs reprises en pleine nuit, mais jamais dans des circonstances aussi mouvementées. Elle aurait des choses à raconter le lendemain à l'école !

La lune était haute dans le ciel qui surplombait Stalinstadt, et revêtait la nouvelle ville socialiste idéale d'un éclat argenté. Les rangées symétriques de ses immeubles d'habitation se distinguaient par leurs formes géométriques et la fumée de la fonderie autour de laquelle elle avait été aménagée s'élevait en volutes, comme attirée par l'éclat lunaire. Des phares de voiture dardèrent deux auréoles jaunes sur le grand obélisque dédié à l'amitié germano-soviétique de l'autre côté de leur bloc d'habitation. Olivia lui adressa un salut machinal, puis elle aperçut le véhicule arrêté à leur hauteur et son cœur se remit à battre la chamade.

— Montez, s'il vous plaît.

L'officier ouvrit la portière du vaste fourgon gris, mais Olivia eut un mouvement de recul. Tout le monde connaissait ces fourgons et personne n'avait envie d'en découvrir l'agencement.

— Je ne veux...

— Montez !

L'homme les poussa sans ménagement dans le minuscule espace.

— Sommes-nous... ? balbutia Olivia, mais elle fut interrompue par le claquement de la portière et elles se retrouvèrent parquées à l'intérieur.

— Nous ne risquons rien, Olivia, la rassura sa mère d'une voix douce. Assieds-toi et tâche de ne pas t'inquiéter.

Le fourgon était divisé en cinq cellules miniatures, équipées chacune d'un banc épais et dur et d'un anneau pour fixer des menottes. Cependant, les portes des cellules n'étaient pas verrouillées, et elle put voir sa mère s'installer avec dignité dans l'une d'elles, les pieds joints, serrant sa sacoche médicale contre elle. Le cœur battant, Olivia s'efforça d'entrer dans la cellule contiguë, mais, comme elle mesurait une tête de plus qu'Ester, elle y tenait à grand-peine. Elle était « bien charpentée », évoquant un imposant coucou qui se serait glissé dans le nid de moineaux légers et menus – mais au moins, elle pouvait utiliser ses longues jambes pour maintenir la porte ouverte et garder un œil sur sa mère.

— Où allons-nous ? demanda-t-elle.

— Nous allons rapidement le savoir, ma chérie.

Olivia hocha la tête à contrecœur. En Allemagne de l'Est, personne ne devait en savoir plus que nécessaire. C'était mieux ainsi. L'État gardait le contrôle sur tout, et l'individu se contentait de jouer le rôle que l'on attendait de lui. *Nous sommes tous*, se remémora-t-elle, *les pièces du grand puzzle de la vie communautaire. Si nous occupons la place qui nous est allouée, alors l'ensemble du tableau prend vie*. Et pourtant, elle aurait préféré savoir si elle allait demeurer dans ce terrifiant fourgon l'espace de quelques minutes, ou bien des heures, ou…

— Ah !

Elle ne put réprimer un cri lorsque le fourgon freina brutalement. Elles entendirent le grincement métallique de portes de garage qui s'ouvraient, puis le fourgon s'ébranla de nouveau et elles perçurent le son des portes se refermant.

Ester tendit le bras et prit la main d'Olivia.

— Nous ne risquons rien, répéta-t-elle.

Mais Olivia dut faire un effort pour la croire lorsque la portière s'ouvrit et qu'elles furent poussées hors du véhicule, à l'intérieur d'un garage blanc et nu. Elles gravirent deux marches menant au couloir étroit et éclairé d'une lumière aveuglante de la prison de la Stasi. De part et d'autre s'élevaient de lourdes portes en métal dotées d'énormes verrous et de larges grilles clôturant de minuscules ouvertures.

— Ne regarde pas, chuchota Ester.

Mais il lui fut impossible de résister, et Olivia eut la vision fugace d'hommes et de femmes, pour la plupart prostrés en position fœtale sur des lits étroits et durs, qui ne disposaient même pas d'une couverture. L'officier les pressait vers l'avant, et elles s'enfonçaient de plus en plus profondément à l'intérieur de l'effroyable bâtiment. Olivia dut faire appel à toute la confiance qu'elle éprouvait envers sa mère pour la suivre dans cet enfer.

— Là ! s'exclama l'officier en levant une main tandis qu'un gémissement aigu leur parvenait le long du couloir. Écoutez-la. Est-ce normal qu'elle fasse un tel raffut ?

— C'est ce que nous allons voir, répondit Ester. Il y a peut-être des complications.

L'officier haussa les épaules. Il s'arrêta devant l'une des portes métalliques, contre laquelle il cogna à trois reprises, et se retrouva face à une femme affichant une expression de contrariété et arborant l'uniforme gris-vert de la Volkspolizei.

— Voilà la sage-femme, mentionna l'officier tout en poussant légèrement Ester à l'intérieur.

— Ce n'est pas trop tôt ! répondit la Vopo – le surnom que l'on donnait aux membres de la Volkspolizei – en attrapant le bras d'Ester. Il y a quelque chose qui ne se passe pas bien, apparemment.

Olivia emboîta le pas à sa mère, pénétra dans la minuscule pièce et déglutit devant la vision qui s'offrait à elle. La prisonnière, un petit bout de femme, n'était sans doute pas beaucoup plus âgée qu'elle. Son ventre était énorme et sa chevelure courte était teinte en vert vif. Elle se tordait de douleur, luttant contre les menottes qui la liaient à un tuyau, comme si elle tentait d'escalader le mur dénudé.

— Il y a des complications, intervint Ester en s'avançant vers la jeune femme. Cette pauvre femme doit pouvoir bouger.

— C'est impossible, répliqua la Vopo. Elle doit rester attachée. Elle pourrait constituer une menace.

— A-t-elle l'air menaçante ?

— Eh bien, non…

La femme jeta un coup d'œil vers la porte, mais l'officier de la Stasi s'était éloigné, et, au moment où la prisonnière, qui arrivait à la fin d'une contraction, s'effondrait contre le mur, ils entendirent le bruit de ses chaussures de luxe résonner dans le couloir.

— Vous semblez être une femme pleine de ressources, lança sèchement Ester à l'intention de la Vopo, et ma fille a beaucoup de force. Tout se passera bien.

Le regard de la Vopo oscilla entre Olivia et la prisonnière.

— Très bien, mais s'il y a un problème, vous devrez en assumer la responsabilité.

— Entendu.

La Vopo déverrouilla les menottes de la jeune femme, qui s'écroula sur le sol. Ester s'avança vers elle et fit signe à Olivia de l'aider à la conduire jusqu'au lit sommaire installé dans la pièce.

La prisonnière ouvrit alors les yeux et leva le regard vers elles, l'air confus.

— Suis-je morte ?

Ester lui sourit.

— Non, bien au contraire, ma chère, vous vous apprêtez à donner la vie. Comment vous appelez-vous ?

— Claudia.

— Eh bien, Claudia, prenez une pause, et puis… Oh, mais on dirait bien que c'est reparti.

La jeune femme se tordit de douleur, mais Ester la maintint avec fermeté et plongea son regard dans ses yeux effrayés.

— Respirez, Claudia, de cette manière… Inspirez par le nez, puis expirez par la bouche. Parfait. Travaillez de concert avec la douleur, ma chère. Votre corps est simplement en train de s'ouvrir pour laisser votre bébé sortir. Respirez, voilà, c'est parfait.

Olivia recula, essuyant les larmes qui lui venaient aux yeux tandis qu'elle regardait sa mère accomplir des miracles avec Claudia, qui, une fois la contraction terminée, se laissa aller sur le lit.

— C'est parfait, approuva Ester d'un ton détendu. Je vais vous examiner et voir où nous en sommes, d'accord ? Allez, c'est magnifique, vous y êtes presque, Claudia. C'est pour cela que vous avez aussi mal… Le bébé est prêt à sortir. Si vous m'écoutez, tout cela sera bientôt terminé et vous pourrez prendre votre enfant dans vos bras.

Claudia lui adressa un faible sourire.

— J'aurais aimé que Frank soit là.

— Est-ce votre mari ?

La jeune femme hocha la tête.

— Il voulait être présent. Je sais que c'est inhabituel, mais il le voulait, et disait que c'était naturel pour lui d'être là pour m'aider, m'aider à…

Sa phrase s'acheva sur un sanglot et une nouvelle contraction qui secoua son corps chétif, et elle ne put que se concentrer sur sa respiration.

Olivia jeta un coup d'œil vers la Vopo, qui avait reculé vers la porte, puis se tourna de nouveau vers Claudia.

— Pourquoi êtes-vous ici ? lui demanda-t-elle en chuchotant.

Claudia désigna ses cheveux du doigt, en tirant sur leurs pointes vertes.

— Ils pensent que je suis une personne subversive.

Olivia déglutit. Ils étaient constamment mis en garde contre le fait de se rebeller contre l'État, qui prenait soin de chacun, mais elle n'avait encore jamais rencontré de contestataires.

— Vraiment ?

La jeune femme haussa les épaules.

— Apparemment. Je ne les ai teints que pour m'amuser. Mes vêtements ressemblaient à des sacs, alors je me suis dit…

Olivia fronça les sourcils.

— Mais tu as dû faire autre chose, certainement. Tu as dû…

— Olivia ! l'interrompit Ester d'un ton sec. Ce n'est pas du tout le moment d'avoir une discussion politique.

Olivia avait sursauté.

— Tu as raison, maman, je suis désolée, dit-elle en se penchant vers l'avant. Mais c'est tellement affreux, ici, que…

— Il y a bien pire…

Il y avait une tonalité métallique dans la voix d'Ester qui surprit Olivia. Sa mère était si calme, compétente et aimante qu'il lui arrivait d'oublier ce qu'elle avait pu traverser.

— Je suis désolée, répéta-t-elle.

Un léger tremblement secoua Ester, comme si elle évacuait le passé, et elle sourit à sa fille.

— Tu n'as pas à être désolée, ma chérie. Maintenant, va nous chercher de l'eau, s'il te plaît. Et une serviette. J'ai l'impression que j'aperçois la tête du bébé !

Heureuse de changer de sujet, Olivia apporta le nécessaire à sa mère et recula, s'efforçant de rester près de la tête de Claudia. Les bébés étaient un merveilleux cadeau, elle le savait. Il était du devoir de chaque femme d'en avoir autant qu'elle le pouvait pour remplacer les pauvres hommes tombés sous le feu de l'ennemi pendant la guerre, et, lorsqu'elle serait prête, elle remplirait elle aussi sa mission. Cependant, tant que le moment n'était pas venu, elle n'était pas certaine de vouloir en savoir plus.

Claudia agrippait ses mèches vertes et poussait des cris perçants comme si son corps se déchirait en deux, tandis qu'Ester lui caressait doucement le dos et l'encourageait en lui disant qu'elle s'en sortait très bien.

— Il arrive. Le bébé arrive, Claudia. Poussez encore une fois.

Et brusquement, après un hurlement de la jeune femme, une nouvelle vie fit son entrée dans la pièce.

— C'est un garçon, annonça Ester au moment où l'enfant poussait un cri vigoureux. Vous avez un garçon, Claudia, un fils.

Ester prit le bébé entre ses mains robustes et Olivia s'avança pour le voir. Il était très grand. Comment Claudia avait-elle pu mettre au monde un tel enfant ? Ester le tendit à sa fille.

— Moi ?

Olivia jeta un regard en direction de la Vopo, mais celle-ci se tenait près de la porte et s'adressait à quelqu'un à travers les barreaux.

— S'il te plaît, la pressa Ester. Je dois couper le cordon ombilical.

Olivia tendit les bras et sa mère y déposa l'enfant. Celui-ci était légèrement poisseux, mais sa peau était extrêmement douce, et lorsqu'il tendit ses petites jambes, elle éprouva un sentiment d'émerveillement.

— Il est magnifique.

— N'est-ce pas ?

Ester coupa le cordon ombilical encore animé d'une pulsation et hocha la tête.

— Tu peux le confier à sa mère, maintenant.

Claudia s'était déjà assise et parut oublier tous ses tourments lorsqu'elle prit son fils entre ses bras. Elle se mit à le couvrir de baisers.

— Mon petit garçon, oh, mon petit garçon.

Les lèvres de l'enfant s'arrondirent, et lorsque sa mère dégagea sa poitrine, il se mit à téter avec avidité. Claudia grimaça, puis changea de position et s'adossa, caressant de la main les cheveux duveteux du bébé tandis que celui-ci tétait. L'enfant poussa un petit cri de satisfaction et sa main s'approcha de celle de sa mère, ses minuscules doigts se refermant instinctivement autour de l'un des siens.

Olivia recula autant qu'elle le put à l'intérieur de la cellule exiguë pour laisser un peu d'intimité à Claudia, mais elle ne pouvait détacher ses yeux de la jeune mère et de l'enfant.

— Cela s'est passé comme ça, pour toi aussi ? demanda-t-elle en chuchotant à Ester, qui était en train d'examiner le placenta.

Ester sursauta et Olivia la regarda avec étonnement.

— Avec les garçons, je veux dire, avec Mordy et Ben ?

— Ah... Oui, bien sûr. Les premiers instants passés avec son enfant sont toujours précieux.

Elle parut troublée et Olivia la dévisagea avec curiosité, mais Ester tourna la tête et se rapprocha du lit.

— Vous avez été formidable, Claudia.

La jeune femme leva les yeux vers elle.

— Merci. Je vous dois tant. Je n'y serais jamais arrivée sans vous.

— Mais si, vous y seriez arrivée. Parce que les enfants savent ce qu'ils doivent faire, n'est-ce pas ?

Elle hocha la tête en souriant.

— Je vais l'appeler...

Elle fut interrompue par le fracas de la porte, qui s'ouvrit brutalement. Les trois femmes virent l'officier pénétrer de nouveau dans la pièce et examiner le bébé.

— Un garçon, dit-il. Parfait.

Il tendit les bras et l'arracha des bras de Claudia, si rapidement et avec une telle assurance qu'elle n'eut pas le temps de réagir.

— Je vais lui trouver un bon foyer.

— Quoi ? s'étrangla Claudia.

Il repartait déjà en direction de la porte et elle bondit de son lit, tandis que du sang coulait le long de ses jambes fines. Elle lui agrippa le bras.

— Je ne comprends pas. Qu'est-ce que vous faites ? Il s'agit de mon bébé !

— Plus maintenant, répondit l'homme avec froideur.

Olivia contempla l'officier avec horreur. L'enfant n'était plus qu'un petit paquet rose hurlant, se détachant sur le noir de son manteau.

— Vous êtes accusée de subversion, vous représentez un danger pour l'État, poursuivit-il. Nous ne pouvons vous confier l'éducation d'un bébé. Il ira dans un bon foyer, un foyer socialiste.

— Je ne suis pas subversive. Je vous promets que je ne le suis pas, sanglota Claudia, qui se tenait désormais à genoux. Je n'ai fait que teindre mes cheveux pour m'amuser. Cela ne veut rien dire. Je fais partie de la Jeunesse libre allemande, j'ai prêté serment. Je vous promets que je l'élèverai comme il faut.

— J'ai bien peur que nous ne puissions vous faire confiance, répondit l'officier en haussant les épaules avec indifférence, comme s'il emportait une barre de chocolat, et non le petit être qu'elle avait mis au monde dans la douleur.

— Je vous en prie ! s'écria Claudia.

Mais il se tourna vers la porte, ignorant la douleur qu'il lui infligeait.

C'est alors qu'Ester lui barra le chemin.

— Non, dit-elle.

Le silence se fit dans la pièce. Ester n'était pas grande, mais sa voix avait rempli l'espace.

— Vous n'avez pas le droit d'agir de cette manière, monsieur. Vous n'avez pas le droit d'enlever cet enfant à sa mère.

— Je n'en ai pas le droit ? lâcha l'officier dont les yeux s'étrécirent. Comment osez-vous ? rugit-il.

Mais Ester ignora son ton menaçant. Tout son corps tremblait sous l'effet de l'émotion.

— J'ai déjà assisté à ce genre de choses. J'ai vu des enfants arrachés aux bras de leur mère. J'ai vu le mal que cela peut faire, la détresse que cela engendre. Les nazis retiraient les enfants à leur mère. Je croyais que nous étions meilleurs ?

Je pensais que le socialisme nous bâtissait un avenir commun. Je pensais que nous favorisions la famille, la communauté et des valeurs universelles.

— C'est le cas, mais cette femme est subversive et ne partage pas les nôtres.

— Elle reste sa mère. Et c'est elle qui a porté l'enfant.

— Son corps est un instrument de l'État. Nous n'allons pas faire preuve de cruauté envers l'enfant. Il sera en sécurité et bien soigné.

— Mais pas par elle.

— Parce qu'elle n'en est pas digne.

— Mais…

— Madame ! Vous avez fait votre travail, laissez-moi faire le mien. Si cette femme fait preuve de loyauté par la suite, elle pourra avoir un autre enfant.

— Cela ne change rien !

Les mots étaient sortis de sa bouche, sans retenue, chargés de douleur.

— Madame Pasternak, êtes-vous également une personne subversive ? demanda l'officier tout en reculant.

— Non ! s'écria cette fois Olivia. Ma mère est une personne loyale, bonne et honnête.

— Alors fais en sorte qu'elle le reste, sinon vous reverrez bientôt l'intérieur de ce bâtiment.

À ces mots, l'homme disparut avec l'enfant qui n'avait pas encore reçu de prénom. Ester s'effondra sur le sol à côté de Claudia et elles sanglotèrent dans les bras l'une de l'autre.

Plus tard, le fourgon les reconduisit dans la Alte Ladenstraße au moment où les premières lueurs de l'aube éclairaient Stalinstadt. Olivia se précipita hors du véhicule. Elle n'avait jamais été aussi heureuse de rentrer chez elle. L'officier les salua d'un bref « merci » et s'éloigna au volant.

— Je suis désolée que tu aies dû assister à cela, confia Ester. Mais je te suis extrêmement reconnaissante pour ton aide.

— Je suis soulagée que tu n'y sois pas allée toute seule, maman.

Ester eut un petit rire amer.

— J'ai connu bien pire, ma chérie, bien pire.

C'était la conclusion à laquelle sa mère aboutissait toujours. Olivia savait pourquoi ; elle savait que lorsqu'elle avait le même âge qu'elle, Ester avait été envoyée dans *cet endroit*. Elle savait que ce qu'elle avait vécu là-bas l'avait entièrement façonnée, mais les événements auxquels elle avait assisté ce soir étaient totalement inattendus. Elle avait découvert chez Ester une source de douleur beaucoup plus profonde que ce qu'elle avait pu percevoir auparavant.

Ester lui adressa un sourire triste.

— J'ai l'impression que le moment est venu.

Olivia frémit.

— Le moment ?

— Le moment de te dire la vérité – toute la vérité, répondit-elle en prenant la main d'Olivia et en l'attirant sur un banc situé devant l'obélisque. Je ne voulais pas te parler de cela avant ton dix-huitième anniversaire, mais il semble que Dieu ait d'autres projets, ma chérie.

Elle prit une profonde respiration et adressa de nouveau un sourire triste à la jeune fille.

— Tu sais que tu es née dans *cet endroit*. Ta mère est morte et tu as été emmenée ailleurs. Plus tard, nous t'avons retrouvée dans un orphelinat et nous t'avons ramenée à la maison.

Olivia hocha la tête. Son adoption n'était pas un secret, et elle voulut exprimer à quel point elle était reconnaissante et heureuse d'être considérée comme un membre de la famille d'Ester, mais les mots restèrent bloqués dans sa gorge, car pour la première fois, elle comprit qu'elle ne connaissait pas toute l'histoire.

Ester déglutit.

— Il y avait un autre bébé, qui a été enlevé tout comme toi, mais sa mère n'était pas morte. Sa mère, c'était... Sa mère, c'était moi.

Olivia sentit les doigts d'Ester se refermer autour des siens, tout comme ceux du pauvre petit garçon s'étaient refermés autour de ceux de Claudia au cours des brefs instants qu'ils avaient pu passer ensemble.

— Tu as une sœur, Olivia, continua sa mère, une fêlure dans la voix. Nous n'avons jamais réussi à la retrouver, mais, Dieu entende nos prières, tu as une sœur quelque part.

Olivia l'observa, et la détresse de sa mère devint pour elle aussi transparente que l'air glacial du matin.

— Tu as une fille ?

— *Une autre* fille, la corrigea Ester avec douceur. Et oui, elle m'a été enlevée à Auschwitz-Birkenau alors qu'elle n'avait que quelques jours.

— Tu ne l'as jamais retrouvée ?

— Jamais.

Ester baissa les yeux et fit mine d'ôter un fil imaginaire de son uniforme immaculé.

— Est-ce que tu continues à la chercher ?

Durant un long moment, Ester contempla ses mains, puis leva soudain les yeux et regarda Olivia avec franchise.

— Nous avons cessé de la chercher.

— Vous avez cessé de chercher votre fille ? s'étonna Olivia, qui constata que les yeux d'Ester devenaient humides, et se maudit de l'avoir chagrinée. Je voulais dire… je pense que vous avez vos raisons. Je suis certaine…

— Nous avons cessé, répéta Ester. Nous avions nos raisons. Une réelle raison d'agir ainsi, en fait. Mais avons-nous bien agi ? Je ne sais pas. Ce fut la décision la plus difficile de ma vie, et chaque jour – je dis bien chaque jour – je la remets en question. Mais oui, nous avons cessé.

Olivia ouvrit la bouche, s'apprêtant à lui demander pourquoi, mais en voyant le chagrin qu'exprimaient les yeux de sa mère, elle renonça.

— Demain, promit Ester. Je t'en dirai davantage demain. Pour l'instant, allons grappiller autant de sommeil que possible.

Olivia hocha la tête et se laissa entraîner vers leur appartement, mais d'une certaine manière, ses jolies pièces lui parurent un peu moins douillettes que d'habitude, son lit lui sembla moins protecteur et elle demeura allongée à contempler le soleil se lever sur un monde où, quelque part, se trouvait une fille qui était davantage celle de ses chers parents qu'elle-même.

2
Kirsten

Café Adler, Berlin-Ouest, vendredi 19 mai 1961

— Puis-je vous suggérer de prendre un beignet, monsieur ? Nous faisons les meilleurs beignets de Berlin, précisa Kirsten en adressant son plus beau sourire au jeune homme qui se mit à examiner l'étal de pâtisseries et parut tenté par la paire de beignets disposée dessus. Vous pouvez avoir le second à moitié prix si vous prenez les deux.

— Mais alors il faudra que je les mange tous les deux ? s'inquiéta-t-il, un sourcil levé.

Il était mignon. Il n'était pas, sans doute, le type d'hommes qui plaisaient habituellement à Kirsten – il était plus mince et paraissait plus sérieux – mais il était vraiment mignon.

— Ne pourriez-vous pas en offrir un à quelqu'un ? demanda-t-elle en le regardant par-dessous sa longue frange et en espérant que les ondulations de ses cheveux, qu'elle avait passé des heures à façonner en boucles blondes le matin même, étaient toujours en place.

— Je ne connais personne d'assez bien pour goûter les meilleurs beignets de Berlin.

Kirsten eut un petit rire.

— Ou alors je vous en offre un, reprit-il.

Elle eut une extrasystole. Il devait avoir une vingtaine d'années et se trouvait au milieu d'un groupe sympathique d'étudiants de l'Université technique.

— Je ne suis pas autorisée à manger pendant le service, répondit-elle en faisant légèrement la moue.

— Je pourrais le garder jusqu'à ce que vous ayez terminé.

— Eh bien, je...

— Bouge-toi, Kirsty, lui lança sa collègue Sasha en passant devant elle. Il y en a qui ont du travail, ici.

Elle tendit alors le bras et s'empara des deux beignets.

Kirsten ne put que la regarder, bouche bée, les apporter à une femme ronde d'un certain âge accompagnée de deux enfants qui pleurnichaient en tirant sur sa jupe.

Le garçon qu'elle trouvait mignon poussa un soupir exagéré.

— Eh bien, au moins, comme ça, nous n'aurons pas à céder à la tentation, commenta-t-il.

— Je n'en jurerais pas, répondit Kirsten sans réfléchir.

Il éclata de rire et elle sentit son visage s'empourprer. Quelle idiote !

Le garçon s'inclina.

— Vous avez peut-être raison... Je m'appelle Dieter. Dieter Wohlfahrt.

— Kirsten, balbutia-t-elle.

— Je sais.

— Vraiment ?

Il désigna son badge du doigt et elle s'empourpra encore davantage. Il devait penser qu'elle n'était qu'une petite lycéenne naïve – et c'était d'ailleurs le cas.

— Kirsten Meyer, ajouta-t-elle précipitamment. Ce sera un mark, s'il vous plaît.

— Je vous remercie. Nous pourrons peut-être essayer les beignets une prochaine fois, dit-il en posant une pièce d'un mark sur le comptoir avant de prendre sa tasse de café et de se diriger vers son groupe d'amis.

Il jeta cependant un regard en arrière.

— À propos, j'adore votre robe. Très... originale.

L'instant d'après, il s'était éloigné et avait rejoint le groupe bruyant installé sur le banc près de la fenêtre avant qu'elle ait pu lui répondre. Une jeune fille lui fit de la place sur le banc et Kirsten vit Dieter s'asseoir à côté d'elle. Elle se blâma intérieurement. Pourquoi un bel étudiant ayant autant de classe que Dieter s'intéresserait-il à une serveuse de dix-sept ans qui confectionnait elle-même ses robes ? Il avait simplement fait preuve de politesse.

S'efforçant d'arborer son plus beau sourire, elle se tourna vers le client suivant, en évitant de regarder trop souvent en direction de la fenêtre, mais c'était difficile. La jeune fille assise près de Dieter était ravissante, avec ses cheveux châtains lustrés et ses vêtements à la mode. Kirsten la regarda avec envie, admirant le jean Levi's qui épousait parfaitement sa silhouette athlétique. Elle aurait tant aimé pouvoir s'offrir un tel jean, mais elle n'en avait pas les moyens.

J'adore votre robe. Elle se remémora les paroles de Dieter et baissa les yeux sur la robe vichy rouge qu'elle avait passé des heures à coudre, en s'inspirant de photos du magazine *Twen*. Elle était heureuse du résultat final, mais elle savait que sa robe n'avait pas la qualité d'une pièce achetée en boutique, ni le cachet d'une marque telle que Levi's.

Ne pas avoir d'argent était horrible, songea-t-elle amèrement, puis elle se réprimanda intérieurement. Sa mère travaillait dur pour que son frère et elle ne manquent de rien, et en vouloir davantage était mesquin de sa part. Cependant, elle se souvenait qu'ils avaient été riches, et la vie aurait été beaucoup plus facile s'ils l'étaient encore. Il existait une photo d'elle lorsqu'elle était bébé avec ses parents. Ils se trouvaient sur le seuil d'une immense maison à Charlottenburg, mais c'était durant la guerre. Ensuite, son père avait disparu, et ils avaient perdu la maison.

Tant d'enfants avaient perdu leur père durant la guerre que Kirsten n'avait jamais songé à l'absence du sien, mais elle avait le sentiment d'avoir été dépossédée de leur maison. Ils avaient cependant hérité du confortable appartement de ses grands-parents situé sur la Bernauerstraße, en face de celui de sa tante Gretchen, qui était veuve. Elle savait qu'elle aurait dû en éprouver de la gratitude, mais il était difficile de ne pas se demander comment Gretchen avait pu conserver son appartement, qui était beaucoup plus grand et luxueux que le leur. Les époux des deux sœurs avaient combattu pour l'Allemagne, l'un, semble-t-il, avec les honneurs, et l'autre…

Lorsque Kirsten se risquait parfois à demander à sa mère ce qu'était devenu son père, Lotti se mettait en colère, affirmant que Jan était « mort à ses yeux », et refusait de lui en parler. Elle n'avait jamais dit s'il était effectivement mort, mais Kirsten supposait que le résultat était le même. Son frère, Uli, disait qu'il s'agissait sans doute d'un nazi et qu'il avait perdu ce qu'il possédait en raison de son « idéologie remplie de haine », ce qui semblait cohérent, mais Kirsten ne souhaitait pas trop y songer.

— Remue-toi, Kirsten, il y a des clients qui attendent !

Kirsten sursauta.

— Désolée, Frau Munster.

Sa patronne était une femme gentille, mais elle était stricte, et il valait mieux ne pas la contrarier. Il fallait qu'elle se concentre.

Durant le reste de son service, Kirsten prépara du café, servit des gâteaux et nettoya des assiettes tout en affichant le sourire éclatant que l'on attendait d'elle. Au fur et à mesure de la soirée, les étudiants de l'université passèrent au schnaps et devinrent de plus en plus bruyants. Kirsten aurait pu jurer que Dieter continuait à la regarder, et lorsque vint le moment où elle devait terminer son service et ramasser un lot de verres, il se précipita pour l'aider.

— Vous devriez vous joindre à nous pour la prochaine tournée, lui proposa-t-il.

Mais elle n'avait jamais osé faire ce genre de choses. De surcroît, la voix de Marlene Dietrich commença à s'élever du juke-box et la jeune femme aux cheveux lustrés se leva pour chanter. Kirsten battit précipitamment en retraite.

La voix de la jeune femme était à la fois douce et rauque, et lorsqu'elle eut terminé, tous les clients du café applaudirent et les étudiants s'exclamèrent : « Bravo, Astrid ! ». Sasha leva les yeux au ciel et lâcha dans un soupir : « Et évidemment, cette fichue fille chante bien, en plus », ce qui permit à Kirsten de se sentir un peu mieux. Mais elle fut heureuse de voir que l'horloge allait bientôt indiquer l'heure de la fermeture, et elle commença à essuyer les tables. Elle se dirigeait vers Dieter et son groupe quand son petit frère Uli fit son entrée, et, avec une insupportable ponctualité, s'étala de toute sa silhouette dégingandée de quinze ans devant eux.

Les étudiants éclatèrent d'un rire bruyant. Uli se releva, le visage écarlate.

— Hé, Kirsten, dit-il d'une voix trop forte, maman m'envoie te chercher.

Kirsten eut l'impression qu'elle allait mourir sur place. Elle sentit la cicatrice située sous son aisselle la démanger et résista à l'envie de la gratter. Celle-ci datait d'un accident survenu avec une poêle brûlante alors qu'elle n'était encore qu'un bébé et semblait toujours irritée lorsqu'elle avait trop chaud, mais la dernière chose dont elle avait besoin à cet instant était commencer à se gratter frénétiquement.

— Attention, Kirsten, s'écria Astrid, ou tu vas t'étaler toi aussi.

— Je préférerais qu'elle s'allonge sur le dos, commenta l'un des autres garçons.

— La ferme, Jensen ! lança Dieter à son intention.

Kirsten songea qu'elle aurait dû lui en être reconnaissante, mais elle était trop vexée pour cela. Pourquoi ne s'en allaient-ils pas ?

Elle fut réellement soulagée lorsque Frau Munster intervint, les bras croisés, et leur annonça d'un ton sévère qu'elle allait fermer. Ils sortirent tous ensemble, riant et évoquant le club dans lequel ils s'apprêtaient à aller danser. Kirsten s'efforça de nouveau de ne pas éprouver de ressentiment lorsqu'elle s'empara de l'unique partenaire de danse de sa soirée, le vieux balai à franges malodorant.

— Je suis désolée de t'avoir embarrassée, avoua Uli un peu plus tard tandis qu'ils sortaient et se dirigeaient vers le métro.

— Ce n'est pas grave, répondit Kirsten. Ce n'étaient que des étudiants stupides.

Uli lui offrit son bras à la manière d'un homme plus mûr, et après un bref instant d'hésitation, elle l'accepta. Comme tous les vendredis soir, le centre de Berlin était animé par une foule nombreuse, sortie pour dîner, aller au cinéma ou, comme Astrid et Dieter, se rendre dans l'un des nombreux clubs qui s'étaient multipliés au sein de la ville. Berlin tentait de se remettre des souffrances causées par la guerre. Il y avait des trouées aux endroits où les bombes avaient détruit des maisons, et les édifices épargnés portaient encore des traces de balles. Cependant, de nouveaux bâtiments sortaient de terre en permanence, et avec le renouveau économique, Berlin était décidée à se donner du bon temps.

Kirsten regarda autour d'elle, appréciant la vision nouvelle de cette ville qui était la sienne. C'était un lieu de contradictions, divisé en deux parties éloignées politiquement, mais qui formait cependant encore un tout. Lorsque l'Allemagne avait été scindée après la guerre sous la houlette des vainqueurs, les Russes s'étaient attribué la moitié est du pays, et les Britanniques, les Américains et les Français, la moitié ouest. Pendant que les Russes, lentement et insidieusement, prenaient le contrôle de tous les gouvernements appartenant au bloc de l'Est, y compris de la Deutsche Demokratische Republik, le rideau de fer tombait sur l'Europe – une ligne de clôtures barbelées, surveillée par des sentinelles qui empêchaient tous ceux qui habitaient au-delà de la traverser.

La seule exception à la règle était cette ville merveilleuse. La capitale de Hitler avait fait l'objet d'un traitement particulier, et, bien que située en Allemagne de l'Est, loin de la frontière, elle avait également été divisée en deux. Berlin-Ouest avait été reliée à l'Europe de l'Ouest par des routes et des voies ferroviaires spécifiques, et Berlin-Est avait été séparée de Berlin-Ouest par un simple tracé correspondant à la limite d'anciens quartiers. La propre rue de Kirsten, Bernauerstraße, par exemple, était à la limite d'un quartier. De son côté de la rue, les habitants vivaient dans la zone alliée, et en face – c'était le cas de sa tante Gretchen –, ils résidaient dans la zone soviétique, mais personne n'y prêtait attention.

Par conséquent, tous ceux qui n'appréciaient pas leur vie à l'Est pouvaient se rendre à Berlin, traverser librement la ville et prendre un train à destination de la liberté. Les autorités s'efforçaient de lutter contre ces départs, et arrêtaient tous ceux qui transportaient un nombre suspect de bagages, les renvoyant chez eux, mais elles étaient plutôt démunies en l'absence de frontières physiques. Et qui aurait la folie de construire une telle frontière au milieu d'une ville ? Ainsi, les Berlinois continuaient de vaquer à leurs occupations, se déplaçant entre les zones et choisissant les bars rock'n'roll flambant neufs de l'Ouest, ou ceux de l'Est, plus avant-gardistes, suivant leurs envies. Et en cette tiède soirée de mai, tout le monde semblait être sorti.

— Veux-tu que nous allions prendre un Coca-Cola quelque part, Uli ? lui proposa impulsivement Kirsten.

Son frère parut déconcerté.

— Maman ne va pas s'inquiéter ?

Kirsten soupira.

— Je suppose que si. Bon, allez, viens, rentrons à la maison.

Elle emprunta l'escalier qui menait au métro, et instantanément, la musique et les sons de la rue s'évanouirent.

— Mais nous pouvions sortir, dit Uli, si tu en avais envie. Je veux dire, cela ne me dérange pas. Je…

— Ne t'inquiète pas, Uli. Je suis épuisée, de toute façon.

Il la regarda, l'air inquiet, et sa sœur pressa son bras de façon affectueuse. Son frère était un être anxieux, différent d'elle à bien des égards. Alors qu'elle était blonde aux yeux bleus, son frère avait les cheveux très bruns et ses yeux avaient la couleur de l'écorce du chêne. Il était en outre plus mince qu'elle, en particulier depuis qu'il avait eu une poussée de croissance, et si elle l'imaginait plutôt bel homme dans un an ou deux, il était pour l'instant dégingandé et maladroit, mais doté d'un caractère doux.

— Allez, viens, lui dit-elle au moment où le métro arrivait. Quel animal aimerais-tu être, ce soir ?

Il lui adressa un sourire reconnaissant. C'était leur jeu depuis qu'ils étaient petits. Leur mère, Lotti, les emmenait alors régulièrement au zoo de Berlin. Il s'agissait de leur endroit préféré de la ville, et ils passaient volontiers des heures à regarder les cages des singes ou à presser leurs visages contre l'enclos de verre du magnifique hippopotame. Inspirés, ils avaient inventé le jeu « Quel animal aimerais-tu être ? », optant pour une girafe lorsqu'ils étaient coincés au milieu d'une foule, pour un hippopotame lorsqu'ils passaient une journée à l'extérieur sur l'une des nombreuses plages bordant un lac berlinois, ou pour un singe lorsqu'ils se trouvaient sur le terrain de jeux. Un dimanche soir, au dîner, Uli s'était emparé des restes d'une carcasse de poulet en affirmant qu'il aimerait être un vautour, mais Lotti la lui avait arrachée des mains en disant qu'il y avait « assez de vautours en Allemagne, Dieu merci », et il n'avait jamais recommencé.

— Je voudrais être un manakin, affirma-t-il.

— L'oiseau ? Pourquoi ?

— Parce que c'est un excellent danseur. Comme ça, je pourrais t'emmener danser ce soir.

Elle rit.

— Nous pourrions danser à la maison.

— Super ! s'exclama Uli, rayonnant. Maman sortira peut-être le gramophone pour mettre quelques vieux disques de swing de papi.

— Excellente idée.

Kirsten lui sourit et tenta de ne pas imaginer Dieter, Astrid et leurs amis branchés en train de danser sur tous les tubes les plus récents à la Wanne[1] ou à l'Eden Saloon.

— Et toi, que veux-tu être ? interrogea Uli.

— Hein ?

— Je parle de l'animal, idiote. Quel animal voudrais-tu être ?

— Ah, oui, euh. Une otarie, parce que je pourrais faire payer les visiteurs qui viennent me voir accomplir des tours.

Uli lui lança un regard oblique.

— Pourquoi voudrais-tu faire ça ?

Elle haussa les épaules.

— Pour l'argent, j'imagine. Tu n'aimerais pas être riche, Uli ?

— Si, je suppose.

— Nous l'étions, avant, pendant la guerre, tu sais.

1. La Badewanne, la « Baignoire » : célèbre boîte de jazz qui accueillait des vedettes de la scène internationale.

— Oui, c'est sûr, mais c'était l'argent des nazis, gagné sur le dos de la souffrance des autres.

— Chut ! s'exclama Kirsten, mortifiée, en posant une main sur sa bouche.

— Ça ne veut pas dire que nous sommes pareils, grommela-t-il à travers les doigts de sa sœur.

— Je le sais bien ! Mais bon… ce n'est pas une chose que tu dois crier sur tous les toits, d'accord ? Si c'est vrai, en tout cas.

— Bien sûr que c'est vrai, siffla-t-il. Tu as vu l'uniforme que papa porte sur la photo ?

— Oui, mais tout le monde portait un uniforme. C'était la guerre.

— Tout le monde n'arborait pas une tête de mort.

— Une quoi ?

— Regarde sa casquette quand nous serons rentrés à la maison. Dessus, il y a un crâne et deux tibias. Il s'agissait du symbole SS.

— C'est vrai ?

— Tu n'es au courant de rien ?

Elle fronça le nez.

— Je n'ai aucune envie d'en savoir plus sur ces trucs. C'est du passé et nous ne devrions plus y penser. Aujourd'hui, l'Allemagne, c'est l'industrie, le sport, et, et…

— Les zoos ? suggéra-t-il.

Elle savait qu'il s'efforçait de changer de sujet, mais après tout, c'était lui qui avait parlé de ces maudits SS. Kirsten ne connaissait pas grand-chose à leur propos. À l'école, le thème n'était jamais abordé. Cependant, elle savait à peu près avec certitude qu'il s'agissait des soldats d'élite de Hitler, de ceux qui avaient dirigé les ghettos et les camps de concentration. Elle n'avait plus envie de danser, maintenant. Elle n'avait même pas envie de boire le chocolat que Lotti lui aurait sans doute préparé, ni même de parler de sa journée ; elle avait simplement envie d'aller se coucher et de dormir.

— C'est notre station, Kirsty. Nous serons bientôt à la maison.

Son frère continuait de lui adresser des regards inquiets et elle s'efforça de faire preuve de patience à son égard tandis qu'ils parcouraient la petite distance les séparant du numéro 106 de la Bernauerstraße. Elle avait désespérément hâte de se réfugier dans sa chambre et de rêver que Dieter l'invitait à danser. Elle se précipita dans leur appartement, au premier étage, mais son soulagement fut de courte durée parce qu'elle perçut des éclats de voix.

— Est-ce que maman a invité quelqu'un ? demanda-t-elle à Uli.

— Pas que je sache. C'est peut-être tante Gretchen ?

Ils se turent et tendirent l'oreille, puis échangèrent un regard inquiet. La voix était grave et rauque, et appartenait incontestablement à un homme.

— Maman ? appela Kirsten, en tendant une main hésitante vers la porte du salon.

— Kirsten ? C'est toi, Kirsten ?

La porte s'ouvrit et révéla la présence d'un homme blond corpulent vêtu d'une chemise en tissu rêche, qui semblait trop étroite pour contenir ses bras musclés.

— Eh bien, dit celui-ci en les écartant largement. Devine quoi… Ton père est rentré !

3
Olivia

4 G Alte Ladenstraße, Stalinstadt

Olivia tourna la clé dans la serrure et se glissa avec gratitude dans l'appartement. À l'intérieur, elle huma l'odeur du pain du sabbat fraîchement cuit et de la soupe au poulet, et entendit les murmures de ses parents, qui préparaient ensemble le repas. Ses amies étaient toujours surprises d'apprendre que son père cuisinait. Certaines d'entre elles avaient même émis des réserves, jusqu'à ce que les points de vue évoluent, puis Filip avait été érigé en modèle socialiste.

— En Deutsche Demokratische Republik, avait dit son professeur, tous les camarades sont égaux. Les rôles liés au sexe sont un mode d'oppression occidental, et empêchent la moitié de la main-d'œuvre de contribuer au bien national.

Cela avait fait taire toutes les critiques, mais à la maison, la réalité était beaucoup plus simple. Filip avait expliqué qu'il avait appris à cuisiner au début de leur mariage, alors qu'il lui était interdit, en tant que juif, de travailler sous l'occupation nazie. Et il avait aimé cela. Il plaisantait parfois en disant qu'il cuisinait mieux qu'Ester, qui rétorquait toujours qu'elle serait ravie qu'il le fasse seul. Olivia aimait leurs plats respectifs, mais préférait les voir préparer les repas ensemble. Elle s'arrêta dans le couloir, s'imprégnant de l'atmosphère agréable de la maison.

Elle avait passé une journée étrange à l'école. Elle était épuisée, parce qu'elle était restée debout la moitié de la nuit à cause de la révélation de sa mère. Finalement, elle n'avait rien raconté à ses amies, n'évoquant ni le fourgon, ni la prison, ni la mère aux cheveux verts à laquelle son enfant avait été enlevé. Elle n'avait fait qu'attendre le moment de rentrer à la maison pour en apprendre davantage sur cette autre petite fille qui avait vu le jour dans le même enfer qu'elle.

Olivia avait toujours su qu'elle était née à Auschwitz et qu'elle avait été adoptée. Ester et Filip lui avaient parlé de son père biologique, fusillé par les nazis, et de sa mère biologique, Zofia, qui était morte de chagrin lorsque sa fille lui avait été enlevée au bout de deux jours. Ils lui avaient parlé aussi de la tante envoyée dans les chambres à gaz de *cet endroit*, et dont Olivia avait reçu le prénom. Ils lui avaient dit que l'avoir retrouvée dans un orphelinat avait été un miracle et qu'ils avaient su que c'était elle grâce au numéro – 58301 – qu'Ester avait tatoué sur son aisselle, et qui était toujours là aujourd'hui.

Ils lui avaient dit à maintes reprises combien ils étaient heureux qu'elle fasse partie de leur famille, et elle n'avait aucune raison d'en douter. Même après la naissance de Mordecai, puis de Ben – leurs véritables fils biologiques –, elle n'avait pas douté de leur amour, ni de son statut de fille unique au sein de leur famille. Et cependant, il y avait toujours eu cette autre fille. Ils avaient dû la chercher sans cesse. C'était évident ; c'était naturellement la seule chose à faire. Olivia le comprenait très bien et était assez raisonnable pour penser qu'ils ne l'en aimaient pas moins pour autant. Mais elle devait accepter le fait qu'elle ne les comblait pas entièrement. Qu'elle n'était pas leur seule fille.

— Olivia ? C'est toi ?

Ester sortit de la cuisine, un tablier au-dessus de son uniforme et une trace de farine sur ses joues rouges. Elle se précipita vers elle et prit les mains de la jeune fille entre les siennes.

— Je suis heureuse que tu sois rentrée. Ainsi, toute la famille est réunie pour le sabbat.

Sa mère avait insisté sur le mot « toute », comme si elle avait deviné ses pensées et souhaitait la rassurer. Olivia lui sourit avec gratitude.

— Les garçons sont là ?

Ester fit un geste en direction du salon, où Mordecai et Ben étaient assis par terre avec un jeu de Meccano. Olivia venait de passer devant un groupe de garçons qui jouaient au loup sur l'aire située devant l'obélisque et savait que ses frères, âgés de dix et douze ans, auraient sans doute aimé jouer à l'extérieur. Mais les vendredis soir étaient sacrés dans la famille Pasternak, et les garçons lui adressèrent des signes joyeux de la main.

Le fait que la famille soit juive n'était pas un secret, mais aucun de ses membres n'affichait sa foi en public. Cela était plutôt habituel en DDR[1]. Les chrétiens se montraient également discrets dans ce pays dans lequel il était considéré que la religion détournait inutilement des intérêts primordiaux de

1. DDR : abréviation de Deutsche Demokratische Republik, la RDA, ou République démocratique allemande.

l'État. Cela convenait à Olivia. Elle aimait que sa religion reste un domaine privé, partagé par les cinq membres de la famille. Elle aimait voir son père et ses frères, le vendredi, porter leurs kippas, finement brodées par Filip. Elle aimait la façon dont elle et sa mère allumaient les bougies du sabbat et servaient le vin de kiddouch, avant que tous ne s'asseyent et rompent le pain ensemble.

— Pourquoi est-ce que nous n'avons pas de synagogue ? avait récemment demandé Ben alors que Filip lui lisait les écritures.

— Nous en avons une, lui avait répondu Ester. Elle est ici, dans notre maison, et dans nos cœurs.

Le petit garçon avait hoché la tête avec sérieux.

— Tu l'as construite dans ton cœur lorsque tu te trouvais à *cet endroit* ?

— Oui, Ben. Je l'ai construite dans mon cœur, où seul Dieu peut la voir et se tient en paix – dans mon cœur comme dans tous les cœurs.

Il s'agissait d'une sensation réconfortante, une sensation qu'Olivia chérissait, mais, comme pour tout le reste, il lui semblait qu'elle ne savait pas tout. S'ils n'avaient pas été juifs, ses parents auraient sans doute encore vécu à Lodz, où ils avaient grandi. Sa mère n'aurait pas été envoyée à Auschwitz, ni son père au sein de la machine à exterminer qu'était le camp de Chelmno. Ils parleraient encore leur polonais natal et continueraient de fréquenter avec d'autres personnes une véritable synagogue faite de briques et de mortier. Cependant, après la guerre, les Polonais s'étaient montrés défavorables au retour des quelques Juifs du pays qui avaient survécu. Ces derniers avaient fait l'objet d'intimidations et de persécutions, et lorsque, durant l'été 1946, quarante Juifs innocents avaient été tués au cours d'un violent pogrom à

Kielce, à deux heures au sud de Lodz, Ester et Filip avaient décidé de quitter leur patrie.

Ils avaient évoqué avec Olivia l'ironie cruelle qui les avait amenés à s'installer en Allemagne, et lorsque Ester eut terminé sa formation de sage-femme à Berlin, ils s'installèrent à Stalinstadt, juste à côté de la capitale. Il s'agissait d'une ville créée de toutes pièces, véhiculant des idées nouvelles, et avec leurs trois enfants à élever, ils avaient saisi l'occasion de prendre un nouveau départ. Ils avaient même transformé le nom de leur fille, Oliwia en polonais, en Olivia, selon l'orthographe allemande. Ester était devenue une sage-femme très prisée, et Filip dirigeait le département féminin du magasin d'habillement d'État. Il faisait appel à ses compétences de couturier pour procéder à des « modifications » qui amélioraient à la fois la coupe et le style des vêtements standards des Konsum pour le plus grand bonheur des femmes de Stalinstadt. Celles-ci affirmaient constamment que la vie, à cet endroit, était agréable.

— Est-ce que tu souhaites te changer avant de dîner ? demanda Ester à sa fille.

— Et *toi* ? répondit Olivia en riant, et en désignant l'uniforme de sa mère.

Ester baissa les yeux et secoua la tête.

— J'avais complètement oublié. Viens, allons nous changer toutes les deux.

Il ne leur fallut pas longtemps pour enfiler leur plus belle robe et rejoindre la gent masculine déjà installée à table. Tous se tinrent debout, la tête inclinée, pendant que Filip récitait le texte du kiddouch. Puis le repas fut servi et les langues se délièrent. Mordecai avait été sélectionné pour faire partie de l'équipe d'échecs et Ben avait obtenu un prix en sciences. Quant à Filip, une cliente ravie de la bordure brodée qu'il avait réalisée sur sa robe d'intérieur ordinaire lui avait offert un poulet entier, et la soupe était donc épaisse et délicieuse.

Olivia expliqua qu'on lui avait demandé d'être capitaine de l'équipe de tennis au cours d'une compétition junior qui aurait lieu la semaine suivante et les membres de sa famille, bien que très perplexes face à son intérêt pour le sport, la félicitèrent chaleureusement. Elle les remercia et refoula son sentiment de malaise après cette nouvelle qui montrait ostensiblement à quel point elle était différente. Elle ne put s'empêcher de se demander quel talent pouvait bien avoir leur fille biologique. Avait-elle une constitution fine comme ses parents et leurs deux fils ? Avait-elle envie de devenir sage-femme comme Ester ? Avait-elle... ?

Elle interrompit le cours de ses pensées. C'était stupide. Elle avait beaucoup de chance d'avoir une famille aussi merveilleuse, et si le numéro tatoué sur son aisselle ne correspondait pas à celui qui se trouvait sur le bras de sa mère, quelle importance ? Ils l'avaient choisie, ils l'aimaient, et c'était une véritable bénédiction.

Malgré tout, elle souhaitait en savoir plus.

Une fois qu'ils eurent vidé jusqu'à la dernière miette et débarrassé leurs assiettes, Filip sortit une précieuse barre chocolatée, et ils s'assirent face aux derniers rayons du soleil perçant à travers la fenêtre pour savourer cette denrée rare.

— Raconte-nous une histoire, maman, la pria Ben, qui se tortillait entre ses parents sur le canapé.

— Oh oui ! Raconte-nous une histoire.

Mordecai semblait également disposé à écouter et s'installa avec empressement aux pieds d'Ester, mais Olivia esquissa un mouvement, mal à l'aise. Elle avait du mal à comprendre pourquoi ses frères étaient aussi impatients d'entendre les histoires d'Ester. Ce n'étaient pas exactement le genre d'histoires que l'on raconte au moment du coucher ; elles ne parlaient ni de fées, ni de sorcières, ni de dragons. Ou peut-être que si – mais ces personnages étaient bien réels.

— Pourquoi fais-tu cela ? avait-elle demandé un jour à sa mère. Pourquoi continues-tu à nous parler de *cet endroit* ? Ne vaudrait-il pas mieux l'oublier ?

— Il *vaudrait* mieux, avait convenu Ester, mais c'est impossible. En en parlant, je parviens à morceler les faits en fragments presque supportables, et j'en ouvre un à la fois. Si j'essayais de les repousser, tous les souvenirs remonteraient d'un coup et me submergeraient. Il s'agit du seul moyen dont je dispose pour les maîtriser. Et bien sûr, il faut que vous sachiez – vous devez tous savoir ce dont l'être humain est capable. Vous devez rester sur vos gardes en permanence.

Selon Olivia, les garçons voyaient sans doute dans ces récits une pure histoire d'horreur plutôt qu'une mise en garde – aussi éloignée que possible des contes de sorcières et de dragons –, sauf lorsqu'ils croisaient le regard de leur mère et y percevaient sa souffrance. Cela, personne ne pouvait le prendre à la légère.

— Parle-nous de l'arbre de Noël, demanda Mordecai.

Ester prit une grande inspiration en tremblant et lui adressa un sourire.

— Tu sais les choisir, Mordy.

Elle adressa un regard chargé de sens à Olivia par-dessus la tête de son fils. La jeune fille sentit que le repas de sabbat allait lui rester sur l'estomac et attrapa un coussin en le serrant contre elle, comme pour se préserver de ce qu'elle allait entendre.

— Vous êtes sûrs ?

— Nous sommes sûrs.

Ben se glissa à côté de son frère. Tous deux étaient assis jambes croisées devant Ester, comme des élèves s'apprêtant à écouter le rabbin.

— Très bien. C'était le jour de Noël 1943, en plein milieu de la guerre, et cela faisait déjà huit mois que je me trouvais dans *cet endroit*. Olivia était née trois mois auparavant, et était partie, eh bien, là où elle avait été emmenée avant qu'une bonne âme ne la conduise à l'orphelinat dans lequel, grâce à Dieu, nous l'avons retrouvée.

Les garçons s'agitèrent, l'air surpris. Il s'agissait d'un détail de l'histoire qu'ils ne connaissaient pas. Olivia était certaine que sa mère l'avait mentionné pour les préparer à la révélation qu'elle allait leur faire. Ils jetèrent un regard étonné en direction de leur sœur adoptive, mais l'objet de leur curiosité n'était pas réellement là.

— Parle-nous de l'arbre, la pressa Ben.

Ester sourit à Olivia et se tourna vers les visages attentifs de ses fils assis à ses pieds.

— Irma Grese nous a obligées à sortir dans la neige, dans le noir.

— La gardienne qui avait un fouet ?

— Ils avaient tous des fouets, Ben, mais c'était elle qui s'en servait le plus, oui. Elle nous a expliqué que les surveillants avaient un cadeau pour nous, et lorsque nous sommes sorties à l'extérieur dans le froid, il y avait bien un sapin géant au milieu du camp, et les gardiens étaient en train d'allumer des bougies fixées sur ses branches, comme si nous nous trouvions au milieu de n'importe quelle jolie ville allemande. Pendant un bref instant, nous

nous sommes dit qu'il y avait quand même un cœur sous ces uniformes SS, mais nous nous trompions complètement.

« C'est après que nous avons vu qu'ils étaient en train de retirer des draps, et sous l'arbre, empilés sur une hauteur effroyable, il y avait des corps nus. Ceux du dessus étaient enveloppés de rubans rouges. Il m'arrive encore de penser aux personnes qui ont coupé ces rubans et les ont placés sur des membres morts, en prenant le temps de faire un nœud parfait, simplement pour nous rendre encore plus malheureux que nous ne l'étions déjà, ajouta-t-elle en toussant, gémissant plus qu'elle ne parlait. Je les ai appelées des personnes, mais il ne s'agissait pas de personnes... C'étaient des monstres.

Filip passa un bras autour d'elle, et Ben et Mordecai restèrent assis, silencieux, songeant sans doute que cette histoire n'avait pas été inventée, mais qu'il s'agissait de la vérité – de ce qu'avait vécu leur mère. Ester toussa de nouveau, puis redressa la tête.

— C'est alors qu'Ana – votre grand-mère Ana – a commencé à chanter.

Olivia ferma les yeux et essaya de se faire une image de la femme plus âgée qui avait été l'amie la plus proche de sa mère à Auschwitz et était depuis devenue leur grand-mère de substitution.

— Elle s'est mise à chanter *Douce nuit*, poursuivit Ester. Et l'une après l'autre, nous nous sommes mises à chanter, toutes, y compris les Juives. Nous ne connaissions pas les paroles, mais cela n'avait pas d'importance, parce que la chanson était belle, et en chantant, même si cela n'a duré qu'un instant, nous sommes redevenus humains. Nous n'étions plus réduites au rang d'animaux grattant la saleté et la poussière pour des rebuts de pain, mais des êtres humains capables de ressentir, de prendre soin et d'aimer. Ils ne sont pas arrivés à nous enlever cela, même s'ils ont essayé de toutes leurs forces. À la fin, c'est l'amour qui a triomphé.

Filip la serra contre lui ; Olivia vit sa mère essuyer une larme et elle en fut de nouveau effrayée. Ester pleurait rarement, même lorsqu'elle racontait ce qu'elle avait vécu. Elle conservait une grande maîtrise d'elle-même et parvenait toujours à la même conclusion – l'amour a triomphé. Mais il semblait désormais que l'amour avait parfois perdu, et elle observa les doigts d'Ester triturer sa robe tandis que Filip se levait pour envoyer les garçons au lit.

— Papa, nous sommes vraiment obligés ?

— Oui. Nous allons pêcher, demain, vous vous souvenez ?

— Oui ! s'exclama Ben en se levant d'un bond. Je vais attraper un poisson, maman, et je te le rapporterai.

— J'en attraperai un plus gros que toi, ajouta Mordecai en écartant les mains pour suggérer la taille d'un poisson qu'il serait sans doute incapable de capturer.

— Et nous mangerons les deux poissons tous ensemble, affirma Filip. Maintenant, au lit.

Ils se dirigèrent bruyamment en direction de la chambre des garçons, tout en discutant de cannes à pêche et de filets, et brusquement, Olivia et sa mère se retrouvèrent seules.

— Viens t'asseoir près de moi, ma fille, dit Ester en tapotant le canapé. Mordy a choisi une bien terrible histoire, ce soir. Comme s'il était au courant.

— Au courant de quoi ? demanda sa fille d'une voix rauque, ce qu'Ester ne sembla pas remarquer.

— Du fait que c'est en ce jour du réveillon de Noël que le travail a commencé.

— Avec... avec ma sœur ?

— Avec Pippa, oui.

Pippa. Olivia répéta le prénom et inspira comme si elle voulait le faire sien. Pippa. Filipa. Tout prenait un sens. L'accouchement de sa mère et le prénom de son père.

— Raconte-moi, chuchota-t-elle.

Ester agrippa sa main.

— J'ai perdu les eaux à cet endroit, dans la neige. De la vapeur s'est élevée, et ce n'est que parce que les gardiens avaient bu du vin et à cause de leur fierté malsaine vis-à-vis du « cadeau » qu'ils nous avaient fait qu'ils n'ont rien remarqué. Ana et Naomi, mon amie grecque, m'ont ramenée dans les baraquements et j'ai accouché durant la nuit. J'ai manqué l'appel le lendemain matin. Normalement, cela signifiait la mise à mort immédiate, mais Pippa avait choisi d'arriver le bon jour, et ces porcs étaient trop occupés à engloutir leur repas de Noël pour y prêter attention.

« Elle est née quelques heures plus tard et, pendant un moment, pour la première fois dans *cet endroit*, je me suis sentie heureuse. Véritablement heureuse. Les autres femmes se sont montrées extrêmement prévenantes. Elles m'ont donné leur pain, leur margarine et leurs betteraves – et Dieu seul sait combien nous avions à peine assez pour rester en vie, encore moins avec un bébé – et j'ai eu du lait, et pendant quatre jours entiers, j'ai pu lui donner mon amour. C'était magique. Puis ils sont venus.

— Qui ? demanda Olivia.

— Les SS, les mêmes qui t'avaient emmenée. Ils étaient haut placés dans l'organisation de *cet endroit* et ils venaient à bord d'une voiture de luxe, et emportaient les bébés. Les volaient, comme l'officier de la Stasi qui a volé l'enfant de Claudia la nuit dernière. Ce n'est pas bien, n'est-ce pas, Olivia ? C'est injuste. Personne n'a le droit de prendre l'enfant d'une autre femme.

— Bien sûr, approuva Olivia, qui se souvint de la malheureuse Claudia agenouillée, pleurant et implorant comme si l'homme avait emporté une partie de son âme. Comment s'appelaient ces gens ?

— Meyer, répondit Ester, et Wolf. Wolf était une femme. Est-ce que tu peux imaginer ! Il s'agissait d'une femme, et elle emmenait nos enfants. Je me demande si elle a eu un jour elle-même des enfants, et si elle a alors réfléchi à ce qu'elle nous avait fait endurer.

— Elle est sûrement allée en prison ?

— Peut-être, mais peut-être pas. Tu serais surprise de savoir combien peu d'entre eux y sont allés. Certains se sont enfuis, ont pris de nouvelles identités, ont quitté le pays. Et même ceux qui *ont* été arrêtés n'ont pas eu tant d'ennuis que cela. À part ceux qui étaient en haut de l'échelle. Ils ont passé un an ou deux en prison, avant d'être libérés et de se balader en Allemagne comme si de rien n'était. Je suis heureuse que nous vivions à l'Est, parce que aucun fasciste ne songerait à vivre sous la houlette des communistes. Ils sont heureux d'être devenus des capitalistes qui se sont engraissés alors que des millions de personnes se battent pour recoller les morceaux de leurs vies détruites.

— Et pour toi, Pippa représente l'un de ces morceaux ?

Filip réapparut dans la pièce et posa une main sur l'épaule d'Olivia.

— Tu sais que nous t'aimons comme si tu étais notre propre fille, Liv ?

Ester leva les yeux et une expression horrifiée passa sur son visage.

— C'est le cas, renchérit-elle. Absolument. Te retrouver a été un miracle et l'existence de Pippa ne change rien. Ne va pas imaginer…

Olivia lui pressa la main.

— Ne t'inquiète pas. Je vous aime, tous les deux, et j'ai tellement de chance de faire partie de cette famille.

— Pas autant de chance que nous de t'avoir. C'est juste que…

Ester s'interrompit et Filip termina sa phrase à sa place.

— C'est simplement qu'il aurait été merveilleux de vous avoir toutes les deux.

— Vous avez essayé de la retrouver ?

— Bien sûr, répondit son père en venant s'asseoir également à côté d'elle.

Il y avait peu de place sur le canapé, mais Olivia se sentit bien, ainsi, entourée de leur amour.

— Nous avons essayé toutes les pistes possibles, durant des années – les synagogues et les orphelinats de toute la Pologne et de toute l'Allemagne, le Comité de secours juif et différents organismes nationaux. La Croix-Rouge a effectué beaucoup de recherches, durant les premières années, et les Nations unies avaient mis en place une unité de secours et de réhabilitation dotée d'une équipe de recherche des enfants. C'est grâce à cela que nous t'avons retrouvée, Liv. Les tatouages que maman avait faits sur les aisselles des bébés ont été utiles et certains enfants ont réapparu, mais…

— Mais aucun d'entre eux n'était Pippa, continua Ester. Puis un jour, nous avons cru l'avoir retrouvée. Nous avons pensé...

— On nous a parlé d'un bébé, ajouta Filip, en serrant la main de sa femme. Enfin, à l'époque, il s'agissait d'une enfant. C'était en 1950.

— Cinq ans après la guerre ?

— Oui. Et sept ans après ta naissance. Et... après celle de Pippa. Nous n'avions pas perdu espoir.

— Et que s'est-il passé ?

— Cela n'a pas d'importance, intervint Ester d'une voix sèche et cassante, ne laissant aucune place à la contestation. Cela n'a pas d'importance, Olivia. Filip et moi nous sommes retrouvés, malgré tous les obstacles, et nous t'avons trouvée, et puis Mordy et Ben sont nés. Nous avons eu beaucoup, beaucoup de chance, en particulier par rapport à d'autres personnes que nous avons connues... avant. C'était déjà beaucoup.

Son ton fit comprendre à Olivia que le sujet était clos, mais ses larmes montraient qu'il y avait autre chose derrière tout cela. Elle savait qu'ils formaient une famille heureuse, mais cela *n'était pas* suffisant, manifestement. Et Dieu lui vienne en aide, car elle désirait en savoir davantage sur cette sœur disparue.

4
Ester

Berlin-Est, juin 1950

— Quelqu'un vous demande, madame Pasternak.

Ester lève les yeux. Elle est en train de laver ses mains tachées de sang après une nouvelle naissance et se sent épuisée. L'enfant est né par le siège, et l'accouchement a nécessité qu'elle fasse appel à toutes ses compétences. L'enfant et sa mère vont bien, et elle n'a qu'une seule envie : aller se coucher.

— Je ne suis pas la seule sage-femme de Berlin.

— Mais vous êtes la meilleure.

Ester sourit avec gratitude à la femme, qui vient de devenir grand-mère et rayonne. Son parti pris est compréhensible après la nuit qu'elles viennent de traverser, mais elle se sentirait incapable d'endosser de nouveau son rôle de sage-femme à cet instant précis.

— En tout cas, poursuit la nouvelle grand-mère, je suis certaine que cette personne n'est pas là pour un accouchement.

Le cœur d'Ester fait un bond. Les seuls messages qu'elle reçoit et qui ne sont pas relatifs à de futurs bébés se rapportent à des enfants qui ont été retrouvés récemment. Mais à coup sûr, il ne s'agit pas de Pippa. Plus maintenant. Aucun enfant tatoué n'a été retrouvé depuis un an.

Au début, lorsque Filip et elle ont emménagé à Berlin durant la période chaotique de l'après-guerre, des enfants dont l'aisselle était tatouée étaient régulièrement retrouvés. Chaque fois, la nouvelle emplissait Ester d'un merveilleux mais douloureux espoir, et chaque fois c'était un espoir déçu, parce que les chiffres ne correspondaient pas. Au fil des ans, des bébés, puis des bambins et enfin des enfants d'âge préscolaire étaient identifiés et retournaient auprès des membres de leur famille qui avaient survécu. Cependant, l'enfant 41400 n'avait jamais été retrouvé.

— La personne qui vous demande est une femme, précise la grand-mère.

Cela n'a rien d'étonnant. Encore aujourd'hui, en 1950, on compte quatre femmes pour un homme à Berlin. Beaucoup d'hommes sont rentrés estropiés de la guerre, ont guéri de leurs blessures ou sont passés de l'enfance à l'âge de procréer, mais les femmes continuent de veiller les unes sur les autres. Et Ester prend soin des autres femmes également, à sa manière.

C'est Ana qui avait eu l'idée qu'Ester et Filip s'installent à Berlin. Ester avait protesté énergiquement, mais la capitale de Hitler, désormais une ville occupée dirigée par les Alliés, était, ironiquement, devenue l'un des endroits les plus sûrs pour les personnes que l'ancien dictateur avait tenté d'éliminer avec tant de hargne.

— J'ai une amie qui travaille dans un hôpital de la zone soviétique, lui avait dit Ana. Elle te formera. Elle veillera sur toi.

— Elle ne le fera pas aussi bien que toi.

— Et elle ne sera jamais aussi heureuse de t'avoir que moi. J'aurais tant aimé que tu puisses apprendre le métier avec moi, Ester, mais les voies de Dieu sont impénétrables.

— Est-ce parce qu'il y a déjà une sage-femme expérimentée à Lodz ?

— Plutôt parce qu'il en faut une à Berlin. J'ai entendu dire qu'il y avait beaucoup de ventres ronds, là-bas.

C'était bel et bien le cas – comme s'il y avait un besoin urgent de faire des enfants ; de beaux enfants intelligents, qui ignoreraient tout des cicatrices de la guerre et des horreurs du nazisme. Ester eut aussitôt beaucoup de travail. La capitale de l'ancien Reich présentait non seulement un avantage pour sa profession, mais permettait en outre d'accéder aux registres et aux archives, et de trouver de l'aide auprès d'agences et d'associations qui suivaient la piste de personnes disparues.

Au début, toutes les trois ou quatre semaines, des comptes rendus évoquant des enfants qui auraient pu être Pippa suscitaient l'espoir d'Ester et de Filip – un espoir constamment déçu. Aujourd'hui, Ester n'en peut plus. Récemment, Filip a évoqué le fait de quitter la capitale. Il a rapporté un prospectus qui parle d'une ville nouvelle en train d'être construite en dehors de l'agglomération : Stalinstadt, un bel endroit dans lequel des familles pourront bénéficier du confort offert par le socialisme. La proposition est tentante, mais Ester a toujours eu le sentiment que, si elle retrouve Pippa, ce sera à Berlin. L'espoir ne meurt jamais.

Elle s'essuie soigneusement les mains.

— Quel genre de femme ?

— Une femme élégante, en tailleur. Avec de belles chaussures. Elle a un accent américain.

Son cœur se met à battre la chamade. Juste après la guerre, il y avait beaucoup de ces Américaines ; des présidentes d'œuvres de charité bien intentionnées, qui se rendaient en Europe pour « faire leur part » en prenant en main la situation des innombrables enfants perdus pullulant au sein de la capitale éreintée de l'Allemagne. Elles considéraient leur mission comme une chasse au trésor, et Ester suppose que cela était – *est* – en quelque sorte le cas ; mais un trésor qui pour elle et les autres mères dans sa situation est inestimable, bien supérieur à ce que ces femmes affairées peuvent imaginer.

La plupart d'entre elles sont aujourd'hui reparties de l'autre côté de l'Atlantique, et sont retournées à leurs ventes caritatives, à leurs cookies et à leurs bals de charité. Il n'y a presque plus d'orphelins, désormais : la plupart ont retrouvé leurs familles ou été adoptés, et sont partis en Angleterre, en Israël et aux États-Unis. Ils vivent leur vie et c'est merveilleux, mais cela laisse à Ester le sentiment de rester dépouillée d'une partie d'elle-même.

— Elle vous attend dehors.

Ester hoche la tête pour la remercier. Elle se sent incapable d'articuler le moindre mot. Elle roule son tablier taché de sang en boule dans son sac, les mains tremblantes, et lisse ses cheveux. Ce qui est vraiment stupide de sa part : quelle importance a sa coiffure, s'ils ont retrouvé Pippa ?

Brusquement envahie par un sentiment de désespoir, elle se précipite hors de la salle de bains et le long du petit couloir qui aboutit à la porte de l'appartement. À l'extérieur, dans le hall d'entrée, se tient une femme parfaitement coiffée, qui serre un fin dossier entre ses mains manucurées.

Le cœur d'Ester tambourine contre sa cage thoracique. Elle a déjà vu ce type de dossiers à de nombreuses reprises : des détails parcellaires d'une vie entière emballés dans du carton beige.

— Madame Pasternak ?

Ester hoche la tête, les yeux fixés sur le dossier.

— Nous avons retrouvé une enfant. Une petite fille d'environ sept ans.

Cela correspondrait. Olivia a sept ans également. Leur fille adoptive, avec sa magnifique personnalité, joyeuse et affectueuse, est sans le savoir l'étalon de l'enfant fantôme de ses parents.

— Où est-elle ? questionne Ester en s'étranglant.

— Elle vit dans un foyer privé.

Cela n'est pas étonnant. Ester sait depuis un certain temps que si sa fille est encore en vie, elle doit être cachée par la famille sans scrupule qui l'a enlevée.

— Elle est à Berlin. Quelqu'un l'a vue. Elle jouait en se suspendant sur des agrès et le numéro tatoué sur son aisselle était visible.

Ester vacille et la femme se précipite pour la soutenir. Elle est dotée d'une force surprenante.

— Nous envoyons quelqu'un pour enquêter. Bientôt, nous en saurons plus, mais, eh bien, nous avons pensé que vous voudriez être au courant.

— Bien sûr, répond Ester, le souffle coupé. Je veux dire, oui, je veux savoir.

Pippa, sa Pippa, se trouve peut-être ici à Berlin avec la femme qui l'a volée, et Ester pourra enfin la lui reprendre. Ce serait tellement merveilleux qu'il lui est difficile de supporter cette idée.

5
Kirsten

106 Bernauerstraße, Berlin-Ouest, vendredi 19 mai 1961

Kirsten observa l'homme dont la silhouette s'encadrait dans la porte du salon. Était-il réellement son père ? Elle avait toujours supposé qu'en le voyant, elle sentirait qu'ils étaient unis par un lien biologique, mais cet homme lui fit l'effet d'un étranger et sa masse imposante se révélait déstabilisante.

— Bonjour, marmonna-t-elle en cherchant sa mère du regard pour qu'elle lui apporte du soutien, mais Lotti se tenait impuissante dans l'ombre de l'homme, le visage marbré et les yeux baissés.

Sa mère était une belle femme à la silhouette pulpeuse, mais elle semblait, ce soir-là, minuscule et effrayée.

— Heureuse de voir ton papa, hein ? demanda-t-il. Revenu d'entre les morts, comme par miracle.

Il jeta un regard mauvais en direction de Lotti, qui releva la tête.

— Je n'ai jamais dit que tu étais mort, Jan.

— Tu n'as jamais dit non plus que j'étais vivant. Viens par ici, Kirsten, me faire un câlin.

Il écarta les bras et Kirsten se sentit comme aspirée par son étreinte. Son corps était dur comme de la pierre et irradiait une force pure, si bien qu'elle fut soulagée lorsqu'il la relâcha.

— Je dois avouer que tu es belle fille, fit-il en hochant la tête d'un air approbateur. Tu as tellement grandi, cependant. Je m'aperçois à quel point j'ai été longtemps absent. Quel âge as-tu, maintenant ?

— Dix-sept ans, mons... papa !

— Dix-sept ans ! La dernière fois que je t'ai vue, cela ne faisait que quelques semaines que tu étais sortie du ventre de ta mère.

— Jan, intervint Lotti, une étrange inquiétude perçant dans sa voix.

L'homme jeta de nouveau un regard mauvais en direction de son épouse, puis s'avança brusquement dans sa direction et l'embrassa fougueusement sur la bouche.

— Mais ta mère est très belle également. Elle l'a toujours été. La pomme ne tombe pas loin de l'arbre, ma Lotti. Plus toute jeune, certes, mais encore belle.

Il l'embrassa de nouveau. Kirsten vit le corps de sa mère se raidir et s'efforça de trouver un moyen de distraire l'attention de l'homme.

— Tu étais parti pour une destination lointaine, papa ?

Il se retourna vers elle.

— Une destination lointaine ! J'apprécie... Magnifique... Oui, ma petite Kirsten, j'ai fait un long voyage aller-retour jusqu'en enfer. Mais maintenant je suis là, et il faut rattraper le temps perdu. Je suis certain que tu sais t'amuser, n'est-ce pas, jeune fille ? Et qui est ce garçon ? Ton petit ami ?

Il fit un geste en direction d'Uli, recroquevillé derrière Kirsten, qui plissa les yeux en le regardant.

— Mais non, papa, bien sûr que non. C'est Uli.

— Uli ? Jamais entendu parler de lui, dit-il en secouant la tête.

Kirsten jeta un coup d'œil vers Lotti, qui se tordait les mains. Son esprit était en ébullition. Uli était né en février 1946, neuf mois après la fin de la guerre. Jan était-il parti, à l'époque, quel que soit l'endroit où il se trouvait ?

— C'est mon frère, papa, parvint-elle à articuler. Ton fils.

— Mon... ? s'étonna Jan dont le visage prit une curieuse teinte violacée, une veine battant sur ses tempes. Non. Non, c'est impossible.

Kirsten entendit Uli geindre et tendit une main derrière son dos pour le réconforter.

— Maman ? chuchota-t-il.

Le visage de Lotti était encore marbré et les contours de ses yeux étaient rouges, mais elle croisa le regard d'Uli avec détermination.

— Tu es mon fils, mon chéri, affirma-t-elle. Mon fils adoré.

Elle lui sourit, mais le mot « mon » se dressa entre eux comme un obstacle hérissé de pointes et d'épines.

Jan se jeta sur elle. Il empoigna Lotti et la plaqua contre le mur, en plaçant son visage tout près du sien.

— Comment as-tu pu me faire ça, sale pute ?

— Ne la touche pas ! s'écria Kirsten. Laisse-la tranquille !

— Ou alors ? grommela-t-il.

— Ou alors j'appelle la police.

— Parfait. J'ai justement un adultère à dénoncer.

Il se retourna vers Lotti et l'invectiva en postillonnant.

— Avec qui tu as couché pendant que j'étais en prison, ma femme ? Bon Dieu, le gamin doit avoir, quoi, quinze ans ? Tu n'as pas traîné, dis-moi ? Espèce de salope, tu…

— Lâche-moi, répliqua Lotti d'une voix empreinte de colère. Je n'ai pas « couché » avec un homme, Jan, mais beaucoup d'hommes ont couché avec moi. Pendant que tu te battais pour ce Reich moribond, j'étais seule à Berlin, et les Russes pillaient la ville, et prenaient tout ce que – et qui – ils voulaient.

Tous fixèrent Lotti, qui leva le menton d'un air de défi.

— *Komm, Frau*. C'étaient les seuls mots allemands qu'ils connaissaient. Ils entraient dans une pièce, une cave, ou une église effondrée dans laquelle nous tentions désespérément de nous cacher et jetaient un coup d'œil à la ronde, puis ils disaient : *Komm Frau*. Nous ne pouvions rien faire pour nous défendre, rien. Ils possédaient une grande force physique, ils étaient très nombreux, et ils avaient des armes. Ils vous attrapaient, soufflant comme des chiens enragés, vous basculaient contre la pile la plus proche de gravats et vous maintenaient pendant qu'ils, ils…

Des larmes lui montèrent aux yeux et Kirsten voulut s'approcher d'elle, mais Lotti leva la main pour la tenir à distance, et même Jan recula devant tant de rage contenue.

— Cela a duré des jours. Ou plutôt des nuits. Ils dormaient le jour, mais sitôt que la nuit tombait, ils se soûlaient à la vodka puis repartaient sur nos traces. Il n'y avait nulle part où se cacher. C'était comme s'ils avaient senti notre présence. Et ils étaient insatiables.

— Les ordures, intervint Kirsten.

— Des ordures, admit Lotti, mais qui étaient en train de se venger, nous le savions bien.

— Se venger ? interrogea Kirsten.

Lotti se tourna vers Jan.

— Oh oui, c'était une vengeance, car nos braves et nobles soldats allemands, qui étaient en train d'envahir la Russie, faisaient de même. Ils s'en prenaient à chaque mère, chaque sœur et chaque fille qu'ils trouvaient sur le chemin de Stalingrad, saccageant tout, et c'est pour cette raison que..., s'interrompit-elle en écartant les mains. Une fois qu'ils ont dû reculer, les femmes qu'ils avaient laissées seules ont fait l'objet de représailles.

Pleine de fureur, elle se recroquevilla contre le mur.

— Combien de fois est-ce arrivé ? bégaya Jan.

— Trop de fois pour que je compte. J'étais bien nourrie, tu vois, grâce à mon époux haut placé, j'avais tout ce qu'il fallait... Et ils aimaient les femmes un peu rondes. J'étais la première choisie à chaque fois. Le seul fait positif dans tout cela était qu'ainsi ils ne s'en prenaient pas à de pauvres jeunes filles vierges. Nous les cachions du mieux que nous pouvions, parce que, vous voyez...

Elle attrapa la main libre de Kirsten, qui serra la sienne avec force, consciente de la moiteur de celle d'Uli qui tenait l'autre.

— Mais alors..., hésita Uli, je suis russe ?

— À moitié russe, répondit Lotti avec gravité, mais *complètement* à moi.

Elle lâcha la main de Kirsten et étreignit son fils.

— Cela ne change rien du tout, Uli.

— Mais bien sûr que si, maman. Il s'agissait d'un viol.

Il essaya de s'écarter d'elle, mais elle le retint avec une force étonnante.

— Il s'agissait d'une époque sombre, très sombre. Il y avait peu d'eau, peu de nourriture, peu de confort. Les femmes de Berlin étaient seules et vulnérables et l'ennemi s'en prenait à nous de toutes les manières possibles. C'était la guerre, Uli, et c'était horrible. Mais une belle chose est sortie de toute cette horreur. Il y a eu un peu de lumière dans cette noirceur, et il s'agissait de toi.

— Tu étais heureuse d'être enceinte ? s'indigna Jan en s'appuyant lourdement sur le mur le plus proche.

— Au début, non, répondit Lotti. J'étais dévastée, mais j'étais loin d'être la seule dans cette situation. Beaucoup de femmes se sont fait avorter, mais, quant à moi, je devais élever Kirsten, et une vie est une vie, n'est-ce pas ? Ce qui s'est passé n'était pas la faute d'Uli et je n'ai pu me résoudre à avorter. Il était à mes yeux comme un petit miracle.

— Tu parles d'un miracle, commenta Uli, l'air malheureux. Ce qui aurait été un miracle, c'est que tu ne tombes pas enceinte.

— Ce n'est pas mon avis, répondit Lotti, mais elle dévisagea Jan, et Kirsten vit quelque chose d'étrange passer entre eux, comme un souvenir des moments qu'ils avaient vécu ensemble, des moments heureux, supposa-t-elle.

Mais cette impression ne dura qu'un bref instant, car Jan frappa brutalement du poing sur le mur. Ils sursautèrent et se serrèrent les uns contre les autres.

— *Wunderbar !* tonna-t-il. Bienvenue à la maison, Jan. Magnifique que tu sois rentré, Jan. Ton foyer a hérité d'un coucou communiste, Jan.

— Ce n'est pas la faute de maman, protesta Kirsten.

La tête lui tournait, mais cette certitude était ancrée en elle. Cependant, les yeux de Jan s'étrécissaient dangereusement.

— C'est ce que tu penses ? Je n'en suis pas aussi sûr que toi. Dis-moi alors, Lotti, comment se fait-il que tu ne pouvais pas...

— Jan !

Il se tut, cédant curieusement devant elle, puis se tourna vers la porte.

— Je vois bien que je ne suis pas le bienvenu ici. Cela fait des années que j'attends de te retrouver, Lotti. Ce furent de longues et pénibles années, et désormais, tu habites ici, dans ton propre appartement, avec tes sales cons de gosses, et tu n'as plus besoin de moi. C'est parfait, je m'en vais !

— Où vas-tu ? demanda Lotti.

— Cela a de l'importance pour toi ?

Elle hésita un peu trop longuement, et Jan quitta les lieux dans un rugissement de colère assez violent pour faire trembler l'immeuble entier. Ils se précipitèrent à la fenêtre pour le voir descendre en trombe la Bernauerstraße, sa silhouette trapue projetant des ombres colériques sous chaque lampadaire jusqu'à ce qu'il parvienne devant un bar dans lequel il entra.

Lotti s'effondra dans un fauteuil et Kirsten et Uli s'assirent à ses pieds.

— Est-ce que cet homme est vraiment notre père ? s'enquit Kirsten.

— En tout cas, ce n'est pas le mien, affirma Uli.

— Tu as de la chance, répondit Kirsten.

— J'ai de la chance d'avoir pour père un Russe violeur ?

Kirsten fit la grimace.

— Désolée, Uli. Mais tu sais, ce n'est pas cela qui est important. Les vrais pères ne sont pas que des géniteurs. Ils prennent soin de vous, vous protègent et vous élèvent. Aucun des nôtres ne l'a fait, mais notre Mutti l'a fait. C'est Mutti qui fait le lien entre nous, qui nous unit, n'est-ce pas, Mutti ?

— Oui, bien sûr, répondit Lotti d'une voix chancelante.

Et après l'apparition de ce père enragé qui avait perturbé leur joyeux foyer, Kirsten se demanda combien de temps encore ils parviendraient à préserver ce qui les avait unis jusqu'à présent.

6
Olivia

Lycée d'État, Stalinstadt, lundi 22 mai 1961

— Olivia ! Olivia Pasternak, est-ce que tu m'écoutes ?

Olivia dévisagea son enseignante en clignant des yeux. La vérité était qu'elle était absorbée par ses pensées, songeant au bébé qui avait été enlevé à sa mère, si bien qu'elle n'avait pas écouté un traître mot de la leçon. Mais l'avouer n'aurait pas été la meilleure solution.

— Bien sûr, Frau Werner. C'est très intéressant.

— Heureuse de l'entendre. Par conséquent, pourrais-tu nous rendre service en résumant de manière précise les avantages d'une agriculture collectiviste ?

Olivia se leva lentement et se força à réfléchir.

— Le processus de collectivisation consiste à coopter de petites propriétés privées inefficaces pour en créer une plus grande qui puisse être exploitée sous forme collective, par un soviet, expliqua-t-elle. En s'unissant pour travailler, le groupe peut créer une structure équitable et efficace qui permet à tous de fournir le même travail pour un salaire équivalent.

— Excellent, admit Frau Werner à contrecœur. Et de quelle manière ces principes socialistes peuvent-ils être appliqués à un environnement urbain ?

Olivia retint un gémissement, mais ce sujet était d'actualité ici, à Stalinstadt, et elle connaissait déjà la réponse.

— Selon le même principe, qui consiste à réunir des compétences individuelles pour le bien commun. Les médecins apportent leurs connaissances médicales, les métallurgistes, leurs compétences techniques, les enseignants des jardins d'enfants, leur savoir-faire en matière d'éducation. Tous contribuent d'une manière identique au bien commun, et c'est pourquoi tous sont rémunérés selon un quota de travail déterminé par l'État. Personne n'est injustement rétribué selon un système de valeurs fallacieux qui considère que certaines compétences sont supérieures à d'autres. Et tous les biens de première nécessité font l'objet d'un prix fixe, de sorte qu'aucune valeur n'est attribuée aux symboles vains d'une richesse superficielle. Ainsi, nous pouvons créer une société réellement égalitaire, affranchie des entraves des inégalités capitalistes.

— Parfait. Oui. C'est bien, Olivia.

Cette fois, Frau Werner lui adressa un sourire sincère et Olivia lui rendit son sourire. Tout cela n'était pas difficile à retenir. Il s'agissait d'informations dont elle entendait constamment parler à l'école et au sein de la Jeunesse libre allemande. De plus, tout cela semblait très logique. À l'Ouest, certaines personnes devenaient riches simplement en pratiquant une véritable sorcellerie avec l'argent, dans lequel elles puisaient pour en obtenir encore *plus* et en le dépensant pour acheter des vêtements et des maisons hors de prix, alors que d'autres dont les compétences consistaient par exemple à faire fonctionner une machine ou à soigner les malades s'en sortaient à peine. Tout fonctionnait de travers là-bas, et Olivia était heureuse de vivre à l'Est, où l'on œuvrait à construire une société plus juste. Et pourtant, la pensée de cette pauvre Claudia à laquelle son enfant avait été arraché simplement parce qu'elle avait teint ses cheveux en une couleur non approuvée par l'État la taraudait.

« Les nazis retiraient les enfants à leur mère », avait explosé sa mère face à l'officier de la Stasi, et cet horrible mot – « nazis » – résonnait encore aux oreilles d'Olivia. Elle avait toujours pensé que les communistes étaient à l'opposé des nazis, mais ce qui s'était produit dans le sous-sol sordide la nuit précédente avait ébranlé la solidité de ses convictions, et énoncer à haute voix les valeurs socialistes fondamentales lui procura presque du soulagement. Ils œuvraient à instaurer un meilleur mode de vie, mais cela n'était pas simple. Les êtres humains faisaient partie d'une espèce égoïste et tous devaient apprendre à placer le bien commun au-dessus de leur bénéfice personnel.

Ses pensées dérivèrent bientôt vers l'enfant que l'on avait enlevé à ses propres parents… La fille qui aurait dû occuper sa place. Que se serait-il passé s'ils avaient retrouvé leur Pippa avant elle ? Ils avaient passé leur vie à lui prouver leur affection, et elle était suffisamment raisonnable pour y croire, mais elle n'avait jamais pensé auparavant qu'ils pourraient les comparer. Pippa était-elle plus jolie ? Plus petite ? Plus ordonnée ? Ressemblait-elle davantage à Ester et Filip ? Et pourquoi avaient-ils cessé de la chercher ? Olivia avait l'horrible sentiment qu'ils l'avaient fait pour l'épargner, pour l'empêcher de ressentir le doute oppressant qu'elle éprouvait actuellement. Mais le fait de savoir que ses parents avaient abandonné leur véritable fille et élevé l'être maladroit et gauche qu'elle était accroissait son malaise.

Elle fut soulagée d'entendre la cloche sonner et interrompre le cours de ces pensées douloureuses. Tous les élèves se levèrent d'un bond. Ils devaient se rendre au cours d'éducation physique et Olivia se dirigea vers la magnifique salle de sport avec les autres, pressée d'affûter sa technique au tennis avant le match du lendemain. Elle fut donc contrariée lorsqu'ils furent arrêtés à l'entrée.

— Bonjour, l'équipe ! tonna Herr Neumann, leur entraîneur principal. Nous avons une belle surprise aujourd'hui... Un grand champion sportif de notre Allemagne de l'Est nous rend visite aujourd'hui. Il s'agit de Herr Erich Ahrendt.

— Erich qui ? demanda quelqu'un.

— Ehrich Ahrendt, le grand lanceur de javelot.

Tous les élèves qui entouraient Olivia semblèrent aussi déconcertés qu'elle.

— Il a représenté la DDR dans cette discipline aux Jeux olympiques de Rome l'an dernier.

— A-t-il gagné ?

— Il a effectué un lancer sur une très longue distance. À plus de soixante-dix mètres. L'un de vous est-il capable d'effectuer un tel lancer ?

Herr Neumann balaya l'équipe du regard et tous baissèrent les yeux. Olivia tenta de se représenter une distance de soixante-dix mètres... soit la longueur de trois courts de tennis mis bout à bout. Il s'agissait en effet d'une longue distance.

— Eh bien, vous allez avoir une chance d'essayer, poursuivit Herr Neumann. Nous allons avoir droit à une séance spéciale, aujourd'hui... Un discours de la part d'Erich et l'occasion de vous essayer au lancer.

Les élèves manifestèrent un enthousiasme modéré.

— Cela veut dire que nous n'allons pas jouer au football ? demanda à son coéquipier un garçon qui se tenait devant Olivia.

Effectivement, il lui sembla qu'il n'allait pas y avoir de football ce jour-là, car ils furent entraînés en direction des gradins situés d'un côté du terrain. Il n'y aurait pas non plus de tennis.

— Il a intérêt à être bon, murmura une voix à son oreille, et Olivia se retourna pour voir l'une de ses coéquipières au tennis regarder avec agacement l'homme qui se tenait sur le gazon devant elles.

Il était très grand et doté d'une silhouette triangulaire impressionnante. Il tenait un long javelot à pointe argentée orné des rayures rouges, noires et jaunes de la DDR. Olivia observa l'objet avec intérêt.

— Sympa, le matériel !

— Tu aimes l'aspect de son étendard ? gloussa son amie.

Olivia lui lança un coup de coude.

— Tais-toi, idiote. Je veux qu'on me laisse tranquille, ce matin.

Pourtant, le sort en décida autrement. Erich Ahrendt évoqua avec une éloquence surprenante sa vie d'athlète professionnel et l'enthousiasme qu'il avait ressenti en se rendant aux Jeux olympiques, et Olivia fut si captivée par son récit que lorsqu'il leur proposa de faire un essai au javelot, elle leva la main sans réfléchir.

— Toi ! Olivia Pasternak, viens par ici.

Herr Neumann se tourna vers Erich.

— C'est un bon élément. Une excellente joueuse de tennis et une fille costaude, comme vous pouvez le voir.

Olivia eut l'impression de mourir sur place. Il s'agissait d'un compliment, mais elle imaginait déjà les garçons plaisanter à ce sujet et l'appeler « la fille costaude » pendant les semaines à venir. Ses pensées se tournèrent vers sa famille, dont les membres étaient tous beaucoup plus fins qu'elle, puis, à contrecœur, elle songea à la fille de ses parents, qui devait se trouver quelque part non loin d'ici, et était sans doute petite et douce, et aussi douée pour prendre soin des autres qu'Ester. Son estomac se contracta et elle jeta un coup d'œil vers la sortie. L'envie de bondir sur ses pieds et de s'enfuir s'empara d'elle, mais cela n'aurait fait qu'empirer les choses.

— Vous voulez dire qu'elle a beaucoup de force, intervint Erich Ahrendt, en adressant un sourire à Olivia. Et il serait bien d'avoir quelques autres volontaires, pour qu'elle ne se trouve pas toute seule à faire l'essai, n'est-ce pas ?

Olivia lui sourit avec gratitude et il lui sourit en retour tandis que Herr Neumann passait le long des gradins pour sélectionner d'autres garçons et filles. L'athlète se mit à lui expliquer les principes du lancer de javelot.

— La clé, dit-il, ne consiste pas à le lancer avec une forte poussée, mais à atteindre une bonne vitesse pendant ta course et à la convertir en énergie cinétique pour lancer le javelot. Le secret consiste à être souple et bien droit. Tu dois projeter le javelot à travers sa propre pointe.

Olivia et les autres cobayes lui lancèrent un regard oblique, et il se mit à rire.

— Cela veut simplement dire que le corps du javelot doit suivre la même trajectoire que la pointe, plutôt que d'osciller sur le trajet. Tenez, je vais vous montrer, expliqua-t-il en soulevant le javelot qu'il plaça avec adresse au-dessus de son épaule droite. Je ne vais courir que sur une petite distance, ne vous attendez donc pas à ce qu'il aille très loin.

Il s'élança sur cinq pas, se tourna de côté et croisa les pieds aussi légèrement qu'un danseur de ballet tout en accélérant avant de projeter le javelot en hauteur. Celui-ci s'éleva dans le ciel bleu, dessina une gracieuse trajectoire courbe et redescendit, ses motifs rouges, noirs et jaunes tournoyant de manière envoûtante avant qu'il n'atterrisse presque à la périphérie du terrain. Tous les élèves se levèrent pour l'applaudir spontanément. Olivia vit le javelot vibrer sur le gazon et se sentit traversée par un pur frisson de grâce.

— C'était extraordinaire, s'extasia-t-elle.

Erich lui sourit de nouveau.

— À toi, maintenant.

Olivia fit un pas en avant, embarrassée par la présence de la totalité de la classe, mais pressée de se frotter à cette discipline magique. Elle écouta attentivement lorsque Erich lui montra comment courir sur trois pas, comment tenir le javelot puis le relâcher.

— Cela ressemble un peu à un service au tennis, commenta-t-elle.

— Exactement, admit-il. Seulement, vise vers le haut et non vers le bas.

Olivia sourit.

— D'accord.

Elle avait le sentiment qu'elle devait tout donner. S'emparant du javelot de la manière qu'il lui avait indiquée, elle cessa de penser aux autres élèves, à tout ce qui l'avait perturbée durant les jours précédents, et se concentra sur les instructions de l'athlète. Le javelot, dans sa main, lui donna une impression de puissance. Fermant les yeux, elle le leva très haut, s'élança puis le lâcha en lui imprimant toute sa force. Elle entendit un léger sifflement, et, s'autorisant à ouvrir les yeux, le vit voler. Il n'alla pas aussi loin que celui d'Erich, bien entendu, seulement à un tiers de la distance parcourue par le sien, mais assez loin, cependant. Sa pointe s'était fichée dans le sol. Elle se tourna vers Erich.

Il était en train de la regarder, bouche bée.

— Ce n'était pas bien ? demanda-t-elle avec nervosité.

— Si, mon Dieu, si. Tu as fait exactement ce qu'il faut. Tu l'avais déjà fait auparavant ?

Elle secoua la tête.

— Eh bien tu devrais sérieusement songer à pratiquer de nouveau. Allons mesurer…

Il saisit l'extrémité d'un long mètre-ruban, confia l'autre extrémité à Herr Neumann et envoya celui-ci trottiner jusqu'au javelot pour qu'il lise le résultat.

— Trente et un mètres ! Tu es sûre que tu n'as jamais pratiqué le javelot ?

— La chance du débutant ?

— Peut-être, admit-il. Nous verrons bien. Au suivant.

Olivia recula et un garçon de grande taille s'avança avec arrogance puis s'empara du javelot.

— Regardez bien, conseilla-t-il aux autres élèves, mais en s'élançant en avant, il perdit l'équilibre et le javelot tremblota à travers les airs puis atterrit à dix mètres à peine devant eux.

Les élèves éclatèrent de rire.

— J'ai trébuché, dit-il, contrarié. Laissez-moi réessayer.

— Oui, bien sûr, répondit Erich, qui alla récupérer le javelot.

Mais si la course d'élan du garçon fut plus fluide, il ne l'envoya pas beaucoup plus loin.

— Il a dévié, maugréa-t-il à haute voix.

— Il est allé droit avec Olivia, rétorqua Erich. Allez, au suivant.

Les autres effectuèrent un lancer à tour de rôle, en réussissant plus ou moins bien, mais aucun ne dépassa une distance de vingt mètres. Elle se sentit gênée lorsqu'ils la regardèrent avec un mélange de respect et d'agacement.

— Tu as eu de la chance, lui lança le dernier élève à faire un essai.

L'extrémité de son javelot bascula par-dessus la pointe et rebondit maladroitement sur le gazon.

— Veux-tu faire une autre tentative, Olivia ? lui demanda Erich.

Elle secoua la tête avec embarras.

— Je pense que tu devrais le faire, mais peut-être serait-ce mieux sans la présence des autres ?

Il regarda en direction de Herr Neumann, qui hocha la tête.

— D'accord. Allez-y, les autres. Allez déjeuner !

Ses mots eurent un effet magique et les élèves se dispersèrent, laissant Olivia, déconcertée, en compagnie de l'athlète olympique.

— Bien, déclara Erich, voyons ce que tu peux faire avec un peu plus d'explications.

Elle prit une grande inspiration et se concentra. C'était plus facile lorsqu'il n'y avait personne, et elle apprécia la sensation du magnifique javelot dans sa main. Son estomac protesta, mais ce qu'elle était en train de faire était bien plus intéressant que n'importe quel repas insipide et elle se montra très attentive lorsque Erich lui montra comment croiser les pieds et l'incita à prendre un peu de vitesse. Le javelot projeté par sa main s'éleva dans les airs, puis retomba plusieurs mètres au-delà de son premier tir. Erich se tourna vers elle.

— Tu es douée, Olivia. Grande et forte, et tu as une excellente maîtrise de ton corps.

Elle rougit et baissa la tête, mais Erich prit son menton entre ses mains et le releva.

— C'est une bonne chose, jeune fille. Tu es douée. Je me rends dans les écoles pour repérer les élèves qui ont du talent, et toi, Olivia, tu en as à revendre. Tu aimes le sport ?

— Oui, affirma-t-elle.

— Olivia est l'une de nos meilleures joueuses de tennis, déclara Herr Neumann, qui venait de réapparaître après avoir fait sortir les autres élèves de la salle et tournait autour d'eux d'un air obséquieux. Nous avons fait tout notre possible pour l'encourager.

— Tu aimes le tennis, Olivia ?

— Oui, répondit-elle, mais pas autant que cette discipline.

Elle désigna le javelot, qu'elle avait envie de tester à nouveau, mais fut prise de court par ce que lui dit Erich.

— Magnifique. J'aimerais proposer ta candidature pour que tu intègres l'une des écoles de sport de la DDR.

— Quoi ?

— Olivia ! gronda Herr Neumann. Surveille tes manières.

— Je suis désolée. Veuillez m'excuser, monsieur, qu'avez-vous dit ?

Erich sourit de nouveau.

— Nous avons des écoles spécifiques dans lesquelles les sportifs de talent peuvent étudier et s'exercer au même endroit. Jusqu'à présent, cela concernait principalement le football, mais nous élargissons nos objectifs, et je me suis vu confier la tâche de repérer des athlètes doués pour qu'ils puissent être entraînés dans leur discipline.

— Je vois, observa Olivia.

Mais en réalité, son esprit était en surchauffe. Cette proposition, venant s'ajouter à la nouvelle de l'enfant enlevée à sa mère, la submergea.

— Est-ce qu'il y a une de ces écoles près d'ici ?

Erich secoua la tête.

— Pas tout près. Tu seras en pension, Olivia.

— En pension ? Vous voulez dire que je devrai quitter ma famille ?

Elle éprouva une sorte de vertige. Elle pensa à sa mère et à son père, ainsi qu'à leur confortable appartement. Elle songea à ses frères, à leurs jeux et au plaisir qu'ils en retiraient. Elle pensa aux repas du sabbat, et aux sorties qu'ils faisaient le week-end. Comment pourrait-elle renoncer à tout cela ? Surtout après ce qu'Ester venait de lui annoncer... Elle eut l'impression que le javelot devenait brûlant et le reposa maladroitement.

— Je ne suis pas sûre de vouloir.

Erich sourit gentiment.

— Ne t'inquiète pas, tu peux en parler à ta famille. Mais je peux t'assurer que l'endroit que je te recommanderai est le meilleur du pays. Il est destiné aux athlètes amenés à devenir de futurs champions olympiques, et il s'agira peut-être de toi, Olivia. Est-ce que cela te plairait ?

Elle regarda le javelot scintillant sous le soleil de mai, annonciateur des perspectives qu'il lui offrait, puis le ciel bleu qui s'étendait au-dessus d'elle. Elle devait admettre que son foyer ne lui semblait plus tout à fait le sien depuis les révélations consécutives à l'épisode de la prison de la Stasi. Depuis peu, elle savait qu'il manquait une personne au sein de sa famille – une personne aussi petite, ordonnée et d'une intelligence aussi discrète que ses autres membres. L'étonnante proposition de cet homme serait peut-être une occasion de faire la fierté des parents qui l'avaient accueillie chez eux, de leur prouver qu'ils avaient bien fait de choisir ce coucou bien charpenté.

— Bien sûr que cela me plairait, répondit-elle. Cela me plairait beaucoup.

7
Kirsten

Vendredi 26 mai 1961

Kirsten s'accorda un intermède en ramassant une pile de tasses et d'assiettes et jeta un coup d'œil dans la Friedrichstraße par la vaste vitrine du Café Adler. Habituellement, elle appréciait l'animation caractéristique du centre de Berlin, mais ces derniers jours, la foule la submergeait et elle devait fournir un gros effort pour rester souriante avec la clientèle. Mais au moins, lorsqu'elle était au travail ou à l'école, elle échappait à la mauvaise ambiance qui régnait à la maison depuis une semaine. Et elle ne voulait surtout pas perdre son travail.

Malheureusement, Jan était rentré à l'appartement dès le premier soir et avait tambouriné à la porte tôt le lendemain matin, avant de pénétrer en titubant dans le salon et de s'affaler sur le canapé. Lotti, qui ne se sentait pas assez forte pour refuser à son époux légal l'accès à son foyer, avait fait appel à tante Gretchen le lendemain pour l'affronter. Sa sœur cadette était plus aisée financièrement, plus sophistiquée et plus affirmée que Lotti. Elle avait annoncé sans ménagement à Jan que, s'il voulait vivre à l'appartement de la Bernauerstraße, il devait s'acheter des vêtements corrects et trouver du travail. Il ne l'avait pas bien pris, mais s'était aventuré dans la ville, théoriquement pour suivre le conseil de Gretchen. Cependant, à en juger par son haleine lorsqu'il avait enfin réintégré les lieux, il avait dû plutôt faire la tournée des nombreux bars de Berlin.

— Ne lui donnez pas de clé, leur avait recommandé Gretchen. Il peut rester ici si c'est ce que tu veux, Lotti, mais il s'agit de notre appartement, nous l'avons hérité de Mutti et Vati, et il n'a aucun droit dessus. Il a perdu ses droits lorsqu'il a été emprisonné pour l'assassinat de Juifs.

Lotti avait dégluti, et Kirsten et Uli avaient échangé un regard, surpris.

— Gretchen !

— Je suis désolée, mais ils ont le droit de savoir. Malheureusement, mes enfants, votre père faisait partie de l'équipe qui dirigeait le KZ d'Auschwitz.

— Le Ka-Zet ? balbutia Kirsten.

Il s'agissait de l'abréviation en allemand de *Konzentrationslager* – un camp de concentration. Un mot sombre, terrible, que l'on ne prononçait jamais à la légère.

— J'en ai bien peur, malheureusement. Il faisait partie de ces ordures qui pensaient que le moyen le plus humain de régler le prétendu « problème juif » consistait à construire d'énormes chambres à gaz pour assassiner une nation entière, qui, nous devons le savoir, n'a jamais rien fait pour mériter une telle haine.

— Gretchen ! s'écria de nouveau Lotti. Fais attention. Ils sont jeunes.

— Kirsten va avoir dix-huit ans l'an prochain, et ce ne sont pas les pires nouvelles qu'a eues Uli cette semaine, n'est-ce pas, Schnucki ?

Sa tante passa un bras affectueux autour de lui et il se tortilla sans pour autant se dégager de son étreinte réconfortante.

— Les gens de ce pays – beaucoup d'entre eux – ont fait des choses terribles, et nous devons y faire face pour être certains que cela ne se reproduise plus.

— Mais *nous*, nous n'avons rien fait, protesta Lotti.

— Vraiment ? interrogea Gretchen en levant un sourcil finement épilé. As-tu demandé à Jan où il travaillait ? As-tu voulu savoir comment il avait obtenu tous ces beaux galons sur son uniforme ? Ou pourquoi tu avais une si belle et grande maison ? Ou bien où il... ?

Elle s'interrompit.

— Je ne te critique pas, Lot. Nous avons toutes agi ainsi. Nous avons toutes laissé les hommes faire la guerre et continué à penser que nous étions meilleures que le reste du monde, alors qu'en réalité, nous avons découvert que nous étions pires.

Cette conversation s'était avérée déprimante et Kirsten s'était rendue à l'école le cœur lourd. Elle avait entendu parler d'Auschwitz, bien sûr, mais aussi de Buchenwald et de Dachau, ainsi que des conditions horribles révélées à la fin de la guerre qui régnaient dans ces lieux inhumains. Cependant, personne n'abordait vraiment le sujet. Il s'agissait de lieux cauchemardesques, situés loin d'ici, en Pologne, et par lesquels elle ne s'était pas sentie concernée – pas avant que Jan ne les conduise à y réfléchir. Lotti avait affirmé qu'autrefois, il avait été un mari aimant, mais il était impossible d'imaginer comment exhumer cet homme meilleur de l'ex-nazi endurci par la prison qui titubait jusqu'à leur canapé chaque soir.

Chassant ses pensées à propos de son père, Kirsten plaça son plateau en équilibre sur son bras et essuya la table juste avant qu'un groupe de filles ne s'y installe. Celles-ci étaient chargées de sacs de shopping et elle jeta un regard envieux dans le contenant le plus proche, apercevant à l'intérieur une paire de mules rouge vif. Elle pensa qu'elles seraient merveilleusement assorties à sa robe vichy et se pencha pour essayer de lire le prix sur l'étiquette.

— Nous ne vous gênons pas ? demanda l'une des filles, en tirant le sac vers elle.

Kirsten se mordit les lèvres.

— Pardon. C'est simplement que… que je trouve ces chaussures magnifiques.

La fille se mit à minauder.

— Elles sont superbes, n'est-ce pas ? Je les ai achetées en solde… Elles ne m'ont coûté que quinze marks.

— Vous avez fait une affaire !

Kirsten s'éloigna à la hâte. Quinze marks représentaient environ deux semaines de son salaire ; elle ne pourrait jamais se permettre une telle dépense. Elle retourna d'un pas lourd dans la cuisine, luttant pour ne pas éprouver de colère. Auparavant, les difficultés financières de sa famille la contrariaient, mais depuis que Jan était de retour à la maison, elle avait découvert que l'argent qu'ils avaient eu autrefois était entaché.

Tu vas devoir faire en sorte de bien gagner ta vie, Kirsten, se dit-elle avec amertume. Mais comment allait-elle faire ? Elle n'était qu'une élève moyenne à l'école, et pouvait à peine se concentrer assez longtemps pour conserver un simple emploi de serveuse. Qui lui confierait un véritable travail ?

D'humeur maussade, elle se força à retourner derrière le comptoir et se mit à travailler avec tant de zèle qu'elle ne s'aperçut pas que Dieter se trouvait dans la file d'attente avant d'entendre résonner sa voix au timbre si agréable :

— Auriez-vous des beignets pour un jeune homme affamé ?

— Dieter !

Il sourit.

— Tout va bien, Kirsten ? Tu semblais très loin.

— Mauvaise journée, désolée. Laisse-moi voir si...

Elle se dirigea vers l'étagère des pâtisseries, mais il lui attrapa le poignet, l'arrêtant net.

— Oublie le beignet. Tu aimerais aller manger un morceau quelque part ?

Son cœur se mit à battre la chamade.

— Manger un morceau quelque part ? Avec toi ?

— Et peut-être danser, si tu en as envie ?

— J'adorerais.

— Génial. Quand termines-tu ton service ?

— Ce soir ?

Le sourire de Dieter s'élargit.

— Oui, si tu n'as rien de prévu ?

— Non ! Je veux dire, non je n'ai rien de prévu. C'est une bonne idée, ajouta-t-elle en jetant un coup d'œil sur l'horloge. Je termine dans une demi-heure, donc...

— Alors je vais t'attendre ici. Je prendrai un café, s'il te plaît.

— D'accord.

Ses mains tremblèrent lorsqu'elle prépara le café. Aller manger un morceau, avec Dieter ! Puis aller danser ! Il s'agissait d'un rendez-vous, n'est-ce pas ? Un véritable rendez-vous. Il fallait qu'elle prévienne sa mère. Elle pouvait appeler Gretchen depuis la cabine téléphonique du café. Cette sortie allait lui coûter de l'argent, mais cela en valait la peine.

Oubliées, les mules rouges ; danser tous les jours avec ses vieilles chaussures ne la dérangeait pas si Dieter était son cavalier.

— Tu es déjà allée à la Wanne ? lui demanda-t-il.

Elle secoua la tête.

— Non, mais j'aimerais beaucoup, Dieter. J'ai entendu dire que l'ambiance était vraiment cool.

Il sourit.

— Je ne connais pas la réputation du club, mais, en tout cas, on s'y amuse bien et la musique est formidable si on aime le jazz. Tu aimes le jazz, Kirsten ?

Kirsten n'en avait pas la moindre idée.

— J'adore !

— Parfait. Nous pourrons prendre une Currywurst à emporter. À moins que tu ne préfères aller au restaurant ? ajouta-t-il en se frappant le front du plat de la main. Quelle idée de te proposer de la nourriture à emporter pour notre premier rendez-vous !

— Non, c'est très bien. Parfait. Vraiment.

Presque aussi parfait que le fait qu'il ait parlé de rendez-vous. De *premier* rendez-vous.

— Qu'est-ce que tu étudies ? demanda-t-elle à Dieter pendant qu'ils passaient commande auprès d'un marchand de rue.

— La chimie.

— Tu dois être très doué.

— Je n'en suis pas sûr, répondit-il en souriant timidement. La chimie ne traite que de liaisons entre les choses. Ce sont les étudiants en physique comme Astrid qui sont réellement doués. Je ne comprends jamais rien à ce qu'elle est en train d'étudier.

Et voilà ! Astrid avait les cheveux les plus brillants, les plus beaux vêtements et la plus belle voix ; et en plus, elle était apparemment très douée. Cependant, c'était avec *elle* que Dieter sortait, et c'était cela le plus important.

— Tu as grandi à Berlin ?

— Oui. Mon père était autrichien, mais il est venu vivre ici après l'Anschluss et a rencontré ma mère. Il enseigne à l'université Humboldt et nous avons donc vécu à Berlin-Est après la guerre.

— Cela t'a plu ?

Il haussa les épaules.

— Je n'ai pas vu de différence ; mes parents n'étant pas férus des Russes, ils ne m'ont pas laissé participer aux groupes de jeunesse communistes. Tu sais, les Jeunes Pionniers, et la Jeunesse libre allemande, tous ces trucs.

Kirsten n'y connaissait pas grand-chose, mais elle ne voulut pas l'avouer. Elle hocha donc la tête et mordit dans sa saucisse.

— Si tu n'en fais pas partie, l'État n'apprécie pas du tout et te rend la vie très difficile. Je n'ai pas eu le droit de terminer le secondaire.

De surprise, Kirsten postillonna et faillit tacher la jolie chemise de Dieter de sauce au curry.

— Mais pourquoi ?

— Seuls ceux qui appartiennent au Parti détiennent le « privilège de poursuivre leurs études ». J'ai failli être envoyé dans une ferme ou une usine collective, et je n'en avais aucune envie. Je me suis donc installé avec ma tante ici, à Berlin-Ouest. Une école proposait des cours spécifiques aux enfants de l'Est, et ils m'ont ouvert les yeux, je peux te le dire. J'y ai énormément appris sur le monde, sur d'autres cultures, des opinions et des systèmes politiques différents. En DDR, il n'existe qu'une manière de faire les choses – *leur* manière – et il n'y a aucun moyen d'être informé des alternatives.

— Ils ne sont pas un peu paranoïaques ? demanda Kirsten.

Dieter éclata de rire.

— Bien sûr que si, Kirsten. Totalement paranoïaques. Je veux dire, tu connais beaucoup de pays qui installent des barbelés à leur frontière pour empêcher la population de partir ? Mais cela ne fonctionne pas, en tout cas pas à Berlin. Je suis bénévole au centre de réfugiés de Marienfelde. Là-bas, ils reçoivent environ mille personnes par jour qui fuient la zone soviétique. Mille ! Beaucoup arrivent à Berlin de toutes les régions de la DDR parce que la frontière y est ouverte. Ce sont toujours des jeunes, âgés d'une vingtaine d'années, comme nous, conscients de ce qui ne va pas dans leur système socialiste. L'Allemagne de l'Est perd ses travailleurs, qui transitent par Berlin, et les Ossis ne tentent de réguler ces flux migratoires qu'avec des lois, des armes ou en espionnant secrètement les gens. C'est tordu, et je suis vraiment heureux, aujourd'hui, d'être un Wessi.

— Moi aussi, murmura Kirsten, perturbée par le fait qu'il avait parlé de réfugiés de leur âge.

Lui donnait-il une vingtaine d'années ? Devait-elle lui dire qu'elle était plus jeune ? Elle se dit qu'il valait mieux ne pas le lui avouer, d'autant qu'ils étaient en train d'arriver à la Wanne et que cela faisait longtemps qu'elle avait envie d'y aller.

Elle le suivit à l'intérieur, dans une atmosphère enfumée, animée par le bourdonnement des conversations. Un orchestre jouait un air endiablé au piano, à la clarinette et au saxophone, et le rythme entraînant lui donna envie d'esquisser quelques pas.

— Tu as envie de danser ? demanda Dieter.

— Oui, avec plaisir !

Elle se montra tout à fait inexpérimentée, mais il la guida d'une main assurée au milieu des autres couples, si bien qu'elle s'améliora rapidement. La soirée passa à toute vitesse et ce ne fut que lorsqu'une fille, près d'elle, s'exclama qu'elle avait dépassé l'heure de sa permission de sortie que Kirsten s'aperçut qu'il était presque onze heures. Sa mère allait certainement faire une crise ! À contrecœur, elle tira sur le bras de Dieter.

— Je pense qu'il vaut mieux que j'y aille, Dieter. Ma mère va s'inquiéter.

— Tu vis chez elle ?

— Euh, oui. Tu sais, ça me coûte moins cher.

— Je comprends. Qu'est-ce que tu fais, par ailleurs ? Dans la vie, je veux dire ? Tu ne travailles pas au Café Adler à plein temps, si ?

— Non, juste le temps de réfléchir à la carrière que j'aimerais faire.

— Je comprends. En voyant à quel point tes vêtements sont originaux, j'ai cru que tu étais dans une école de mode.

— Ah bon ? Ce serait vraiment super, mais ce n'est pas encore le cas. Pour l'instant, on a besoin de moi à la maison, tu sais..., ajouta-t-elle en agitant une main en l'air, comme si elle évoquait d'importantes responsabilités d'adulte plutôt que la réalité prosaïque de l'école. Ce n'est pas très drôle.

— J'imagine. Viens, je te raccompagne chez toi.

— C'est assez loin, dans la Bernauerstraße.

— Nous prendrons le tram. Je tiens à ce que tu sois en sécurité ; il est tard.

Kirsten rougit, ravie, et elle se sentit encore plus heureuse lorsqu'il entrelaça ses doigts aux siens au moment où ils sortirent du club. Allait-il l'embrasser ? se demanda-t-elle. Anticipant ce moment, elle se sentit fébrile, comme lorsqu'ils dansaient au son du jazz tout à l'heure, et eut du mal à conserver un discours cohérent.

— Nous y voilà, annonça-t-elle lorsqu'ils arrivèrent à proximité de sa rue. Ce n'est pas le grand luxe.

— Ça a l'air joli, dit-il en la retenant par la main pour qu'elle s'arrête.

Elle leva le regard vers lui.

— *Tu es* jolie, Kirsten.

— C'est vrai ?

— Oui. Je peux t'embrasser ?

Oh mon Dieu ! Elle acquiesça et renversa la tête en arrière. Bientôt, ses lèvres se posèrent sur les siennes, et ils s'appuyèrent tous deux contre le mur. Si l'attente de ce baiser avait été comparable à une danse de jazz, le vivre évoquait plutôt un french cancan. Elle passa les mains autour de son cou, il gémit légèrement et glissa sa langue dans sa bouche. Ce n'était pas un simple baiser, mais un baiser avec la langue, et c'était délicieux !

— Tu es si belle, balbutia-t-il de nouveau contre ses lèvres.

Sa main descendit le long de son dos et glissa le long de ses fesses. Elle eut un cri de surprise. Elle ne s'attendait pas à ce geste, et maintenant, son autre main écartait son chemisier, ses doigts caressaient sa peau. Cela lui sembla agréable, mais également dangereux. La cicatrice sous son aisselle se mit à la démanger et sa respiration devint chaotique. Elle pensa à ce que sa mère avait dit à propos des Russes et de leur comportement de chiens enragés.

Effrayée, elle le repoussa. Il trébucha et tomba maladroitement sur le côté. Un homme qui passait à bicyclette actionna furieusement sa sonnette.

— Pourquoi m'as-tu poussé comme ça ? demanda-t-il avec colère.

— Je suis désolée. C'était... trop. Trop rapide.

Il la regarda d'un air contrarié, puis se tassa sur lui-même.

— Mon Dieu, je suis désolé. Je me suis emporté. Tu es si belle, Kirsten, que je... Je suis désolé. Je ne pensais pas, je...

— Je vais bien, répondit Kirsten, qui n'était plus effrayée, mais simplement gênée, parce qu'elle avait dû lui paraître naïve. Il vaut mieux que je rentre.

Il lui prit le bras.

— Attends un instant, s'il te plaît. Je suis vraiment désolé. Je ne voulais pas te faire de mal, je te le promets, ni faire quoi que ce soit contre ton gré.

— Oui, bien sûr. Je sais que tu ne me voulais pas de mal. Tu n'es pas un Russe.

— Quoi ? s'exclama-t-il en reculant, l'air perturbé. Que veux-tu dire ?

— Laisse tomber, désolée.

C'était lui qui avait l'air blessé, maintenant, et cette magnifique soirée était en train de virer à la catastrophe.

— Quel est le rapport avec les Russes, Kirsten ?

Oh mon Dieu ! Tout ce qu'elle avait appris récemment semblait tourner en boucle dans son esprit, mais cela n'aurait pas dû lui échapper ainsi ! Maintenant, elle allait devoir s'expliquer, ce qui était extrêmement gênant.

— J'ai parlé sans réfléchir. C'est juste que... j'ai appris l'autre jour que des Russes avaient violé ma mère à la fin de la guerre.

— Oh, Kirsten, c'est affreux !

— C'était il y a longtemps, pendant la bataille de Berlin. Elle a dit qu'ils étaient en colère, qu'ils se vengeaient.

— Ça ne les excuse en rien. Pauvre femme.

— Oui. Cela s'est produit durant des jours, et elle est tombée enceinte de mon frère.

— Le garçon qui est venu au café l'autre jour ?

— Oui. C'est... Tu ne le diras à personne, n'est-ce pas ? Ce n'est pas la faute de ma mère, et encore moins celle de mon frère, et cela les blesserait. Je n'aurais pas dû...

Il se pencha et la gratifia d'un baiser léger, doux et si tendre que Kirsten en fut tout émue.

— Évidemment que je ne dirai rien, Kirsten. Ce qui est arrivé est terrible. Je comprends que tu sois... méfiante.

— Je suis désolée. Il ne s'agit pas de toi.

— Voilà une chose de plus que nous pourrions reprocher aux Soviétiques, tu ne crois pas ?

Elle hocha la tête et espéra qu'il l'embrasserait de nouveau et oublierait tout cela, mais il regarda sa montre, lui demanda où se trouvait sa porte, et elle comprit que leur rendez-vous prenait fin.

— Merci, dit-elle. J'ai passé un merveilleux moment.

— Moi aussi. Bonne nuit, Kirsten.

— Bonne nuit.

Elle se pencha vers lui, pleine d'espoir, mais il s'éloignait déjà, et elle se glissa, toute triste, dans l'immeuble où se trouvait leur appartement. L'avait-elle découragé ? La fin de soirée n'avait pas été aussi romantique qu'elle l'aurait souhaité, et elle craignait que son premier rendez-vous avec Dieter Wohlfahrt ne soit aussi le dernier. Pourquoi avait-elle commencé à parler de ces maudits Russes ? Elle avait passé une magnifique soirée et Dieter avait paru si sincèrement intéressé par elle que, bêtement, elle n'avait pu s'empêcher de lui confier ses problèmes récents. Quelle erreur ! Elle gravit les marches en se maudissant, mais lorsqu'elle glissa sa clé dans la serrure, la porte s'ouvrit et elle se retrouva face à Lotti.

— Kirsten ! Oh, mon Dieu. J'étais affreusement inquiète.

— Je suis désolée, maman. Je suis allée danser et j'ai perdu la notion du temps.

Sa mère la prit par les épaules et l'observa attentivement.

— Danser ? Tu avais un rendez-vous, Schnuki ?

— En quelque sorte.

— Avec un garçon ? J'espère qu'il t'a traitée correctement. J'espère qu'il...

— Il a été adorable. Vraiment.

— Mon Dieu ! Ma Kirsten sort avec un garçon. Tu as entendu, Gretchen ? Elle sort avec un garçon.

— Mais non. Ce n'était qu'un rendez-vous. Pourquoi est-ce que tu es ici, tante Gretchen ?

— Je t'attendais.

Kirsten grimaça.

— Je suis désolée.

— Et je garde un œil sur *lui*.

Gretchen fit un geste en direction du canapé, sur lequel le père de Kirsten se prélassait, les yeux à demi clos, une cigarette brûlant entre ses doigts épais. Comme s'il avait senti leurs regards sur lui, il commença à se réveiller et tira automatiquement sur sa cigarette. Kirsten frémit de dégoût.

— Nous sommes vraiment obligés de le laisser entrer ? demanda-t-elle.

— Oui, sauf si ta mère prend une décision raisonnable et demande le divorce, répondit Gretchen.

Jan se leva, lui adressant un regard furibond. Ses yeux étaient rouges.

— Demander le divorce ? Ce serait gonflé, vraiment. Quinze ans que je suis loin de ma chère épouse, et lorsque je suis enfin de retour à la maison, elle veut divorcer.

Gretchen posa les poings sur ses hanches.

— Tu n'étais pas « loin », tu étais en prison pour crimes contre l'humanité !

— Une accusation inventée de toutes pièces. Du jamais-vu avant 1945 !

— Parce que le moment n'était pas encore venu. As-tu oui ou non dirigé un camp de la mort, Jan ?

— Non.

— Tu nies qu'il s'agissait d'un camp de la mort ?

— Je nie le fait de l'avoir dirigé. Je faisais partie de l'équipe de direction. Mon travail consistait à veiller au bon acheminement des... marchandises.

— Des gens ? Des Juifs ?

— Ils n'étaient pas tous juifs.

— Oh, désolée, tu as aussi gracieusement envoyé d'autres personnes dans les chambres à gaz.

Jan pointa un doigt charnu en direction de Gretchen.

— Je n'ai vu aucune bigote de ton espèce nous demander d'arrêter, je me trompe ? Je jure que je ne t'ai jamais vue émettre de protestation contre les étoiles jaunes, l'existence de ghettos ou les convois pleins à craquer de gens déportés à l'Est. Loin des yeux, loin du cœur ! Au moins, certains d'entre nous étaient prêts à résister, et nous avons fait en sorte que cela se déroule aussi humainement que possible.

— Ce que tu viens de dire est juste, répondit Gretchen d'une voix éteinte. Pas au sujet du côté humain, mais *Scheiße*, à propos du fait que ça se passait loin.

— Et en réalité, je n'ai pas commis uniquement des crimes. J'ai aussi sauvé des vies.

Gretchen leva les yeux au ciel, mais Kirsten fit un pas en avant, intriguée.

— Comment ça ?

— J'ai fait sortir des gens. Des jeunes. Des bébés.

— Jan..., intervint Lotti.

Kirsten perçut dans sa voix la même inquiétude que lors de la première soirée que Jan avait passée dans l'appartement. Elle regarda sa mère, qui fit mine de visser son index sur sa tempe.

— Il ne tourne pas rond, Kirsten. Pas étonnant, après quinze ans de prison, mais c'est tout de même triste.

Jan poussa un grognement sourd.

— Je n'ai pas perdu la tête, ma femme. J'ai sauvé des bébés. Je les ai sortis de cet endroit, et je les ai emmenés dans de bonnes maisons, pour qu'ils soient à l'abri... Tu en sais quelque chose.

— Jan, répéta Lotti, d'un ton devenu implorant.

Il ébaucha un sourire, mais Kirsten pressentait qu'il n'allait pas en rester là.

— Je ne te crois pas, dit-elle. Comment pourrait-il y avoir des bébés dans un KZ ?

Jan se tourna vers elle et elle le regarda droit dans les yeux. Ses pupilles formaient deux têtes d'épingle noires au centre de ses yeux injectés de sang.

— Oh Kirsten, petite Kirsten, tu ignores tout, en réalité ? Tu es aussi stupide que ta mère. Et apparemment, tu es une traînée, comme elle.

— Je suis allée danser.

— Ah, c'est le prétexte utilisé aujourd'hui ? Remarque, tu as été à bonne école... avec cette bigote de Karlotta et son mouflet russe. Demande le divorce, Lotti. Ça me va. J'ai l'impression que tu préfères nourrir les Juifs et les cocos que les véritables bébés allemands, de toute façon.

— Jan !

— Oh, la ferme ! J'en ai assez de vous tous, tout le temps à pleurer sur votre sort, je vais me coucher !

À ces mots, il s'affala de nouveau sur le canapé, serra ses bras autour de son corps endurci par la prison et resta silencieux. Le regard de Kirsten oscillait entre lui et sa mère, en train de sangloter dans les bras de tante Gretchen. Au-dessus d'eux, l'horloge sonna minuit et Kirsten eut le sentiment d'être la pire Cendrillon de tous les temps. Une heure plus tôt à peine, elle dansait joyeusement à la Wanne ; pourquoi la soirée s'était-elle aussi mal terminée ?

— Pourquoi a-t-il dit que tu préférais nourrir les Juifs et les cocos ? Je ne suis pas sa fille non plus ?

La question resta sans réponse, puis Lotti finit par se dégager de l'étreinte de Gretchen et se précipita vers elle.

— Bien sûr que tu l'es, Schnuki. Tu es autant son enfant que le mien, sauf que moi, je t'adore. Allez, va te coucher, maintenant. Tout paraîtra plus simple demain matin.

Kirsten la laissa la conduire jusqu'à sa chambre, mais en jetant un regard en arrière vers l'homme couché sur le canapé, elle se dit qu'elle n'avait pas le sentiment que tout serait arrangé le lendemain matin, ni même prochainement.

8
Olivia

Club de sport Dynamo, Berlin-Est, lundi 29 mai 1961

— Peux-tu te déshabiller, ma chérie ?

L'infirmière lui avait parlé avec gentillesse, mais sa demande n'en paraissait pas moins incongrue.

— Me déshabiller ?

— Oui, pour que nous soyons certains que tout va bien. Ton corps est désormais au service de l'État, et nous devons en prendre soin.

— Très bien.

Olivia commença lentement à se déshabiller, en se demandant si elle avait bien fait de se mettre dans cette situation. Tout était allé si vite. Elle n'avait pas réellement cru Erich Ahrendt lorsqu'il lui avait parlé de l'école de sport. Elle avait donc été très surprise quand elle avait été convoquée quelques jours plus tard dans le bureau du proviseur, où se trouvaient un Herr Neumann frétillant ainsi que ses parents. Ester et Filip lui avaient semblé tassés sur eux-mêmes et déstabilisés, mais ils avaient adressé de grands sourires à Olivia en l'attirant sur le siège situé entre eux tandis que le proviseur expliquait qu'elle avait été identifiée comme un « atout de l'État » et qu'elle avait la possibilité de poursuivre sa scolarité au Dynamo Berlin.

— À Berlin ? s'était étonnée Olivia.

Elle avait de vagues souvenirs d'y avoir vécu lorsqu'elle était petite et qu'Ester y suivait sa formation de sage-femme, mais elle n'y était pas retournée depuis.

— C'est à peu près à une heure de train, avait protesté Ester. Elle va être épuisée.

— Vous ne comprenez pas, Frau Pasternak. Elle sera en pension.

— Elle… elle va quitter la maison ?

— Pour devenir une athlète d'élite, Frau Pasternak, et représenter la DDR sur la scène internationale.

— Mais… mais qui va s'assurer qu'elle mange correctement ?

Il sourit avec condescendance.

— Elle mangera mieux que n'importe lequel d'entre nous, je peux vous l'assurer. Il est de l'intérêt de l'État d'y veiller.

Puis la décision avait été prise.

— Tu en es sûre ? avait demandé Ester à Olivia, à de multiples reprises, pendant qu'elles se hâtaient de préparer ses bagages. Tu es sûre de vouloir y aller ? Tu es sûre de vouloir nous quitter ?

— Oui, avait-elle répondu, se disant que, si elle hésitait trop longtemps, elle s'accrocherait à sa mère et lui demanderait de rester, parce qu'elle se sentait en sécurité, parce qu'elle se sentait aimée, parce qu'elle était encore une enfant.

Cependant, elle avait beaucoup mûri au cours de la semaine passée. Et Dieu lui avait envoyé une occasion d'évoluer. Elle devait la saisir.

Fermant les yeux pendant que l'infirmière l'examinait, Olivia pensa avec chagrin au dîner d'adieu qu'Ester et Filip avaient organisé à l'Aktivist, le meilleur restaurant de Stalinstadt. Mordy, Ben et elle en avaient souvent scruté l'intérieur à travers les hautes fenêtres en verre teinté, rêvant d'y manger, mais le lieu était souvent rempli d'officiers soviétiques, et Ester et Filip avaient tendance à être mal à l'aise en présence d'uniformes. Cependant, ils avaient fait une exception pour la dernière soirée qu'Olivia allait passer à Stalinstadt.

Tout avait viré à la catastrophe dès l'instant où ils étaient entrés à l'intérieur. Ils s'étaient assis, raides et embarrassés, sur les chaises rouges à haut dossier, les soldats de la table voisine avalant vodka sur vodka, leur bonne humeur tapageuse masquant à peine la gêne éprouvée par sa famille.

— Pourquoi est-ce qu'Olivia doit partir ? avait demandé Ben à Filip.

— Fais comme si je n'étais pas là, était intervenue Olivia.

Il s'était alors tourné vers elle, le regard fiévreux.

— Très bien... Pourquoi est-ce que tu t'en vas ? Tu ne nous aimes plus ?

— Bien sûr que si, Bennie. Cela n'a rien à voir. Je saisis une occasion de poursuivre mes études.

— Lancer un javelot n'a rien à voir avec les études, avait objecté Mordecai. C'est ce que faisaient les hommes des cavernes.

— Les garçons ! les avait admonestés Filip, choqué. Olivia a été choisie pour s'entraîner pour son pays. C'est un honneur.

Ben et Mordecai avaient échangé un regard boudeur.

— Pourquoi est-ce que nous n'allons pas tous à Berlin, alors ? avait demandé Ben.

— Berlin n'est pas agréable, avait répondu Ester de sa voix la plus sévère et austère.

— Alors pourquoi Olivia y va ? Elle n'a plus envie de faire partie de notre famille ? avait gémi Mordecai.

C'était alors que la serveuse était arrivée, avec des plats de boulettes à l'aspect graisseux, et ils étaient restés assis, malheureux, comme séparés par les reproches qui venaient d'être formulés.

« Bien sûr que si », aurait voulu s'écrier Olivia, mais elle avait pris conscience que faire partie de cette famille était aussi un choix, et s'était presque sentie mieux lorsqu'un des soldats avait vomi à quelques centimètres des chaussures de Mordy, détournant leur attention.

Même lorsqu'ils avaient regagné leur appartement, tous les cinq, l'atmosphère était encore chargée de tristesse et elle avait été à demi soulagée de prendre le train de bonne heure le lendemain matin. Ils ne seraient plus que tous les quatre, maintenant. Peut-être seraient-ils plus heureux ainsi ?

Olivia chassa cette pensée tandis que l'infirmière achevait de l'examiner consciencieusement. Cette dernière lui tendit ensuite un monceau de vêtements : deux survêtements aux couleurs rouge et doré du Club Dynamo, cinq polos, deux shorts et un ensemble de compétition.

— C'est pour moi ?

— Effectivement.

— Combien cela va-t-il coûter ?

— Tout est offert. Rappelle-toi, tu es…

— … un instrument de l'État, termina Olivia.

Elle commençait à comprendre à quel point sa situation était exceptionnelle et ce fut avec un enthousiasme grandissant qu'elle enfila son nouvel uniforme et se regarda dans le miroir. Là, devant elle, se tenait une version totalement nouvelle d'elle-même. Avec cette tenue, sa haute taille et sa carrure paraissaient imposantes et avaient une raison d'être, et elle n'avait plus l'air maladroite. Elle avait fait le bon choix en venant à Berlin. Le coucou avait trouvé son nid et elle rejeta ses épaules en arrière, hochant la tête à l'adresse de son reflet.

— Parfait, jeune fille, commenta l'infirmière. Tu fais partie de l'élite, désormais... Profites-en.

« Tiens, ajouta-t-elle en lui tendant un flacon contenant de petites pilules bleues. Des vitamines, mises au point récemment par nos talentueux scientifiques de Leipzig pour optimiser ton entraînement. Nous les utilisons depuis le mois dernier et constatons d'excellents résultats. Tu en prendras une par jour, au réveil. Et cela également.

Elle lui remit une tablette en aluminium contenant de minuscules pilules blanches.

— De quoi s'agit-il ?

— D'une contraception.

— Pourquoi ? Je n'ai pas de, vous savez...

— De relations sexuelles ? Oh, tu devrais. Cela fait beaucoup de bien et c'est excellent pour la circulation. Nous encourageons nos athlètes à explorer toutes les facettes de leur corps, mais nous ne voulons pas que tu tombes enceinte, tu comprends ? C'est pour cette raison que..., commença-t-elle en hochant la tête pour désigner la tablette. Une chaque matin, ma chérie, et tu ne risqueras rien. De plus, cela régule le cycle, de sorte que nous serons certains que tu es en parfaite santé. Mais il est aussi possible que tes règles s'arrêtent.

Olivia la regarda d'un air surpris.

— Pourquoi ?

— Oh, à cause de l'entraînement – avec les poids, et le reste –, qui a des effets sur le corps. Mais bon, cela ne te manquera pas, j'imagine ?

— Non, je ne crois pas, admit-elle.

Qui aurait voulu avoir ses règles s'il était possible de s'en passer ? Quant aux relations sexuelles... L'État encourageait l'intimité au sein d'une relation stable, mais ses parents prônaient le mariage au préalable. Dieu les bénisse, mais ils étaient un peu vieux jeu, et avaient eu la chance de tomber amoureux dès l'instant où ils s'étaient rencontrés. Parfois, Olivia observait le lien radieux qui les unissait et doutait de pouvoir un jour vivre elle aussi une relation aussi belle. Elle n'avait donc pas de scrupules à faire quelques expériences préalables. Le seul problème était qu'elle n'avait jamais croisé de garçon susceptible de l'intéresser.

Munie de ses nouvelles tenues et des minuscules pilules emballées dans un joli sac Dynamo, elle suivit l'infirmière chez le proviseur. Elle était fière de sa nouvelle tenue qui lui donnait le sentiment de faire partie de cet endroit extraordinaire, mais elle ne put cacher à quel point les locaux l'impressionnaient. Le bâtiment principal était neuf, construit dans le style stalinien qui lui était familier à cause de la ville dans laquelle ils résidaient – de grands blocs massifs d'un gris compassé avec de hautes colonnes néoclassiques à l'entrée – et, à l'arrière, les plus beaux terrains de sport, salles d'entraînement et bassins de natation qu'elle ait jamais vus. À l'extrémité du complexe, un stade elliptique était le centre névralgique du Dynamo FC[1].

— Le club de football est le bébé d'Erich Mielke, lui expliqua l'infirmière, mais il était temps de nous diversifier. D'abord, nous avons accueilli des nageurs, puis des gymnastes, et désormais, il y a

1. Club de football de Berlin fondé en 1966 en RDA, qui a encore aujourd'hui de nombreux supporters.

des athlètes, comme toi. Je suis heureuse qu'il y ait des femmes, maintenant.

— Erich Mielke ? interrogea Olivia, qui avait dégluti en entendant prononcer le nom du ministre de la Sécurité d'État.

— Oui. Les quartiers de la Stasi sont situés quelque part non loin d'ici – personne ne sait où, bien sûr – et il passe ici de temps en temps.

— Ce n'est pas rassurant.

— Au début, peut-être, mais tu t'habitueras bientôt à être épiée.

— Par la Stasi ?

— Par tout le monde ! C'est le prix de la célébrité, ma chérie.

La célébrité ! C'était ridicule. Olivia avait l'horrible sentiment de ne pas être à la hauteur et ne pouvait que prier de pouvoir répondre aux attentes du Dynamo, faute de quoi elle serait renvoyée en train à Stalinstadt au bout de quelques semaines.

— Par ici, s'il te plaît.

L'infirmière s'arrêta devant une porte sombre et frappa avec assurance. Une plaque de laiton portait l'inscription *Herr Braun, Schulleiter*, et Olivia se glissa à l'intérieur avec un sentiment d'appréhension.

— Olivia, bienvenue ! s'exclama Herr Braun, un homme svelte arborant une moustache parfaitement taillée, qui lui adressa un grand sourire en s'approchant d'elle, la main tendue. Tu dois te sentir un peu dépassée.

— Tout cela est allé très vite, admit-elle.

— J'en suis désolé. Le Dynamo a reçu la mission urgente de recruter des athlètes avant le début du cycle olympique, donc tout est en cours d'installation, comme tu peux le constater, dit-il en la guidant vers une grande fenêtre et en désignant un terrain dégagé situé au-delà d'une série de terrains de football, où elle put voir des pelleteuses et des hommes au travail. Nous allons avoir une toute nouvelle piste en caoutchouc et asphalte. Lorsqu'elle sera terminée, avant Noël j'espère, il s'agira du plus beau terrain du pays. Belle perspective, n'est-ce pas ?

— Oui, approuva Olivia, qui appréciait son enthousiasme. Mais où allons-nous nous entraîner, en attendant ?

— Bonne question, Olivia, j'aime ta réaction. Pour le moment, les athlètes s'entraînent sur la piste située à quatre kilomètres environ près du centre de Berlin, et ils sont logés dans un foyer à proximité. Je t'y emmène maintenant, si tu es prête ?

Olivia hocha la tête silencieusement et le suivit jusqu'à une jolie Trabant. Elle regarda par la vitre pendant qu'ils traversaient la banlieue paisible de Hohenschönhausen, puis les rues plus agitées du centre de Berlin. Elle avait de vagues souvenirs de la capitale qui dataient de l'époque où elle n'allait pas encore à l'école, et était trop jeune pour prendre conscience de ce qui existait en dehors du jardin d'enfants et de leur appartement. Elle fut donc surprise par le décor éclectique de la ville. De nombreux édifices étaient neufs et coincés entre de vieux immeubles à l'emplacement d'anciens bombardements, ce qui donnait lieu à une architecture variée d'aspect surchargé et hétéroclite.

— Attends de voir la porte de Brandebourg, lui dit Herr Braun, comme s'il avait lu dans ses pensées. Elle est colossale, tout comme la Stalinallee – qui célèbrent de manière impressionnante la puissance de la DDR. La partie occidentale de la ville se croit belle avec ses vitrines tape-à-l'œil et ses bureaux d'études, mais c'est nous qui créerons les monuments de l'avenir.

— La partie occidentale ? demanda nerveusement Olivia.

— Oui, elle n'est qu'à quelques rues de distance.

— Et il me suffit de marcher jusque-là ?

— Tu peux le faire si tu le souhaites, mais je ne te le conseille pas ; tu n'y trouveras que des promesses sans lendemain. Tiens, nous voilà arrivés à la pension, je vais t'y accompagner.

Lui emboîtant le pas à l'intérieur d'un bâtiment miteux, Olivia pénétra dans un hall d'entrée fraîchement repeint. Ses murs étaient blancs et ornés de motifs rouges, noirs et dorés. Le mur du fond affichait l'inscription en grandes lettres : *Citius, Altius, Fortius*.

— Tu sais ce que cela signifie ? lui demanda Herr Braun.

Elle secoua la tête.

— Il s'agit de la devise olympique : « Plus vite, plus haut, plus fort. » Un idéal que nous nous efforçons d'atteindre, ici, et aux jeux de Tokyo de 1964, nous le démontrerons au monde entier. Toi, Olivia, tu pourras y participer. N'est-ce pas merveilleux ?

— C'est merveilleux, approuva-t-elle en jetant un regard autour d'elle et en bénissant Erich Ahrendt de lui avoir fait cette incroyable proposition.

— Parfait. Excellent ! Je te présente Herr et Frau Scholz, tes hôtes et éducateurs, qui vont te faire visiter la pension.

Un homme et une femme au visage en lame de couteau s'approchèrent d'eux. Ils portaient des vêtements sombres et n'esquissèrent pas même l'ombre d'un sourire.

— Olivia Pasternak ? demanda Frau Scholz d'une voix rocailleuse.

— Oui, couina la jeune fille.

— Bienvenue. Tu seras installée dans le dortoir des filles, dont j'ai la charge. J'attends de toi que ton box soit parfaitement rangé, et que tu fasses preuve d'une discipline absolue. Le petit déjeuner est à six heures, le déjeuner, à midi et le dîner, à dix-neuf heures. Si tu es en retard, tu t'en passes. Ton entraîneur, qui s'appelle Lang, te fournira ton programme d'entraînement, et si tu as du temps libre, tu auras l'autorisation d'aller en ville deux heures par jour. L'alcool et la drogue sont strictement interdits, et le couvre-feu est à vingt-deux heures. Toutes les filles devront être dans leur lit à cette heure-là, et les garçons devront être sortis du dortoir. Tu as compris ?

Olivia jeta un coup d'œil vers Herr Braun, sentant son enthousiasme s'éroder, mais celui-ci lui adressa un sourire joyeux.

— Les règles sont strictes, mais justes, commenta-t-il. Herr et Frau Scholz sont *in loco parentis*[1], ici, et veilleront à ta sécurité et à ton bien-être.

Olivia jeta de nouveau un coup d'œil vers le couple monacal. Il lui était difficile d'imaginer des personnes plus différentes de ses parents, qui avaient des mœurs douces et un cœur tendre, mais elle supposa que lorsque l'on est responsable d'un groupe de jeunes, il est indispensable d'être strict, et elle ne souhaitait pas en faire les frais.

— Je comprends, madame Scholz, merci.

— Très bien. Pour l'instant, j'ai bien peur que nous ne soyons trop occupés pour te faire visiter

---

1. Locution latine signifiant « des parents de substitution ». Cela signifie que le couple assure certaines fonctions des parents.

les lieux, mais j'ai confié cette mission à l'un de nos étudiants de deuxième année. Hans ?

Elle fit un geste de côté et un jeune homme accourut. Il portait le même survêtement qu'Olivia, mais sa veste ouverte dévoilait ses abdominaux exceptionnellement musclés sous son polo moulant. Il avait les cheveux noirs, coupés court sur les côtés, mais des boucles sur la tête, et ses yeux étaient de la couleur du chocolat de l'Ouest – et tout aussi attirants. Mieux encore, il avait un sourire généreux.

— Olivia, c'est bien ton nom ? Notre nouvelle lanceuse de javelot. Je m'appelle Hans Keller, je suis discobole. Bienvenue dans l'équipe des lanceurs, la meilleure de tout ce satané endroit !

— Ton langage, Hans, intervint Frau Scholz, une esquisse de sourire aux lèvres.

— Désolé, Ma. Une séance d'entraînement éprouvante. Je suis un peu crevé.

— C'est normal, Hans, tout cela est normal.

Elle lui jeta un regard indulgent et lui fit signe de s'occuper de la jeune fille.

— Ce sont tes bagages ? demanda Hans en soulevant la lourde valise d'Olivia comme s'il s'agissait d'un sac de plumes. Excellent. Allons t'installer. C'est par là.

Il la conduisit hors du hall d'entrée et, tandis qu'ils se dirigeaient vers l'escalier en s'éloignant de Herr Braun et du couple bourru, Olivia se mit à respirer plus librement. À travers la fenêtre du palier, elle aperçut la piste de course et, au-delà, les toits du centre de Berlin.

— Nous avons plutôt une belle vue, commenta Hans. Tu seras bien, ici, Olivia… Nous les athlètes ne disposons pas des superbes installations du

Dynamo, mais nous sommes beaucoup plus libres que les autres sportifs.

— Nous avons le droit d'aller en ville, c'est cela ?

— Exactement. Mais nous avons un programme plutôt chargé, alors nous n'avons jamais beaucoup de temps. Où as-tu envie d'aller ? Dans les boutiques ? Les bars ? À l'Ouest ?

Elle eut un mouvement de recul.

— Pas à l'Ouest !

Hans éclata de rire.

— J'ai eu la même réaction que toi lorsque j'y suis allé pour la première fois – je suis de Leipzig – mais Berlin-Ouest n'est pas aussi bizarre qu'on le dit. Les Wessis sont tout à fait comme nous, mais ont un peu plus de caractère.

Olivia eut une moue dubitative et Hans lui prit le bras. Un frisson parcourut sa peau et, lorsqu'elle leva le regard, les adorables yeux couleur chocolat du jeune homme rencontrèrent les siens avec intérêt.

— Berlin est étrange, mais cool lorsqu'on y est habitué. Je serais heureux de t'y emmener si tu veux.

— Je te remercie.

Il tenait toujours son bras et cette sensation était délicieuse.

— À condition que nous respections le couvre-feu de Frau Scholz.

Hans sourit.

— Ne t'inquiète pas à propos de Ma Scholz. Elle pense qu'elle a tout sous contrôle, mais elle ne sait pas la moitié de ce qui se passe.

Il lui adressa un clin d'œil, ouvrit une porte, et Olivia se retrouva dans une salle commune pleine de jeunes gens. Ceux-ci discutaient au milieu d'une petite cuisine, étaient allongés sur des poufs en forme de poire ou rassemblés autour d'une table de ping-pong à l'extrémité.

— Bienvenue au Dynamo AC, Olivia. Nous sommes ici pour nous entraîner aussi dur que possible, mais aussi pour nous amuser. Il faut profiter de la vie, pas vrai ?

— Tu as raison ! approuva joyeusement la jeune fille.

— Et ce que nos parents ne savent pas ne peut pas les inquiéter !

Il s'agissait d'un commentaire anodin, destiné à la mettre à l'aise, mais il eut l'effet inverse. Aussitôt, elle eut la vision de l'expression torturée d'Ester lorsqu'elle avait parlé de leur fille disparue. Ils ne savaient pas où était Pippa, et maintenant elle aussi les avait quittés. Pour de bonnes raisons, certes, mais pour la première fois, elle songea qu'Ester et Filip pourraient penser qu'elle fuyait à cause du secret qu'ils venaient enfin de lui révéler.

Bon, mais eux aussi ont fui la situation, pensa-t-elle pour se consoler, ce qui ne fonctionna guère. Des souvenirs de leur pénible dîner lui revinrent. « Elle n'a plus envie de faire partie de notre famille ? » avait demandé Mordecai, mais il ne pouvait être plus éloigné de la vérité. Elle ne supportait tout simplement plus d'avoir à justifier sa place au sein de celle-ci. Elle trembla. *Plus vite, plus haut, plus fort* était une belle devise, mais sa force lui venait de sa famille et elle espérait que le fait d'être partie à Berlin n'avait pas définitivement tout gâché.

9
Kirsten

Mercredi 31 mai 1961

— Tu l'as fait toi-même ? Ce n'est pas trop difficile ?

Kirsten baissa les yeux pour regarder le pantalon corsaire sur lequel elle avait travaillé durant des heures, puis regarda Dieter.

— Pas vraiment. Ce n'est que de la couture.

Le garçon secoua la tête.

— Ce n'est pas si simple, Kirsten. Une fois, ma mère a essayé de me faire recoudre un bouton sur ma chemise parce que je l'avais perdu après avoir grimpé aux arbres, mais je ne suis même pas arrivé à passer le fil dans l'aiguille. Je te trouve vraiment douée.

Elle rougit, enchantée. Elle avait eu la certitude que Dieter ne voudrait plus avoir affaire à elle après la manière dont leur rendez-vous s'était terminé, mais il s'était immédiatement dirigé vers elle pour passer une commande pour ses amis, qui venaient d'arriver au Café Adler. Astrid ne cessa de lui jeter des regards furibonds avant de se diriger nonchalamment vers Dieter. Elle adressa un sourire hypocrite à Kirsten.

— Hey, mais c'est ma serveuse préférée. Joli chiffon.

Elle compara ostensiblement du regard le pantalon de Kirsten à son propre jean, mais n'obtint pas de réaction.

— Il n'est pas superbe ? s'enthousiasma Dieter. Elle l'a cousu elle-même.

— Je n'y crois pas ! répondit Astrid en plissant les yeux. Je ne sais pas comment tu trouves le temps, entre ton travail et l'école.

— L'école ? répéta Dieter, en regardant Astrid, puis de nouveau Kirsten. Tu es encore à l'école ?

Kirsten était en train de songer combien il serait facile d'empoisonner le beignet d'Astrid, puis se souvint que la svelte étudiante ne mangeait jamais de pâtisseries.

— J'en ai encore pour un an, avoua-t-elle.

— Ah, euh, tu ne me l'avais pas dit…

— Effectivement.

— Et pourquoi ?

— Je me sentais gênée.

Astrid se mit à ricaner et Dieter lui adressa un regard en biais.

— Tu n'as pas à être gênée. Je suis d'autant plus impressionné par ton talent de couturière.

Astrid renifla, puis s'empara de deux cafés posés sur le comptoir avant de retourner vers son groupe d'amis.

Dieter se pencha en avant.

— Et d'autant plus honteux de mon, euh, comportement de l'autre soir.

— Ne le sois pas. J'aurais dû t'en parler.

— Peut-être me donneras-tu une chance de me rattraper un autre soir ?

— Vraiment ? Je veux dire, oui. Bien sûr. Avec plaisir.

Il sourit.

— C'est un rendez-vous.

Kirsten lui sourit, hébétée, et ce ne fut que lorsque Sasha lui donna un coup de coude pour qu'elle serve le client suivant qu'elle reprit ses esprits.

— Il est peut-être mignon, Kirsten, mais il faut que tu gardes ce boulot, non ?

— Tu as raison, répondit Kirsten.

Lotti ne pouvait pas lui donner d'argent de poche, et il y avait tant de tentations. Elle se remit donc au travail avec zèle.

Les clients étaient nombreux et le temps passa comme une flèche. Elle ne trouva l'occasion de jeter un regard vers Dieter qu'environ une fois par minute. Et à son grand soulagement, Astrid était en grande conversation avec un autre garçon – ils semblaient parler d'un sujet extrêmement sérieux, sans doute de planètes ou de forces ou de tout autre domaine sur lequel travaillaient les physiciens – et elle apprécia de voir Dieter plaisanter avec ses amis. Ce devait être vraiment agréable d'aller à l'université, d'étudier un sujet qui vous intéressait et de sortir avec plein de gens de son âge. Elle pourrait peut-être s'y inscrire. Dieter ne lui avait-il pas dit qu'il pensait qu'elle étudiait le stylisme ? Alors, pourquoi pas ?

Elle chassa cette pensée ridicule. Elle n'était pas assez douée pour aller à l'université et les meilleurs élèves des cours de stylisme confectionnaient sans doute un modèle simple de pantalon en l'espace d'une heure ou deux plutôt que de pester dans l'appartement soir après soir.

Mais elle n'était pas la seule à s'énerver, désormais. Tous les soirs, vers dix heures, Uli et Lotti commençaient à être angoissés à l'idée d'entendre bientôt Jan tambouriner à la porte. Le monde – le monde libre et de l'après-guerre – semblait le contrarier chaque jour davantage, et il passait sa colère sur tout ce qui était à sa portée : les chaises pastel de Lotti ; le poste de radio sans fil ; la table basse, qui selon lui était une « idiotie américaine », mais sur laquelle il posait toujours les pieds.

Lotti tournait autour de lui silencieusement en lui proposant à manger, comme si des saucisses ou de la salade de pommes de terre pouvaient apaiser sa rage, et le pauvre Uli se réfugiait dans sa chambre. Kirsten détestait Jan parce qu'à cause de lui, son frère avait le sentiment de ne plus rien valoir, et elle s'opposait à lui dès qu'elle en avait le courage, mais il était trapu et fort, et leurs altercations lui avaient occasionné des bleus. À sa mère également. Lotti aurait dû le jeter dehors, mais il était si effrayant qu'aucun d'eux – pas même la combative Gretchen – ne savait comment s'y prendre.

Kirsten soupira et regarda l'horloge. Son service était bientôt terminé. Uli allait venir la chercher car Lotti insistait pour qu'il le fasse lorsqu'elle finissait tard, et elle pria pour qu'il l'attende à l'extérieur. Mais ce ne fut pas le cas. Il se glissa subrepticement à l'intérieur, comme s'il cherchait une faille dans la réalité pour passer inaperçu. Kirsten tenta de lui faire signe de la rejoindre derrière le comptoir, mais il resta immobile au beau milieu du café et Sasha le heurta en faisant s'entrechoquer les tasses qu'elle portait.

— Attention, mon garçon, dit-elle, imperturbable.

Mais le bruit avait attiré l'attention du groupe de Dieter.

— Tiens, regardez qui voilà, ronronna Astrid.

— Astrid, l'avertit Dieter.

Mais une lueur s'alluma dans les yeux de la jeune fille, qui se leva et tapota la tête d'Uli.

— Tu viens chercher ta sœur, n'est-ce pas ? Quel gentleman.

Uli la regarda, l'air perdu, tandis qu'elle lui adressait un grand sourire.

— Surtout pour un bâtard, ajouta-t-elle.

Tout le monde fut surpris. Le regard d'Uli s'emplit de confusion et une larme coula sur son visage. Il fit demi-tour et se précipita à l'extérieur. Mortifiée, Kirsten se réfugia dans la cuisine. Elle demeura sur place, enfonçant ses ongles dans le bois de la planche à découper, se détestant pour son absence de courage. Elle entendit Sasha pousser tout le monde vers la sortie et se demanda où le pauvre Uli était allé. Il se sentait haï chez lui, et maintenant, il était également méprisé ici. C'était injuste.

Elle se redressa et sortit. Dieter se tenait près du comptoir, l'air malheureux, et ses amis étaient en train de récupérer leurs sacs.

— Tu lui as raconté, l'accusa-t-elle.

— Non. Je te le promets.

— Alors comment le sait-elle ?

— Je n'en ai aucune idée. Je t'ai promis de garder le secret, oui ou non ?

— Tu me l'as promis, mais j'ai l'impression que tu n'as pu t'empêcher de raconter à tes amis cette croustillante histoire de viol.

Dieter parut choqué.

— Oh, je suis désolée, je n'ai pas le droit de prononcer le mot « viol » ? C'est si honteux que l'on ne peut même pas en parler, même si ce n'est pas la faute de ma mère, ni des centaines d'autres femmes allemandes qui ont aussi été horriblement abusées ?

— Bien sûr que ce n'est pas leur faute. Mais c'est toi qui ne voulais pas aborder le sujet.

Il avait raison. Kirsten se sentait désormais aussi mal à l'aise que ce pauvre Uli, mais elle savait une chose… Dieter avait beau être mignon, intelligent, très bien danser, et embrasser qui plus est, s'il était impossible de lui faire confiance, il ne méritait pas qu'elle sorte avec lui.

— Je pense qu'il est préférable d'en rester là.

Il eut l'air vraiment malheureux.

— Je te promets que je ne lui ai rien dit. Astrid ! Astrid, viens par ici !

L'estomac de Kirsten fit une embardée. Elle n'aspirait qu'à partir et à retrouver Uli, mais Dieter agrippa le bras gracile d'Astrid et l'attira vers lui.

— Ce n'est pas moi qui t'ai parlé du frère de Kirsten, n'est-ce pas ?

Astrid fit voleter sa chevelure éclatante.

— Je ne sais plus.

— Essaie de te souvenir.

La fermeté contenue dans sa voix surprit la jeune fille, qui tressaillit.

— J'ai entendu mon frère en parler, avoua-t-elle d'un ton irrité. Quant à lui, il l'a entendu de la même manière que tout le reste de Berlin… de la bouche d'un type appelé Jan qui s'est soûlé à l'Eden Saloon et a craché sa bile auprès de tous ceux qui étaient prêts à l'écouter. Mon frère dit qu'il a divagué à propos de son fils, qui serait un bâtard ruskoff, et de son imbécile de fille qui serait une stupide serveuse du Café Adler, alors je suppose qu'il s'agit de ton père, Kirsten. Ce garçon est aussi foncé que tous ces Slaves.

— Astrid !

Elle haussa les épaules à l'intention de Dieter.

— Et alors, c'est vrai. Le pauvre gamin, ajouta-t-elle, tentant sans grande conviction de faire preuve de sympathie. Bon, de toute façon, je dois y aller. J'ai un essai à rédiger.

Et sur ces mots, elle sortit de manière théâtrale, et le reste du groupe lui emboîta le pas. Dieter eut l'air hésitant.

— Tu vois, ce n'est pas moi, Kirsty.

Elle le jaugea, disposée à le croire, et il lui donna un petit coup de coude.

— Pourquoi n'irais-tu pas à l'Eden maintenant pour te rendre compte par toi-même ?

— Non merci, dit-elle en se retournant vers la table la plus proche pour ramasser les tasses sales. Je ne veux pas lui accorder la moindre attention.

Cependant, son esprit était déjà en ébullition, et une fois que Dieter fut parti, elle s'approcha de Sasha.

— Où se trouve l'Eden Saloon, déjà ?

Sasha la regarda d'un air inquiet.

— Tu es sûre, ma chérie ? Je veux dire...

— Où est-ce ?

— Damaschke Straße, répondit Sasha en soupirant.

L'Eden Saloon était plein à craquer. Lorsque Kirsten s'approcha, elle put voir une foule d'ombres dansantes derrière les vitrines embuées, et sentit l'asphalte vibrer sous l'effet des basses. Quelqu'un venait d'ouvrir les portes et un carré de lumière multicolore se découpa sur la chaussée obscure. Des rires et des éclats de voix se dispersèrent à l'extérieur, telle la mousse d'une chope de bière qui déborde. Kirsten se mordit la lèvre et chercha nerveusement Uli du regard. Elle l'avait retrouvé caché près des poubelles derrière le Café Adler et s'était excusée de ne pas être restée avec lui.

— Ce n'est rien, avait-il affirmé. Je ne me serais pas battu pour si peu, de toute façon.

Elle le serra contre lui.

— Je te défendrai toujours, Uli… Tu es mon frère.

Ils s'étaient d'abord dirigés vers la maison, mais les mots de Dieter lui trottant dans la tête, elle avait insisté pour faire ce détour. Maintenant, elle n'était plus si sûre de le vouloir.

— Il n'est probablement pas là, dit-elle.

Uli hocha la tête silencieusement.

— L'ambiance est un peu jeune pour lui, tu ne trouves pas ? insista la jeune fille. Nous devrions peut-être rentrer ?

Son frère hocha cette fois la tête avec plus d'enthousiasme, mais Kirsten entendit alors une voix familière s'élever au-dessus d'un jovial brouhaha.

— Le monde est parti en vrille, c'est ça le problème. Il n'y a plus de discipline, plus d'ordre !

Elle jeta un coup d'œil à Uli, qui lui prit le bras et déclara :

— Rentrons à la maison, Kirsty. Il a l'air vraiment éméché, alors quel est l'intérêt de se mêler à ça ?

Kirsten réfléchit.

— L'intérêt, Uli, c'est qu'il salit notre réputation auprès de la moitié de Berlin.

— Il salit la réputation de tout le monde, si on l'écoute. À quoi bon ?

Kirsten hésita, mais la voix de Jan se détacha de nouveau des conversations.

— C'est à cause de ces Slaves qui traînent partout, et qui se comportent comme s'ils étaient chez eux. Ce n'est pas leur pays, et je n'arrive pas à croire que tout le monde les laisse agir comme si c'était le cas. Je vais tous les tuer. Y compris ce petit morveux pétochard qui vit chez moi.

Uli recula, mais pour Kirsten, il avait dépassé les bornes.

— Reste ici, ordonna-t-elle à son frère.

Furieuse, elle pénétra dans l'établissement.

L'Eden Saloon était plein à craquer, même si la plupart des clients étaient trop occupés à danser pour prêter attention au type vieillissant aux yeux rougis qui s'affichait au sein d'un groupe hétéroclite près de la porte.

Kirsten s'avança vers lui.

— Hello, mon père.

Il la regarda en plissant les yeux.

— Kirsten ? Qu'est-ce que tu fais ici ?

— Je t'écoute cracher ton venin en bon nazi que tu es, répliqua-t-elle.

Les hommes qui les entouraient se turent, et même l'orchestre sembla s'arrêter de jouer, mais il ne s'agissait que d'une pause au milieu d'un air rythmé, et personne ne leur prêta attention.

— Nous avons tous été nazis, argumenta Jan d'une voix traînante. C'était une bonne chose, et il a suffi que quelqu'un décide que nous ne l'étions plus pour que nous soyons obligés de faire comme si nous avions changé.

— Je n'ai jamais été nazi, s'emporta un homme du groupe. Et toi, tu l'étais, Heinz ?

Heinz leva les mains.

— Sûrement pas.

Jan leva les yeux au ciel.

— Très bien les gars. Jouez à ce jeu-là, comme les lâches que vous êtes.

Heinz bondit sur ses pieds.

— Qui est-ce que tu traites de lâche ? J'ai combattu à Stalingrad, j'y étais.

— Et maintenant tu lèches les bottes des Ruskoffs.

Jan se leva également, bandant ses muscles, et Kirsten commença à douter du bien-fondé de sa démarche. Elle jeta un coup d'œil vers la porte et vit Uli se glisser à l'intérieur avec appréhension.

— Je pense, intervint-elle, que nous sommes tous un peu plus tolérants, de nos jours. Quelle importance a l'endroit où nous sommes nés ?

Les yeux de Jan s'étrécirent. Il se détourna de Heinz et s'avança vers elle.

— Quelle importance ? Vous voyez, c'est ça, le problème. Mais après tout, qu'est-ce que je peux attendre de toi, espèce d'idiote ? Tu n'es pas plus allemande que ton bâtard de frère.

Kirsten sentit l'attention des clients de la brasserie se tourner vers elle.

— Qu'est-ce que tu veux dire ? balbutia-t-elle. Je suis ta fille. Je...

Il l'interrompit d'un rire cruel.

— Tu n'es pas ma fille, Kirsten. Ce n'est même pas ton véritable prénom. Je t'ai trouvée. Je t'ai offerte à ta mère car son putain d'utérus était trop bousillé pour que nous puissions avoir un bébé à nous, et regarde où ça m'a mené !

Kirsten fut prise de vertiges.

— Tu m'as trouvée ? Où m'as-tu trouvée ?

— Dans un taudis, un fossé, en enfer, même. Quelle importance ? Tu es une bâtarde, tout comme lui !

Il montra Uli du doigt. Kirsten attira son frère à elle et celui-ci passa un bras autour de sa taille, pour faire front à ses côtés.

— Je suis heureux que tu ne sois pas mon père, déclara Uli d'une voix forte. Et je suis heureux que tu ne sois pas non plus celui de Kirsten. En réalité, c'est la meilleure nouvelle que j'ai entendue depuis des semaines.

Kirsten le regarda, bouche bée, mais lorsque Jan, stupéfait, brandit le poing, Uli fit demi-tour et se précipita vers la sortie, et elle le suivit. Ils quittèrent l'Eden Saloon, dépassèrent les lumières qui filtraient à travers les vitres et se réfugièrent dans l'ombre.

— Rentrons, Kirsty, ne cessait de bredouiller Uli. Rentrons à la maison. Je veux que tu sois à l'abri.

Mais tous deux savaient que leur maison n'était plus un abri, car l'homme qui venait de leur dire qu'il n'était le père ni de l'un, ni de l'autre, y vivait également. Uli tirait du réconfort de ce point commun avec sa sœur, mais Kirsten avait l'impression que son monde – et peut-être même son véritable moi – était en train d'imploser.

Ce n'est même pas ton véritable prénom, avait dit Jan. Mais qui était-elle, sans véritable prénom ? Se sentant vide, confuse et effrayée, elle s'accrocha au bras d'Uli et franchit d'un pas pressé des rues qui lui semblaient remplies d'ombres informes prêtes à l'engloutir, en direction d'un appartement abritant une multitude de secrets.

10
Olivia

Wolfsbourg, Allemagne de l'Ouest, mercredi 7 juin 1961

Olivia regarda par la vitre, tentant de faire abstraction des éclats de voix colériques qui provenaient de l'avant du bus. Elle n'était jamais allée aussi loin de chez elle et c'était la première fois qu'elle se rendait en République fédérale d'Allemagne. Le bus du Dynamo avait traversé la frontière intérieure de l'Allemagne et elle avait appuyé son nez contre la vitre, pressée de découvrir l'indécence de la zone ouest, mais elle avait constaté très peu de différences avec l'Est.

La plus grande partie du trajet jusqu'à Wolfsbourg s'était déroulée à travers des champs et des bois, et elle n'avait pas vu les lumières tape-à-l'œil ni les marques du capitalisme effréné auxquelles elle s'attendait. Même Wolfsbourg, construite pour abriter les ouvriers de l'usine Volkswagen, ressemblait beaucoup à Stalinstadt, avec ses rues régulières et son atmosphère paisible, et cela avait perturbé Olivia, qui s'était sentie soulagée lorsqu'ils étaient arrivés au stade d'athlétisme dans lequel devait avoir lieu la compétition.

Maintenant, alors que la nuit tombante colorait d'un rose pastel la campagne, ils étaient sur le chemin du retour pour l'école. La compétition s'était bien passée. La toute jeune équipe du Dynamo avait marqué d'une pierre blanche l'athlétisme allemand, et les entraîneurs avaient été ravis de voir les survêtements rouges envahir les podiums. Mais ils étaient contrariés, désormais.

Olivia passa les doigts sur la médaille en argent qu'elle portait autour du cou. Elle n'arrivait pas à croire qu'elle avait obtenu l'argent, et était impatiente de l'annoncer à sa famille. Ainsi, les garçons comprendraient sûrement pourquoi elle était partie. Et Ester et Filip seraient sans doute fiers d'elle, le coucou qui avait quitté le nid.

Olivia se remémora sa maison, qui était si confortable, et ressentit un pincement devenu familier. Elle avait écrit à plusieurs reprises à Ester et Filip, et ils lui avaient répondu affectueusement. Les garçons avaient même envoyé des dessins la représentant en train d'envoyer un javelot, et avaient apparemment oublié la colère éprouvée lors de son départ, mais chaque nouvelle journée passée sans eux la faisait douter de sa décision, et ce doute était la seule chose à laquelle elle pouvait se raccrocher.

Elle s'efforçait depuis des semaines d'acquérir les nombreuses techniques complexes permettant de maîtriser le lancer du javelot, craignant sans cesse d'être considérée comme une amatrice au sein du Dynamo. De sorte que lorsque son troisième lancer se déroula avec fluidité et que son javelot atterrit près de la ligne des quarante mètres, elle ne put en croire ses yeux. Il avait fallu que Hans, qui bondissait de joie sur le bord du terrain, lui certifie que la note sur le tableau était bien la sienne. Monter sur le podium et entendre son nom dans le haut-parleur l'avait remplie de joie, et elle avait été fière de prendre place au milieu d'une marée de survêtements rouges pour la photo de l'équipe.

Mais le bonheur avait été de courte durée, parce que, sur la photo, deux athlètes manquaient à l'appel, et les entraîneurs avaient commencé à se disputer.

— Il y a quelqu'un près de toi ?

Olivia leva les yeux, aperçut Hans et ôta avec empressement son sac du siège voisin.

— Non. Je t'en prie.

Elle lui fit signe de s'installer et ressentit un picotement chaleureux sur sa peau lorsque la cuisse du jeune homme effleura la sienne dans l'intervalle étroit entre leurs deux sièges. Elle avait fait la connaissance de beaucoup d'élèves sympathiques, à l'école, mais aucun n'était aussi gentil que Hans.

— Tu as été extraordinaire, aujourd'hui, lui dit-elle en désignant la médaille d'or suspendue à son cou.

— Toi aussi. L'argent dès ta première compétition !

Elle sourit.

— C'était un coup de chance extraordinaire.

— Je pense que tu as été brillante. Tu as tellement de talent, Liv. Désolé, je peux t'appeler Liv ?

Elle hocha la tête.

— Mes parents m'appellent Liv.

Penser à eux lui fit mal au cœur. Si seulement ils avaient pu être là, aujourd'hui. Ils auraient bondi comme des fous, surpris, mais applaudissant à tout rompre, comme ils le faisaient pendant ses matchs de tennis.

— Ils te manquent ? demanda Hans.

— Oui. Je suis vraiment heureuse d'être ici, mais ils me manquent.

— Les miens également. Ma mère et mon père venaient à toutes mes compétitions, avant, alors ça me semble bizarre lorsqu'ils ne sont pas là. Aujourd'hui, j'ai regardé plusieurs fois autour de moi, parce que je m'attendais à les voir. Ma mère aurait crié que j'étais merveilleux et mon père m'aurait donné des conseils inutiles, du genre : « Lance-le encore plus loin, mon garçon ! »

Il sourit affectueusement, et Olivia tendit instinctivement la main pour tapoter sa jambe, puis se sentit horriblement gênée. Mais Hans posa sa main sur la sienne, et ils restèrent tranquillement assis ainsi, brusquement silencieux, appréciant ce moment de proximité.

Mais soudain, des hurlements s'élevèrent à l'avant du bus :

— Je ne suis pas le foutu entraîneur des coureurs, non ?

— Mais tu es l'entraîneur principal. C'est ta responsabilité autant que la mienne.

Les deux hommes étaient sur le point d'en venir aux mains, et l'entraîneur Lang tenta de les séparer.

— Pas ici, intervint-il avec autorité, en faisant un signe en direction des athlètes qui les regardaient avec curiosité. Nous réglerons cela lorsque nous serons de retour au Dynamo.

— Le problème sera réglé pour *nous* quand nous serons de retour au Dynamo, grogna l'entraîneur principal. Nous aurons Mielke en personne sur le dos, parce que deux de ces crétins de sprinteurs ont disparu pendant qu'il faisait du gringue à l'équipe de saut en hauteur de l'Ouest.

Olivia eut une moue dépitée lorsque les deux hommes furent entraînés sur des sièges séparés.

Leur altercation se réduisit alors à des grognements sourds. Deux des meilleurs sprinteurs de l'école avaient disparu à la fin de la compétition – ils s'étaient sans doute enfuis dans les rues rectilignes de Wolfsbourg, ou, plus probablement, volatilisés dans le bus d'un autre club. Il allait y avoir du grabuge au Dynamo. La *Republikflucht* – fuite hors de la République – était un crime passible de trois ans de prison, et perdre de jeunes espoirs de l'Est au profit de l'Ouest et de sa rapacité était inacceptable aux yeux de l'État. Il n'était pas étonnant que les entraîneurs soient furieux.

— Pourquoi est-ce qu'ils partiraient ? demanda Olivia à Hans.

— Pour être libres ?

— Pour quoi faire ? Le Dynamo possède les meilleurs équipements de toute l'Allemagne.

— C'est vrai, mais tout est très contrôlé en DDR, tu ne trouves pas ?

— C'est pour que chacun soit équitablement payé pour son travail quotidien, et qu'il n'y ait pas de grosses inégalités de niveaux de vie à cause de jugements de valeur erronés.

— Oui, répondit Hans en souriant. Tu as raison. Il est bien plus raisonnable de vivre de cette manière.

— Et nous en récolterons les fruits bientôt. Nous serons plus forts, en meilleure santé et plus épanouis que les habitants de cet Ouest décadent, tant que les gens participent à la vie communautaire et ne sont pas à la poursuite d'une réussite personnelle.

Hans se pencha en avant et saisit la médaille de la jeune fille entre ses longs doigts.

— Et ça, ce n'est pas une réussite personnelle ?

Olivia se tortilla sur son siège.

— En quelque sorte, je pense, mais nous nous battons pour le Dynamo et pour la DDR. Nous sommes…

— Des instruments de l'État, tu as raison. Et toi, Olivia Pasternak, tu en es un très joli instrument.

Olivia cligna des yeux, en se demandant si elle avait bien entendu.

— Joli ?

— Très.

Elle éclata de rire.

— Hans… Je suis corpulente, grande et, et…

— Magnifique, compléta-t-il. Sans oublier que tu es gentille, et douée et drôle.

Olivia rougit et regarda autour d'elle. Ils étaient seuls au fond du bus et Hans était délicieusement proche d'elle.

— Tu ne dis ça que parce que je suis dangereuse lorsque j'ai un javelot entre les mains ? osa-t-elle le taquiner.

— Tu as raison, admit-il. C'est un risque, mais j'aime le risque. Et je t'apprécie beaucoup.

Il lâcha la médaille d'Olivia et effleura son visage de ses doigts, caressant la ligne de sa mâchoire, puis ses lèvres. Elle se pencha vers lui. Ce fut alors qu'il posa ses lèvres sur les siennes et son baiser fit vibrer chaque fibre de son corps. Remporter la médaille d'argent aujourd'hui l'avait comblée de joie, mais pas autant que le baiser de Hans, et elle se tourna de côté pour qu'il puisse l'entourer de ses bras, s'abandonnant à la merveilleuse sensation que lui procurait cette étreinte, et laissant les disputes des entraîneurs s'évanouir dans le néant.

Le trajet de retour jusqu'à Berlin sembla trop bref au goût d'Olivia. Les rares baisers qu'elle avait échangés au cours des danses organisées par la Jeunesse libre allemande n'avaient rien à voir avec ceux de Hans. Elle appréciait tout, chez ce garçon : son caractère facile, son sens de l'humour, sa passion pour le sport, son beau visage et son corps sculpté à merveille. Elle aurait pu rester ainsi, blottie dans ses bras, pour traverser l'Europe entière, et fut heureuse d'entendre l'entraîneur principal demander au conducteur d'emprunter le périphérique qui faisait le tour de la ville.

— Mais, monsieur, cela rallonge le trajet, il est tard, et…

— Et vous ferez ce que je vous dis. Nous ne passerons pas par Berlin-Ouest.

— Mais, ce n'est pas comme si les gamins pouvaient sauter du bus, répliqua le chauffeur. Et de toute façon, ils ont le droit de se rendre à Berlin-Ouest tous les jours de la semaine, s'ils en ont envie.

— Plus maintenant, grommela l'entraîneur.

Olivia jeta un coup d'œil à Hans, qui gémit.

— Et voilà comment nous allons être privés de liberté, Liv. Les Scholz vont nous surveiller comme si nous étions encore au jardin d'enfants, maintenant.

— Nous allons donc être coincés dans nos dortoirs ? demanda-t-elle en le regardant. Qu'est-ce que nous allons faire de nous ?

Il sourit.

— Olivia Pasternak, tu es une sacrée fille.

Puis il l'embrassa de nouveau et le périphérique de Berlin leur sembla avoir été franchi aussi rapidement que le reste du trajet lorsqu'ils arrivèrent à la pension. L'entraîneur principal se leva pour s'adresser à eux.

— Bravo à tous, dit-il en s'efforçant visiblement de garder son calme. Ce n'est pas votre faute si vos imbéciles de compatriotes ont trouvé malin de s'enfuir à l'Ouest, et j'espère que vous vous entraînerez encore plus dur pour les battre à plate couture la prochaine fois que vous les croiserez. Le Dynamo est l'avenir du sport, et ils pourront le constater lorsqu'ils seront en train de pleurer en franchissant la ligne d'arrivée derrière vous, affaiblis par un mode de vie décadent et un manque de discipline, alors que vous deviendrez forts et rapides. La liberté est une illusion ; la réussite est réelle. Vos familles seront fières de vous et nous écrirons à chacune d'elles pour les informer de vos victoires d'aujourd'hui. Félicitations.

Olivia éprouva une bouffée de fierté en imaginant l'expression de ses parents lorsqu'ils recevraient la lettre. Cela serait encore mieux que si l'information venait d'elle.

— Ta famille est à Stalinstadt, c'est bien cela ? lui demanda Hans, tandis que les autres athlètes commençaient à rassembler leurs sacs.

— Oui, ma mère, mon père et mes deux petits frères. Tu as des frères et sœurs ?

— Une sœur. Plus âgée. Nous nous disputons tout le temps quand je suis à la maison, mais elle me manque.

Olivia sourit.

— Mes frères sont tous les deux beaucoup plus jeunes que moi, donc ce n'est pas pareil.

— Tu n'as pas de sœur, donc ?

Olivia secoua la tête, puis changea d'avis. Elle regarda Hans.

— Je ne crois pas… mais depuis quelque temps, je n'en suis plus si sûre.

— Hein ? demanda-t-il en la fixant. Qu'est-ce que tu veux dire ? Comment pourrais-tu ignorer que tu as une sœur ?

Olivia se mordit la lèvre.

— Je..., s'interrompit-elle, s'apercevant qu'elle aurait du mal à avouer qu'elle avait été adoptée. J'ai découvert il y a quelques semaines que ma mère a eu un enfant pendant la guerre, une petite fille, qui lui a été enlevée. Ils ne l'ont jamais retrouvée.

Hans eut l'air surpris.

— Quelle triste histoire. Que s'est-il passé ?

Olivia grimaça.

— Elle était à Auschwitz.

Hans déglutit.

— Ta mère y était ? Elle a survécu ?

— Tant bien que mal. Elle était infirmière, et a travaillé avec une sage-femme, là-bas... ma grand-mère, Ana.

— Ta grand-mère était là-bas aussi ?

— Ce n'était pas ma vraie grand-mère. Elle a plus ou moins adopté ma mère, dont la propre mère est morte dans le train de déportation.

— Mon Dieu, Liv, c'est affreux.

Ses yeux couleur chocolat avaient une expression de compassion horrifiée, et Olivia se dit qu'elle n'aurait pas dû aborder le sujet. Elle était épuisée et éprouva l'envie d'aller se coucher et d'oublier tout cela, mais Hans avait l'air si triste pour elle qu'elle ne put se résoudre à s'en aller sans lui donner plus d'explications.

— Cela a été horrible pour toutes les deux, mais elles se soutenaient et s'occupaient de la maternité. Elles ont mis au monde près de trois mille bébés, dans *cet endroit*.

Hans donnait l'impression que son beau visage allait se décomposer.

— Je n'arrive même pas à imaginer.

— Il ne vaut mieux pas. Mutti nous raconte des « histoires » sur ce lieu, parfois... Elle les appelle des extraits. Ils suffisent à me faire pleurer, tellement c'est affreux, alors imaginer que toutes ces choses se sont déroulées jour après jour est impossible. Ma mère est une personne très calme, qui a une grande maîtrise d'elle-même. Elle garde beaucoup de choses à l'intérieur d'elle-même, parce que c'est ainsi qu'elle a appris à survivre, mais elle est chaleureuse et très affectueuse. Lorsque j'ai découvert qu'elle avait perdu une fille, qu'elle avait *aussi* perdu une fille, j'ai eu le cœur brisé.

— Je peux imaginer, compatit Hans, en lui prenant la main. Je suis tellement désolé, Liv.

— Ne le sois pas. Le passé est le passé, comme Mutti le dit toujours, mais je ne peux m'empêcher de penser à ce bébé. Mes parents ont essayé par tous les moyens de retrouver leur fille après la guerre, mais elle avait disparu, et pour une raison ou une autre, ils ont cessé de la chercher. Ils ont dit que c'était parce qu'ils m'avaient moi et mes frères, mais je suis sûre qu'il y a une autre raison. Mutti avait la même expression que quand elle pense à Auschwitz lorsqu'elle m'en a parlé.

— La même expression ?

— Celle qui signifie « je ne comprendrai jamais ». Et pour ce qui est des camps, je ne comprendrai jamais non plus, mais là, c'est différent. J'ai peur, Hans, qu'elle n'ait abandonné Pippa parce qu'elle m'avait moi et je... je ne suis pas sûre d'en valoir la peine.

Hans lui caressa le dos.

— Oh, Liv, ne dis pas de bêtises. Bien sûr que tu en vaux la peine.

Elle effleura sa médaille argentée, mais il écarta sa main.

— Je ne dis pas cela pour ta médaille, mais parce que tu es qui tu es. Adorable, gentille, attentionnée.

Olivia lui fit un baiser, reconnaissante.

— Je me rends compte que je suis en train de m'apitoyer sur mon sort. Je voudrais juste pouvoir faire quelque chose.

— C'est vrai ?

Olivia lui jeta un regard de côté et fronça les sourcils.

— Bien sûr que c'est vrai. Pourquoi ne le voudrais-je pas ?

— Ce n'est pas ça. C'est juste que... Tu sais que toutes les archives sont conservées à Berlin ?

Elle le fixa.

— Qu'est-ce que tu veux dire ?

— Rien d'important, répondit Hans en passant une main dans ses cheveux. Je veux dire que ce n'est pas à moi d'intervenir, mais si je cherchais une personne disparue, je commencerais par là.

— Tu veux dire que *moi*, je pourrais y trouver des informations sur Pippa ? Où se trouvent les archives ?

— À la mairie, je suppose. Mais, Olivia, ne fais pas attention à ce que je viens de dire. Il y a sans doute une bonne raison pour que ta mère ait arrêté de chercher. Qui n'a rien à voir avec ta valeur en tant que fille. Il y a peut-être des choses que tes parents ne veulent pas que tu saches.

Olivia soupira.

— Peut-être, Hans, mais ils me diront tout le jour de mes dix-huit ans, donc je n'aurai que quelques mois d'avance, assura Olivia, qui sentit une bouffée d'excitation l'envahir.

Pourquoi n'y avait-elle pas pensé plus tôt ? Elle agrippa le bras de son ami.

— Mutti a passé toute sa vie à essayer de nous épargner toute souffrance, alors qu'elle-même souffrait réellement. Imagine, si je pouvais l'aider !

Elle se prit à rêver à l'expression qu'aurait Ester si elle lui annonçait qu'elle avait retrouvé Pippa. Son visage s'illuminerait et toutes ses blessures, toutes les souffrances qu'elle avait endurées à cause de *cet endroit* pourraient être guéries par la joie qu'offrirait la perspective d'un nouvel avenir.

— La mairie, affirma-t-elle avec détermination. J'irai demain.

— Demain, Liv ? Attends un peu. Les Scholz vont être dans tous leurs états s'ils l'apprennent.

— Et alors ? Ce n'est pas un crime de chercher sa sœur !

— Bien sûr que non. Mais ils ne l'entendront peut-être pas de cette oreille, notamment après ce qui s'est passé aujourd'hui.

Hans désigna du menton les entraîneurs, qui s'étaient remis à se disputer en traversant le parking. Olivia était désolée pour eux, mais ce qu'elle envisageait était important. Ses parents étaient partis à la recherche de leur fille disparue, et à la place, l'avaient trouvée elle. Elle avait le sentiment qu'ils avaient abandonné Pippa pour elle, et elle ne pouvait imaginer meilleure manière de rembourser sa dette précieuse que de leur ramener sa sœur – quelles qu'en soient les conséquences pour elle.

11
Ester

Berlin-Est, juin 1950

Filip est enthousiaste.

— C'est un signe, dit-il lorsque Ester lui parle de l'Américaine, de son dossier beige et de la petite fille qui se suspendait aux agrès, dévoilant le numéro du KZ tatoué sous son aisselle à la femme qui se tenait près d'elle.

— Notre patience est enfin récompensée, souligne-t-il un peu plus tard, dans leur chambre plongée dans le noir, tandis qu'Olivia est endormie dans la minuscule chambre voisine et Mordecai allongé dans le berceau au pied de leur lit.

Il la prend par la taille, l'attire près de lui et lui caresse le ventre. Il est encore plat, même si tous deux savent qu'il abrite désormais une nouvelle vie.

« Trois est un bon chiffre », avait-il affirmé lorsqu'ils avaient eu la certitude qu'elle était de nouveau enceinte.

Ce qui est vrai, mais désormais, ils savent que quatre serait encore mieux. Et peut-être que maintenant…

— Tu avais raison lorsque tu as voulu que nous restions à Berlin, lui dit-il en l'embrassant dans le cou.

— Je n'en suis pas si sûre, Filip, réplique-t-elle, contrariée par cet optimisme dangereux. Stalinstadt a l'air agréable.

— C'est vrai, admet-il. Ils vont ouvrir un grand Konsum là-bas, et mon directeur m'a dit qu'il me recommanderait pour gérer le département de l'habillement féminin.

— Alors nous devrions nous y installer, Filip.

— Pas pour l'instant !

Mordecai s'agite au pied du lit et ils se figent tous les deux.

— Nous irons lorsque nous aurons récupéré Pippa, chuchote Filip, tandis que leur fils change de nouveau de position.

— Nous ne savons pas encore si c'est elle, proteste Ester. J'ai tatoué au moins une centaine de bébés, dans *cet endroit*, et aujourd'hui, nous n'en avons retrouvé que trente-deux. Il y en a donc soixante-huit qui sont encore portés disparus. La probabilité est infime.

— J'ai la foi.

Le cœur d'Ester se serre à l'idée de la douleur qu'il peut éprouver. Il n'a jamais rencontré Pippa, n'a jamais croisé son regard bleu, ni caressé ses cheveux, qui par chance étaient blonds.

— J'ai la foi également, affirme-t-elle. J'ai foi en Dieu et foi en nous et foi en nos adorables enfants. Mais j'ai moins confiance dans le vieux dossier d'une Américaine bien intentionnée.

— Nous verrons bien, répond Filip.

Il leur faut faire preuve de patience.

— J'ai rendu visite à l'enfant, leur révèle l'Américaine, Mme Jefferson, deux jours plus tard. Elle est en bonne santé et choyée.

Ester fronce les sourcils. Elle est heureuse que l'enfant aille bien, mais apprendre qu'elle est également choyée est plus difficile. Ses entrailles se tordent de colère à l'idée que la mère qui lui a volé son enfant l'élève allègrement comme s'il s'agissait du sien. S'il s'agit de Pippa, *elle* veut prendre soin d'elle. *Elle* veut l'aimer, non secrètement dans son cœur, mais la serrer dans ses bras.

— Elle porte un numéro ? demande-t-elle.

— Effectivement. Il est un peu indistinct. La peau se distend, vous savez, lorsque l'enfant grandit.

Ester hoche la tête avec irritation ; il n'y a pas que le chiffre qui s'est distendu, au fil des ans. Sa patience est aujourd'hui dangereusement à bout. Et cela semble aussi être le cas pour Filip.

— Quel est le numéro ? demande-t-il. Donnez-le-nous !

Mme Jefferson ouvre son dossier.

— Nous pensons qu'il s'agit du 41400.

Les genoux d'Ester se dérobent sous elle. Le poids de cet espoir, de cette joie qui s'ouvre à eux, est trop lourd. Filip l'agrippe avec force, et la serre si fortement contre lui qu'elle peut sentir son cœur battre contre le sien.

Mme Jefferson lève une main.

— Ou bien c'est peut-être 41406. C'est difficile à dire.

— Moi je pourrais vous le dire ! déclare Ester avec exaltation. C'est moi qui ai gravé ces chiffres.

Mme Jefferson referme le dossier.

— Parfait. Demain vous convient ? À seize heures ?

Cela ne leur convient pas du tout. Filip travaille dans son usine de confection, et Ester rend visite à ses patientes pendant qu'Olivia et Mordecai sont confiés à la crèche d'État. Mais tout cela n'a pas d'importance.

— Nous y serons.

— Parfait, répond Mme Jefferson en leur adressant un sourire nerveux. Je dois cependant vous informer qu'il y aura également une autre mère.

Ester regarde Filip, qui entrelace ses doigts aux siens. Ils se disent que le lendemain, quelqu'un va retrouver son enfant. Il y a aujourd'hui plus de probabilité que la petite soit leur fille, mais cela est encore insuffisant pour une mère dont le cœur souffre.

— Nous y serons, répète Ester.

Est-ce un mal de prier pour que le sort vous soit favorable, si cela est au détriment d'une autre personne ? Sans doute, mais cette nuit-là, Ester et Filip prient avec plus d'ardeur qu'ils ne l'ont jamais fait pour que cette enfant qui vit ici, à Berlin, soit leur chère fille, qui leur a été enlevée.

12
Kirsten

Mercredi 7 juin 1961

Kirsten était allongée sur son lit, observant les derniers rayons du soleil projeter leurs teintes d'une insoutenable beauté sur le plafond, tout en tentant d'intégrer ce que Jan lui avait révélé la semaine précédente.

« Tu n'es pas ma fille, Kirsten, avait-il vociféré. Je t'ai trouvée. Je t'ai offerte à ta mère car son putain d'utérus était trop bousillé pour que nous puissions avoir un bébé à nous. »

Cette nouvelle prenait d'une certaine manière tout son sens. Elle se remémora à quel point sa mère était tendue le soir où Jan leur avait appris la vérité à propos d'Uli. Elle s'était efforcée de l'empêcher à plusieurs reprises d'aborder un sujet – était-ce le fait que Kirsten n'était pas sa fille ? Et en réalité, si Jan avait dit la vérité, Lotti n'était pas non plus sa véritable mère. Elle appartenait donc encore moins à cette famille qu'Uli qui, au moins, était du même sang que Lotti.

La main de Kirsten chercha à tâtons l'album photo qu'elle avait pris dans le salon, en espérant qu'il lui apporterait quelques réponses. Elle savait qu'elle devrait aborder le sujet avec sa mère, mais il n'était pas facile de savoir par où commencer. Lorsque Uli et elle étaient rentrés, le soir où ils avaient appris la vérité de la bouche de Jan, Lotti somnolait sur le canapé et elle avait demandé à son frère de ne rien dire. Elle voulait prendre le temps de digérer la nouvelle avant d'avoir une conversation avec sa mère… sa mère *adoptive*, en réalité.

Cependant, le temps qui passait ne rendait guère les choses plus faciles. Kirsten ouvrit l'album. Il y avait peu de photos de famille, car seule Gretchen possédait un appareil photo. Kirsten feuilleta rapidement les pages sur lesquelles ses parents apparaissaient comme un jeune couple heureux, sur une plage au bord d'un lac, au cours d'une fête ou le jour de leur mariage. Elle contempla cette dernière photographie, en examinant l'uniforme de Jan et en repérant la tête de mort caractéristique des SS sur la casquette qu'il tenait fièrement sous le bras. Lotti était belle dans sa robe d'un blanc immaculé. Des fleurs ornaient ses boucles blondes et elle regardait son mari avec adoration. Ce que Jan avait dit – que tout le monde avait été nazi – était-il vrai ? Si l'on écoutait la génération précédente, Hitler avait contraint ou manipulé les citoyens pour obtenir leur soutien, mais cela n'était-il pas difficile à croire ?

Kirsten était en train de découvrir douloureusement que le monde était un endroit complexe. Elle tourna la page. Cette fois, elle figurait sur les photos. Elle était bébé, portait une robe de baptême en dentelle, et se trouvait dans les bras de sa mère qui rayonnait aux côtés de son père. Elle avait vu cette photo de nombreuses fois – il y en avait une reproduction encadrée sur le mur du salon – mais elle n'avait jamais remarqué auparavant que Jan se tenait légèrement à l'écart, ni que ses épaules semblaient aussi raides que de l'acier. Elle continua de feuilleter l'album en frissonnant. Elle vit Lotti la pousser dans son landau, sourire en lui donnant à manger, lui tenir la main tandis qu'elle faisait ses premiers pas. Jan n'était plus présent. Cela se passait durant la guerre, bien sûr, qui n'était pas une période propice aux photos de famille, mais il y en avait une de Gretchen et de son mari, Mark, prise avant que celui-ci ne soit tué sous le commandement de Rommel en Afrique, et une autre de quatre adultes en train de dîner… mais Jan ne se tenait sur aucune d'elles. Pourquoi ne l'avait-elle jamais remarqué auparavant ?

Lentement, Kirsten tourna les pages les unes après les autres, avant de tomber sur un espace vide. Quatre coins adhésifs indiquaient qu'il y avait eu une photo à cet endroit, mais celle-ci avait disparu et, sur la page suivante, elle figurait de nouveau sur un cliché – un nourrisson potelé doté d'une abondante chevelure blonde. Puis elle apparaissait deux ans plus tard. Elle tenait un bébé aux cheveux bruns et souriait fièrement à l'appareil photo comme si l'enfant était le sien.

— Uli, murmura-t-elle avec tendresse.

Elle s'était sentie tellement malheureuse pour lui lorsqu'elle avait appris qu'il était le fils d'un Russe anonyme, et aujourd'hui, elle se retrouvait dans la même situation. Ou pire. Elle ne connaissait ni les conditions, ni le lieu de sa naissance, encore moins l'identité de ses parents. Feuilletant de nouveau l'album en arrière, elle contempla le carré vide à la place de la photo manquante, comme s'il pouvait lui apporter des réponses. Finalement, elle ne vit qu'une seule solution.

— Mutti, appela-t-elle, le mot sonnant étrangement à ses oreilles, alors qu'il lui était coutumier. Il faut que je te parle.

Lotti leva le regard lorsque Kirsten pénétra dans le salon.

— Que se passe-t-il ? demanda-t-elle.

Kirsten désigna l'album. Elle entendit la porte de la chambre d'Uli s'ouvrir et sentit qu'il se glissait dans la pièce derrière elle.

— Pourquoi cette photo a-t-elle disparu ?

Lotti rougit.

— Mon Dieu, mais qu'est-ce que tu fabriques avec ce vieux truc ? Je ne sais pas, Schnuki. Elle a dû tomber.

Kirsten posa l'album sur la table à côté de la tasse de Lotti.

— J'ai vu papa, la semaine dernière, à l'Eden Saloon. Il m'a révélé quelque chose.

Un éclair d'inquiétude passa dans les beaux yeux bleus de Lotti.

— Il était sans doute soûl.

— Il l'était, mais il était également lucide.

Lotti se tassa sur elle-même, et Kirsten comprit aussitôt.

— C'est donc vrai ? demanda-t-elle. Tu ne m'as pas mise au monde ? Tu n'es pas ma mère ?

— Non ! Je veux dire, c'est vrai que ce n'est pas moi qui t'ai mise au monde, mais je *suis* ta mère. Je t'ai élevée, Kirsty, j'ai fait tout ce qui était en mon pouvoir pour toi, j'ai veillé sur toi toute ta vie.

— Pas tout à fait *toute*, répliqua Kirsten.

Elle avait le vertige et sa bouche était sèche. Elle avait en partie espéré que Jan avait menti pour la blesser, mais Lotti venait de confirmer ses propos.

— Presque, gémit Lotti avec désespoir. Tu avais à peine plus d'une semaine lorsqu'on t'a confiée à moi.

— Qui cela ?

Lotti agita la main d'un air vague.

— Des hommes. Les hommes de ton père. Tu étais un don du ciel, Kirsty, un merveilleux et précieux don. Est-ce que je n'ai pas veillé sur toi ? Est-ce que je ne t'ai pas aimée comme si tu étais à moi ?

— *Comme si* j'étais à toi, peut-être, mais je ne suis pas ta fille biologique. Pourquoi ne m'as-tu rien dit, Mutti ?

Lotti se tordit les mains.

— J'ai été souvent sur le point de le faire, mais qu'est-ce que cela nous aurait apporté de bon ? Tu es ma fille, Kirsten, à tous points de vue.

— Sauf un, souligna Kirsten qui s'empara de la tasse de Lotti et avala le fond de son thé à la menthe.

La boisson était claire et froide, mais elle soulagea sa gorge sèche et lui laissa le temps de penser.

— Qui est ma mère biologique ?

— Je n'en sais rien, rien du tout, en réalité. Ta mère est décédée. Ton père également. Tu étais une orpheline sans défense. Si je ne t'avais pas recueillie, Dieu seul sait ce qui te serait arrivé.

Kirsten avança d'un pas dans sa direction.

— Comment sais-tu que j'étais orpheline ?

— Je, je… Les hommes qui t'ont confiée à moi m'ont dit que tes parents étaient morts. Pourquoi auraient-ils menti ?

Sa question était légitime, mais ici, les hommes dont il était question étaient des SS. Ils étaient capables de mentir à une nation entière, alors, quelle différence cela aurait-il fait au sujet d'un bébé ?

— Je dis la vérité, Kirsten, bredouilla Lotti en lui prenant les mains. Tu étais démunie, et seule. Tu n'avais même pas de nom.

Ce fut au tour de Kirsten de reculer. Elle s'éloigna de la femme qu'elle avait considérée jusqu'ici comme sa mère.

— Comment le sais-tu, Mutt… Lotti ? Comment sais-tu que je n'avais même pas de nom ?

Lotti éclata en sanglots.

— Je ne le sais pas en réalité, il s'agit d'une supposition. Je n'en sais rien. Je ne suis qu'une femme au foyer stupide et naïve qui a pris le bébé parce que c'était ce qu'elle désirait le plus au monde, et qui s'en est occupée. Je n'ai pas posé de questions, et personne ne l'a fait. J'ai simplement accepté cette situation, et je t'ai aimée. Je t'aime toujours. Est-ce que je ne t'ai pas bien élevée, Kirsty ? Est-ce que je n'ai pas fait de mon mieux pour toi ? glapit-elle d'un ton de plus en plus aigu et hystérique, avant de tomber à genoux et d'entourer les jambes de Kirsten. Est-ce que tu ne m'aimes pas ?

Kirsten sentit ses yeux s'embuer et lutta contre son envie de repousser Lotti. Elle *l'avait* élevée, en dépit de toutes les difficultés, et elle s'était sentie aimée et en sécurité – jusqu'à ce que Jan revienne et crache son venin.

Jusqu'à ce qu'il révèle la vérité.

Kirsten posa une main sur la tête de sa mère.

— Je t'aime, bien sûr, Mutti, mais je veux des réponses. Je veux savoir qui sont mes véritables parents. Ai-je tort ?

Lotti plissa les yeux.

— Si tes « véritables » parents étaient vivants, est-ce qu'ils ne t'auraient pas cherchée ?

Kirsten se mit à frissonner.

— Ils l'ont peut-être fait. Mais comment m'auraient-ils retrouvée alors que je vivais dans une nouvelle maison, avec un nouveau nom et une nouvelle Mutti ?

Lotti se mit à respirer par à-coups, et Kirsten se sentit coupable, mais le sujet était trop important pour être mis de côté.

— Qu'y avait-il sur la photo manquante ? s'enquit-elle avec insistance.

Lotti se mit à sangloter hystériquement, mais Kirsten persévéra.

— Est-ce trop demander ?

Uli se précipita vers elles et entoura Lotti de ses bras.

— Je crois que c'est un peu trop lui demander, pour l'instant, Kirsty. Tu pourrais peut-être interroger plutôt tante Gretchen ?

Kirsten se tourna vers lui.

— Excellente idée, Uli, approuva-t-elle en déposant un baiser sur sa tête brune. À plus tard.

Uli parut désorienté.

— Tu y vas maintenant ?

— Et pourquoi pas ?

— Il est bien tard.

— Tu as raison, admit-elle. J'ai dix-sept ans de retard, et je ne vais pas patienter une minute de plus. Cela risque de prendre du temps. Ne m'attends pas.

Après avoir adressé un signe de la main à Uli et un regard désespéré à Lotti, elle se rua hors de l'appartement. À l'extérieur, la nuit était tombée, mais Gretchen était une couche-tard, et Kirsten constata que les lumières de son appartement étaient encore allumées. Elle vivait presque en face de chez eux, mais dans un appartement beaucoup plus grand, de deux étages, comprenant quatre chambres et un gigantesque salon, meublé avec style. Mark et elles l'avaient acheté lorsqu'ils s'étaient mariés, et Mark étant mort avec une réputation intacte, Gretchen avait pu le conserver. *Si seulement Jan avait été aussi irréprochable,* songea Kirsten avec amertume. Puis elle se souvint que si cela avait été le cas, elle n'aurait probablement jamais rien appris sur sa véritable origine.

Cela aurait peut-être été préférable.

Avec résolution, elle appuya sur la sonnette et recula pour pouvoir faire un signe à Gretchen, car celle-ci jetterait sans doute un coup d'œil par la fenêtre pour voir qui venait lui rendre visite à cette heure tardive. Ses lèvres ornées de rouge s'arrondirent en un « oh » de surprise lorsqu'elle aperçut sa nièce, puis elle disparut et Kirsten entendit ses pas résonner dans l'escalier avant qu'elle n'ouvre la porte.

— Kirsten, que se passe-t-il ? Quelqu'un est malade ?

Kirsten secoua la tête.

— Personne n'est malade, ma tante, mais tout ne va pas bien pour autant. Mon supposé père a fait quelques révélations.

Gretchen fit une grimace.

— Je me demandais quand cela allait arriver. Entre, Schnuki, entre. Buvons un petit schnaps, hein, pour encaisser le choc ?

Elle entraîna Kirsten en direction de son canapé moelleux et sortit une jolie bouteille de son meuble bar à battants. Elle servit deux généreuses portions d'alcool dans deux verres en cristal, puis rejoignit Kirsten.

— Bois un peu. Cela te fera du bien.

Kirsten avala précautionneusement une gorgée de schnaps, en pensant avec culpabilité à Uli, qu'elle avait laissé s'occuper de Lotti pendant qu'elle se réfugiait dans le calme de l'appartement de sa tante. L'eau-de-vie lui brûla la gorge, mais elle sentit rapidement qu'elle lui réchauffait le sang. Puis elle se souvint de la raison de sa présence auprès de sa tante.

— Tu étais au courant, donc ? lui demanda-t-elle.

Gretchen soupira.

— Si ma sœur avait été enceinte, je l'aurais su.

Kirsten leva les yeux au ciel.

— Tu n'as jamais pensé que *je* méritais de connaître la vérité ?

Gretchen sembla peser ses mots.

— Non, au contraire. J'ai pensé que tu méritais d'être protégée en ne le sachant pas. Est-ce que tu te sens mieux pour autant ?

— Non !

— Tu vois bien. Ce que tu dois comprendre, Kirsty, c'est que le chaos régnait après la guerre, surtout à Berlin. La moitié de l'Europe se trouvait dans le mauvais camp, et beaucoup de gens passaient par chez nous pour retourner chez eux. Tout le monde avait perdu des proches, et en ce qui concerne les enfants, la situation était terrible. Il y avait tant d'orphelins qui avaient besoin d'un foyer que ta situation n'avait rien d'exceptionnel. Je suis désolée si ce que je te dis semble difficile à accepter, mais c'était ainsi, à l'époque. Tu avais un foyer et des parents aimants – en tout cas une mère aimante – et ton sort était plus enviable que celui de la plupart des autres enfants. J'ai donc considéré que tu avais de la chance et j'ai laissé Lotti agir à sa guise.

Kirsten avala une autre gorgée d'eau-de-vie. Ce que Gretchen était en train de lui dire paraissait raisonnable, mais n'était pas facile à accepter pour autant.

— D'où est-ce que je viens, ma tante ?

— Es-tu obligée de m'appeler ainsi ? Cela fait tellement vieillot.

— Désolée, *Gretchen*, mais n'élude pas la question !

— Ce n'est pas le cas ! protesta l'intéressée avec véhémence.

Elle avala une bonne rasade de schnaps et balaya du regard son confortable salon comme si elle pouvait y trouver une réponse appropriée.

— Alors... ? la pressa Kirsten.

— Alors nous avons supposé que ton père t'avait trouvée sur le front.

— Parce qu'il se battait là-bas ?

— C'est ce que nous avons pensé.

— Et aujourd'hui, vous le pensez toujours ?

Gretchen se mit à jouer avec le bracelet en or qui entourait son poignet gracile.

— N'est-ce pas une question que tu devrais plutôt poser à ta mère ?

Kirsten gémit.

— Elle est devenue hystérique. Je l'ai laissée avec Uli.

Gretchen se leva.

— Elle ne se sent pas bien ? Ne devrions-nous pas aller la voir ?

— Non, répondit Kirsten, elle va bien, et Uli viendra nous chercher s'il est inquiet.

Elle tendit le bras et prit la main de sa tante entre les siennes.

— S'il te plaît, Gretchen. Je veux juste savoir. Est-ce que tu ne voudrais pas savoir, à ma place ?

Gretchen soupira.

— Si, probablement. Que ce soit une bonne idée ou non n'est pas le problème.

Kirsten avala encore un peu d'eau-de-vie. Cela lui donnait réellement du courage.

— Est-ce que cela a quelque chose à voir avec la photo qui a disparu de notre album de famille ?

Gretchen fit un bond et deux taches écarlates apparurent sur ses joues, plus vives que si elles avaient été appliquées avec du blush.

— J'ai raison ! Dis-moi tout, s'il te plaît.

Gretchen soupira de nouveau.

— Mieux encore, je peux te montrer ce dont il s'agit.

— Tu as la photo ?

Kirsten se pencha en avant avec impatience lorsque Gretchen se dirigea vers son étagère en acajou. Elle en sortit avec précaution un fin volume en cuir et l'ouvrit.

— Tu es sûre que tu veux savoir, Kirsty ? s'enquit-elle.

— Est-ce que c'est si horrible ?

— Non ! Juste un peu étrange. Nous avons pris la photo lorsque tu étais très jeune, puis après la guerre, Lotti a pensé qu'il vaudrait mieux le faire enlever.

Kirsten s'efforça de comprendre ce qu'elle voulait dire.

— Faire enlever quoi ? demanda-t-elle.

— Ça.

Gretchen souleva la photo et Kirsten l'examina de près, découvrant ce qui apparaissait comme un numéro tracé grossièrement en noir sur le pli d'une peau fine.

— 41400, lut-elle lentement. Qu'est-ce que c'est ? À quoi ça correspond ? Sur quoi est tracé ce numéro ?

— Sur une aisselle, répondit Gretchen. Il s'agit de *ton* aisselle, en réalité.

Kirsten porta sa main à la cicatrice qui se trouvait sous son bras. Elle sentit la boursouflure formée par celle-ci et réexamina le numéro qui figurait sur la photo.

— La brûlure causée par la poêle ?

Gretchen haussa les épaules.

— Il fallait bien que nous te donnions une raison. Le chirurgien était le meilleur que Mark ait pu payer, et il a fait du bon travail, mais il a expliqué que la cicatrice allait bourgeonner. Et nous avons pensé qu'il valait mieux un pieux mensonge que... que ça.

Elle tendit un doigt vers l'horrible numéro.

Kirsten tenta de comprendre. Elle n'avait vu des numéros comme celui-ci que sur les bras de survivants des KZ. Elle leva la tête vers sa tante, qui s'assit près d'elle et écarta en douceur la main de sa nièce de la cicatrice.

— Nous pensons que ce numéro a été tatoué sur ton aisselle lorsque tu es née, Kirsty. Il s'agit probablement du numéro de ta mère.

— Je suis née dans un camp de concentration ?

En comprenant cela, Kirsten eut l'impression que le ciel lui tombait sur la tête et elle regarda de nouveau la photo. 41400. Ce numéro lui offrait une piste permettant de retrouver la femme qui l'avait mise au monde.

— Elle est peut-être toujours en vie ! s'écria-t-elle.

— Ne fonde pas trop d'espoirs là-dessus, Schnuki. Très peu de gens sont sortis de ces endroits. Tu es née peu avant Noël en 1943, un an avant que les Russes n'atteignent les premiers camps.

Kirsten se recroquevilla en entendant mentionner les Russes. Alors que certains d'entre eux avaient violé sa pauvre mère adoptive, d'autres avaient peut-être libéré sa mère biologique. La situation était encore plus confuse qu'elle ne le pensait.

— Mais c'est une possibilité, insista-t-elle. Il y a des personnes qui ont survécu.

— Une poignée, peut-être, mais…

— J'étais dans quel camp ? Quel KZ ?

— Nous n'en savons rien, répondit Gretchen. Mais il semble que les prisonniers n'avaient des tatouages que dans un seul KZ, et compte tenu du fait que nous savons où ton père travaillait…

— À Auschwitz, gémit Kirsten. Est-ce que je suis née à Auschwitz ?

Prononcer ce mot lui donna le sentiment qu'un gaz toxique se répandait dans l'air parfumé de l'appartement de sa tante, et Kirsten lutta pour ne pas se laisser submerger. Un mois auparavant, son seul véritable souci était de ne pas avoir les moyens d'acheter un Levi's ; mais aujourd'hui, elle ne savait plus qui elle était.

« Si tes "véritables" parents étaient vivants, lui avait demandé Lotti, est-ce qu'ils ne t'auraient pas cherchée ? » Mais comment auraient-ils pu le faire alors que sa mère adoptive avait effacé leur seul indice ? Gretchen avait raison. Il aurait mieux valu qu'elle n'apprenne pas tout cela, mais désormais, elle était au courant, et elle était résolue à en apprendre davantage. Bien davantage. Elle devait retrouver sa mère biologique ; elle devait savoir si celle-ci était encore en vie.

13
Olivia

Rotes Rathaus, Berlin-Est, jeudi 8 juin

Olivia contempla le Rotes Rathaus, l'hôtel de ville de Berlin, et s'efforça de trouver le courage d'y entrer. Comme tout le monde à l'école était préoccupé par la disparition des athlètes, elle avait pu sans difficulté prendre le tram et descendre quelques arrêts plus loin, à proximité du bâtiment administratif central du gouvernement de la DDR, mais maintenant qu'elle se trouvait devant, elle éprouvait une certaine appréhension.

— Laisse-moi t'accompagner, l'avait suppliée Hans lorsqu'elle lui avait parlé de son projet, mais elle avait refusé.

— Il est inutile de nous attirer tous les deux des ennuis. J'ai laissé un petit mot à Frau Scholz pour lui dire que j'allais consulter quelques archives familiales, afin que personne ne pense que je me suis enfuie, mais tu peux confirmer que c'est bien le cas s'ils te posent la question.

— Ne sois pas trop longue.

— D'accord, je te le promets. Si cela s'éternise, je partirai. Je serai de retour pour les cours de l'après-midi.

Elle l'avait embrassé, avait apprécié de sentir à quel point cela lui était naturel, et s'était dépêchée de sortir sous un soleil éclatant avant d'avoir la folie de renoncer à son projet. Mais maintenant qu'elle se trouvait en face de l'hôtel de ville, celui-ci lui parut immense, imposant et solennel.

« Il y a sans doute une bonne raison pour que ta mère ait cessé de te chercher, avait compati Hans. Il y a peut-être des choses que tes parents ne veulent pas que tu saches. »

Elle secoua la tête. Elle était une adulte, désormais – ou presque. À son âge, Mutti et Vati avaient été enfermés dans un ghetto, puis envoyés en camp de concentration, alors pourquoi essaieraient-ils de lui cacher des faits plus anodins ? Elle pouvait faire cela pour eux. Elle pouvait retrouver la fille qu'ils avaient perdue pour leur prouver qu'ils avaient eu raison de l'adopter.

Levant le menton en l'air, elle gravit les marches et pénétra dans le vaste atrium, s'efforçant de ne pas se laisser intimider par le son de ses pas résonnant sur le sol en marbre.

— Puis-je vous aider ?

La jeune femme apprêtée qui tenait la réception jeta un coup d'œil dédaigneux sur le survêtement d'Olivia, puis repéra l'insigne du Dynamo et se ressaisit aussitôt.

— J'effectue des recherches sur ma sœur, expliqua Olivia. Elle a été enlevée à ma mère lorsque celle-ci était emprisonnée à Auschwitz, et j'espère qu'il existe un moyen de retrouver sa trace.

— Vous avez dit Auschwitz ?

La réceptionniste la regarda, l'air stupéfaite.

— Oui, c'est bien cela.

— Un bébé né à Auschwitz ?

Olivia ne put s'empêcher de montrer son agacement.

— Il y en a beaucoup qui sont nés là-bas. Certains ont été sortis du camp et placés dans des familles liées aux nazis.

— Et vous cherchez des archives à ce sujet ?

— Effectivement. Elle avait un numéro tatoué sur l'aisselle. Il devait s'agir du numéro de ma mère.

La réceptionniste eut l'air encore plus incrédule.

— Comment le savez-vous ?

Olivia se redressa de toute sa taille.

— Parce que ma mère me l'a dit. Et parce que j'en ai un moi aussi.

La réceptionniste la dévisagea, bouche bée, comme si elle contemplait un étrange animal dans un zoo.

— *Vous* vous trouviez à Auschwitz ?

Olivia n'y avait jamais songé de manière aussi brutale.

— J'y suis restée deux jours, admit-elle. Je suis née là-bas. Mais je ne suis pas ici pour moi. Je cherche ma sœur, Pippa Pasternak. Numéro 41400.

— Il y avait tant de bébés que ça à Auschwitz ?

Olivia se retint de s'emporter contre cette femme stupide.

— Non ! Mais il y avait beaucoup de *femmes*, et chacune d'elles mérite notre compassion.

— Bien entendu, j'en suis consciente. J'ai simplement...

— Écoutez, la pressa Olivia. Je n'ai pas beaucoup de temps. Pouvez-vous m'aider ?

— À trouver un bébé, un bébé juif ?

— Cela fait une différence ?

— Non. Non, pas du tout. Je cherche simplement à préciser les choses.

— Tout comme moi. Disposez-vous d'archives sur les camps de concentration, ici ?

— Hum, peut-être bien. Je ne sais pas, bredouilla la femme, qui semblait paniquée, désormais. Suivez-moi dans la salle d'attente. Je vais aller chercher un conseiller.

— Merci, dit Olivia, que la femme avait fait entrer dans une petite pièce. Mais s'il vous plaît, si vous pouviez vous dépêcher… Je dois être rentrée à l'école dans peu de temps.

— Oui bien sûr, Fräulein. Ce ne sera pas long, Fräulein.

Olivia s'installa sur un fauteuil, posa les mains sur ses genoux et s'efforça de garder son calme, même si la conversation l'avait ébranlée. Elle avait des images de *cet endroit* dans la tête, qui provenaient des récits fragmentaires de sa mère, mais elle ne s'était jamais imaginée là-bas. Elle avait entendu parler des grands baraquements en bois et de leurs rangées de couchettes dépouillées à trois étages, sur lesquelles au moins une dizaine de femmes s'entassaient avec une mince couverture. Elle connaissait également l'existence du poêle en béton situé au centre, sur lequel les pauvres mères accouchaient. Elle savait à quel point les sols étaient sales et que d'énormes rats s'attaquaient aux malades bien avant qu'ils aient succombé.

Elle avait aussi entendu parler des appels interminables qui se déroulaient dans le froid alors que les prisonniers étaient à peine couverts par leurs tenues rayées, et des désinfections inhumaines consistant à baigner les prisonniers dans du chlore presque pur pour tuer les puces qui transmettaient le typhus à leurs corps souffreteux. Elle savait que les nazis procédaient à des « sélections » brutales, et qu'une personne affaiblie ou malade, ou qui avait simplement eu la malchance de s'attirer le courroux des gardiens, pouvait être emmenée de force, contrainte de marcher jusqu'aux chambres à gaz installées à l'arrière du camp et se voir infliger une suffocation cruelle jusqu'à la mort, en griffant de désespoir les murs en béton. Elle savait tout ce qui s'était déroulé dans ces camps, mais n'avait jamais imaginé son propre petit corps innocent et rose au milieu de ce terrible carnage.

Elle se tourna en pensée vers la synagogue intérieure qu'Ester lui avait conseillé d'ériger dans son cœur et remercia Dieu de l'avoir sortie de là-bas et d'avoir de merveilleux parents adoptifs. À cette pensée, son cœur se serra. Ils avaient traversé tant d'épreuves durant la guerre. Ester, au moment de sa libération, était à moitié morte de faim. Et Filip, après avoir échappé aux gardiens à Chelmno et rejoint la Résistance, avait participé à la dernière bataille de Berlin. Ils s'étaient battus pour se retrouver, mais aussi pour la retrouver elle ; le minimum qu'elle pouvait faire pour eux, maintenant qu'elle était elle-même une adulte, était de retrouver Pippa.

Cependant, son attente se prolongeait.

Finalement, elle se leva. Il lui restait vingt minutes pour retourner en classe et elle ne pouvait se permettre d'être en retard, particulièrement aujourd'hui. Au moment où elle pénétrait dans l'atrium, toutefois, un homme s'avança dans sa direction.

— Fräulein Pasternak ? Je suis désolé de vous avoir fait attendre. Je suis très, très occupé ! expliqua-t-il en lui adressant un large sourire contrastant avec la froideur de son regard gris acier.

Elle recula instinctivement.

— J'ai bien peur de ne pas pouvoir rester. Mon école…

— Nous allons les prévenir que tu te trouves ici. Assieds-toi.

Encore ce sourire, évoquant celui d'un renard qui jauge sa proie. Olivia jeta un coup d'œil à la ronde, mais la réceptionniste évitait soigneusement de croiser son regard, et elle se rassit à contrecœur.

— Puis-je savoir qui vous êtes ?

— Naturellement. Je m'appelle Klaus et je travaille pour le ministère de la Sécurité d'État.

L'estomac d'Olivia se serra, et pendant un instant, elle eut le sentiment d'être de retour dans le fourgon gris, puis d'être conduite dans les profondeurs des couloirs désolants d'une prison de la Stasi, mais elle rejeta cette pensée stupide.

Tu n'as rien fait de mal, se dit-elle, et elle s'efforça de rester calme.

— Je suis navrée de vous déranger, monsieur. Je pense que la réceptionniste n'a pas appelé le bon interlocuteur. Je cherche des informations à propos de, euh, ma sœur.

— Oui, c'est ce que j'avais compris. Tu es une survivante d'Auschwitz, Olivia ?

— En quelque sorte.

— Cela t'a rendue forte.

— Je ne pense pas, monsieur. Je pense que ce sont les gènes de mes parents qui ont fait de moi ce que je suis.

— Peut-être, même s'il s'agissait de Juifs polonais. Ne venaient-ils pas de Rejowiec ?

— Je crois, répondit Olivia.

Il n'était pas surprenant qu'il soit au courant ; la Stasi savait tout, y compris, peut-être, où se trouvait Pippa.

Klaus lui adressa de nouveau un sourire peu sincère.

— Et aujourd'hui, tu es une magnifique athlète. Je crois savoir que tu as remporté une médaille, hier.

Voilà qui était plus effrayant. Cela faisait à peine vingt-quatre heures qu'elle avait reçu cette distinction en argent. Cependant, le Dynamo était dirigé par la Stasi, et elle supposa donc qu'il ne fallait pas s'étonner.

— Je suis fière d'avoir remporté cette médaille pour mon club, monsieur. Je suis très heureuse d'en faire partie.

— Je suis ravi de l'entendre, Olivia. Tu es une excellente citoyenne de la DDR. Tu fais l'objet de recommandations de la part de ton unité de la Jeunesse libre allemande de Stalinstadt et tu as obtenu de bonnes évaluations de la part de ton école.

— Vraiment ?

— Bien sûr. Tu fais partie de cette jeunesse prometteuse sur laquelle repose l'avenir de la DDR et nous sommes ici pour t'aider.

— À retrouver ma sœur ?

— Si possible, oui. Les fascistes ont commis des crimes odieux à l'encontre de personnes de valeur dans le monde entier, et nous souhaitons que ces crimes soient réparés dans la mesure du possible. Et si cela permet de satisfaire à ta demande, c'est encore mieux.

— Je vous remercie, monsieur.

— Appelle-moi Klaus, s'il te plaît. Et j'espère que nous deviendrons de bons amis.

— Des amis ?

— Oui. Je pense que tu peux également m'être utile. Le feras-tu, Olivia ? M'apporteras-tu ton aide ?

Olivia déglutit.

— Je ne sais pas si cela est en mon pouvoir, monsieur.

— Klaus. Et il y a beaucoup de choses que tu dois pouvoir faire. Comme tu le sais, Olivia, deux excellents garçons ne sont pas rentrés au Dynamo, hier soir. Ils se sont laissé prendre dans les filets de l'Ouest à cause de personnes corrompues et malveillantes.

— Je suis au courant, avoua Olivia. Ils ont été vraiment stupides !

Cette fois, le visage de Klaus s'éclaira d'un sourire authentique.

— Tu as raison, Olivia, mais malheureusement, tous les jeunes ne sont pas aussi clairvoyants que toi et nous sommes entourés de loups – des loups prêts à attirer dans leurs filets nos talentueux athlètes de l'Est entraînés avec soin plutôt que d'en trouver eux-mêmes dans leurs médiocres rangs. Est-ce que tu as envie que cela se produise de nouveau, Olivia ?

— Pas du tout.

— Nous non plus. Et c'est pour cela que tu nous serais vraiment utile en prêtant une oreille aux informations qui circulent au sein de l'école. Nous ne te demandons rien de plus. Nous ne te demandons pas d'espionner ni de dénoncer qui que ce soit, ou de trahir des amis, Olivia. Nous te demandons simplement de prêter attention à ce qui pourrait apparaître, chez tes camarades athlètes plus faibles que toi, comme une propension à céder à la corruption, afin que nous les aidions à y résister.

Olivia le regarda d'un air dubitatif ; pour elle, ce qu'il lui demandait s'apparentait à de l'espionnage.

— Une équipe est bâtie sur la confiance, monsieur… Klaus. Je ne peux pas trahir cette confiance.

— Bien sûr que non, Olivia, bien sûr que non. Nous n'avons pas l'intention de punir qui que ce soit, simplement d'assurer la sécurité de chacun. Tu sais ce qui permet à un bon État socialiste de fonctionner, Olivia ?

— La communauté, répondit-elle aussitôt. Travailler ensemble pour le bien commun plutôt que de poursuivre des désirs égoïstes.

— C'est exact ! Tu mériterais que les évaluations que tu as reçues soient encore meilleures. Mais les désirs égoïstes sont très puissants, du moins chez certaines personnes. Nous sommes en train de mettre en place une société parfaite, mais cela prend du temps et exige des sacrifices. Tout comme un athlète s'entraîne pour être au meilleur de sa forme lors d'une compétition, nous nous entraînons à fonctionner en tant que nation pour atteindre tout notre potentiel. Cela est motivant, n'est-ce pas ?

— Oui, effectivement.

— Et nous devons y investir tous nos efforts, y compris en aidant ceux qui sont plus faibles que nous, car n'est-ce pas là un principe du socialisme ?

— Si, admit de nouveau Olivia.

Klaus rayonnait.

— Parfait. Alors nous sommes d'accord. Je vais personnellement consulter les archives concernant ta sœur disparue. Cela peut prendre du temps, car les registres des KZ sont en désordre et incomplets, mais je ferai tout ce qui est en mon pouvoir pour toi et ta famille. En échange, tu prêteras une oreille attentive à ce qui se dit sur le terrain et dans la salle commune, d'accord ?

Olivia songea à ses propos. Elle ne se faisait aucune illusion. Il ne lui laissait pas le choix, mais ce que Klaus venait de dire était sensé. Ces sprinteurs étaient des imbéciles, et ceux qui leur avaient empoisonné l'esprit pour qu'ils quittent le Dynamo et la DDR étaient des criminels. Si elle pouvait aider d'autres athlètes à résister à ce type de tentation, alors tout le monde serait gagnant.

— Oui, acquiesça-t-elle, je suis d'accord.

Son estomac se serra de nouveau lorsque Klaus la raccompagna vers la sortie, mais elle réprima cette sensation. La Stasi ne vous arrêtait pas si vous n'aviez rien fait de mal, et si cet homme avait la possibilité de retrouver Pippa pour réconforter ses parents qui avaient tant souffert, elle pouvait bien faire un petit effort de son côté.

14
Kirsten

Vendredi 9 juin 1961

— Kirsten ?

Kirsten, affairée près de la machine à café, se retourna et arbora son plus beau sourire.

— Kirsten Meyer ?

Son sourire disparut.

— Comment connaissez-vous mon nom de famille ?

— Cela fait partie de mon travail. Avez-vous une minute ?

Elle secoua la tête.

— Non. Désolée. Je suis très occupée.

L'homme balaya le café du regard d'un air dubitatif. Il était deux heures de l'après-midi... L'heure de pointe du déjeuner était passée, et les clients qui venaient déguster un café et une part de gâteau n'étaient pas encore arrivés. L'endroit était presque désert.

— Je ne suis pas censée quitter le comptoir, se justifia-t-elle, mal à l'aise.

— Pas de problème. Cela me convient, répondit l'homme en se glissant sur l'un des tabourets de bar.

— Un thé à la menthe, s'il vous plaît, et l'une de ces délicieuses parts de tarte aux framboises.

Kirsten ne pouvait l'empêcher de s'installer où il voulait. Il s'agissait d'un client, qui avait choisi un tabouret inoccupé, mais elle n'éprouvait aucune envie de lui adresser la parole. Ses yeux étaient trop sombres à son goût, ses cheveux, trop gominés, et il semblait beaucoup trop sûr de lui. Elle lui prépara un thé et lui servit une part de tarte à contrecœur.

— De la crème ? lui demanda-t-elle.

— Pourquoi pas ? Autant profiter au maximum de ce petit luxe que je m'accorde tant que je suis de ce côté.

Kirsten fronça les sourcils.

— De ce côté ? D'où venez-vous ?

— De l'Est, bien sûr, de DDR. Un bel endroit, bien plus joli que par ici, mais je dois admettre que les gâteaux sont loin d'y être aussi délicieux.

Il mordit dans sa part de tarte avec délectation, et Kirsten l'observa, ne sachant quel comportement adopter. Trois femmes d'un certain âge entrèrent à cet instant dans le café. Soulagée, elle se dirigea vers elles, mais l'homme était encore là lorsqu'elles eurent fini de choisir leur gâteau après de nombreuses hésitations. D'un geste autoritaire, il lui fit signe de s'approcher de lui.

— Au fait, Kirsten, il paraît que vous aimez les beaux vêtements ?

— Qui n'aime pas les beaux vêtements ?

— Vous avez raison. Mais ils coûtent cher, n'est-ce pas ? Surtout de ce côté. Avec toutes ces marques originales…

— Je couds moi-même mes vêtements.

— Et vous le faites à merveille. Mais ce n'est pas la même chose, n'est-ce pas ? Ce n'est pas aussi… tendance.

— Si vous le dites…

— En tout cas, reprit-il, en fouillant dans le sac placé à côté de lui, je me suis procuré ça, aujourd'hui.

Il déposa un jean Levi's 501 neuf sur le comptoir et Kirsten enfonça les mains dans les replis de sa jupe pour ne pas être tentée d'y toucher.

— Il est à votre taille, déclara l'homme.

— Comment le savez-vous ?

— Je vous ai dit, Kirsten, que cela faisait partie de mon travail.

— Votre travail vous permet de connaître mes mensurations ?

— Mon travail consiste à tout savoir de vous. De tout le monde, en réalité.

Il avait dit cela nonchalamment, et Kirsten sentit son estomac se contracter. Cet homme était-il l'un de ces officiers de la Stasi dans le dos desquels les gens chuchotaient ? Qu'avait dit Dieter, déjà ? Quelque chose à propos des travailleurs qui quittaient l'Allemagne de l'Est et du fait que les Ossis ne tentaient de réguler ces flux migratoires « qu'avec des lois, des armes ou en espionnant secrètement les gens ».

Elle jeta un coup d'œil vers la porte, se prenant à souhaiter que davantage de clients entrent, ou mieux encore, que Frau Munster soit de retour de ses courses, mais personne ne franchit la porte.

— Que voulez-vous ? demanda-t-elle.

— Quelques informations, rien de plus. Ce café se trouve précisément sur la frontière, je suis certain que vous en êtes consciente, et c'est un lieu qui bourdonne d'activités – d'activités qui ne sont pas nécessairement innocentes.

Kirsten le regarda avec attention. Le Café Adler était situé à l'angle de la Friedrichstraße et de la

Zimmerstraße. La Zimmerstraße se trouvait à la limite des quartiers Mitte et Kreuzberg et, par conséquent, séparait la zone américaine de la zone soviétique, mais personne n'y prêtait réellement attention. Les gens circulaient de part et d'autre en permanence. Des Ossis venaient travailler à l'Ouest ou fréquentaient les nombreux cinémas du coin, et les Wessis se rendaient à l'Est pour profiter des prix bas et des bars à la mode.

— Je ne pense pas que nous devrions nous soucier des frontières, déclara-t-elle. Berlin reste Berlin et tout le monde devrait y vivre ensemble.

Il leva un sourcil.

— Joliment dit. Vous avez raison, bien sûr, mais tout le monde n'a pas une mentalité aussi ouverte que la vôtre. Nous avons appris que des esprits subversifs se réunissaient ici et nous aimerions en savoir plus à leur propos.

— Et vous pensez que je vais rentrer dans votre jeu ? Prêter l'oreille à ce qui se dit et aller vous le répéter ? Ce serait immoral.

— Pas si ce qui se dit est immoral.

— Immoral pour qui ? Non merci.

— Dommage.

Il remit le jean dans le sac.

Elle rit.

— Il s'agissait d'un dessous-de-table ?

— Je préférerais que vous utilisiez le terme « récompense ».

— Bien sûr que vous préféreriez, mais je n'en veux pas pour autant. Le jeu n'en vaut pas la chandelle.

— Je vois, commenta l'homme en hochant la tête consciencieusement. Vous êtes très morale. De toute façon, les marques sont un signe de dégénérescence, mais j'ai d'autres choses à vous proposer.

Elle s'éloigna ostensiblement, mais il insista.

— Vous êtes à la recherche de votre mère, Kirsten.

Kirsten se figea.

— Comment le savez-vous ?

— Je vous ai dit...

— Que cela fait partie de votre travail, compléta-t-elle, sur ses gardes. Mais personne ne sait qui elle est.

— Détrompez-vous. Je sais qui elle est, et je sais *tout* d'elle.

— Vous savez qui elle est ? demanda Kirsten, qui eut le sentiment de mordre à l'hameçon.

— Peut-être bien.

— J'ai besoin de certitudes.

— Parfait, oui, je sais qui elle est. Je sais qu'elle avait un numéro. Je sais qu'elle se trouvait dans un KZ. Je sais qu'elle était juive.

— Était ?

Kirsten avait posé la question d'une voix discordante et rauque. Elle avait toujours supposé que sa mère avait été emprisonnée à Auschwitz, bien sûr, mais en recevoir la confirmation était un choc.

— Comment le savez-vous ?

Il leva un doigt effilé.

— Dites, Kirsten, vous êtes une bonne petite capitaliste, vous savez comment cela fonctionne... Tout a un prix.

— Et donc, pour savoir ce que ma mère est devenue, je dois espionner mes clients ?

— Exactement !

Il était tentant d'accepter ce marché. Très tentant, même, mais le prix à payer pour obtenir un simple nom figurant sur l'un des registres des camps était trop élevé.

— Non merci. Je ne suis pas une espionne.

Elle se détourna de lui et se mit à laver des verres, mais il insista.

— Elle est en vie, Kirsten.

Ces mots provoquèrent une secousse électrique dans tout son corps, et elle le regarda.

— Je connais son nom, ainsi que son adresse, ajouta-t-il. Vous aimeriez la rencontrer ?

C'était évident. Kirsten désirait la rencontrer.

— Je ne vous demande pas d'espionner des gens, ajouta-t-il d'un ton mielleux, je vous demande simplement de...

La cloche située au-dessus de la porte d'entrée tinta subitement, et Kirsten jeta un coup d'œil dans sa direction, soulagée.

— Dieter !

Le jeune homme entra en brandissant joyeusement un objet brillant.

— Regarde ce que je t'ai apporté, Kirsty. Il s'agit d'une brochure pour l'université. Il y a un cours de stylisme qui me semble parfait pour toi, alors j'ai pensé...

Il s'interrompit et son regard oscilla entre la jeune fille et le client.

— Est-ce que cet homme t'importune ?

Elle déglutit.

— Oui, un peu.

Dieter se dirigea vers lui. Il était mince mais grand, et les muscles de ses bras, lorsqu'il les croisait sur sa poitrine, étaient saillants.

— Je pense que vous devriez partir, monsieur.

— Et vous êtes... ?

— Le directeur adjoint, mentit Dieter avec facilité. Quel est votre nom, s'il vous plaît ?

L'homme descendit de son tabouret.

— Laissez tomber. Je m'en vais. Ce café est horrible, de toute façon. Et puis, c'est la pire tarte aux framboises que j'ai mangée depuis longtemps.

Et après cette remarque mesquine, il attrapa son sac et sortit d'un pas raide. Kirsten se pencha au-dessus du comptoir, attira Dieter à elle et l'embrassa longuement et fougueusement.

— Waouh ! s'exclama-t-il lorsqu'elle le laissa enfin reprendre ses esprits. Qu'est-ce qui me vaut tout cela ?

— Être arrivé au bon moment. Cet homme essayait de m'acheter pour que j'espionne des clients du café.

— Quel sale type ! Comment voulait-il t'acheter ?

— Avec un jean Levi's. Il était magnifique. C'était très tentant, mais pas aussi tentant que sa seconde proposition... Me donner des informations sur ma mère.

— Oh, Kirsty.

Dieter se glissa sous le comptoir et la prit dans ses bras. Elle lui avait parlé des révélations de son père et il avait fait preuve d'une grande empathie à son égard.

— Il dit qu'elle est vivante, Dieter.

— Évidemment. Il veut te motiver davantage.

— Oui. Mais j'aimerais tellement en savoir plus.

— Je te comprends, mais ne t'inquiète pas, nous sommes à l'Ouest. Il suffit de te rendre aux Archives et de poser la question. J'ai entendu dire que l'on y trouvait toutes sortes de registres, désormais. Tu auras peut-être de la chance.

— Tu crois ?

— Je crois que oui. Et pas besoin de t'encombrer de ce crétin d'espion Ossi qui fait injustement pression sur toi. Maintenant, jette un regard sur cette brochure. Je t'assure, cette formation est faite pour toi.

Kirsten s'efforça de s'intéresser à la brochure. Dieter était adorable de la lui avoir apportée, et le contenu des cours semblait passionnant, mais elle n'arriverait jamais à obtenir le diplôme. Qui plus est, comment pourrait-elle se concentrer sur la couture alors que sa mère était là, quelque part, toute proche ? Elle se rendrait aux Archives fédérales dès qu'elle en aurait le temps et, d'ici là, se tiendrait éloignée des Ossis sournois et manipulateurs.

15
Olivia

Jeudi 15 juin 1961

— Silence pour le grand leader soviétique ! s'exclama Herr Braun, avec une conviction toute modérée.

Cela faisait un certain temps que Nikita Khrouchtchev avait entamé son discours, et même les professeurs commençaient à en perdre le fil. L'école était tenue d'allumer le poste de radio pour diffuser le message national du dirigeant russe, qui évoquait la coexistence pacifique, mais cela faisait plus d'une heure qu'il parlait et l'attention au sein du gymnase commençait à s'étioler.

— Dois-je apporter quelque chose à grignoter ?

Telle était la suggestion que Frau Scholz venait de faire au proviseur et Olivia fut heureuse de voir ce dernier accepter.

— J'aimerais bien entendre ce qu'elle est en train de dire, commenta la jeune fille à l'intention de Hans, qui était assis près d'elle et lui tenait la main.

Une interprète s'efforçait de traduire de son mieux le discours de Khrouchtchev en allemand, mais l'homme d'État parlait rapidement et, suivant la consigne, les caméras devaient rester braquées sur lui. De ce fait, les propos de l'interprète étaient presque inaudibles.

— Pour l'essentiel, lui chuchota Herr Scholz, qui la fit sursauter, Khrouchtchev est furieux contre les dirigeants occidentaux qui ont signé des traités de paix avec tous les autres États ayant collaboré avec Hitler, dont l'Italie et le Japon, mais refusent d'en signer un avec nous. Cela, malgré le fait que l'Allemagne – et en particulier l'Allemagne de l'Est – se positionne à l'opposé du fascisme.

— Cela semble injuste, commenta Olivia.

— C'est injuste, Olivia. Cette attitude est mesquine et rétrograde, la volonté est ici de nous punir et de nous empêcher d'avancer.

Olivia fronça les sourcils.

— Pourquoi ne veulent-ils pas signer ? Berlin est encore criblée d'impacts de balles, comment pourrions-nous avoir envie de nous battre de nouveau ?

— Exactement ! s'exclama Herr Scholz en lui adressant un sourire qui lui rappela celui, glaçant, de Klaus, l'agent de la Stasi. Oui, la ville est toujours envahie par les troupes d'occupation, comme si nous étions encore en guerre. Je te le dis, Olivia, ils n'ont pas envie que nous nous relevions. Ils sont furieux parce que nous sommes redevenus prospères et ils voudraient appuyer leurs cruelles bottes occidentales sur nos nuques pour que nous restions embourbés.

— Mais nous ne sommes pas embourbés !

Il sourit.

— Cela est tout à notre honneur. Mais ils doivent en prendre conscience. Ils doivent nous laisser signer un traité de paix, retirer leurs maudites troupes de Berlin et soit donner la ville à l'Est – ce qui ne serait que justice –, soit, s'ils persistent à lui donner un statut particulier, en faire une ville libre, autogérée. C'est cela, ma chère, qu'est en train de déclarer Herr Khrouchtchev.

— Je vous remercie.

Herr Scholz la gratifia d'un autre sourire et partit rejoindre son épouse pour l'aider à servir des boulettes à une foule d'élèves brusquement devenus beaucoup plus énergiques. Olivia se tourna vers Hans.

— Il s'agit d'un discours sensé, il me semble.

Il approuva d'un signe de tête.

— Je le pense aussi.

— Alors, pourquoi refusent-ils le traité ?

— Je suppose qu'ils ont peur.

— Que l'Allemagne regagne sa puissance ?

— Peut-être, mais il y a autre chose, je pense… dit-il en jetant un regard autour d'eux et en baissant la voix. La peur des Russes. Khrouchtchev propose aux Occidentaux de signer séparément des traités de paix avec l'Allemagne de l'Est et de l'Ouest, puis de nous laisser négocier seuls ceux de coexistence. Les forces d'occupation occidentales préféreraient que nous soyons réunifiés, et qu'ensuite nous signions un traité de paix commun.

Olivia se mit à réfléchir.

— Et pourquoi ne pourrions-nous pas décider nous-mêmes de l'avenir de notre pays ?

— Je pense que les Occidentaux ont le sentiment que, s'ils nous laissent en décider, ce sont les Soviétiques qui régleront le sort de l'Allemagne. Nous savons tous que Walter Ulbricht fait tout ce que Khrouchtchev lui dit. Notre auguste président s'est caché à Moscou pendant toute la durée de la guerre et est revenu en DDR dès que celle-ci a pris fin. Il doit tout à Khrouchtchev, il est sa marionnette.

Olivia fixa son ami.

— Est-ce que tu es censé dire ainsi ce que tu penses ?

Hans rougit.

— Non, pas vraiment, mais c'est la vérité. Et cela pourrait être une bonne chose. Les Russes ont adopté un régime socialiste depuis bien plus longtemps que nous, en réalité. Mais pour le moment, je pense que nous devrions attraper une boulette avant que ces voraces ne dévorent tout !

Il lâcha la main d'Olivia pour se précipiter vers Frau Scholz et s'emparer du plateau qu'elle portait, qui avait rapidement été dévalisé, et Olivia le suivit tandis que Khrouchtchev terminait enfin son discours. Au cours de la dernière semaine, depuis qu'elle s'était rendue au Rotes Rathaus, il lui avait été difficile de penser à autre chose qu'à sa sœur disparue et, Dieu lui pardonne d'être une mauvaise socialiste, à l'heure actuelle, trouver Pippa lui semblait bien plus crucial que toutes ces intrigues politiques tortueuses.

— Est-ce qu'il parviendra à obtenir la signature d'un traité ? entendit-elle Julia, une grande fille qui pratiquait le saut en hauteur, demander au groupe.

— L'Ouest devra céder à un moment ou à un autre, répondit Franz, l'un de ses camarades lanceur de javelot. Ils ne peuvent pas laisser stationner leurs troupes dans le pays indéfiniment ; nous ne sommes plus en guerre.

— Mais l'atmosphère pourrait vite s'échauffer, souligna l'un des gymnastes. Il s'agit simplement d'une guerre froide.

— Elle pourrait rapidement s'aggraver si les Russes ou les Américains décident d'appuyer sur le bouton nucléaire, intervint un autre élève.

— C'est pour cela que ces imbéciles d'Américains doivent accepter de négocier avant que Khrouchtchev ne perde patience.

Ce dernier commentaire avait été émis par l'un des footballeurs. La nuque d'Olivia commençait à être douloureuse, parce qu'elle regardait tout à tour chacun des interlocuteurs.

— Mais alors, que va devenir Berlin ? demanda Julia.

— Ils parlent d'une ville libre.

— Ce qui veut dire ?

— Sais pas. Une sorte de ville indépendante, qui se gérerait elle-même.

— Ce serait compliqué, pourtant, non ? s'enquit Julia. Étant donné qu'elle se trouve en plein milieu de la DDR ?

— Ouais, approuva l'un des nageurs. Il serait stupide que l'Ouest ait un contrôle dessus. Ils ont Bonn comme capitale, alors pourquoi est-ce que Berlin ne serait pas à nous ? Il faut juste que ces rapaces laissent la ville être intégrée à l'Est.

— Je ne pense pas que Kennedy acceptera, intervint Hans. La ville est un bastion américain implanté de l'autre côté du rideau de fer.

— Ce qui est injuste, s'indigna Lisel, une coureuse. Nous n'avons aucun « bastion » dans l'autre moitié du pays, alors pourquoi en auraient-ils un chez nous ?

Olivia se sentit submergée. Lorsqu'elle vivait à Stalinstadt, loin d'ici, elle n'avait jamais réellement réfléchi à ces questions politiques. Les principes socialistes lui étaient enseignés, bien sûr, mais ils concernaient plutôt des éléments très concrets, tels que les quotas de travail et la protection sociale. À la maison, Ester et Filip avaient toujours été heureux de fermer leurs portes au monde extérieur et d'être en famille... formant un cocon aimant bénéfique pour chacun de ses membres. C'était cela, pour Olivia, le socialisme, et elle trouvait que toutes ces intrigues étaient difficiles à comprendre, même si elle savait qu'elle devait faire cet effort. Il s'agissait exactement du genre de conversations dont Klaus aimerait connaître la teneur et qui pourraient lui permettre d'obtenir les informations dont elle avait besoin au sujet de Pippa.

— Tout va bien, Liv ? lui demanda Hans. Tu es un peu pâle.

— Je suis juste fatiguée. L'entraînement d'haltérophilie était intense, aujourd'hui, et je n'ai qu'une envie, aller dormir.

Il l'embrassa et elle posa la tête avec gratitude contre son épaule, au moment où la télévision, après la diffusion du discours russe, affichait de nouveau le programme de la DDR, montrant le président Ulbricht monter sur une estrade.

— Voyons ce que Spitzbart a à raconter, claironna Franz.

Spitzbart – le Bouc – était le surnom du président de la DDR en raison de sa barbe soigneusement taillée, et tout le monde rit, puis se tut pour l'écouter. Ulbricht se tenait devant un vaste parterre de journalistes. Adoptant un air encore plus hautain que d'habitude, il se remit à évoquer le traité de paix. Il déclara que Khrouchtchev allait rencontrer Kennedy à Vienne au cours du mois et que l'Ouest devrait « venir à la table des négociations en ayant l'esprit ouvert ».

— *Què va-t-il advenir de Berlin ?* lui demanda un journaliste.

— C'est justement la question que je me posais, s'écria Julia, ravie.

Les élèves sourirent, puis se mirent à écouter avec attention lorsqu'une journaliste se leva, interrompant le verbiage de Spitzbart à propos d'une ville libre. Il s'agissait d'une petite femme bien en chair, au visage souriant, mais son regard était affûté lorsqu'elle adressa sa question au président : « La création d'une ville libre, comme vous l'évoquez, signifie-t-elle que les frontières nationales de la DDR s'élèveront devant la porte de Brandebourg ? »

Le silence se propagea dans le gymnase et les élèves se penchèrent en avant, sur le qui-vive. Spitzbart s'éclaircit la voix et caressa sa barbe. Il semblait nerveux.

— *Si je comprends bien, Frau Doherr, vous me demandez si nous avons l'intention de construire un mur à travers la ville ?*

La journaliste approuva d'un signe de tête, et les élèves, comme les autres habitants de Berlin – le reste du monde en réalité –, retinrent leur souffle. Ulbricht hésita durant une seconde, puis eut un geste de dénégation.

— *Nous n'en avons aucunement l'intention. Il n'y aura pas de mur de Berlin.*

La foule de journalistes s'agita, certains se dressant de toute leur taille et se mettant à hurler des questions, mais Ulbricht refusa d'aborder de nouveau le sujet et orienta son discours sur des problématiques économiques beaucoup plus rébarbatives.

— Un mur ? s'étonna Julia en secouant la tête. Ils n'auraient sûrement pas le droit de construire un mur…

Herr Braun se leva.

— Si tu avais bien écouté, Julia, la sermonna-t-il, Herr Ulbricht a bien insisté sur le fait qu'ils n'avaient *aucune* intention de construire un mur.

— Pour l'instant, lança d'un ton de défi l'un des footballeurs depuis le fond du gymnase.

Herr Braun fouilla le lieu du regard.

— Nos dirigeants décideront de ce qu'il y a de mieux à faire, car nous les avons élus pour cela.

— Il n'y avait pas d'alternative de vote, marmonna quelqu'un.

Olivia se retourna pour voir qui avait parlé, mais le gymnase était plein à craquer et mal éclairé. Elle ne distingua rien. Klaus avait raison. Il y avait ici des élèves subversifs – ou du moins contestataires – et cela était très préoccupant. Herr Braun fit un signe pour que l'on éteigne l'écran et rallume les lumières.

— Ne vous faites pas de souci, conseilla-t-il en s'adressant à tous.

— Alors pourquoi nous avoir fait regarder l'émission ? intervint une voix.

Herr Braun tapa bruyamment du pied sur l'estrade.

— Parce que, répondit-il d'un ton glacial, votre tâche consiste à travailler dur, à vous entraîner avec acharnement et à vous efforcer d'être les meilleurs possibles. Votre tâche est de tirer le meilleur des opportunités que vous offre la DDR – et pour lesquelles elle paye. Si cela vous déplaît, rendez votre survêtement, abandonnez l'entraînement et franchissez cette maudite frontière.

Un silence pesant tomba sur le gymnase. Le proviseur, habituellement mesuré, s'emportait rarement et les athlètes osaient à peine le regarder, ni même échanger des regards. Herr Braun laissa le silence se prolonger encore quelques instants puis sourit.

— Vous êtes des personnes de valeur, confessa-t-il, et des sportifs et sportives de talent.

Les élèves relevèrent la tête.

— Quel que soit le tracé de nos frontières, reprit-il, nous porterons notre drapeau avec fierté et le verrons flotter sur chaque mât, dans chaque stade d'Europe. Ainsi que dans le monde entier !

Quelqu'un poussa une acclamation et le sourire de Herr Braun s'élargit.

— Le socialisme sait allier à la perfection la science et le travail. Nous montrerons au monde entier que l'Allemagne de l'Est peut réussir sans effort. Le sport, mes chers élèves, est notre nouveau champ de bataille et nous l'emporterons grâce à *vous*.

Un nageur se leva et cria :

— Longue vie au Dynamo, longue vie à la DDR !

Et soudain, tous les élèves se levèrent, firent écho à ses paroles, et le gymnase retentit de cris enthousiastes. Olivia cria avec les autres, et une sensation de soulagement se propagea dans ses veines.

— Nous avons beaucoup de chance d'être ici, confia-t-elle à Hans.

Il lui répondit, mais il y avait trop de bruit pour qu'elle puisse l'entendre ; elle leva la main et s'abandonna à cet accès d'esprit communautaire avec un sentiment de libération. Les conflits la perturbaient ; la solidarité lui redonnait le moral. Il était beaucoup plus facile d'oublier sa propre petite personne dans ce brouhaha soudain, et elle se joignit aux acclamations, qui se prolongèrent jusqu'à ce que Herr Braun donne le signal du départ et leur enjoigne de sortir du gymnase.

Les nageurs, gymnastes et footballeurs quittèrent les lieux pour leurs pensions respectives, laissant les athlètes se regrouper à l'arrêt du tram pour regagner la leur sous l'œil attentif des Scholz. Il était agréable de respirer de l'air frais après avoir supporté l'humidité du gymnase, mais une agitation inhabituelle régnait à l'extérieur – ce que l'atmosphère estivale n'expliquait pas à elle seule. Olivia entendit prononcer le nom de Spitzbart à plusieurs reprises, et le mot *Mauer* – mur – encore plus fréquemment. Le tram, à son arrivée, était plein, et elle se retrouva au milieu d'un groupe d'hommes qui sentaient la bière et le tabac.

— Ils n'ont pas le droit de construire un mur, s'indigna l'un d'eux derrière elle.

— Bien sûr qu'ils n'en ont pas le droit ! On ne peut pas couper une ville en deux. C'est de la poudre aux yeux, ils font pression pour que les Alliés s'en aillent et nous laissent Berlin.

— Tu penses que ça va marcher ?

— Je l'espère. Ma femme est fascinée par les uniformes, alors plus vite ils seront partis, mieux ça vaudra !

Les hommes rirent à gorge déployée et l'un d'eux éructa près de l'oreille d'Olivia. Elle compta les arrêts jusqu'à la pension, mais dans le centre de Berlin, il y avait encore plus de monde dans les rues. Elle s'était habituée aux réfugiés qui déambulaient dans les parages, reconnaissables à leurs volumineux bagages et à leur air déboussolé, mais ce soir, il semblait y en avoir davantage que d'habitude. En descendant du tram, elle heurta accidentellement une femme affublée de plusieurs couches de vêtements bien trop chauds pour cette nuit estivale, qui tirait un landau lourdement chargé auxquels s'accrochaient deux bambins.

— Je suis vraiment désolée, dit-elle en tentant de l'éviter, mais la femme s'approcha d'elle et lui agrippa le bras.

— Va-t'en, ma fille, siffla-t-elle. Pars pendant qu'il en est encore temps.

Olivia se dégagea d'un coup sec.

— Ne dites pas de bêtises, protesta-t-elle. Je suis allée à l'Ouest, et ce n'est pas aussi séduisant que ce que l'on dit. La DDR, c'est l'avenir.

— La DDR est un piège, glapit la femme. Pars maintenant, si tu tiens à ta liberté !

Elle secoua la tête en regardant Olivia, comme si elle avait pitié de la jeune fille, malgré tous ses avantages, et celle-ci se sentit blessée.

— La liberté est une illusion, lui répondit-elle vertement.

— Pas lorsque les personnes que l'on aime se trouvent de l'autre côté d'un mur, répliqua la femme.

Et elle disparut, prenant le chemin de l'Ouest en traînant derrière elle les vestiges de son passé.

Olivia la regarda s'éloigner. Elle se sentit dépassée. Que ferait-elle si Pippa se trouvait à Berlin, mais que le gouvernement, d'une manière ou d'une autre, les séparait ? Était-ce une éventualité ? Elle secoua la tête, furieuse contre elle-même. Spitzbart avait dit qu'il n'y aurait pas de mur, alors elle devait le croire. Tout cela n'était qu'une manifestation d'hystérie. Ces gens étaient attirés par l'Ouest, comme Klaus l'avait mentionné, mais ils allaient être amèrement déçus.

Elle prit la main de Hans et se dirigea à pas vifs vers le stade, un lieu où elle se sentait en sécurité. *Et si ta sœur était tout près d'ici ?* répétait inlassablement une voix dans sa tête, mais elle repoussa cette pensée. La recherche de Pippa était un sujet d'ordre familial et n'avait rien à voir avec la politique. Rien du tout.

16
Kirsten

Kirsten observa avec fascination un groupe de sportifs en survêtement rouge sortir du tram et traverser la place du marché en direction du stade d'athlétisme. Ils bavardaient ensemble et leurs corps musclés et agiles irradiaient leur détermination et leur force. Ils offraient un vif contraste avec les êtres dépouillés de leur dignité qui déambulaient dans les rues autour d'eux. Elle soupira et se laissa tomber sur un banc. Ne supportant plus d'entendre Jan se plaindre continuellement, elle était sortie prendre l'air et avait constaté que la moitié de Berlin était dehors – sans compter les Allemands de l'Est, qui arrivaient en nombre.

Elle resta un long moment assise à observer l'afflux de pauvres gens longeant misérablement la Bernauerstraße. Berlin comptait de nombreux réfugiés, actuellement. L'année universitaire étant terminée, Dieter avait commencé à travailler à plein temps au centre de réfugiés de Marienfelde – la première étape de tous les transfuges de l'Est qui traversaient Berlin pour se rendre à l'Ouest. La frontière était toujours officiellement ouverte, mais fuir la République était désormais considéré comme un crime grave, et un nombre croissant de gardes étaient chargés d'empêcher quiconque de partir. Les pauvres réfugiés s'échappaient souvent en n'ayant guère autre chose sur eux que des bijoux cousus dans la doublure de leurs manteaux pour prendre un nouveau départ, et les bénévoles s'activaient en permanence pour leur venir en aide.

En voyant une femme se débattre avec un landau et deux bambins en pleurs, Kirsten se demanda ce qui pouvait pousser une personne à quitter sa maison, ses amis et toute sa communauté, mais cela lui sembla inexplicable. La guerre était terminée, pourtant.

Fatiguée, elle se leva pour rentrer à l'appartement. Au moins, elle pouvait vivre dans un lieu chauffé, avait un lit confortable et une mère et un frère qui l'aimaient. Et à cette heure, Jan serait sans doute sorti noyer sa nostalgie du nazisme dans la bière. Elle entra et se dirigea vers la cuisine pour se préparer un chocolat chaud avant d'aller se coucher, mais en ouvrant la porte, elle aperçut Uli et Lotti assis à la table, face à la silhouette menaçante de Jan. Elle se figea, mais il était trop tard.

— Aaah, Kirsten, entre et viens te joindre à notre joyeux souper en famille.

Elle regarda Uli, qui se tenait assis, les épaules contractées, serrant les couverts dans ses mains comme s'il s'agissait d'armes. Lotti avait la tête baissée, mais Kirsten vit que ses yeux étaient rouges et comprit qu'elle était en train de pleurer. Elle n'avait aucune envie de rester dans cette ambiance.

— Merci, mais je suis très fatiguée. Je pense que je vais juste…

— Assieds-toi !

Il avait parlé d'un ton autoritaire, et étant déjà à fleur de peau, elle ne le supporta pas.

— Non.

— Pardon ?

— J'ai dit non. Tu n'es pas mon père, comme tu me l'as révélé si joyeusement. Je n'ai donc pas à t'obéir.

Jan eut l'air stupéfait et elle s'avança d'un pas.

— J'ai appris autre chose, aujourd'hui, d'ailleurs, reprit-elle. J'ai découvert que ma mère était juive. Comment te sens-tu, *Hauptsturmführer* Meyer, en sachant que ta femme a élevé une Juive pendant des années ?

Jan bondit sur ses pieds et Lotti poussa un cri perçant.

— Kirsten, je t'en prie !

— Pourquoi me taire, maman ? Pourquoi laisses-tu cet homme te piétiner ? Il s'agit d'un nazi, d'un criminel, d'une foutue *Scheiße*.

— Kirsten !

— C'est la vérité. Il a passé quinze ans en prison et ne s'est pas repenti à propos des événements horribles qu'il a supervisés, et aujourd'hui, il est dehors et constate à quel point le monde est plus beau sans les nazis ; il n'apporte rien d'autre que de la haine.

Uli recula vers une extrémité de la pièce, loin de Jan, mais Kirsten était hors d'elle.

— Juive, vociféra-t-elle en pointant un index vers Jan. Une Juive vit ici dans ta maison. Qu'est-ce que cela te fait de le savoir ?

La question resta un long moment en suspens, puis Jan s'avança vers elle.

— Tu veux savoir ce que je ressens, Kirsten ? Tu veux vraiment le savoir ? Cela me donne envie de vomir. Les Juifs sont le rebut de la terre, ils sont sales, ce sont des rats...

— Ça suffit ! s'écria Kirsten, le réduisant au silence. Nous n'avons pas besoin de ton discours rétrograde. Aujourd'hui, notre société est tolérante et notre vie est beaucoup, beaucoup plus belle. Aucune race n'a le droit d'en exterminer une autre, je pense que tu es à même de le comprendre, non ?

— Non ! hurla Jan. Non, ce n'est pas ainsi que je vois les choses ; ce n'est pas ce que l'on m'a appris. La seule chose que je sais, c'est que je dois avoir honte de tout ce que je suis. Que je dois passer ma vie à ramper sous prétexte qu'autrefois, j'ai obéi à des ordres, des ordres émis pour le bien du peuple allemand, même si nos concitoyens sont trop lâches pour en avoir conscience aujourd'hui. Cela me rend malade.

Il s'avachit sur la table et Kirsten le regarda avec étonnement.

— Tu es réellement incapable de voir qu'un monde dans lequel tout le monde a le droit d'exister est un monde meilleur ?

Il eut un rire étrange, se leva, agrippa Kirsten et la plaqua face au mur.

— Stop ! s'écria Lotti. Arrête, Jan, ne lui fais pas de mal !

Mais Jan était incapable de se maîtriser.

— Regarde bien, dit-il en forçant Kirsten à approcher son visage du mur. De quelle couleur est la peinture ?

— Elle est blanche, balbutia-t-elle.

— Ah bon ? Et si elle était noire ?

— Elle n'est pas noire.

— Comment le sais-tu ?

— Comment ?

Elle s'efforça de réfléchir. Sa joue pressée contre le mur était douloureuse et elle pouvait sentir la force colossale de Jan dont les mains glissaient en direction de sa nuque.

— Comment ? grogna-t-il.

— Je n'en ai aucune idée. Je l'ai appris lorsque j'étais petite.

— Exactement ! Et c'est pareil pour moi. On m'a enseigné les couleurs du monde lorsque j'étais dans les Jeunesses hitlériennes. J'y ai appris que la race aryenne était la seule race de valeur. J'y ai appris que les Juifs et les Gitans étaient sales. J'y ai appris que les infirmes et les fous étaient un poids pour la société. Que l'on devait s'en débarrasser pour faire de la place... de la place pour que les gens bien, en bonne santé et courageux puissent s'épanouir. C'était la couleur noire, Kirsten, et aujourd'hui, tu me dis que tout est blanc. Vous me dites tous que tout est blanc, mais pour moi, ce n'est pas le cas. Tout est noir...

Il lâcha Kirsten, qui s'affala contre le mur, tentant de retrouver son souffle.

— Je suis désolée si c'est ce que tu ressens, déclara-t-elle. Mais il faut que tu adoptes un nouveau regard. Les idéaux nazis étaient mauvais. Et toi, si tu persistes dans cette voie, tu es mauvais également.

— Arrête, Kirsty, la supplia Uli. S'il te plaît, maintenant, arrête.

Lotti s'était réfugiée auprès d'Uli et ils étaient blottis dans les bras l'un de l'autre. Kirsten était furieuse de les voir ainsi céder face à Jan.

— Non, insista-t-elle. Ce n'est pas nous qui sommes dans l'erreur. Ce n'est pas nous qui devrions nous taire. Nous ne sommes pas mauvais.

— Je ne le suis pas non plus, répliqua Jan en se redressant, une lueur pâle éclairant ses yeux. Les nazis avaient un projet solide, bien pensé, et je suis incapable de tout oublier. Je ne vois même pas pourquoi je devrais le faire. Tous les trois, vous êtes pathétiques. Regardez-vous... Une Juive qui sort d'un KZ, un bâtard communiste et un fantôme de femme flétrie.

Il plongea une main dans sa poche, et Kirsten, horrifiée, le vit sortir une arme. C'était une sorte d'arme de service, ancienne mais nettoyée avec soin, et il la soupesa ostensiblement.

— Où as-tu eu ça ? demanda Kirsten.

Il lui adressa un sourire carnassier.

— Tout le monde n'a pas une bonne âme, contrairement à vous. Il y a d'autres méchants salopards dans les parages, qui attendent dans l'ombre que tout le monde reprenne ses esprits.

— Cela n'arrivera pas, dit Kirsten, aussi calmement que possible. Nous avons déjà repris nos esprits. Nous avons reconnu nos erreurs et allons de l'avant.

Il hocha lentement la tête.

— Je le constate. Je vois de bons Allemands céder aux lueurs de ces Américains mercantiles et matérialistes. Je les vois boire du Coca-Cola et écouter du rock'n'roll. Je les vois docilement travailler pour les Juifs et les Slaves et faire des courbettes devant les soldats d'occupation. « Nous avons eu tort, nous tous. Nous sommes désolés. S'il vous plaît, ne nous haïssez pas. » Eh bien moi, je ne le ferai pas. J'ai toujours été un homme d'action, et je n'ai pas changé malgré ces quinze années de prison.

Il dirigea l'arme vers Kirsten, qui trébucha sur Uli. Lotti les entoura de ses bras tous deux, faisant rempart de son corps plantureux tout en esquissant un pas vers son mari.

— Ne fais pas cela, Jan. Ce n'est pas notre faute.

— Est-ce que j'ai dit que ça l'était ? Vous êtes faibles, c'est tout. Hitler n'était pas parfait, certes, mais au moins, ce n'était pas un faible. Et en tout cas, lorsqu'il était au pouvoir, l'Allemagne était puissante. Ce n'est pas votre faute, mais vous devrez en payer les conséquences. Il faut débarrasser le monde de sa racaille, vous ne croyez pas ? Avant, la racaille, c'étaient les Juifs, maintenant, ce sont les nazis, et tout le monde est bien content de nous pourchasser.

— Cela n'a rien à voir, protesta Kirsten avec désespoir. Les Juifs étaient innocents.

— Tant mieux pour eux, grogna Jan. Mais tais-toi. Tu me donnes mal à la tête. Tout me donne mal à la tête. Il faut débarrasser le monde de sa racaille, répéta-t-il, avant d'actionner le levier de sécurité de l'arme.

Kirsten étreignit sa mère et son frère et ferma les yeux. Uli tremblait violemment et elle se détesta d'avoir provoqué tout cela.

— Je suis désolée, avoua-t-elle. Je suis tellement désolée. Je ne savais pas qu'il avait une arme.

— Chut, ma chérie, la pria Lotti, dont la voix était devenue calme, et qui appuyait son corps immobile contre eux. Je vous aime. Je vous aime tous les deux, je...

Lorsque la détonation éclata, elle fut assez puissante pour faire trembler la vaisselle abandonnée sur la table. Uli poussa un hurlement et Kirsten ouvrit les yeux.

— Uli. Uli, tu es blessé ? Tu es... ?

Elle se figea en voyant Uli lever une main puis, en tremblant, désigner un point de l'autre côté de la cuisine. Elle se retourna et vit Jan s'effondrer lentement et lâcher son arme. Du sang jaillissait d'un trou net sur le côté de sa tempe. Elle eut un haut-le-cœur et s'accrocha au buffet pour ne pas tomber, tandis que Lotti, qui les avait lâchés, bondissait vers l'avant pour s'agenouiller à côté de l'homme affaissé sur le sol.

— Jan ? Jan, tu m'entends ? Es-tu… ?

Ses mots s'entrechoquèrent tandis qu'elle le prenait dans ses bras et qu'il retombait mollement en travers de ses genoux.

— Il est mort, balbutia Uli.

— Oui, confirma Lotti. Oh mon Dieu, il est mort, gémit-elle en se penchant sur lui et en caressant ses cheveux pour les écarter du trou taché de sang de sa tempe. Il est mort. Il est enfin en paix.

— En paix ? demanda Kirsten.

Lotti leva le regard vers elle, et ses yeux s'emplirent de larmes.

— Tu l'as entendu. Il ne comprenait plus ce monde et cela le tourmentait. Autrefois, il était différent, je vous le promets. L'homme que j'ai épousé était brillant, joyeux, et optimiste quant à l'avenir. Il voulait que l'Allemagne retrouve sa puissance, et à l'époque, cela semblait être une bonne idée, parce que nous étions tous paralysés par la Grande Guerre. Mais il est arrivé un moment où les projets des nazis sont devenus de plus en plus monstrueux. Ils l'ont entraîné avec eux, et je suppose que son acte était pour lui la seule manière de s'en sortir.

Elle se pencha et déposa un baiser sur la tête de Jan, du côté qui n'était pas taché de sang. Kirsten se précipita vers elle.

— Je suis désolée, maman.

— Ne le sois pas. Il avait prémédité son geste, et cela est pour le mieux, la rassura-t-elle, avant d'éclater en sanglots. C'est juste que c'est si… si affreux, un tel gâchis. Autrefois, c'était un homme bon, ajouta-t-elle en levant de nouveau les yeux vers

Kirsten. Il t'a confiée à moi, Kirsty. Je sais que cela est dur pour toi. Je sais que cela t'a causé un choc, et que ce qu'il a fait était mal, mais pour moi, tu étais un don… un don merveilleux. À l'époque, je l'ai béni pour ce qu'il avait fait, et je le bénis toujours aujourd'hui, malgré ce qui s'est passé ensuite.

Kirsten tendit les bras vers elle au-dessus du corps de Jan.

— Tu as été une merveilleuse mère. Tu *es* une merveilleuse mère.

— Mais tu aimerais savoir si ta véritable mère est encore en vie ?

— Ça te paraît étrange ?

Lotti secoua la tête.

— Pas plus étrange que quoi que ce soit d'autre. Tu as ma bénédiction, Kirsten. Trouve qui elle était, trouve qui *tu* étais, mais, je t'en prie, reste avec moi.

Kirsten secoua la tête et fondit elle aussi en larmes. Elle tendit le bras vers Uli et l'attira à ses côtés.

— Je ne te quitterai pas, promit-elle. Nous sommes une famille. Une famille hors norme, peut-être, mais une famille quand même.

Ils se rapprochèrent et s'étreignirent, leurs trois cœurs battant au-dessus de l'homme qui venait de s'éteindre. Il avait fait irruption dans leur vie un mois plus tôt, et en était sorti de la manière la plus triste possible. Et ils pleurèrent sur tout ce qu'ils avaient perdu, et sur tout ce qui leur restait encore à vivre.

17
Olivia

Samedi 15 juillet 1961

Olivia s'étendit sur l'herbe en bordure de la piste d'athlétisme, profitant du soleil qui réchauffait agréablement sa peau. Elle se reposait après une séance d'entraînement intensive, et son corps était douloureux, mais cette sensation n'était pas désagréable. Elle écarta les bras et arqua le dos pour s'étirer.

— Mon Dieu, Olivia, tu es une femme magnifique.

Hans s'allongea à ses côtés et caressa le ventre de la jeune femme. Elle avait replié sa veste d'entraînement sous sa brassière et ses abdominaux étaient découverts, bronzés et joliment dessinés. Six zones musclées saillaient sous sa peau, et elle devait admettre qu'elle trouvait cela joli. L'efficacité du programme d'entraînement, l'excellente nourriture et les vitamines spécifiques faisaient leur effet et elle lançait son javelot de plus en plus loin. L'entraîneur Lang était ravi. De plus, il faisait un temps splendide et la vie lui semblait belle. Elle attira Hans à elle, pour qu'il l'embrasse.

— Tu es magnifique, toi aussi. Comment s'est passé ton entraînement ?

— Pour le mieux, répondit-il avec enthousiasme. J'ai bien géré le mouvement de mes hanches et je me suis beaucoup amélioré. Le disque a littéralement volé, aujourd'hui.

— Et maintenant, nous sommes tous épuisés, et le dîner n'a pas lieu avant une éternité. Qu'allons-nous faire de nous pendant tout ce temps ?

Hans prolongea sa caresse vers le haut, passant la main sous la veste repliée de la jeune femme pour frôler sa poitrine.

— Je crois que j'ai une idée.

— Vraiment ?

Elle lui sourit et il regarda autour d'eux, mais ils étaient seuls et il se pencha pour l'embrasser à nouveau, plus intensément cette fois. Les relations intimes étaient encouragées au Dynamo, il ne craignait donc pas de s'attirer des remarques, mais habituellement, il ne se montrait pas aussi démonstratif.

— Je me posais une question, Olivia, dit-il en rougissant.

— Laquelle ?

— Eh bien je me demandais si tu aimerais avoir des relations sexuelles avec moi ?

Elle prit le temps de réfléchir. Hans était un très beau garçon et elle éprouvait de délicieuses sensations lorsqu'il l'embrassait, alors pourquoi ne pas aller plus loin ? Elle se souvint des paroles de l'infirmière le jour de son arrivée : « Cela fait beaucoup de bien et c'est excellent pour la circulation. »

— Olivia ? Est-ce que ma question t'a importunée ?

Elle rit.

— Non, pas du tout. Je réfléchissais, simplement. Je n'ai encore jamais eu de relations sexuelles.

— Moi non plus. Je sais que nous en avons le droit, mais je n'ai encore jamais rencontré une personne qui me semblait en valoir la peine, tu sais. Toi, en revanche, gémit-il, je ne suis jamais rassasié de toi, Olivia Pasternak.

Elle gloussa.

— Merci.

— Bon… alors tu y as réfléchi ?

— Oui.

— Et ?

— Et il me semble que ce serait merveilleux.

— Tu le penses vraiment ? Magnifique, dit-il en l'embrassant. Je suis d'accord. Devrions-nous… ? Je veux dire, quand voudrais-tu… ?

Elle s'assit et lui prit la main.

— Pourquoi pas maintenant ?

— Maintenant ? Maintenant, ce serait génial ! Suis-moi.

Il bondit sur ses pieds et l'entraîna derrière lui en prenant la direction de la pension. Ils s'élancèrent dans l'escalier, puis entrèrent dans le dortoir des garçons et finalement dans le box de Hans. Là, il l'embrassa à nouveau, longuement et avec empressement.

— Je n'arrive pas à croire que je vais te voir nue, avoua-t-il.

Elle rit.

— Cela va aller au-delà de me voir nue, j'espère.

— Bien au-delà, lui confirma-t-il. Et tu sais, j'ai de quoi nous protéger. On nous donne ce qu'il faut, à notre arrivée.

— À nous aussi. Je prends la pilule, alors tu n'as pas à t'inquiéter. L'infirmière m'a dit que le sexe était, euh…

— Bon pour la circulation ?

— Effectivement, déclara-t-elle en riant. Tu penses que c'est vrai ?

— Si c'est le cas, notre système sanguin va recevoir un traitement de faveur, répondit-il en l'embrassant de nouveau, puis en agrippant la veste d'Olivia. Je peux ?

— Bien sûr.

Il la fit passer au-dessus de la tête de la jeune femme puis passa les mains derrière son dos pour dégrafer sa brassière.

— Olivia, tu es vraiment très belle.

Il effleura sa clavicule de ses lèvres, puis la courbe de son sein droit, dont il explora chaque centimètre en la faisant frissonner de plaisir. À son tour, elle ôta le tee-shirt de son ami avant de s'attaquer à son short.

— Je peux ?

— Oui ! Oui, s'il te plaît.

Ce qu'elle découvrit ne la surprit pas. Elle avait vu des images à l'école, assisté à des cours. À l'époque, la manière dont un homme approchait une femme lui avait simplement paru étrange. Mais à cet instant, ses sens s'éveillèrent brusquement, et elle tendit la main pour le toucher, prenant plaisir à tirer de lui des cris de surprise à la moindre caresse.

— Oh mon Dieu, Olivia, je crois que nous devrions aller jusqu'au bout, ou alors je vais exploser.

La jeune fille se débarrassa de son short et l'entraîna jusqu'au lit. Ils durent trouver une position leur convenant à tous les deux, et cela fut douloureux, tout comme la tension ressentie dans les muscles lorsqu'ils ont été sollicités à l'extrême. Puis il entra en elle et bougea avec lenteur, ce qu'elle trouva merveilleux. Il la regarda dans les yeux, puis elle l'attira à elle et l'embrassa, se laissant aller au mouvement combiné de leurs deux corps. Elle songea que sa circulation sanguine allait fréquemment être stimulée si le sexe était toujours aussi agréable. Puis les sensations s'intensifièrent et elle cessa de penser.

Peu après, ils se blottirent l'un contre l'autre pour reprendre leur souffle, et s'embrassèrent.

— Je n'arrive pas à croire que nous l'ayons fait, confessa Hans en caressant la hanche d'Olivia.

— Et nous devrions recommencer, aucun doute là-dessus.

Il sourit.

— Oui, nous devrions... Mais reposons-nous un peu d'abord, tu es d'accord ?

— Se reposer ! Est-ce que vous prenez vos vitamines, monsieur Keller ?

Hans parut légèrement contrarié.

— Tu crois vraiment qu'elles sont bénéfiques, Liv ?

— Les vitamines ? Pourquoi est-ce qu'elles ne le seraient pas ? Je me sens en pleine forme. Les tiennes ne te réussissent pas ?

— Si. Elles me permettent de m'entraîner efficacement, mais parfois je me demande si je ne suis pas énervé à cause d'elles.

— Énervé ?

Il secoua la tête.

— Non. Ce n'est pas le bon mot. Je ne suis pas énervé, mais je sens que je suis moins patient que d'habitude. À mon égard, pas vis-à-vis de quelqu'un d'autre, ni de *toi*.

Elle lui caressa la poitrine.

— Est-ce que ce ne serait pas simplement ce qu'on appelle l'esprit de compétition ? Parce que tu as envie de bien faire ?

— Peut-être, mais j'ai l'impression que cet effet provient de ces pilules bleues.

— C'est peut-être dû à la pression, qui devient plus forte au fur et à mesure de la saison.

Il hocha la tête.

— Tu dois avoir raison. Nous allons participer à plusieurs grandes compétitions bientôt. Il y a de quoi être nerveux, non ?

— Exactement. Mais tu seras excellent. Tu lances très bien.

— Oui, c'est sûr. C'est juste que... L'autre jour, d'autres élèves en ont parlé. Ils éprouvaient la même chose que moi, surtout les filles. Lisel, la coureuse, dit qu'elle s'énerve pour un rien en ce moment. Et... ajouta-t-il en rougissant, elle dit qu'elle ressent un désir sexuel en permanence.

— Ça, je peux le comprendre, plaisanta Olivia. J'y ai pris goût, alors il vaut mieux que tu te tiennes prêt.

Hans esquissa un sourire, mais il semblait toujours contrarié.

— Tout ce que je te demande, Liv, est de faire attention à toi. À la manière dont tu te sens. Tout le monde n'est pas satisfait de la façon dont ce gouvernement nous traite.

Olivia se redressa.

— Ce gouvernement ? Qui a dit ça ? Et pourquoi ?

Hans l'observa, l'air inquiet.

— Laisse tomber. Ce n'est rien. Je parlais juste des vitamines.

— Mais c'était qui ?

— Désolé, je manque de romantisme. Oublie ça. Rallonge-toi, s'il te plaît.

Il la serra contre lui et elle se détendit, appréciant le contact de son corps contre le sien.

— Tu es reposé, maintenant ? le taquina-t-elle.

— Pas vraiment, dit-il en souriant plus largement cette fois. Nous pourrions peut-être discuter un petit peu ? Est-ce que tu as progressé, concernant la recherche de ta sœur ?

Ce fut au tour d'Olivia de se sentir contrariée.

— Tu essaies de changer de sujet, Hans ?

— Non ! Je veux juste savoir.

— Eh bien, quelqu'un du Rotes Rathaus m'a contactée pour me dire que des recherches allaient être effectuées.

— Parfait. C'est bien. C'est ce que tu voulais ?

Était-ce le cas ? Olivia songea à Klaus. Il était venu à l'école quelques jours auparavant, manifestement pour lui annoncer qu'il avait des pistes sur Pippa, mais il semblait plutôt intéressé par la réaction qu'avaient eue les élèves à propos de la conférence de presse d'Ulbricht.

— Ils sont inquiets à propos du sort de Berlin, lui avait-elle confié, et à propos du mur.

— Il n'y aura pas de mur. Pas d'inquiétude !

Klaus avait bondi, et s'était mis à faire les cent pas dans la petite pièce annexe dans laquelle il l'avait convoquée.

— Ulbricht a clairement dit qu'il n'y aurait pas de mur, alors pourquoi est-ce que tout le monde pense qu'il y en aura un ? avait-il ajouté.

— Je suppose que cette idée a fait son chemin dans leur esprit, avait osé suggérer Olivia.

Klaus avait cessé d'aller et venir et avait hoché la tête.

— Tu as sans doute raison.

Il s'était penché au-dessus de la table, observant Olivia.

— Tu es une fille intelligente. Très intelligente, très observatrice. Je te félicite. Est-ce que quelqu'un, qui que ce soit, a suggéré l'idée de partir à l'Ouest ?

— Je n'ai rien entendu de tel, non. Tous les élèves ont applaudi le Dynamo et la DDR. Les gens savent à quel point nous sommes bien ici, Klaus, ils ne vont pas abandonner tout cela.

Il lui avait tapoté la tête.

— N'en sois pas si sûre. La bêtise est contagieuse et nous devons veiller à ce qu'elle ne se propage pas ici, tu comprends ?

— Bien sûr.

— Parfait. Écoute-moi bien, Olivia. J'ai besoin d'être au courant de tout ce qui se passe, même s'il s'agit de choses qui te semblent insignifiantes sur le moment. Tout peut prendre de l'ampleur, notamment chez des jeunes gens qui n'ont pas autant les pieds sur terre que toi. Nous devons être vigilants.

— D'accord, Klaus.

Il avait approché son visage du sien.

— J'ai entendu dire ce matin que le ministère avait une piste concernant ta sœur… une piste solide. Nous allons peut-être mettre la main sur les registres du KZ qui nous permettraient de la retrouver. Ils sont sous le sceau du secret, bien sûr…, s'était-il interrompu avec un petit rire. Mais nous faisons partie du ministère de la Sécurité d'État. Tu t'es adressée aux bonnes personnes, Olivia, et j'espère pouvoir te donner des nouvelles bientôt.

— Merci, s'était-elle exclamée. Klaus, je ne sais pas comment vous remercier…

— Je t'en prie. Mais Olivia, lorsque je te le demande, fais en sorte d'avoir des informations à me donner !

Elle avait associé ces mots au fourgon gris et à l'affreuse prison dans laquelle elle s'était rendue. Se remémorant cet épisode, elle se pencha vers Hans.

— Cela va te paraître étrange, peut-être, mais j'aimerais en savoir plus, et ma Mutti..., commença-t-elle, avant d'hésiter à poursuivre. Mutti était si désespérée, Hans, lorsqu'elle a vu que le bébé de cette pauvre prisonnière lui était enlevé. D'habitude, elle est très calme, maîtresse d'elle-même, mais là, elle est sortie de ses gonds. Cela a dû être vraiment affreux, non, pour elle, de la voir se faire enlever son enfant ?

— Affreux ! Et tout cela après avoir assisté à toutes ces horreurs dans le KZ. C'est incroyable qu'elle ait survécu.

— Et mon père aussi. Il était à Chelmno. Il n'y a que cinq prisonniers qui s'en sont sortis. Il en faisait partie. Il a toujours dit que Dieu les avait gardés en vie pour qu'ils restent ensemble, mais ils n'ont jamais retrouvé Pippa. Maman a pu la garder quatre jours, et papa ne l'a jamais vue. Il n'a appris son existence qu'après la guerre.

Hans trembla.

— Tes parents doivent être des personnes très fortes. Et moi qui m'inquiète pour quelques pilules. Je me sens stupide, Liv. Je suis désolé.

— Ne le sois pas. Ma tante Leah, la sœur de ma mère, a pu sortir clandestinement du ghetto et a passé la guerre dans les collines. Elle y a épousé un fermier, et pour elle, la guerre a été une période plutôt heureuse. Elle sait que Mutti a souffert, et cela l'a dévastée, mais elle ne sait pas ce que c'est, et Mutti ne lui en veut pas. Elle dit qu'il vaut mieux qu'il y ait le moins de gens possible qui aient connu cet enfer. Elle dit qu'elle est heureuse lorsqu'elle constate « l'innocence » des autres.

— Malgré tout... Ce serait extraordinaire si tu pouvais retrouver sa fille. Elle le mérite.

— Oui, elle le mérite. Je prie tous les jours pour qu'ils trouvent une piste.

Il caressa sa joue d'un doigt.

— Ils ne t'ont rien demandé en échange, j'espère ?

Olivia se tortilla, mal à l'aise, l'image du fourgon gris traversant de nouveau son esprit.

— Non, je t'assure.

— Tu en es sûre, Liv ?

— Comme quoi, par exemple ?

— Je n'en sais rien. Il faut juste que tu te préserves.

— Je ne risque rien. Je ne fais rien de mal.

— Détrompe-toi, soupira-t-il. La situation est extrêmement tendue à Berlin, en ce moment. Il y a beaucoup de réfugiés, et il ne s'agit pas uniquement de personnes dans la misère. Je vois beaucoup de jeunes bien habillés qui passent la porte de Brandebourg.

— Ce sont des crétins. Ils n'ont pas compris que le socialisme est le seul mode de vie équitable ?

Hans poussa de nouveau un soupir.

— Je ne suis pas sûr que les êtres humains soient capables d'équité.

— Hans ! le gronda Olivia en s'asseyant à califourchon sur lui. Tais-toi !

— Désolé, murmura le jeune homme en posant ses mains sur les hanches de la jeune fille tout en lui adressant un sourire en coin. Un des garçons du dortoir a une radio, et l'autre soir il écoutait un programme d'information américain. Le présentateur interviewait un sénateur américain et a dit : « Je ne comprends pas pourquoi les Allemands de l'Est ne ferment pas leur frontière. »

— Il a dit ça ?

— Oui. Et il a ajouté : « Je pense qu'ils sont en droit de le faire. » Il en paraissait convaincu, et nous avons cru que le gars allait avoir des problèmes avec le président, mais Kennedy n'a fait aucun commentaire. Et si les Américains sont de cet avis, on peut s'interroger sur ce qu'en pense Spitzbart...

Olivia bougea légèrement. Il la regarda d'un air admiratif, mais ses paroles avaient inquiété la jeune fille.

— Tu penses qu'il y aura un mur ? demanda-t-elle.

— Il y aura quelque chose de ce genre. Peut-être. Je ne sais pas. Tout le monde est en campagne pour les élections de septembre, donc pour l'instant, tout va bien, mais en automne, il se pourrait bien que nous soyons coupés du monde, Liv.

Elle réfléchit à ce qu'il venait de dire.

— Ce n'est pas plutôt Berlin-Ouest qui sera isolé ?

— Oui, du reste de la DDR, mais pas du reste du monde.

Elle haussa les épaules.

— Je préfère la DDR. Peut-être qu'en ayant une véritable frontière, nous pourrons mettre en œuvre les principes socialistes sans que les capitalistes interfèrent et nous empêchent de les appliquer correctement.

Hans parut s'absorber dans ses réflexions et se mit à mordiller sa lèvre inférieure d'un air absent. Olivia en eut brusquement assez des sujets politiques, assez de se soucier de ce que devait faire chacun, de ce que devait penser chacun.

— Que pouvons-nous faire ? demanda-t-elle en bougeant de nouveau au-dessus de lui et en le sentant tressaillir.

Il rit de bon cœur.

— Rien, je pense. Je ne sais pas. Comment serais-je censé savoir quelque chose alors que tu es assise sur moi et que tu me jettes un regard aussi envoûtant ?

— Tu n'as même pas une idée de la manière dont nous pourrions passer le temps qui nous reste jusqu'au dîner ?

Il se mit à lui caresser le dos en l'attirant plus près de lui et passa sa langue sur l'un de ses tétons.

— Oublie la politique, murmura-t-elle. Nous ne pouvons rien y faire, même s'ils construisent un mur.

— C'est vrai, admit-il en s'intéressant à son autre sein. Et nous avons tout ce que nous désirons, ici, n'est-ce pas ?

— Oui. Le Dynamo, nos familles, et nous...

Il l'embrassa et elle lui rendit son baiser, mais le fait d'avoir évoqué sa famille l'avait perturbée.

« J'espère pouvoir te donner des nouvelles bientôt », avait dit Klaus, ce qui serait extraordinaire, mais elle avait l'impression, en parallèle, de l'entendre murmurer : « Mais Olivia, lorsque je te le demande, fais en sorte d'avoir des informations à me donner ! »

Elle embrassa de nouveau Hans, en s'efforçant de chasser la Stasi de son esprit. Si c'était le prix à payer pour retrouver Pippa, alors elle le ferait, car elle avait le sentiment qu'en DDR rien n'était gratuit.

18
Kirsten

Archives fédérales, Berlin-Ouest, vendredi 21 juillet 1961

Kirsten observa l'imposante façade des Archives fédérales, un vaste bâtiment situé dans le quartier chic de Berlin-Ouest, et se dit que cela ne devrait pas être compliqué. Elle désirait simplement obtenir quelques renseignements, et pour être honnête, après avoir passé la semaine précédente à traiter avec des fonctionnaires pour organiser les obsèques de Jan, ce qui l'attendait n'était plus qu'une formalité. Après son suicide, ils avaient dû appeler la police, bien sûr, mais tout était désormais réglé et, compte tenu de son passé, personne n'avait semblé vouloir approfondir les causes de son décès.

« Bon débarras », avait marmonné l'un des fonctionnaires.

Même si elle était d'accord avec lui, cela l'avait blessée.

Le seul élément positif était que Lotti l'avait encouragée à effectuer des recherches sur ses parents biologiques. C'était pourquoi elle s'était rendue aux Archives fédérales. Elle se disait qu'ils étaient sans doute décédés. L'homme de la Stasi avait simplement dû essayer de la prendre dans ses filets, mais elle n'allait pas se laisser piéger. Elle avait trouvé quelques articles sur les KZ à la bibliothèque. Sur les millions de personnes qui y avaient été envoyées dans des wagons à bestiaux, à peine quelques milliers avaient survécu. La chance que son père ou sa mère fassent partie des survivants était mince, mais si elle obtenait ne serait-ce qu'un nom, cela permettrait de combler cette lacune récemment apparue dans son histoire personnelle.

« Je sais qui elle est », avait dit l'homme à propos de sa mère, au Café Adler.

Il avait sans doute voulu dire qu'il avait des informations à son propos. Mais bien sûr, il était possible qu'il ait menti. Les types sournois de son espèce n'avaient pas d'honneur.

Allez, Kirsty, se dit-elle pour s'encourager.

L'horloge qui ornait le vaste bâtiment indiquait qu'il était bientôt onze heures, et elle était de service à midi. Uli avait proposé de l'accompagner, et elle songea qu'elle aurait dû accepter, mais c'était le dernier jour de son trimestre d'école et il valait mieux qu'il ne soit pas absent. De plus, elle pensait qu'elle devait faire cette démarche seule, et elle se mit à gravir les marches en serrant son sac contre sa poitrine pour protéger la précieuse photo du numéro de prisonnière de sa mère. À l'intérieur, il y avait plusieurs bureaux, mais l'un d'eux indiquait « Renseignements », ce qui l'encouragea, et elle se dirigea vers celui-ci.

— Puis-je vous aider ?

— J'espère. Voilà, je cherche des renseignements à propos de ma mère. Ma mère biologique.

— Je vois, répondit la femme, qui avait des cheveux grisonnants et un regard doux. Que savez-vous à son propos ?

Kirsten déglutit.

— Elle était prisonnière dans un KZ, un camp de concentration.

— Je suis désolée. Quel camp était-ce ?

La femme avait conservé un ton professionnel, ce qui rassura légèrement Kirsten. Elle ne devait pas être la seule à faire ce type de démarches. Des millions de personnes avaient péri dans ces camps.

— Auschwitz.

— Je vois. Eh bien, la bonne nouvelle, c'est que nous avons récupéré un certain nombre de documents sur Auschwitz ces dernières années. Avez-vous d'autres informations ? Son nom, peut-être ?

— Je ne connais pas son nom, avoua Kirsten, mais j'ai son matricule de prisonnière.

— Un numéro ? Un numéro tatoué ?

Kirsten hocha la tête et sortit la photo de son sac. La femme l'examina quelques instants, mais si le fait que le numéro soit tatoué sur une aisselle et non sur un bras lui avait semblé bizarre, elle ne fit aucun commentaire.

— Cette information va m'être très utile, mon petit. Savez-vous que les documents originaux sont conservés à Auschwitz ? Aujourd'hui, il y a là-bas un musée, géré par un ancien détenu.

— Vraiment ?

Kirsten eut du mal à la croire. Un musée ? Qui avait eu l'idée de faire une chose pareille ?

La femme devina ses pensées.

— C'est un peu difficile à concevoir. Beaucoup de personnes voulaient raser l'endroit pour effacer les traces de ce qui s'y est passé, mais les prisonniers pensent qu'il vaut mieux que le camp soit conservé comme mémorial et garde-fou.

Kirsten approuva d'un signe de tête.

— Je comprends. Vous dites que les archives sont là-bas ? Où est-ce situé ?

— C'est au centre de la Pologne, loin d'ici.

Kirsten se sentit brusquement découragée.

— Mais ne t'inquiète pas, la rassura la femme. Nous possédons des doubles.

— Des doubles des archives ? Ici ?

— C'est exact.

— Formidable !

Elle se dit qu'elle avait de la chance. Heureusement qu'elle n'avait pas laissé ce type de la Stasi lui faire du chantage.

— Puis-je y avoir accès ? demanda-t-elle.

— Nous pouvons les consulter pour vous, si vous le souhaitez. Les nazis tenaient des registres de noms et de matricules, mais je dois vous avouer que nous ne les avons pas tous. Il manque certaines séquences. Ne concevez pas trop d'espoir.

— D'accord, acquiesça Kirsten, dont l'optimiste commençait déjà à décliner.

Il lui fut impossible de rester en place pendant qu'elle patientait dans une pièce en attendant une « préposée spécifique ».

Peu de temps après, une femme se dirigea vers elle. Elle était plus jeune que la première et ses cheveux étaient plus foncés, mais son regard était tout aussi doux. Elle tenait sous le bras une série de dossiers à reliure et Kirsten retint son souffle.

— S'agit-il des registres du camp ?

— De ceux qui sont en notre possession, oui. Je dois vous avertir qu'ils ne sont pas complets.

— Votre collègue m'a prévenue.

— Il est donc possible que le numéro que vous cherchez n'y figure pas.

— Je comprends. Mais il y sera peut-être ?

La femme sourit.

— Oui. Puis-je voir la photo ?

Kirsten la déposa sur la table et la femme l'attira à elle du bout de ses doigts d'une propreté immaculée, puis sortit une loupe et l'examina.

— Ce n'est pas un bras.

— Non, répondit Kirsten. Il s'agit d'une aisselle... de mon aisselle. Enfin, de la mienne lorsque j'étais bébé.

— Vous êtes un bébé d'Auschwitz ?

— Euh, oui, il me semble que oui.

— Vous ne le saviez pas ?

— Je ne l'ai appris que récemment.

— Je suis navrée. Je dois vous paraître vraiment insensible. Nous avons entendu parler de ces bébés sortis des camps et savons que certains ont été retrouvés, mais je n'en avais encore jamais rencontré.

— Eh bien, j'en suis un.

Kirsten écarta les mains et sourit avec embarras. La femme la fixa encore un instant, puis secoua la tête.

— Navrée. Vous n'êtes pas là pour satisfaire ma curiosité, mais pour trouver une information cruciale à propos de votre passé. Le numéro est, il me semble, 41400. C'est bien cela ?

Kirsten hocha la tête. Elle l'avait lu et relu et recopié des milliers de fois sur un bout de papier.

— Alors voyons.

Elle ouvrit le troisième dossier et commença à tourner les pages avec application. Kirsten suivit du regard chacun de ses gestes, tentant de déchiffrer les numéros, mais il y en avait trop... Tant d'individus répertoriés avec une précision administrative sur ce registre de la mort. Jan avait-il supervisé tout cela ? Avait-il exercé dans un bureau à proximité de cet enfer et examiné sereinement les noms des prisonniers, en attribuant à ces personnes, qui avaient eu une vie, des préoccupations et des proches, des numéros impersonnels, en les condamnant à périr par le gaz ? Elle songea que malheureusement, cela avait dû être le cas.

Et cependant, il l'avait sauvée et « offerte » à Lotti. Un reste d'humanité en cet homme lui avait permis d'avoir une mère aimante et une enfance heureuse.

Elle se sermonna intérieurement en se disant qu'elle ne lui devait rien. Sans lui et les gens de son espèce, sa mère biologique l'aurait mise au monde, l'aurait élevée dans la paix et l'amour, et elle n'aurait pas eu à subir le chaos et les traumas des deux derniers mois.

Cependant, elle n'aurait pas connu Lotti. Ni Uli.

Tout était si déroutant.

— Ah, voilà.

Le cœur de Kirsten faillit cesser de battre et elle regarda la femme, dont l'index venait de se poser sur un nombre, au beau milieu d'une page.

— Vous l'avez trouvé ?

— 41400, lut l'employée. Je pense que oui. Voulez-vous regarder ?

Kirsten hésita. Cela allait-il être aussi simple ? Elle pensait que les recherches auraient pris plus de temps, et elle se sentit fébrile. La femme s'éclaircit la voix.

— Puis-je lire pour vous ?

— Oui, s'il vous plaît, chuchota-t-elle en joignant les mains et en se répétant qu'elle aurait dû accepter qu'Uli l'accompagne.

Mais elle était là, et semblait-il sur le point de découvrir le nom de sa mère.

— Prisonnière numéro 41400, lut la femme d'une voix chaleureuse et affirmée. Ester Pasternak. Lieu d'origine : Lodz en Pologne.

Elle s'interrompit pour regarder Kirsten.

— Est-ce que ça va, mon petit ?

— Je pense.

— Cela fait beaucoup de choses à absorber. Veux-tu que je note ces informations pour toi ?

— Oui, s'il vous plaît.

Kirsten demeura assise, en état de choc, et la regarda consigner les informations d'une écriture soignée.

— Il y a là plusieurs personnes originaires de Lodz. Au-dessus du nom de cette prisonnière, il y a une femme appelée Rebekah et au-dessous, une certaine Ana Kaminski. Curieux... Ce n'est pas un nom juif, contrairement aux autres noms de cette page. Je crois qu'ils ont commencé à déporter les habitants du ghetto de Lodz, à l'époque.

— Quand était-ce ?

— Au printemps 1943.

Un sentiment de détresse envahit Kirsten. 1943 ! Auschwitz n'avait été libéré qu'en janvier 1945. Comment sa mère ou ses amies auraient-elles pu survivre aussi longtemps ?

— Y a-t-il mention des... des décès ?

— Oui, mais dans des registres séparés, et nous en avons très peu. Inutile de te dire que les nazis préféraient répertorier la main-d'œuvre qui arrivait que celle qu'ils perdaient, mais je peux regarder ce qui est en notre possession. Est-ce que tu te sens capable de patienter ?

Kirsten hocha la tête. Elle allait être en retard au café, mais même la sévère Frau Munster se montrerait sans doute compréhensive lorsqu'elle lui ferait part de sa démarche. Elle resta assise à contempler le nom inscrit sur le papier : Ester Pasternak. Lodz. Pologne. Sa mère était polonaise ! Elle-même n'était jamais allée en Pologne. Cependant, elle y avait passé les premiers jours de sa vie.

Elle essaya de se représenter Auschwitz, mais n'en eut qu'une vision floue, composée de baraquements, de barbelés et de prisonnières émaciées. Elle ne parvenait pas à imaginer la présence d'un bébé à l'intérieur. Elle avait été sortie de cet enfer et conduite à travers la Pologne jusqu'à Berlin, où avait débuté la vie qu'elle avait cru être la sienne, jusqu'à ce que Jan fasse irruption dans l'appartement. Depuis, les fondations de cette existence passée s'étaient effondrées, et les reconstruire était presque aussi douloureux.

Elle sursauta lorsque la femme pénétra de nouveau dans la pièce.

— Désolée. Je t'ai effrayée ?

Kirsten réprima un petit rire de dépit. Seule son histoire l'effrayait. Elle secoua poliment la tête.

— Avez-vous trouvé quelque chose ?

— Rien dans les registres de décès, mais j'ai pris la liberté de consulter nos registres actualisés.

— Pardon ?

— Les noms et les adresses actuels.

Kirsten déglutit.

— Actuels... ? Et donc ?

— J'ai trouvé une Ester Pasternak qui exerçait en tant que sage-femme à Stalinstadt, une ville située à environ une heure d'ici à l'est.

— Elle est en vie ?

La femme leva une main, comme pour se dégager de toute responsabilité.

— J'ai *une* Ester Pasternak. Il s'agit d'un nom juif relativement courant, mais la ville de naissance indiquée est Lodz, donc il est possible que... Cela vaut sans doute la peine de vérifier, précisa-t-elle en lui tendant un autre morceau de papier. Elle vit avec son époux, Filip, a une fille, Olivia, et deux fils, Mordecai et Benjamin. J'ai tout noté ici, y compris son adresse.

— Son adresse ?

Kirsten s'empara du papier, mais se sentit incapable de lire ce qui y figurait. Ce type qui était venu au café avait raison !

— C'est vraiment aussi simple que ça ? balbutia-t-elle.

— Parfois, répondit la femme. Lorsque l'on a de la chance.

Kirsten n'était pas certaine d'avoir de la chance, mais elle avait obtenu bien davantage que ce qu'elle avait espéré trouver en s'aventurant aux Archives. Cette trace fragile lui permettrait peut-être de faire la connaissance de sa véritable famille ; sa famille biologique. Quelque part, non loin d'ici, se trouvaient des gens qui avaient le même sang qu'elle, et qui étaient, sans qu'elle l'ait su, à l'origine de son existence. Il ne lui restait plus qu'à les retrouver.

19
Olivia

Mercredi 26 juillet 1961

— Dépêchez-vous, les filles ! lança Frau Scholz en pénétrant dans le vestiaire. Nous sommes attendues par Herr Braun, et il ne sera pas content si nous sommes en retard.

— Il n'est jamais content, marmonna Julia pendant que les autres filles sortaient docilement des douches pour aller s'habiller. Maudite Lisel !

Olivia frémit. Lisel, leur meilleure coureuse, avait disparu la veille au soir. L'alerte avait été donnée lorsqu'elle ne s'était pas présentée à l'entraînement, mais malgré des recherches poussées, elle n'était pas réapparue. Elle avait quitté le club en emportant ses médailles, et personne n'était assez stupide pour imaginer qu'elle était encore en DDR. Depuis, l'ambiance était morose, et Olivia avait été sur ses gardes toute la matinée, certaine que Klaus allait surgir pour l'interroger. Elle ne l'avait pas encore vu, mais ce n'était qu'une question de temps.

Elle se frictionna rapidement, puis s'interrompit pour examiner sa poitrine de près, incapable de croire ce qu'elle était en train de voir.

— Qu'est-ce que c'est ? Un poil ?

Julia s'approcha d'elle avec curiosité.

— Je crois bien que oui.

Elle tendit la main et saisit le poil brun et fin qui avait poussé entre les seins d'Olivia.

— C'est bizarre.

Olivia tressaillit, mais Magda, une lanceuse de poids, lui sourit.

— Pas si bizarre. J'en ai tout le temps. Tiens.

Elle lui tendit une pince à épiler. Olivia s'en saisit maladroitement, mais elle parvint à extraire le poil en une seconde et examina sa peau pour voir s'il y en avait d'autres. Elle en avait beaucoup sous son aisselle, qui masquaient son tatouage, mais cela était déjà le cas auparavant. Le duvet de sa lèvre supérieure, en revanche, était plus foncé qu'avant, et elle l'effleura, inquiète.

— Tu peux utiliser une crème pour l'enlever, lui conseilla Magda. Demande à l'infirmière. C'est tout à fait normal, avec notre entraînement intensif.

— Pas pour une blonde, commenta Julia en caressant les cheveux dorés d'Olivia avant de lisser ses propres boucles pâles.

Magda pouffa.

— Vous, les sauteurs à la perche, seriez incapables de soulever un haltère.

— Parce que les gros muscles lourds briseraient notre élan gracieux, rétorqua Julia joyeusement avant de s'éloigner pour aller enfiler sa tenue.

Olivia s'assit à côté de Magda.

— Tu penses que nous nous entraînons trop, Mags ?

— Trop ? Tu crois que c'est possible ?

Olivia ne répondit pas mais se pencha vers son amie.

— Il n'y a pas que ce poil. J'ai l'impression que je n'ai plus mes règles.

— Moi non plus. L'infirmière ne t'a pas prévenue, à ce propos ?

Olivia repensa à sa première consultation et sourit en se souvenant du commentaire de l'infirmière.

— Si, effectivement, reconnut-elle, soulagée.

Cela l'avait inquiétée, mais s'il s'agissait d'un phénomène normal dans le cadre de l'entraînement, était-ce la peine de se questionner ?

— Ce n'est pas génial, de ne plus les avoir ? insista Magda.

Olivia sourit.

— Si, pour le moment. Mais comment ferons-nous si nous voulons avoir un bébé, un jour ?

— Il faudra arrêter de s'entraîner, idiote, et nos règles reviendront. Mais qui voudrait arrêter maintenant ? Je suis beaucoup plus forte que lorsque je suis arrivée ici, et j'ai gagné plusieurs mètres sur mes lancers. L'entraîneur dit que si je continue à progresser autant, je serai sélectionnée pour représenter la DDR l'été prochain.

— C'est une merveilleuse nouvelle !

— N'est-ce pas ? Et je parie que tu le seras aussi, Liv. Tes lancers étaient excellents, ce week-end. Tu as battu le record des moins de vingt ans en DDR !

Liv lui sourit avec gratitude et rendit à Magda sa pince à épiler. Elle avait été surprise de décrocher la plus longue distance aux Jeux de la jeunesse lors de son sixième et dernier lancer le week-end précédent. Un journaliste l'avait mitraillée puis, ayant remarqué qu'elle embrassait Hans pour le féliciter de sa victoire, avait insisté pour prendre en photo le « couple en or ». Toute l'école les avait taquinés à ce propos lorsque le *Neues Deutschland* était sorti le jour suivant, mais Olivia n'y avait pas prêté attention.

Magda avait raison... Des succès comme celui-ci méritaient bien quelques transformations physiques.

— Un problème, jeunes filles ?

Magda et elle sursautèrent en voyant Frau Scholz surgir à côté d'elles.

— Non, Frau Scholz !

— Parfait. Alors allez-y !

— Oui, Frau Scholz, bien sûr, Frau Scholz.

Enfilant leur survêtement, les jeunes filles sortirent sous une bruine désagréable pour prendre le tram jusqu'aux locaux du Dynamo.

— Lisel est vraiment bête, déclara Magda tandis qu'elles s'asseyaient dans le tram. Elle a quitté le meilleur club d'Allemagne, et tout ça pour quoi ? Pour du Coca-Cola et des jeans ? Elle ne participera pas aux Jeux olympiques, maintenant !

— Quelqu'un sait où elle est allée ? interrogea Olivia d'un ton détaché.

— Ce n'était pas ton amie, Julia ? demanda quelqu'un.

— Non, répondit Julia avec empressement. Elle fréquentait surtout les coureuses. Frieda ?

— Elle ne m'a rien dit, affirma Frieda, une jeune coureuse spécialiste du quatre cents mètres, en jetant un regard inquiet en direction de Frau Scholz. Je pensais qu'elle était heureuse, ici. Dieu seul sait qui l'a abordée.

— Tu penses que quelqu'un l'a incitée à partir ? l'interrogea Olivia.

— Sûrement. Un des garçons, probablement. Elle traînait toujours avec eux.

— Pour coucher avec ! s'exclama Magda.

Il y eut un éclat de rire général.

— Avec qui couchait-elle ? s'enquit Olivia tout en tournant la tête pour regarder à l'extérieur afin que les autres ne remarquent pas qu'elle avait rougi.

Elle craignait d'être trop transparente. Mais personne ne sembla s'étonner de sa question.

— Avec qui ne couchait-elle *pas* ? gloussa Julia. Pas avec ton Hans, évidemment, ajouta-t-elle précipitamment, mais avec tous ceux qui en avaient envie. J'ai même entendu dire qu'elle l'a fait avec Herr Manzer dans le...

— Julia ! aboya Frau Scholz. Ça suffit. Allez-y, sortez, nous sommes arrivés.

Julia leva les yeux au ciel mais tout le monde sortit docilement du tram et Olivia observa ses camarades, se réjouissant que personne n'ait tenu de propos « subversifs ». Elle était persuadée que Klaus allait bientôt réapparaître et elle pourrait lui dire en toute honnêteté qu'elle n'avait rien observé de compromettant.

Elle avait vu juste. Au moment où ils franchissaient le parking, elle aperçut l'officier de la Stasi qui se dirigeait vers elle, et elle fut contrainte de l'attendre pendant que les autres filles se précipitaient vers le Dynamo pour échapper à la pluie. Elle observa le ciel couvert, luttant pour retenir ses larmes, envahie par la nostalgie de ses parents. Elle aurait aimé retourner à la maison quelques heures et les serrer dans ses bras, là où personne ne la surveillait, ne lui posait de questions ou n'exigeait quoi que ce soit d'elle.

Elle avait espéré qu'ils viendraient la voir lors des Jeux de la jeunesse, mais Ester était de garde et Ben avait de la fièvre, et cela avait été impossible. Elle leur avait envoyé un exemplaire du *Neues Deutschland* dans lequel figuraient des photos d'elle et avait imaginé combien ils avaient dû être fiers en ouvrant le journal. Mais cela ne remplaçait pas leur précieuse présence. Elle était séparée d'eux depuis plus de deux mois, et la seule chose qui la retenait de partir avant la fin de la saison dans deux semaines était la pensée qu'elle pourrait leur apporter quelques nouvelles de Pippa.

Résolue, elle fit donc face à l'officier de la Stasi.

— Klaus.

— Olivia. Je suis heureux de voir que tu es encore là.

— Bien sûr que je suis encore là. Je me sens bien ici.

— Et tu te débrouilles très bien. Tu fais figure d'icône, désormais.

— Je ne dirais pas cela, j'ai seulement...

Il leva la main.

— Des élèves s'enfuient du Dynamo, Olivia.

— Je sais, reconnut-elle. Lisel...

— Était l'un de nos meilleurs espoirs. Elle est arrivée ici avec d'excellentes notes et d'élogieuses recommandations de la FDJ, tout comme toi, et la voilà envolée. Cela ne se serait pas produit si quelqu'un ne l'avait pas approchée... Qui cela peut-il être ?

— Je n'en sais rien, Klaus.

— Tu n'en sais rien ? gronda-t-il en plissant les yeux et en se rapprochant d'elle. Je t'ai demandé de prêter l'oreille, Olivia. En es-tu incapable ? N'es-tu *même* pas capable de cela ?

Olivia essaya de faire un pas en arrière, mais la barrière l'en empêcha.

— Les autres filles pensent qu'il s'agit d'un garçon, avoua-t-elle.

— Quoi ? glapit Klaus en l'observant avec davantage d'intensité. Lequel ?

— Aucune idée. Apparemment, elle est sortie avec plusieurs garçons.

— En effet. Leurs noms ?

— Je ne les connais pas !

Il tendit un index vers son visage.

— Alors trouve-les. C'est crucial, Olivia. Le garçon en question pourrait corrompre plusieurs athlètes. Il pourrait même te corrompre *toi*.

— Certainement pas !

— Prouve-le, menaça-t-il en saisissant le poignet de la jeune fille et en enfonçant son petit doigt dans sa chair. Trouve-moi leurs noms. Rapidement.

— Klaus, s'il vous plaît. Vous me faites mal.

Il relâcha son étreinte.

— Je suis désolé, Olivia, ce n'était pas mon intention. Ma seule motivation est d'empêcher ces salopards de détourner nos jeunes talents. Ils ne font que leur mentir, et leurs mensonges sont intentionnels.

— Je le sais.

— Bien sûr que tu le sais, répondit-il en lui adressant un sourire peu convaincant. Oh, mais j'y pense, tu es attendue, il est bientôt l'heure. Cours vite.

Elle se détourna de lui avec soulagement, mais il la retint une nouvelle fois par le poignet.

— Au fait, Olivia, j'ai eu des nouvelles de ta sœur, aujourd'hui. C'est pour cela que je suis venu te voir. Avec toutes ces histoires de *Republikflucht*, j'ai oublié de t'en parler.

— Ma sœur ?

Son cœur fit un bond dans sa poitrine. Elle avait peut-être mal jugé Klaus.

— Ce sont de bonnes nouvelles. J'ai appris que celle que tu connais sous le nom de Pippa vit ici, à Berlin.

— C'est vrai ? C'est extraordinaire. Quel est son nom actuel ?

Klaus sourit.

— Je serais ravi de te le donner.

Elle le dévisagea avec impatience, mais il continua de sourire.

— Donnant-donnant, ma petite. Si tu me fournis celui du garçon qui a perverti Lisel, je t'amènerai ta sœur. C'est équitable, non ?

— Je...

— Non ? répéta-t-il.

Puis il lui lâcha le poignet et s'éloigna, et elle se mit à songer au fourgon gris, comme une menace en suspens autour d'elle.

— Olivia ! Qu'est-ce que tu fais encore ici ? Nous allons commencer !

Frau Scholz, qui se trouvait dans le hall d'entrée, lui fit signe de se dépêcher.

— Désolée, répondit la jeune fille en ravalant ses larmes. J'arrive.

L'éducatrice l'observa avec curiosité. Une lueur de compassion passa dans son regard, mais disparut aussitôt.

— Dépêche-toi ! la gronda-t-elle, en la faisant entrer précipitamment.

La porte se referma et Olivia poussa un soupir de soulagement, heureuse de se retrouver à l'abri au sein du Dynamo – pour l'instant. Elle pensa à Ester. Ses larmes menacèrent de nouveau de couler. Elle défit donc sa queue-de-cheval, inclina la tête et laissa ses cheveux flotter librement autour de son visage. Elle voulait absolument retrouver Pippa, mais le prix exigé semblait de plus en plus élevé, et elle commençait à se demander si elle allait pouvoir s'en acquitter.

20
Kirsten

Eden Saloon, Berlin-Ouest, samedi 29 juillet 1961

Kirsten balaya du regard le décor chic de l'Eden Saloon, s'efforçant de se réjouir de sa présence ici, mais le spectre de sa visite précédente dans cet endroit jetait un voile amer sur la gaieté des convives présents. Elle avait encore à l'esprit l'image de Jan crachant son venin près de la porte avant de décocher sa dernière flèche en lui révélant qu'elle n'était pas sa fille. Cela faisait moins de deux mois, mais pour l'instant, le nom de son véritable père était là, incandescent, au fond de la poche de sa robe vichy. Elle se tourna vers la scène, se disant qu'elle allait tout oublier pendant une heure ou deux.

— Tout va bien ? lui cria Dieter pour couvrir la musique.

— Oui.

Il n'avait pas quitté le groupe des yeux – un groupe est-allemand appelé Renft qui reprenait des morceaux de Chuck Berry et de Bill Haley pour un public conquis – et n'insista pas davantage, au grand soulagement de Kirsten. En réalité, il avait été très occupé presque toute la semaine, s'occupant des réfugiés qui affluaient à Marienfelde, et elle ne lui avait pas encore annoncé qu'elle venait d'apprendre le nom de ses parents biologiques.

— Le flux ne se tarit pas, lui avait confié Dieter un peu plus tôt. Hier, presque deux mille Ossis sont arrivés ici et je n'ai pas l'impression que cela va s'arrêter. Ils ont peur que la frontière ne soit fermée après les élections de septembre, et ils s'en vont pendant qu'il en est encore temps.

— Est-ce que ce n'est pas une réaction exagérée ? avait demandé Kirsten.

— Peut-être, peut-être pas. Cela a inquiété mes parents, mais avec un passeport autrichien, nous devrions pouvoir être relativement libres. Pour les autres habitants de l'Est, l'idée que le rideau de fer puisse réellement devenir une frontière fermée est douloureuse.

Elle avait été heureuse qu'il propose d'aller assister au concert de Renft, songeant que cela allait le détendre. Et il avait effectivement paru joyeux lorsqu'il avait évité un sputnik – une de ces boîtes métalliques fixées sur des câbles au-dessus de leur tête et acheminant la bière jusqu'aux tables. Il l'avait entraînée dans une danse endiablée sur l'air de *Rock Around the Clock*. Kirsten s'était abandonnée à la musique, chassant l'ombre de Jan et s'en donnant à cœur joie.

En revanche, il lui était difficile de ne pas penser à son véritable père. Elle avait trouvé le courage d'avouer à Lotti et Uli qu'elle avait découvert le nom de sa famille biologique, et son frère s'était montré ravi pour elle.

— C'est merveilleux, Kirsten. Bravo !

— Tu le penses vraiment ?

— Évidemment. Tu ignorais le nom de tes parents, et maintenant tu le connais !

Il avait exprimé cela avec simplicité, comme s'il s'était agi de retenir le nom des capitales d'Europe ou une leçon d'algèbre. Mais c'était différent : elle avait découvert l'identité de la femme qui lui avait donné naissance.

— Tu as de la chance, Kirsty, avait-il dit. Quant à moi, chercher mon père serait difficile.

— Tu voudrais le faire ?

Il avait réfléchi un bref instant avant de répondre.

— Non. C'était une *Scheiße*.

Uli jurait rarement, et elle en avait été surprise. Sa remarque était judicieuse, cependant, et bien sûr, il était possible que *son* père à elle soit également une *Scheiße*. Et une fois que l'on apprenait la vérité, il était impossible d'y échapper.

— Tu es sûre que ça va, Kirsten ? s'enquit Dieter.

Embarrassée, elle constata qu'elle avait arrêté de danser et qu'elle se tenait immobile au milieu de la foule bondissante.

— Viens, allons boire un verre.

Il la conduisit vers le comptoir, où elle s'accouda pendant qu'il faisait signe au serveur. Le bar était couvert de journaux, et elle poussa sur le côté un exemplaire usagé du *Neues Deutschland*, accueillant avec gratitude la bière qui fut déposée devant elle. Sur scène, le groupe annonça qu'il allait faire une pause, et Kirsten et Dieter purent enfin se parler sans élever la voix. Il n'y avait plus de raison de ne pas le faire, maintenant.

— Tu penses à ton père ? demanda Dieter.

Il n'était pas loin de la vérité !

— Pas vraiment.

— L'ont-ils enterré ?

— Oui, ils ont enterré Jan. Il n'y avait que nous, et cela a été très bref. Mutti a pleuré, mais pas longtemps. Non, ce n'est pas ça...

— Alors, qu'y a-t-il ?

Il leva les yeux et Kirsten constata avec contrariété qu'Astrid et un groupe d'étudiants venaient de passer la porte d'entrée. Tous se dirigèrent vers le centre de l'établissement, qui était bondé. Dieter risquait d'être distrait par leur arrivée.

— J'ai découvert le nom de mes parents... de mes parents biologiques.

Le jeune homme posa de nouveau les yeux sur elle.

— Non ?!

— Si. Ils sont polonais.

— Polonais ?

— Oui, et juifs.

— Tu es Juive polonaise ?

Le mentionner de cette manière était étrange, tellement éloigné de ce qu'elle connaissait de son histoire auparavant.

— C'est cool.

Kirsten lui jeta un regard en biais.

— Pardon. Ma réflexion était stupide. Comment l'as-tu appris ?

— J'ai retrouvé le nom de ma mère à partir de son tatouage de prisonnière. Ils l'ont identifiée sur un registre. Elle vit à Stalinstadt, avec son mari et ses trois enfants.

— Stalinstadt ? C'est à une heure à peine de la ville.

— Une heure à l'est.

— Et alors ? Il n'y a pas de mur, Kirsten. Pas encore.

— Ne dis pas cela !

— Nous pourrons y aller et leur rendre visite.

— Nous ?

— Pourquoi pas ? Astrid a une voiture.

Évidemment, elle avait une voiture !

— Je suis sûr qu'elle nous y conduira ! affirma Dieter.

— Merci, mais non. Je dois y aller seule.

— Tu ne veux pas que je vienne ?

— Je ne veux pas qu'Astrid vienne.

— Quelqu'un a parlé de moi ?

Astrid fit son apparition, tout sourire, auréolée de sa chevelure toujours aussi éclatante.

— Ne lui dis rien, chuchota Kirsten à l'intention de Dieter.

Il parut surpris, mais Kirsten se dit que cela relevait de sa vie privée, et s'il ne pouvait le comprendre, il n'avait rien à faire auprès d'elle. Elle se détourna lorsqu'il se mit à poser des questions à ses amis à propos du centre de réfugiés, et ils commencèrent à discuter avec gravité. Avalant une gorgée de sa bière, elle attrapa de nouveau l'exemplaire du *Neues Deutschland*, faisant mine d'être le genre de fille qui lit régulièrement les journaux au comptoir. Elle remarqua que ce n'était pas l'édition du jour, et feuilleta distraitement les pages, puis s'arrêta.

Là, au centre d'une série de photos intitulée « Dynamo : l'avenir du sport en DDR », se trouvait le cliché d'une fille lançant un javelot. Il s'agissait d'un instantané. Elle avait lâché le javelot, qui était suspendu en l'air, mais ce ne fut pas cela qui attira l'attention de Kirsten. Ce qui la frappa, ce qui lui remua les entrailles et lui serra la gorge fut la légende qui figurait sous la photo : *La médaille d'or, Olivia Pasternak*.

Comment était-ce possible ?

Elle attrapa le journal tout froissé et se posta près de la vitrine pour avoir davantage de lumière, mais elle avait bien lu.

Il s'agit d'un nom juif relativement courant, se remémora-t-elle. Mais celui-ci était accolé à Olivia, l'un des prénoms d'une personne du foyer d'Ester, ce qui était une coïncidence frappante. Cette athlète apparemment talentueuse était-elle sa sœur ? Le journal commença à trembler entre ses mains. Cette fille se trouvait peut-être avec les athlètes en survêtement rouge qu'elle avait vus le soir de la mort de Jan – et qui avaient l'air si forts et si déterminés. Si Ester et Filip Pasternak avaient une fille aussi douée, en quoi une simple serveuse pourrait-elle avoir de l'importance pour eux ?

Elle reposa le journal à côté d'elle, puis le reprit aussitôt. Il était inutile de se poser ce genre de questions. Si cette Olivia était sa sœur, elle devait entrer en contact avec elle. L'article disait que le club de sport du Dynamo se trouvait ici, à Berlin, et que les athlètes s'entraînaient sur la piste de la ville. Celle-ci était située en haut de la Bernauerstraße, au-dessus de la place du marché. Kirsten s'y était rendue la semaine précédente pour acheter des légumes pour Lotti alors que sa sœur était peut-être au même instant en train de s'entraîner de l'autre côté de la barrière.

Elle se précipita vers Dieter, en grande conversation avec Astrid.

— Je dois y aller, Dieter.

Il la regarda, l'air surpris, mais elle n'avait pas le temps de lui fournir d'explications. Qui plus est, il devait être content de rester dans son bar à la mode, avec ses amis à la mode, à écouter son groupe à la mode. Lui adressant un rapide salut, elle se dirigea vers la porte, le journal toujours à la main.

Il lui sembla que le retour en tram jusqu'à la Bernauerstraße durait une éternité. À la sortie, elle prit la direction de leur appartement, passa devant sans s'arrêter et poursuivit son chemin jusqu'au stade d'athlétisme. Il commençait à pleuvoir, mais l'air était brûlant et les gouttelettes s'évaporaient du trottoir. Elle courait davantage qu'elle ne marchait en direction de la place du marché. Elle sentit le journal se froisser dans sa main et vit que l'encre commençait à tacher sa peau, comme si la photo de sa sœur allait s'imprimer dessus. Mais cette idée était sans doute un peu théâtrale.

— Cesse d'en rajouter ! se sermonna-t-elle.

Elle était peut-être sur le point de rencontrer la sœur dont elle avait découvert depuis peu l'existence. Pouvait-elle vraiment dire qu'elle éprouvait trop d'émotions ?

Elle escalada le talus herbeux situé près du stade et jeta un coup d'œil à la piste à travers les interstices de la clôture. Un grand nombre de sportifs s'entraînaient, tous en survêtement écarlate, et l'air forts et déterminés. Elle ne vit aucun javelot, et ne put donc identifier Olivia, ni même être certaine que celle-ci était présente, mais au moins le club n'était-il pas en train de participer à une compétition éloignée. Son cœur battait ridiculement fort dans sa maigre cage thoracique, et elle fit une pause devant la porte rudimentaire pour reprendre son souffle. Cependant, l'attente lui pesa, et avant de craquer, elle ouvrit la porte et la franchit.

À l'intérieur du stade, l'atmosphère était fraîche et ombragée, et Kirsten fut heureuse de ne pas se retrouver exposée en pleine lumière. Il n'y avait pas de réception, mais une femme au visage mince était assise à une table donnant sur la piste. Elle parcourait des livres de comptes et marmonnait. Kirsten rassembla tout son courage et s'approcha.

— Bonjour. J'aimerais savoir si vous pouvez me renseigner ?

— J'en doute.

L'entrée en matière n'était guère encourageante. La femme la regardait comme si elle n'avait rien à faire là, mais Kirsten n'avait pas l'intention de se laisser refouler de cette manière. Elle voyait mieux les athlètes depuis l'endroit où elle se trouvait maintenant, et le fait que sa sœur puisse se trouver parmi eux la motiva.

— Je cherche une athlète... Olivia Pasternak.

— Pourquoi ?

— Je pense qu'elle est de ma famille.

— Je vois. Je n'ai pas le droit de révéler le nom des athlètes. Il s'agit d'une question de confidentialité, vous voyez. Si vous voulez lui laisser un message écrit, j'irai voir s'il s'agit bien d'elle.

Kirsten la regarda d'un air agacé. C'était ridicule.

— Je sais qu'elle est ici parce que ce journal parle d'elle.

Elle tendit l'article à la femme, qui jeta un coup d'œil dédaigneux sur la page chiffonnée qu'elle tenait à la main. Cependant, la photo d'Olivia était nette. Elle y projetait son javelot en l'air.

— Je ne vois pas ce qu'il y a de confidentiel s'il y a eu un article qui a pu être lu dans toute l'Allemagne, assena Kirsten.

La femme pinça les lèvres.

— Même dans ce cas, je ne peux pas convoquer les athlètes pour qu'ils viennent s'entretenir avec des étrangers. Rien ne prouve votre identité.

— Je suis sa sœur !

Kirsten n'avait pu retenir un cri plaintif et la femme cilla.

— Dans ce cas, jeune demoiselle, vous devez bien avoir un moyen personnel de la contacter ?

Kirsten se mit à taper du pied de frustration.

— Non, car elle n'est pas encore au courant.

— Elle ne sait pas qu'elle a une sœur ?

— Non !

Kirsten jaugea la femme, se demandant si elle serait capable de s'élancer pour la contourner et descendre la piste en courant, quand une voix s'éleva derrière elle.

— Olivia est au courant, vous verrez.

— Hans ! s'écria la femme en bondissant sur ses pieds. Qu'est-ce que tu fais ici ?

— Je remplis ma gourde, répondit le jeune homme en agitant l'objet, tout en gardant le regard fixé sur Kirsten.

Il était grand, beau garçon, et sa carrure était impressionnante.

— Est-ce que tu es Pippa ?

Kirsten porta une main à sa poitrine.

— Pippa ? Non, enfin peut-être. Je ne sais pas. Je m'appelle Kirsten. Kirsten Meyer, mais je pense qu'Olivia est ma sœur. Je crois que sa mère, Ester Pasternak, est aussi la mienne.

Hans sourit.

— Tu pourrais bien avoir raison.

La jeune fille sentit ses genoux se dérober sous elle, et ce ne fut que parce que Hans se précipita pour la soutenir qu'elle ne chancela pas.

— Comment... comment le sais-tu ?

— Parce que Olivia te cherche, elle aussi. Suis-moi, je vais te conduire auprès d'elle.

— C'est vrai ?

Tout allait si vite. Non qu'elle ne le souhaite pas… Elle avait souhaité rencontrer sa sœur, mais …

— Hans, intervint la femme au visage étroit d'un ton désespéré, les étrangers ne sont pas admis sur le site. Cela figure dans le règlement.

Hans lui adressa un grand sourire.

— Vous avez entendu, Ma ? Ce n'est pas une étrangère, il s'agit de la sœur d'Olivia, la sœur qu'elle a perdue depuis longtemps, et plus vite nous leur permettrons de se retrouver, mieux cela vaudra, n'est-ce pas ?

Manifestement, la femme n'était pas de cet avis, mais elle parut démunie devant la large stature de Hans qui, tenant toujours le bras de Kirsten, lui fit contourner la table, puis passer entre les rangées de gradins en direction de la piste. La pluie était plus drue, désormais, et l'eau détachait des éclats de la surface usée, ce à quoi personne ne semblait prêter attention. Hans guida Kirsten au-delà d'un groupe de coureurs qui s'entraînaient au départ de sprint, de deux sauteurs de haie qui franchissaient les obstacles avec une grâce surprenante et d'un garçon qui lançait ses longues jambes en ciseau au-dessus une barre plus haute que la tête de la jeune fille.

— Elle est par ici, à côté des poids, expliqua Hans, désignant un groupe dans un angle.

Et là, au milieu, se tenait la fille du journal, accroupie devant d'énormes haltères.

Au moment où Kirsten s'approcha d'elle, elle écarta les jambes et souleva la barre au-dessus de sa tête comme si les haltères étaient aussi légers qu'un plateau soutenant des tasses vides.

— Waouh, chuchota Kirsten.

— Incroyable, n'est-ce pas ? approuva Hans avec un sourire attendri. Mais nous allons attendre qu'elle repose tout ça avant que je te la présente, car ça pourrait être risqué !

Il éclata d'un rire joyeux, mais le son en parvint amoindri aux oreilles de Kirsten, comme si elle s'était trouvée sous l'eau. Il lui sembla voir comme au ralenti Olivia poser la barre, sourire lorsqu'une autre élève lui donna une tape dans le dos, puis se tourner vers Hans. Elle sentit Hans lever son bras tout en l'entendant prononcer le mot « sœur », et vit la bouche d'Olivia s'arrondir de surprise, ses mains se porter à son visage, et ses yeux s'emplir de larmes. Puis elle se mit à courir vers Kirsten, lui prit les mains et répéta :

— C'est toi ? C'est vraiment toi ?

Mais il n'y avait aucun doute possible.

Elles s'étaient installées dans un coin de la salle commune, les conversations des élèves bourdonnaient autour d'elles, mais seul ce qu'elles avaient à se dire importait.

— Je n'ai appris ton existence qu'il y a quelques mois, expliqua Olivia à Kirsten, lorsque ma mère – *notre* mère – m'a révélé que son bébé lui avait été enlevé lorsqu'elle était à Auschwitz. Cela m'a fait un choc.

— Raconte-moi tout… Moi je ne le sais que depuis que mon père est rentré à la maison, après être parti plusieurs années, et qu'il m'a dit que je n'étais pas sa fille.

Le regard bleu d'Olivia s'adoucit.

— Je suis désolée. Cela a dû être très douloureux. J'ai été adoptée, moi aussi.

— Quoi ? s'étrangla Kirsten, qui se sentait déroutée. Tu as dit « notre » mère.

— Nos parents m'ont trouvée dans un orphelinat après la guerre et m'ont emmenée avec eux.

Ma Mutti était l'une des femmes qui a tatoué les matricules de leur mère sur l'aisselle des bébés pour qu'elles puissent les retrouver après la guerre si jamais elles en réchappaient. Mon tatouage est le premier qu'elle a fait. C'est pour cela qu'ils m'ont retrouvée. En tout cas, c'est ce qu'ils m'ont toujours dit. En réalité, c'était toi qu'ils cherchaient. Ils t'ont toujours cherchée.

— Je dirais qu'ils ont réussi à merveille l'éducation du bébé qu'ils ont adopté.

Olivia lui sourit.

— Merci. C'est adorable. Ils ont été de merveilleux parents, ils *sont* de merveilleux parents.

— Parle-moi d'eux.

— Oui, bien sûr. Mutti est sage-femme. Elle était infirmière avant la guerre, mais à Auschwitz, elle a aidé grand-mère Ana à mettre au monde les bébés, et elle a aimé cela, et c'est pourquoi elle s'est formée ici, à Berlin, après sa libération.

— Grand-mère Ana ?

— Oui, Ana Kaminsky… Une sage-femme de Lodz, la ville dont sont originaires Mutti et Vati. Elle y habite toujours et continue de mettre des enfants au monde, même si je pense qu'elle a à peu près soixante-cinq ans. Nous lui rendons visite aussi souvent que possible. Ce n'est pas réellement ma grand-mère… Elle a en quelque sorte adopté Mutti après que sa mère est morte dans le train pour Auschwitz, mais Mutti dit qu'il n'y a pas besoin d'être du même sang pour établir des liens affectifs.

Kirsten pensa à sa famille recomposée et cela la conforta.

— Je pense qu'elle a raison, même s'il y a un nombre incroyable d'adoptions, dans cette histoire.

— Et c'est ton cas aussi. Nous avons tous dû trouver quelqu'un pour s'occuper de nous dans la mesure du possible. Et toi ? Je veux dire, as-tu trouvé ?

— Oh oui. Ma Mutti, Lotti, a été une mère merveilleuse, et j'ai un frère, Uli. Nous sommes très proches, mais j'ai également appris qu'il n'était pas l'enfant de mon père.

— De qui est-il l'enfant ?

— C'est compliqué.

Olivia sourit.

— Tu peux le dire, Pippa. Kirsten, désolée.

— Pippa ? s'étonna Kirsten en prenant plaisir à répéter le prénom. C'est joli.

— C'est inspiré de notre père, Filip. En réalité, tu t'appelais Filipa, mais Mutti disait Pippa.

— Mon père, dit-elle, songeant qu'il s'agissait de l'homme qui allait remplacer le détestable Jan dans son esprit. Comment est-il ?

— Vati ? Oh, il est génial. Gentil, doux et patient. Il est tailleur.

— Ce n'est pas vrai ! s'exclama Kirsten tout en jetant un regard sur sa robe faite maison. J'adore coudre, moi aussi.

— Tu es douée, c'est dans ton sang.

Ces paroles résonnèrent chez Kirsten. Il y avait tant de noms à connaître, tant de liens à établir, tant de gens à rencontrer. C'était à la fois épuisant et excitant.

— Tu n'es pas trop submergée ? demanda Olivia.

— Non. Et toi ?

— Je suis heureuse, dit-elle en tendant la main pour prendre celle de Kirsten. J'ai toujours voulu avoir une sœur.

Kirsten serra la main d'Olivia. Celle-ci était grande et forte, marquée de cals, mais elle lui sembla d'une douceur infinie lorsqu'elle enveloppa la sienne.

— Es-tu ma sœur *aînée* ?

— Je pense, oui, mais pas de beaucoup. Je suis née en septembre 1943, et tu es née le Noël de la même année.

— Le jour de Noël ? Ma mère m'a toujours dit que j'étais née le 27 décembre.

Olivia secoua la tête.

— Tu es née le jour de Noël. Un miracle de Noël ! Même si nous sommes juives, bien sûr.

— Bien sûr. Vous l'êtes vraiment ? Toujours ?

Olivia éclata de rire.

— Oui, nous le sommes toujours. Cela ne disparaît pas comme ça.

— Non, bien sûr que non. Désolée, j'ai dit une bêtise. C'est parce que je viens seulement de l'apprendre.

— Je comprends.

Elles demeurèrent assises en silence pendant que Kirsten s'efforçait de digérer tout ce qu'elle venait de découvrir et se préparait à en apprendre davantage.

— Le jour de Noël, murmura-t-elle. À quoi est-ce que cela peut bien ressembler, au sein d'un KZ ?

— Ce n'est pas très joli, répondit Olivia d'un air sombre. Mutti t'en parlera lorsque tu la rencontreras.

— Lorsque je… ?

— Tu *as envie* de la rencontrer ?

Et voilà, la prochaine étape se profilait. Le courage de Kirsten faiblit à nouveau, mais elle avait déjà fait beaucoup de démarches, et il ne lui restait plus qu'à aller de l'avant.

— Je la rencontrerai, je les rencontrerai tous. Je… J'aimerais beaucoup.

Sa voix se brisa et les mains d'Olivia se refermèrent autour des siennes.

— Cela te fait peur, n'est-ce pas ?

— C'est effrayant, confirma Kirsten, mais au moins, maintenant, nous pouvons le faire ensemble.

Elle secoua la tête en songeant à sa sœur hors norme.

— Et dire que nous sommes nées à Auschwitz...

— Et que nous sommes toutes les deux vivantes. Nous devons avoir une sacrée veine.

— On dirait que c'est grâce à, à...

Kirsten ne parvenait pas encore à dire *Mutti*. Mutti, jusqu'à présent, avait été Lotti, depuis toujours, et elle devait désormais trouver une place pour cette nouvelle femme, cette courageuse survivante qui avait tatoué des chiffres sur l'aisselle de son enfant dans l'espoir fou de la retrouver un jour. Mais dorénavant, cet espoir ne paraissait pas si fou, après tout, et dans quelques jours, Kirsten pourrait se blottir de nouveau dans ses bras. Il suffirait d'un peu d'organisation... et de beaucoup de courage.

21
Olivia

Olivia était assise sur son lit, une photo de sa famille entre les mains, et songeait à la jeune fille qui aurait dû s'y trouver avec eux – être à sa place, en réalité. Pippa – Kirsten – était partie plusieurs heures plus tôt, mais Olivia était encore troublée et s'était enfermée dans sa chambre pour pouvoir assimiler tout ce qui s'était passé. C'était surprenant, bien sûr, merveilleux, extraordinaire, tout cela à la fois. Et pourtant… si retrouver l'enfant qui avait été enlevé à Ester était miraculeux, Olivia se disait qu'il aurait mieux valu qu'elle-même n'ait jamais existé. Elle avait vu, assise en face d'elle, une version plus jeune de sa mère – jolie, petite, dotée d'une ossature fine – et cela lui avait fait prendre conscience qu'elle était très différente.

Ne sois pas égoïste, Olivia Pasternak, se dit-elle avec amertume.

Au moins, l'apparence de Kirsten lui laissait-elle penser qu'elle avait trouvé la bonne personne et qu'elle n'allait pas blesser davantage ses parents, mais quelque chose la tracassait. Ester avait dit qu'ils avaient décidé d'arrêter de chercher leur fille. Que se passerait-il si sa démarche ne leur convenait pas ?

Hans était passé la voir à plusieurs reprises, lui demandant si elle allait bien, et elle lui avait affirmé que c'était le cas mais qu'elle avait besoin de passer un peu de temps seule. Elle avait du mal à croire que Kirsten l'avait retrouvée grâce à cet article du *Neues Deutschland*, et cela, avant qu'elle ait dit quoi que ce soit à Klaus. Elle n'aurait pas regretté d'apporter son aide pour éviter que des personnes ne quittent la DDR sur un coup de tête, mais cela la mettait cependant mal à l'aise.

Elle regarda de nouveau la photo de sa famille et secoua la tête comme pour éloigner ses doutes. Ce qui se passait à Berlin à l'heure actuelle n'était pas le plus important pour l'instant. Elle avait retrouvé l'enfant de ses parents. Elle avait retrouvé Pippa. Ou plutôt, Pippa l'avait retrouvée. Il s'agissait d'un miracle… Le miracle pour lequel Ester priait depuis qu'elle avait tatoué à l'encre son matricule dans l'aisselle minuscule de sa petite fille. Pourquoi ne voudrait-elle pas être au courant ? Bondissant sur ses pieds, elle se précipita à la recherche de Hans.

— Liv ! Est-ce que tout va bien ?

Il la prit dans ses bras, une expression inquiète sur son beau visage, et elle lui sourit.

— Tout cela a été un peu déroutant, expliqua-t-elle.

— Est-ce que j'ai bien fait de te l'amener ? Je savais que cela allait être bouleversant, mais Frau Scholz voulait la renvoyer et je ne pense pas que c'était ce que tu aurais voulu, et…

— Chut, Hans, lui intima-t-elle en l'embrassant doucement. Bien sûr que tu as fait ce qu'il fallait. C'était génial de la rencontrer.

— Mais déstabilisant ?

Elle haussa les épaules.

— Il s'agit du véritable bébé de ma mère, Hans, de sa véritable fille.

— Mais Ester a choisi de t'adopter. C'est une réalité.

— Tu as raison, reconnut-elle en l'embrassant de nouveau. Merci.

Il la serra avec force.

— Je t'aime, Olivia.

Elle se figea contre sa poitrine, puis osa lever les yeux vers lui.

— Vraiment ?

— Oui. Je t'aime et je veux que tu sois heureuse. Tout le temps.

Elle sourit.

— Je ne sais pas si être heureuse *tout le temps* est une possibilité… Et si je n'obtiens qu'une médaille d'argent, la prochaine fois ?

Il eut un petit rire.

— Je ne parle pas de cela, mais de la vie en général.

Elle passa ses bras autour de son cou.

— Je t'aime aussi.

Elle se sentit intimidée de le lui avoir avoué, mais c'était la vérité, c'était ce qu'elle ressentait depuis des semaines et prononcer ces mots lui fit du bien. Elle fut ravie de voir qu'il paraissait heureux.

— C'est un peu bizarre aussi pour moi, avoua-t-il.

Elle rit, mais le visage de Hans prit une expression plus sérieuse.

— Je veux aussi que tu sois en sécurité, Olivia.

— En sécurité ? Pourquoi ne le serais-je pas ?

— Je n'ai pas de certitudes, mais je m'inquiète. La Stasi s'interroge à cause de toutes ces défections, et Kirsten est vraiment une Wessi.

— Tu penses que le fait qu'elle vienne de l'Ouest est un problème ?

— Nous verrons bien.

— Klaus...

Olivia avait prononcé involontairement le prénom de l'officier de la Stasi, et Hans sursauta.

— Hein ?

Elle soupira.

— Il s'agit du prénom de l'homme qui cherchait ma sœur.

Mais en disant cela, elle se demanda s'il l'avait vraiment cherchée. Kirsten lui avait expliqué qu'elle s'était rendue aux Archives à l'Ouest et qu'elle avait presque aussitôt obtenu leurs noms. Si c'était aussi simple, la Stasi devait tout savoir depuis le moment où elle avait croisé Klaus en se rendant au Rotes Rathaus.

— Il est de la Stasi ? demanda Hans d'une voix inquiète.

Elle hocha la tête.

— Je me suis sentie impuissante, Hans.

— C'est le problème, avec eux... On se sent toujours impuissant. Il faut que tu parles à tes parents, Liv. Tu dois leur dire que tu l'as trouvée avant que...

— Avant quoi ? demanda-t-elle, l'air paniquée.

— Je ne sais pas.

— Tu me fais peur.

— Je suis désolé. Ce n'était pas le but. Il n'y a peut-être pas lieu de s'inquiéter. Qu'y a-t-il de mal, après tout, à retrouver sa sœur ? Une victime de l'oppression nazie ?

— Tu as raison.

— En tout cas, il faut que tu le dises à tes parents.

— Avant que la Stasi ne l'apprenne ?

Il eut un éclat de rire désabusé.

— Oh, ils le savent déjà. Tu aurais vu la tête de Frau Scholz lorsque j'ai conduit Kirsten jusqu'à toi.

— Tu penses qu'elle va tout raconter à la Stasi ?

Hans soupira avec résignation.

— Évidemment. Elle est là pour ça.

— C'est vrai ?

Il se pencha et prit le visage de la jeune fille entre ses mains, puis l'embrassa tendrement.

— L'existence doit être vraiment paisible, à Stalinstadt.

Olivia se mordit la lèvre. C'était peut-être le cas, effectivement. Brusquement, elle ressentit le besoin pressant d'y retourner, de s'éloigner de la capitale et de ses nombreux réfugiés, de la pression de l'école, de Klaus. Si seulement le trimestre avait été terminé… Mais si cela avait été le cas, Pippa – Kirsten – ne l'aurait pas retrouvée.

— Ta mère est malade, dit Hans.

— Quoi ? Comment le sais-tu ?

— Mais non, c'est simplement ce que tu devras dire. Va voir Herr Braun dès maintenant. Dis-lui que ta mère est malade et il te donnera un billet pour rentrer chez toi. Il n'y a aucune compétition avant une semaine, et si tu te montres convaincante, il acceptera.

— Et si je lui disais simplement la vérité ? Il comprendrait, sans doute ?

— Je n'en sais rien, répondit Hans en secouant la tête. Et je ne suis pas sûr qu'il faille prendre ce risque.

Une heure plus tard, Olivia s'installait, tremblante, dans le train qui partait de la gare de Friedrichstraße. Finalement, son appréhension lui avait été utile pour aborder Herr Braun, qui, voyant à quel point elle était bouleversée, lui avait accordé sans difficulté l'autorisation de retourner chez elle pour quarante-huit heures. Elle aurait été enthousiaste d'accomplir ce bref trajet jusqu'à Stalinstadt si elle n'avait pas été si mal à l'aise à cause de son mensonge. Elle se disait que si sa mère avait délibérément choisi d'arrêter de chercher sa fille, c'était peut-être justement cette nouvelle qui la rendrait malade.

Le train arriva à destination trop rapidement à son goût. Olivia descendit sur le quai étroit et pénétra dans la ville. Tout était si tranquille, si propre, si petit. Hissant son sac Dynamo sur son dos, elle se dirigea à travers le quadrillage coutumier des immeubles en direction de l'appartement de ses parents. En passant la dernière arcade, elle parvint dans la Alte Ladenstraße et vit l'austère obélisque de l'amitié germano-soviétique se découper sur le ciel assombri.

Quelques enfants jouaient au loup sur la place et son cœur fit un bond lorsqu'elle aperçut Ben et Mordy. Elle s'apprêta à les appeler, puis changea d'avis. Elle n'était pas certaine de la manière dont ses parents réagiraient. Il valait donc mieux que les garçons ne soient pas présents lorsqu'elle leur annoncerait la nouvelle. Elle se tut, contourna le groupe d'enfants, se dirigea vers le bloc 4 et gravit l'escalier familier jusqu'à l'appartement G. Elle se retrouva devant la porte d'entrée, peinte dans un joli bleu. Elle pressa son oreille contre le bois et put entendre des murmures et le tintement de cuillères dans une casserole. Son cœur bondit dans sa poitrine. Ils étaient là ! Sans hésiter davantage, elle frappa à la porte et entendit des bruits de pas se diriger vers elle.

— Tu as encore oublié ta clé, Mordy ? demanda son père, s'efforçant de prendre un ton sévère.

La porte s'ouvrit et sa bouche s'arrondit, son adorable visage prenant une expression comique sous l'effet de la surprise.

— Olivia, ah, Olivia !

Il la prit dans ses bras avant de s'écarter presque aussitôt pour la regarder.

— Tu es malade ? Non, tu n'as pas l'air malade. Tu es resplendissante. Que se passe-t-il ? Quelque chose ne va pas ?

— Non, tout va bien, Vati, répondit-elle en souriant, mais effectivement, on peut dire qu'il s'est passé quelque chose. Maman est là ?

Ester remontait déjà le couloir. Elle l'attira à l'intérieur et la serra si fort qu'elle faillit l'asphyxier.

— Qu'y a-t-il, ma chérie ? lui demanda-t-elle. Pourquoi es-tu venue ?

Olivia déglutit.

— J'ai une nouvelle à vous annoncer.

— Une nouvelle ? Qu'est-ce que c'est ? Est-ce que c'est une bonne nouvelle ?

Olivia lui prit les mains.

— Je l'espère. Oh mon Dieu, Mutti, j'espère que ce sera une bonne nouvelle pour toi. Je l'ai trouvée, j'ai retrouvé Pippa.

Pendant un bref instant, Ester demeura immobile, la regardant, puis tomba à genoux, son corps frêle agité de tremblements tandis qu'elle enfouissait son visage dans ses mains. Olivia l'observa, inquiète. Filip s'accroupit auprès d'elle et l'entoura de ses bras.

— C'est vrai ? demanda-t-il à Olivia. Tu l'as retrouvée ? Elle est en vie ?

— Oui, elle est en vie, et c'est elle qui est venue me voir, répondit-elle en regardant Ester. Mutti ? Est-ce que j'ai bien fait ?

Ester eut des paroles inintelligibles à travers ses larmes et Olivia craignit d'avoir commis une erreur.

— Où est-elle ? demanda Filip.

— Elle est à Berlin, Vati. Elle porte le nom de Kirsten Meyer, et vit à Berlin-Ouest avec sa mère – la femme qui l'a adoptée – et son frère, Uli.

— Je le savais ! s'exclama Ester en levant brusquement les yeux, le regard fiévreux. Je le savais, Filip, n'est-ce pas ? Je savais qu'elle aurait été adoptée par une Allemande.

— C'est vrai, approuva Filip, mal à l'aise. C'était ce que tu disais.

Ester se tourna alors vers Olivia et agrippa ses jambes.

— Comment le sais-tu, Liv ? Comment peux-tu en être sûre ?

— Parce que je l'ai rencontrée, Mutti, et honnêtement, vous vous ressemblez comme deux gouttes d'eau. En fait, elle me cherchait également. Elle possède une photo de son tatouage, et quelqu'un, à Berlin-Ouest, lui a donné nos noms. Puis elle m'a vue dans le journal, et elle est venue au club, et, et... voilà.

« Voilà » – un simple mot, inapproprié, qui marquait la fin de dix-huit années de souffrance. Elle s'assit par terre à côté d'Ester.

— Mutti ? Est-ce que j'ai bien fait, Mutti ?

Ester la regarda, les yeux pleins de larmes, puis jeta ses bras autour d'elle.

— Est-ce que tu as bien fait ? Oh, Olivia, mon ange, comment peux-tu en douter ?

— C'est parce que tu avais arrêté de la chercher, Mutti. C'était ce que tu m'avais dit. Tu avais dit qu'il fallait que tu arrêtes et j'ai pensé qu'il s'était peut-être passé quelque chose de grave.

Ester sourit tristement.

— Rien de grave en soi. Il s'agissait plutôt d'une manière différente de voir les choses.

— C'était à cause de moi ? Tu as arrêté à cause de moi ?

— Non ! Oh, non, ma fille chérie. Tu m'as rendu cette situation plus supportable, et je n'ai pas arrêté de chercher à cause de toi, répondit Ester en secouant la tête. Regarde-nous, assises par terre comme des idiotes ! Viens, Liv, allons nous asseoir dans le salon, je vais te raconter une histoire.

— Sur Auschwitz ?

— Sur ce qui s'est passé après Auschwitz, sur Pippa. Sur les mères et les filles, et sur la raison pour laquelle la vie n'est jamais aussi simple qu'elle le devrait.

En invitant Olivia à s'asseoir près d'elle sur le canapé, elle inspira profondément et entama son récit.

22
Ester

Berlin-Est, juin 1950

La rue est jolie. Elle a subi quelques dégâts lors des bombardements, mais quelle rue de Berlin n'en a pas subi ? Ils s'arrêtent au numéro 25 et regardent par la fenêtre derrière laquelle Pippa pourrait être en train de jouer.

— Cela va être un choc, pour elle, soupire Filip.

Ester le regarde, surprise, mais elle sent qu'il a raison. La petite fille qui vit derrière cette porte rouge vif n'aura aucun souvenir des quatre jours passés avec sa mère. Elle ne les aura pas cherchés. Elle ne se sera posé aucune question. La sorcière qui l'a enlevée ne lui a certainement rien dit de ses origines, et a sans doute agi comme si l'enfant était à elle... Encore une autre nazie qui s'est approprié une vie qui ne lui appartenait pas. Elle serre les dents.

— Tiens le coup, *Liebling*, compatit Filip.

Elle le regarde avec étonnement. Comment pourrait-elle tenir le coup alors que son univers entier est ébranlé ?

— Où est Mme Jefferson ? s'inquiète-t-elle. Qu'allons-nous faire si nous arrivons trop tard ? Et si la femme s'est enfuie ?

— Pourquoi s'enfuirait-elle ? Ils lui ont dit qu'il s'agissait simplement d'une vérification de routine, tu te souviens ?

Ester se souvient, mais observe la porte rouge avec méfiance ; elle ne veut pas laisser Pippa lui être enlevée une fois de plus. Ils se retournent tous les deux en entendant des bruits de pas sur le trottoir, mais il ne s'agit pas de Mme Jefferson. Celle qui s'approche est une femme d'apparence frêle, guère plus âgée qu'Ester, et dont le regard est traversé par les mêmes lueurs d'un espoir résigné.

La prisonnière 41406.

Ester la reconnaît. Après tout, elle ne se trouvait que six rangées derrière elle dans la file d'arrivée à Auschwitz, ou plutôt dans la file des ouvrières. Au moins une vingtaine d'entre elles ont sans doute été exclues et envoyées dans les chambres à gaz, mais il vaut mieux ne pas y penser maintenant.

— Adela ? demande-t-elle, le prénom lui revenant à la mémoire en même temps que les hordes de rats et de mouches, et les gardes armés.

La femme hoche la tête.

— Ester ?

— Oui.

Elles s'étreignent, avec raideur et maladresse. Elles se revoient dans un contexte différent, et il est difficile pour elles de retrouver un lien dans cette jolie rue de Berlin – une chose les lie, pourtant. Ester se souvient qu'Adela avait mis au monde un enfant dans la crasse du camp, et Adela se souvient sans doute du jour de Noël où Ester a accouché. Et à cet instant, derrière une porte sur laquelle les éclats de balle ont été masqués par de la peinture rouge, il y a une petite fille – l'enfant de l'une d'elles. Elles se tiennent à l'écart, prudemment, rapprochées par l'espoir, séparées par leurs craintes.

Les minutes défilent, puis, en faisant claquer ses talons avec élégance sur le trottoir, l'Américaine surgit à l'angle de la rue dans sa tenue éclatante, son visage éclatant affichant un sourire éclatant.

— Nous y allons ?

Non !

Ester a envie de hurler, de garder espoir un peu plus longtemps.

Mais Mme Jefferson est une femme d'action, elle sonne à la porte et recule d'un pas. La porte s'ouvre, et là, une petite fille qui les regarde innocemment fait son apparition. Elle doit avoir sept ans, même si elle est loin d'être aussi grande qu'Olivia, qui a une haute stature pour son âge. Elle porte une robe bain-de-soleil à bretelles jaune vif, ses cheveux sont blonds et séparés en deux nattes impeccables agrémentées d'un joli ruban bleu assorti à ses yeux.

— Puis-je vous renseigner ?

Elle est polie, bien éduquée. Bien soignée. Ester et Adela l'observent, bouche bée, aucune d'elles ne semblant capable de faire un geste, mais une femme surgit dans le couloir, repousse la fillette derrière elle et tente de refermer la porte. Mme Jefferson introduit son épaule dans l'encadrement.

— Attention, Frau Werner ! Nous avons des raisons de penser que cette enfant n'est pas votre fille.

— C'est ma fille ! rugit la femme allemande. Elle est à moi et je l'aime.

— Mutti ? s'écrie la petite, en s'enfouissant dans les jupes de la femme. Mutti, qui est-ce ?

Filip avait raison, songe Ester. La petite fille est choquée, et qui plus est effrayée.

— C'est ma fille ! hurle Frau Werner. La mienne !

— Vous savez que c'est faux, réplique vertement Mme Jefferson.

Ester voudrait la soutenir, mais les larmes qui coulent sur le visage de cette femme, et pire encore, sur les joues de la petite blonde, la bouleversent.

— Faites attention, vous lui faites peur…, intervient Filip.

Ester éprouve de la reconnaissance envers son époux, une belle âme, mais elle ne peut s'empêcher d'avancer vers la fillette.

— Nous voulons juste regarder sous ton bras, lui dit-elle avec douceur. Pour voir la marque spéciale qui s'y trouve.

La petite serre son bras contre son flanc.

— C'est moi qui l'ai faite, tu sais. À l'aide d'une aiguille.

L'enfant la regarde, l'air stupéfaite.

— Pourquoi ?

— Pour que ta maman puisse te retrouver un jour. C'est-à-dire aujourd'hui.

— Mutti ?

La petite fille lève les yeux vers Frau Werner, puis s'enfouit encore plus profondément dans sa jupe. Ester ressent une pointe de culpabilité, puis de la colère, car à cet instant, alors qu'elle est sur le point de retrouver sa fille, celle-ci lui échappe.

— Vous aviez dit qu'il s'agissait d'une visite de routine, s'écrie la femme. Vous m'aviez dit que c'était une question de sécurité sociale. Vous avez menti !

— Et vous, vous avez enlevé une enfant ! gronde Mme Jefferson. Frau Pasternak, je vous en prie, vérifiez.

Elle s'empare de la fillette avec une force surprenante et soulève ses bras nus pour révéler les chiffres tatoués à l'encre noire. Ester se penche, scrute l'aisselle de la petite et lit les chiffres. Instantanément, elle se revoit au bloc 24, en train de les tatouer sur ce minuscule fragment de peau. 4. 1. 4. 0...

6.

Le dernier chiffre est un 6.

Pendant un instant, Ester songe à mentir, à dire que cette belle enfant est Pippa, mais il ne s'agit pas de Pippa, et mentir sur le dernier chiffre n'y changera rien.

Six petits chiffres d'écart... Six minuscules, et à la fois colossales étapes.

— Il s'agit de la tienne, annonce-t-elle à Adela.

Puis elle regarde, figée, la joie s'emparer visiblement de sa rivale, qui bondit en avant. La fillette pleure, l'Allemande pousse des hurlements.

— Il s'agit de la sienne, tranche l'Américaine, faisant écho aux paroles d'Ester, impassible, en désignant Adela, qui tente désespérément d'étreindre l'enfant, tandis que celle-ci s'accroche à la femme qu'elle considère comme sa mère.

— Non ! implore Frau Werner, dont la voix se brise. S'il vous plaît. Elle est à moi. Je l'ai sauvée. Sa mère est morte.

— Eh bien non, comme vous pouvez le constater, elle n'est pas morte. Elle n'a jamais été morte, elle était simplement prisonnière du régime nazi que vous avez manifestement soutenu.

— Non, je... je ne l'ai pas soutenu. Je ne le suis pas. Nazie. Je ne suis qu'une maman qui a élevé une fille.

Mme Jefferson s'avance vers elle et fait signe à Adela.

— Montrez-lui votre bras.

Adela remonte sa manche pour dévoiler l'horrible numéro tatoué sur son bras fin : 41406.

— Vous voyez, déclare Mme Jefferson. On ne saurait être plus clair. Les numéros coïncident. L'enfant est celle de cette femme, qui lui a été enlevée à Auschwitz-Birkenau.

— Auschwitz ? balbutie la femme, qui, sous le choc, lâche la petite fille.

Adela la prend aussitôt dans ses bras.

— Je t'ai retrouvée, Katya. Dieu soit loué, je t'ai retrouvée.

— Je ne m'appelle pas Katya, s'écrie la petite. Qui est Katya ? Je m'appelle Heidi. Dis-lui, maman. Dis-lui que je m'appelle Heidi.

Elle se tortille, en tentant désespérément d'échapper à l'étreinte affectueuse d'Adela. Son regard bleu vacille de terreur.

— Mutti ! hurle-t-elle. Mutti !

Elle tend les bras, non vers la mère qui l'a portée, mais vers celle qui l'a élevée au cours des sept années passées – une longue période. Le temps a semblé long à Ester, mais pour cette fillette, il s'agit d'une vie entière. Et pour Pippa, il en serait vraisemblablement de même.

— Je t'emmène à la maison, lui explique Adela.

— C'est ici, ma maison, réplique la petite en tapant du pied, en s'arrachant à l'étreinte d'Adela et en courant vers Frau Werner.

Elle lui saute au cou comme une enfant qui aurait la moitié de son âge, l'entoure de ses bras et enfouit ses belles nattes blondes dans son cou.

— C'est ici, ma maison, hein, Mutti ? Je m'appelle Heidi et je suis dans ma maison ? Dis-leur, Mutti. Ne les laisse pas m'emmener.

Mais c'est sans espoir. Les rouages de la bureaucratie se sont enclenchés, parce que le numéro qu'Ester a tatoué sur l'aisselle de la petite dans cet univers crasseux et sans espoir du camp d'Auschwitz va entraîner la restitution de l'enfant à sa mère.

Et la fillette va être enlevée à son autre mère.

Ester tombe à genoux sur le trottoir, enfouissant son visage dans ses mains tandis que la bataille pour Heidi/Katya fait rage sur ce seuil pimpant. Elle entend la fillette crier sans interruption « Mutti, Mutti, Mutti ! » Elle n'ose imaginer ce qu'elle ressentirait si quelqu'un lui enlevait Olivia : sa souffrance serait intolérable.

— Ça suffit, intervient-elle d'un ton calme.

Elle regarde Filip, accroupi à côté d'elle.

— Nous devons arrêter. Arracher un enfant aux bras de sa mère est cruel. C'était cruel à l'époque – horriblement, horriblement cruel – mais cela l'est toujours aujourd'hui. Nous devons arrêter de la chercher, Filip. Pour le bien de Pippa, nous devons arrêter.

Filip la prend dans ses bras et elle sent les larmes de son époux couler sur le sommet de sa tête. Elle le serre contre elle. C'est si douloureux. Elle a l'impression que, cinq ans après avoir échappé à un camp de la mort, le gaz mortel des nazis vient d'envahir ses poumons. Submergée de tristesse, elle peut à peine respirer, mais il s'agit d'un sort qu'elle a choisi et qu'elle peut surmonter. Qu'elle *pourra* surmonter.

— Nous pourrons peut-être envisager les choses différemment lorsqu'elle sera adulte, suggère Filip. La retrouver au moment de ses dix-huit ans. Cela serait peut-être moins douloureux ?

— Peut-être, concède Ester parce qu'elle n'a pas le choix.

Elle a vécu trop longtemps dans l'espoir pour pouvoir y renoncer totalement.

Elle regarde son époux adoré, alors qu'Adela, derrière eux, arrache l'enfant à la femme en larmes sur le seuil. Qui est réellement sa mère, dans cette situation ? À qui appartient réellement la fillette ?

— Allons nous installer à Stalinstadt, dit-elle en se relevant et en s'écartant. Emmenons Olivia, Mordy et le petit que je porte et installons-nous à Stalinstadt. Nous possédons bien plus que la plupart des gens, Filip. Et c'est bien assez.

Elle ne dévoile pas le fond de sa pensée, et tous deux le savent, mais tandis que les pleurs de Heidi/Katya leur parviennent aux oreilles, ils ont conscience du fait qu'ils doivent accepter ce mensonge pour être en paix avec eux-mêmes et, plus important encore, s'ils veulent épargner à Pippa la même douleur.

— Mutti ! hurle l'enfant. S'il te plaît, Mutti !

Ils se prennent par la main et, le cœur lourd, s'éloignent de la porte rouge, des nattes aux rubans bleus et de l'espoir déchirant et infini qui règne à Berlin.

23
Olivia

Samedi 29 juillet 1961

Olivia regarda sa mère un long moment.

— C'est trop triste, Mutti. Pourquoi as-tu renoncé à ce qui pouvait te rendre heureuse ?

Ester haussa légèrement les épaules.

— Pour elle. Comme je l'aurais fait pour toi. Nous t'avions *toi*, Liv, nous t'aimions.

— Mais vous auriez pu aussi avoir Pippa.

— Peut-être, mais ce n'est pas la question. L'essentiel était que nous savions à quel point cela aurait été éprouvant pour toi si quelqu'un t'avait enlevée à nous, la seule famille que tu aies jamais connue. Et nous avons compris que cela serait également douloureux pour Pippa.

Filip renchérit.

— Pour nous, Livie, vous deux étiez comme les deux faces d'une même pièce. Nous avons décidé d'attendre, et nous avons respecté notre engagement. Mais maintenant…

— Maintenant, vous n'avez pas besoin d'attendre plus longtemps.

Filip lui jeta un regard interrogateur et Olivia lui prit les mains.

— Elle adore coudre, Vati, reprit-elle. Elle portait une robe qu'elle avait cousue elle-même et qui était magnifique. Elle doit avoir hérité cela de toi.

— De moi ?

Ses yeux s'emplirent de larmes.

— De toi, confirma Olivia. Il s'agit aussi de ta fille.

— Il s'agit aussi de ma fille, répéta-t-il, l'air incrédule.

Le cœur d'Olivia se serra.

— Il n'y a aucun doute, c'est bien elle, affirma-t-elle. Elle est brillante, jolie et petite – je veux dire, comme vous. Je dirais même qu'elle vous ressemble à tous.

— Tout comme toi, la rassura Ester.

— Pas tout à fait. Regardez-moi.

Elle désigna son corps musclé, qui avait encore été renforcé par les vitamines et les programmes d'entraînement du Dynamo. Elle se sentait si forte et imposante entre ses deux parents si sveltes. Cependant, Ester hocha la tête.

— Tout cela est une question d'ossature. Ton âme, Olivia, ta belle âme, est juste comme la nôtre, et cela, ma chérie, c'est ce qui compte le plus.

Elle l'embrassa tendrement, avec son calme et sa contenance habituels.

— Ce jour-là, sur le seuil de cette porte, avec les cris de cette enfant résonnant à mes oreilles, j'ai décidé de ne plus chercher ma fille. Il s'agit de la chose la plus difficile que j'aie eue à faire – encore plus difficile que de survivre dans *cet endroit* – mais c'était nécessaire. Nous savions tous deux que cela était nécessaire, et en tout cas, Dieu a vraiment récompensé notre patience – en te confiant à nous, ajouta-t-elle en l'embrassant de nouveau. Merci, Olivia. Merci infiniment. *Toi*, mon enfant, tu es l'ange, le miracle, présent sous notre nez depuis toujours.

Émue, Olivia se sentit incapable de prononcer une parole et dut essuyer à la hâte une larme. Ester sourit.

— Regarde-nous. Ce n'est pas le moment de verser des larmes, mais d'être heureux. Alors levons-nous, essuyons nos visages et apprêtons-nous à passer à l'action. Nous devons retourner à Berlin – mais cette fois-ci, avec nos deux adorables filles.

DEUXIÈME PARTIE

24
Kirsten

Vendredi 11 août 1961

Kirsten descendit la Bernauerstraße. Il bruinait à nouveau, les nuages refusant de quitter le ciel berlinois, ce qui était inhabituel pour la saison, et elle marchait sans but, mais elle se sentait si fébrile qu'elle ne savait comment occuper son temps différemment. Elle atteignit le haut de la rue et observa le Café Edelweiss, lumineux et aéré, ses vitrines embuées par le souffle des clients qui s'y étaient réfugiés à l'abri de l'humidité. Elle constata, rassurée, que l'endroit n'avait pas mystérieusement fermé depuis le moment où elle était venue inspecter les lieux une heure plus tôt. Il resterait sans doute ouvert au cours des deux journées qui la séparaient de dimanche. Ce jour-là, elle s'installerait à l'intérieur pour prendre un café et une part de gâteau avec ses parents biologiques, sa sœur et ses deux petits frères.

Olivia avait glissé une note sous sa porte trois jours auparavant, disant qu'Ester et Filip pourraient les retrouver à dix heures du matin le dimanche 13 août. Kirsten en avait parlé à Lotti et Uli, et les avait invités à se joindre à elle, mais Lotti avait suggéré de laisser cela pour la « prochaine fois ». Kirsten l'avait serrée très fort contre elle. Cela ne devait pas être plus simple pour Lotti que pour elle, et elle pria pour que tout se passe bien, afin qu'il y *ait* une prochaine fois.

Elle vit deux femmes sortir du café accompagnées de jeunes enfants turbulents et s'efforça de rester à distance. Elle était déjà allée à deux reprises vérifier sa réservation, et ils la chasseraient sans doute si elle y retournait une troisième fois. Elle jeta un coup d'œil vers le haut de la rue en direction de la place du marché et aperçut le terrain d'entraînement de sa sœur. Elle éprouva le désir de s'y rendre et de l'y retrouver, mais Olivia lui avait dit qu'il valait mieux éviter de le faire et elle avait eu l'air si effrayée que Kirsten avait aussitôt accepté.

La piste de course et la pension, même si elles ne se trouvaient qu'à dix minutes de l'appartement des Meyer, étaient toutes deux situées à Berlin-Est. Et en réalité, comme la Bernauerstraße se trouvait à la frontière des quartiers de Wedding et de Mitte, et donc entre l'Est et l'Ouest, sa tante, Gretchen, vivait théoriquement à l'Est. Mais, au nom du ciel, quelle frontière pourrait les empêcher de lui rendre visite ? En quoi était-il important que les soldats soient des Soviétiques ou des Alliés ? Les Berlinois avaient appris depuis longtemps à ne pas les laisser interférer dans leur vie quotidienne.

Au cours des dernières semaines, cependant, Kirsten avait commencé à noter à quel point la zone soviétique était différente. De ce côté, à l'Ouest, le personnel des Archives nationales avait tout fait pour l'aider à retrouver sa famille. À l'Est, en revanche, ils avaient caché des détails la concernant à Olivia, sans aucune raison. Puis il y avait eu cet homme bizarre au Café Adler, qui avait essayé de lui faire du chantage pour qu'elle espionne ses clients, et cette femme effrayante qui surveillait les athlètes en train de s'entraîner. Extérieurement, Berlin-Est ne semblait pas particulièrement différente, mais Kirsten commençait à se rendre compte que le système qui y régnait était totalement opposé, et qu'il valait mieux ne pas contrarier ses objectifs.

Jetant un dernier regard vers le Café Edelweiss, elle se força à retourner en direction de la maison. Olivia lui avait dit que ses parents biologiques n'avaient cessé de la chercher. Ils avaient écumé les orphelinats et les camps de réfugiés, passé des annonces dans chaque Land, chaque église et chaque synagogue imaginables, mais n'avaient pas retrouvé sa trace. C'était normal, évidemment, puisqu'elle vivait tranquillement dans la Bernauerstraße, avait un nouveau nom et une nouvelle Mutti. Et elle n'avait même plus le tatouage qu'Ester avait tracé avec tant de soin sous son bras pour pouvoir l'identifier.

Avec colère, Kirsten donna un coup de pied dans une pierre qui se trouvait sur le côté de la rue. Lotti avait toujours eu une expression coupable lorsque Kirsten touchait sa cicatrice. Elle supposait que c'était parce qu'elle se sentait responsable d'avoir laissé une enfant aussi jeune près d'une poêle brûlante, mais elle avait compris que la culpabilité était bien plus profonde. Cette cicatrice dissimulait sa véritable identité, celle de Pippa ; il n'était pas étonnant qu'elle l'ait toujours autant démangée.

— Hé ! la héla une voix familière. Qu'est-ce que t'a fait cette pauvre pierre ?

— Uli, soupira-t-elle avec soulagement en voyant son frère s'approcher. La pierre n'est qu'un bouc émissaire.

— Un bouc émissaire de qui ?

— Jan ? Lotti ? Les nazis ? Le monde entier ? Je n'en sais rien !

Uli l'entoura de ses bras et elle s'abandonna à son étreinte réconfortante. Qu'il était grand, désormais !

— J'ai l'impression que tout est compliqué, actuellement, Uli.

— Oui, admit-il avec sérieux, mais il y a encore des choses qui sont simples.

— Lesquelles ?

— Il y a le fait que je t'aime.

Elle le regarda, surprise, et il rougit.

— Je ne te l'ai jamais dit, ajouta-t-il, mais c'est vrai. Je sais que nous ne sommes pas vraiment frère et sœur. Je sais que nous n'avons même pas un parent en commun, et je sais que tu vas bientôt rencontrer deux autres frères qui ont les mêmes parents que toi, mais moi, je t'aime. Il fallait que tu le saches.

Les yeux de Kirsten s'emplirent de larmes et elle l'enlaça.

— Je t'aime aussi, Uli. Tellement. Et nous *sommes* vraiment frère et sœur. Nous avons grandi ensemble, joué ensemble, partagé une chambre. Ça a toujours été toi et moi contre le reste du monde, n'ai-je pas raison ?

— Tu as raison.

— Et cela sera toujours le cas. Tous ces, comment dire, aléas, ne sont que cela. Tout ce qui se passe est étrange, c'est certain, mais tu as raison. Certaines choses restent comme elles l'ont toujours été, et toi et moi, nous sommes les meilleurs.

Uli lui sourit.

— Que vas-tu faire cet après-midi ?

Elle leva les yeux au ciel.

— Pour l'instant, aller et venir dans la Bernauerstraße jusqu'à ce qu'il soit l'heure d'aller dormir et que je puisse arrêter de penser à ce qui s'est passé depuis un moment. Pourquoi ?

— J'ai une idée, dit-il, l'œil pétillant.

— Est-ce que cela accélérera le temps ?

— Aucun doute là-dessus.

— Alors je suis d'accord. Qu'est-ce que c'est ?

— Le zoo.

Elle le regarda, l'air incrédule, puis l'image du zoo de Berlin lui vint à l'esprit... Un lieu qu'ils avaient toujours aimé, et elle se sentit rassérénée.

— Le zoo ! s'enthousiasma-t-elle. Toi, moi et Mutti, comme au bon vieux temps. C'est une idée géniale.

Uli rayonnait.

— Je serai le hibou grand-duc ! s'exclama Uli. Formidable !

— Et moi, un singe-araignée, qui bondit partout autour de lui.

— Si tu es prête, allons-y.

Ils se prirent par la main pour dévaler la rue, appelant Lotti comme lorsqu'ils n'étaient encore que des petits enfants.

Ils passèrent un après-midi joyeux. Les yeux de Lotti s'éclairèrent lorsqu'ils lui suggérèrent cette sortie, et elle s'activa dans la maison, cherchant ce qu'elle pouvait emporter pour un pique-nique et testant des vêtements imperméables juste « au cas où », même si, comme s'il s'était aligné sur leur bonne humeur, le soleil était sorti de derrière les nuages et asséchait l'humidité accumulée dans Berlin. Gretchen déclara qu'elle se joindrait à eux et sortit son appareil photo ainsi qu'une bouteille de vin pour « faire la fête ».

— En quel honneur ? demanda Uli.

— Pour célébrer le fait d'être en vie, répondit Gretchen.

Kirsten sentit que cette simple sensation apaisait son esprit agité. Elle aurait peut-être encore à affronter des émotions difficiles à l'avenir, mais pour l'instant, seuls comptaient les girafes et les hippopotames, ainsi que les personnes qui l'avaient élevée dans l'amour et la sécurité.

Le zoo était calme, car les visiteurs avaient été chassés par l'averse survenue plus tôt. Ils déambulèrent dans les allées et le long des enclos familiers comme si l'endroit leur appartenait. Ils se rendirent d'abord près de l'enclos des hippopotames pour saluer Knautschke, qui était encore petit lorsqu'ils avaient visité le zoo pour la première fois et était devenu un mâle et le père mugissant d'un jeune qui mordillait son énorme flanc pour attirer son attention. Tandis qu'ils l'observaient, le nez pressé contre la vitre, Knautschke remonta à la surface de son bassin et souffla de l'eau par ses amples narines dans leur direction, et ils gloussèrent comme des enfants.

— Il se souvient de nous, déclara Uli, ravi, et l'hippopotame sembla leur sourire de toutes ses énormes dents avant de replonger sous l'eau. Venez, allons voir les éléphants.

Siam, l'éléphant mâle, prenait le soleil dans son enclos extérieur, tapant paresseusement dans une balle avec sa trompe tandis que son troupeau fouillait une pile de foin à la recherche de fruits. Brusquement, il s'approcha des femelles, leva sa patte colossale et écarta le foin avant de s'emparer d'une belle pomme qui se trouvait juste devant elles. La femelle la plus proche poussa un barrissement indigné, et Siam s'éloigna en faisant osciller sa queue fine.

— Voilà un homme pour toi, plaisanta Gretchen, et Lotti et elle éclatèrent d'un rire bien plus bruyant que ce que sa plaisanterie aurait mérité, avant de s'installer sur un banc et d'ouvrir le vin.

— La maison des singes ? proposa Uli à Kirsten, qui hocha la tête et lui emboîta le pas, suivant un itinéraire bien connu.

Les singes, qui s'ennuyaient du fait du manque de visiteurs, commencèrent à s'exciter et, tout joyeux, se mirent à se balancer complaisamment. Un chimpanzé joufflu s'approcha de la vitre et se mit à les suivre, quelle que soit la direction qu'ils prenaient, et le jeu amusa beaucoup Kirsten. La vie s'était révélée beaucoup trop sérieuse, ces derniers temps, et elle apprécia infiniment d'être de nouveau une enfant.

— Tu ne vas pas partir vivre avec ta nouvelle famille, n'est-ce pas, Kirsty ? demanda Uli lorsqu'ils s'assirent un peu plus tard sur l'herbe pour regarder deux girafes entrelacer affectueusement leurs cous.

— Bien sûr que non ! s'exclama-t-elle. Ils vivent dans une nouvelle ville stalinienne en DDR. Pourquoi est-ce que j'irais vivre dans cet endroit ?

— C'est le cas de beaucoup de gens.

— Parce qu'ils n'ont pas vraiment le choix.

— C'est vrai. Que vas-tu faire, alors, lorsque tu auras terminé l'école ?

Elle grimaça.

— Aucune idée. Devenir gardienne de zoo ?

— Tu voudrais ? Ce serait super ! Je pourrais te rendre visite tous les jours.

Elle sourit.

— Je ne pense pas que je pourrai être gardienne de zoo, Uli, il faut toutes sortes de diplômes.

— Alors, passe-les.

— Ce n'est pas aussi simple. Si j'en étais capable, j'irais à l'université, mais pour ça, il faut être intelligente.

— Mais tu es intelligente !

— Non !

— Si. Tu comprends toujours les explications, tu lis merveilleusement bien les histoires et tu fabriques des vêtements vraiment magnifiques.

Elle se pencha vers lui et lui donna un petit coup de coude.

— Je ne suis pas certaine que cela soit suffisant pour entrer à l'université.

— Eh bien, ça devrait être le cas, affirma Uli.

Elle le regarda.

— Olivia dit que mon père – tu sais, mon père biologique – est tailleur.

— C'est vrai ? C'est super. Tu pourrais exercer ce métier. Mais ici, à Berlin.

— Peut-être. Pourquoi pas ? Je n'ai pas eu le temps d'y réfléchir, avec tout ce qui se passe.

Il hocha la tête avec solennité.

— À ton avis, qu'est-ce que faisait *mon* père biologique, dans la vie, Kirsty ? À part violer des femmes, je veux dire ?

Elle passa un bras autour de ses épaules.

— Nous ne savons pas ce qui s'est réellement passé à l'époque. Il était peut-être jeune. Il a peut-être été incité à agir ainsi par d'autres.

— Cela n'excuse rien.

Elle le prit dans ses bras.

— Malgré tout, il ne se résume pas à cela. J'imagine qu'il était sûrement bon aux échecs. Les Russes sont doués à ce jeu, non ? Et tu es bon en maths, Uli, alors ce serait sans doute aussi ton cas.

— Aux échecs ? demanda-t-il. Il faudrait peut-être que j'essaie.

— Oui, tu devrais essayer. Allez viens, allons rejoindre Mutti et Gretchen avant qu'elles ne soient soûles, puis nous irons voir les lions.

Ils se rendirent compte que le vin avait déjà fait son effet sur les deux femmes. Celles-ci rirent de bon cœur durant le reste du trajet autour des derniers enclos. Il fallut même traîner de force Gretchen à l'extérieur, parce qu'elle voulait donner un « extra » au gardien, un bel homme, pour qu'il leur permette de rester plus longtemps.

— Tu es une véritable *Flittchen*[1], la réprimanda affectueusement Lotti.

Cependant, l'homme quitta le zoo en même temps qu'eux et demanda à Gretchen s'il pouvait l'inviter à dîner prochainement, ce à quoi cette dernière, stupéfaite, répondit :

— Oui, cela me ferait plaisir.

Sur le chemin du retour, les deux sœurs marchèrent bras dessus, bras dessous, et Gretchen dit :

— Il est sans doute temps de songer à l'avenir, Lott. Nous sommes peut-être restées veuves trop longtemps.

— Pour moi, cela ne fait que sept semaines, répliqua Lotti d'un air sombre.

— *Quatsch*[2], rétorqua Gretchen. La guerre t'a enlevé ton mari. L'homme qui est rentré après ne lui ressemblait plus. Il faut aller de l'avant, Lotti, c'est la seule chose à faire !

Et, alors que Kirsten et Uli suivaient les deux femmes en direction de la Bernauerstraße, la jeune fille jeta un coup d'œil vers le Café Edelweiss, qui était fermé, mais dont la présence restait imposante. Elle songea qu'avec les personnes qui la soutenaient, elle pourrait aller de l'avant comme bon lui semblerait. Dimanche, elle allait rencontrer sa nouvelle famille, mais en attendant, celle qu'elle connaissait depuis toujours était merveilleuse, et elle allait en profiter au maximum.

---

1. Coureuse.
2. Balivernes.

25
Olivia

Samedi 12 août 1961

Le soleil se leva de bonne heure ce matin sur Berlin, prenant sa revanche sur les nuages qui avaient assombri la ville toute la semaine, et les habitants répondirent promptement à son appel. L'Est et l'Ouest se mêlèrent, franchissant allègrement les rues qui les séparaient sur le papier, oubliant leurs gouvernants, les idéologies différentes qui régnaient de part et d'autre, mais aussi leurs monnaies respectives. Tous voulaient profiter d'une journée estivale au sein de la ville en effervescence et s'affairèrent avec bonheur.

À neuf heures du matin, toutes les routes qui conduisaient aux nombreux lacs situés en périphérie de la ville étaient encombrées de voitures et de bus pleins à craquer de couples, de familles et de groupe d'amis qui souhaitaient profiter à nouveau de l'été allemand. Olivia, qui jetait un regard à travers la clôture de la piste, pouvait voir les véhicules circuler sur la route en contrebas, chargés de serviettes, de paniers de pique-nique, de chaises, de parasols et de ballons de plage. Les enfants et les chiens se penchaient par la fenêtre pour prendre le vent et cela la fit sourire, lui rappelant les nombreuses virées effectuées avec sa famille jusqu'au Wirchensee ou au Schervenzsee, au cours desquelles ils chantaient joyeusement et s'endormaient dans les bras les uns des autres sur la route du retour. Aujourd'hui, tout cela lui paraissait idyllique.

Tu ne vas pas tarder à voir tes proches, se répéta Olivia. Tous allaient arriver par le train de dix-neuf heures, après la fin de la garde d'Ester à l'hôpital, et elle était impatiente. L'attente, cependant, était éprouvante nerveusement, et elle n'aimait pas cela. Sa famille avait toujours été son bastion, son roc, et tout à coup, cette situation semblait remise en cause d'une manière subtile et déstabilisante.

Imbécile, se sermonna-t-elle, et elle se retourna pour rejoindre les autres en courant.

La chaleur faisait miroiter la piste cendrée, et le club s'entraînait avant que la température devienne insupportable. Olivia se dirigea vers les coureurs. Récemment, l'entraîneur Lang lui avait demandé de s'exercer avec eux pour améliorer sa vitesse à la course. Habituellement, elle n'aimait pas cet exercice, car il lui était désagréable d'arriver bonne dernière chaque fois, mais aujourd'hui, elle se sentait pleine d'énergie et fut ravie d'avoir l'occasion de se dépenser sans réfléchir sur la piste.

Franz, son coéquipier lanceur de javelot, était là également et ils échangèrent un regard dépité en s'alignant sur les autres coureurs pour effectuer le premier des dix sprints de cinquante mètres.

— Honnêtement, marmonna Franz, est-ce qu'il existe des compétitions où nous avons besoin de courir plus de quinze mètres ?

— Il nous faut travailler notre vitesse explosive, murmura Olivia.

Il s'agissait de l'obsession de Lang. Serrant les dents, elle attendit le signal du départ de l'entraîneur pour s'élancer des starting-blocks.

Elle arriva dernière, comme d'habitude, mais à petite distance derrière les autres.

— Beau boulot, Liv, lui dit Frieda en lui tapotant le dos. Tu as accru ta vitesse.

— Je suis loin du compte, à côté de vous.

Frieda sourit.

— Si tu me voyais lancer le javelot, tu serais pliée de rire.

— Tu marques un point !

Tous revinrent lentement au point de départ, reprenant leur souffle avant la prochaine course.

— La dernière compétition aura lieu le week-end prochain, déclara l'un des garçons, et ensuite nous rentrerons chez nous pour faire un break.

Sa remarque fit sourire Olivia. Les retrouvailles avec Kirsten, qui auraient lieu le lendemain, seraient sans aucun doute émouvantes, mais bientôt, elle serait de retour à Stalinstadt pour un mois entier au cours duquel elle pourrait s'adonner aux délices du farniente.

— C'était une super saison, tu ne trouves pas ? confia Frieda au garçon.

— C'était génial. Je pense que nous avons démontré que le Dynamo était un club qui compte !

— Dommage que certains d'entre nous soient partis...

Ils regardèrent instinctivement autour d'eux, mais ils étaient les seuls présents sur cette partie de la piste.

— Ce sont des imbéciles, commenta Olivia. Leurs capacités vont s'affaiblir, à l'Ouest.

Frieda fronça les sourcils.

— C'est ce que je pensais, mais à la dernière compétition, la fille qui se trouvait dans le couloir à côté du mien m'a dit qu'elle avait été battue par Lisel la semaine précédente. Et cette fille a gagné ! Si Lisel a pu la battre, elle ne doit pas être *si* faible que ça.

— Mais cela ne va pas durer, déclara Franz, qui ne paraissait pourtant pas convaincu.

Ils regardèrent de nouveau autour d'eux.

— Où est Lisel, maintenant ? demanda un autre élève.

— À Hanovre.

— C'est un bon club, qui a remporté quelques médailles aux Jeux de la jeunesse.

— Pas autant que le Dynamo.

— Non, c'est vrai.

Tous se mirent à marcher sur la piste chauffée par le soleil. Olivia commençait à se poser beaucoup de questions. Était-ce de la subversion ou une simple curiosité ? Cela revenait-il au même ? Probablement pas. Cette pensée était troublante et Olivia fut heureuse d'entendre l'entraîneur les appeler à se placer sur leur ligne de départ. Elle n'était sans doute pas la seule à se poser des questions, mais tous prirent rapidement position et parcoururent la piste une fois de plus, oubliant leurs interrogations en poussant leurs muscles à fond et en se donnant au maximum. Olivia eut l'impression que ses poumons allaient exploser, mais se sentit heureuse. Au lieu de s'impatienter, elle pouvait profiter de cette longue journée pour exploiter au mieux ses capacités physiques.

— C'est par là, Mutti, Vati, expliqua Olivia à ses parents, en les guidant fièrement au sein de son nouvel univers berlinois. Regardez, les garçons. C'est la piste d'athlétisme.

— Oh, elle est énorme, non ?

— Je suppose, oui. Et voilà notre pension, du moins jusqu'à ce qu'ils terminent la nouvelle au sein du Dynamo proprement dit. Nous irons là-bas plus tard, et...

— Bienvenue, bienvenue.

Coupée dans ses explications, Olivia regarda avec effroi l'homme qui venait de sortir de la pension, les bras écartés comme pour les saluer.

— Klaus ? balbutia-t-elle.

Il ne lui accorda pas un seul regard.

— Olivia est un membre important de notre équipe en plein développement du Dynamo. Rencontrer sa famille est donc un plaisir. J'espère que vous ne nous tiendrez pas rigueur de la simplicité de vos chambres, mais nous n'avons pas terminé la nouvelle pension. Nous ne pouvons donc pas vous offrir le confort que vous mériteriez.

— Oh, nous n'avons pas besoin de confort, répondit Ester. Nous accueillir est déjà gentil de votre part.

— Nous considérons que nos athlètes font partie de la famille du Dynamo, et vous également. Entrez, entrez.

L'officier de la Stasi invita Ester, Filip, Mordecai et Ben à le suivre, tout en leur vantant les qualités sportives d'Olivia et en leur disant qu'ils pouvaient être très fiers d'elle. Ils répondirent, approuvant d'un signe de tête sincère les paroles de Klaus et lançant des regards admiratifs à la jeune fille.

— Je me faisais du souci, parce que je me demandais si elle allait s'adapter à la ville, confia Ester. Il y a tant de monde par rapport à Stalinstadt. Mais j'ai l'impression qu'elle s'épanouit, ici.

— Oh oui, approuva Klaus au moment où ils arrivaient devant les deux chambres qui leur avaient été allouées. Elle travaille très dur et se révèle un précieux atout, n'est-ce pas, Olivia ?

La jeune fille se dit qu'il pensait exactement le contraire ; que le fait qu'elle ait rencontré Kirsten ne lui plaisait pas.

— Tu as agi derrière mon dos, s'était-il énervé le jour où elle était revenue de Stalinstadt.

— Ce n'est pas le cas, Klaus, avait-elle affirmé. C'est Kirsten qui m'a retrouvée. Demandez à Frau Scholz. Elle est venue au club et a demandé à me voir. Elle avait vu ma photo dans le journal.

— Comment savait-elle qui tu étais ? avait-il demandé.

— Parce que les Archives de Berlin-Ouest lui ont fourni toutes les informations, avait-elle répliqué.

L'atmosphère s'était révélée aussi tendue entre eux que s'ils avaient été en présence d'une grenade dégoupillée.

— Eh bien, c'est merveilleux, avait-il fini par énoncer d'un ton sarcastique.

— N'est-ce pas ? avait ajouté Olivia d'un ton mielleux.

— Et maintenant, tu veux que j'organise une rencontre entre ta sœur et ta famille ?

— C'est déjà fait. Ils viennent le week-end prochain.

Elle avait aussitôt regretté de lui avoir donné cette information. Car aujourd'hui, il était là, imposant sa présence, les monopolisant.

— Je vous suis infiniment reconnaissante, ainsi qu'à tous ceux qui, ici, ont tant fait pour moi, déclara-t-elle avec aplomb.

Klaus eut son petit sourire factice et, fort heureusement, leur tendit les clés des chambres d'invités avant de s'éloigner.

— La simplicité des chambres ? s'étonna Ester, en embrassant du regard la pièce sobre mais lumineuse. C'est magnifique. Touche ce matelas, Filip. Et regarde, nous avons une porte de communication avec la chambre des garçons. Vous pouvez passer par là, les garçons, vous voyez, et vous avez une vue sur la piste. N'est-ce pas formidable ?

Le cœur d'Olivia se serra lorsqu'elle vit sa mère s'installer dans la chambre. La présence d'un matelas ou d'un oreiller confortable la ravissait toujours, et Olivia ne pouvait qu'imaginer la dureté des lits sur lesquels elle avait dormi autrefois. Elle aurait aimé pouvoir l'entourer du plus grand et du plus doux des édredons en permanence, mais il était impossible de vivre dans un environnement aussi protégé, surtout en DDR, et sa mère, elle le savait, était plus solide qu'elle ne le paraissait.

— Aimerais-tu faire la connaissance de Hans ? lui demanda-t-elle.

— Hans ? répéta Ester, qui était en train de tapoter les oreillers de Ben et se retourna vers elle, les yeux brillants. Ton petit ami ? Oh, oui, j'aimerais beaucoup !

Hans, lorsqu'il les rejoignit, était anxieux à l'idée de rencontrer la famille d'Olivia.

— Je voudrais juste qu'ils m'apprécient, lui avait-il dit alors qu'ils étaient tous deux allongés l'après-midi, nus côte à côte, la chaleur qui régnait n'étant pas favorable à une plus grande intimité.

— Ils t'aimeront, avait-elle promis. Tout comme je t'aime.

— Ils pourraient penser que je ne suis pas assez bien.

— Ils ne sont pas comme ça, l'avait-elle rassuré.

Cependant, les craintes du jeune homme l'avaient touchée et elle fut heureuse de voir Ester et Filip l'inviter à entrer dans la chambre, lui poser des questions à son sujet, s'enquérir de sa famille, et de le voir se détendre, s'ouvrir. Quelques instants plus tard, ils riaient tous ensemble au récit que leur faisait Hans de sa première compétition, lorsqu'il s'était emmêlé les pieds et avait envoyé son disque dans l'un des poteaux soutenant le filet de sécurité. Le disque lui était revenu dans l'estomac.

— Tu as eu mal ? lui demanda Ester, toujours soucieuse d'autrui.

— Pas autant que ma fierté, lui répondit Hans. Il a fallu du temps pour me persuader de recommencer, mais heureusement, j'ai persévéré.

Sa main chercha instinctivement celle d'Olivia et elle vit ses parents échanger un regard. Elle savait qu'ils allaient en parler à voix basse, une fois couchés, le soir même, mais il s'agirait d'une joyeuse conversation. Parfois, lorsqu'elle était plus jeune, son père leur racontait des histoires à la place de leur mère. Il avait souvent évoqué l'époque où ils s'asseyaient sur les marches de la cathédrale Saint-Stanislas à Lodz, chaque jour, pendant des semaines, et y prenaient leur déjeuner à proximité l'un de l'autre en osant à peine se parler. Ce n'était que lorsque les avions allemands avaient sillonné le ciel au-dessus d'eux que Filip avait eu le courage de lui déclarer son amour, et ils s'étaient mariés à peine un mois plus tard. Dans l'esprit d'Olivia, leur histoire était parfaite – ou l'avait été. Mais aujourd'hui, elle vivait la sienne et espérait que Hans et elle rappelleraient à ses parents leur propre histoire et qu'ils se réjouiraient. Elle comprit qu'il était inutile de se faire du souci.

— Il est merveilleux, Liv, déclara Filip lorsque Hans les quitta pour retourner dans sa chambre. Si gentil, chaleureux et drôle.

— Et beau ? suggéra-t-elle.

— Bien sûr qu'il est beau. Je n'espérais rien de moins de la part d'un homme qui oserait approcher ma magnifique fille.

Il était tout à fait sérieux, et Olivia se sentit réconfortée par leur approbation.

— Vous devriez vous reposer un peu, leur conseilla-t-elle. Demain sera un grand jour.

Les épaules d'Ester se contractèrent. Filip passa un bras réconfortant autour d'elle, puis déposa un baiser sur la tête de sa femme.

— Un jour que nous attendons depuis très, très longtemps, renchérit-il, et qui arrive grâce à toi, Olivia. Nous te sommes tellement reconnaissants.

— C'est normal, assura-t-elle en se penchant pour prendre ses parents dans ses bras.

Et lorsque Ben et Mordy les rejoignirent, elle repoussa la pensée de Klaus et de ses exigences – exigences qui, elle en était certaine, ne cesseraient pas – et songea au cadeau qu'elle allait pouvoir faire à ses chers et adorables parents. Le lendemain, ils allaient rencontrer l'enfant qu'ils avaient perdu il y avait près de dix-huit ans. Nul doute que cela serait un grand jour.

Elle s'efforça de dormir, s'y efforça réellement, mais la rencontre du lendemain était trop présente à son esprit pour qu'elle cesse d'y penser. Sa mère lui paraissait si petite, ici, au sein du Dynamo, si fragile. Pour la première fois, Olivia prit conscience qu'Ester pouvait vieillir et elle souhaita que le fait de retrouver sa fille perdue depuis si longtemps lui apporterait une seconde jeunesse, ou du moins un peu de paix. L'un des récits d'Auschwitz aurait une fin heureuse. Elle se tourna et se retourna dans son lit, impatiente que le matin arrive.

La ville semblait également agitée. Il y avait toujours du bruit, le samedi soir, mais cette fois, il ne provenait pas uniquement des fêtards sortant des bars, des réfugiés venus rejoindre l'Ouest, ou d'amoureux cherchant un coin tranquille. Olivia aurait pu jurer qu'elle sentait le sol vibrer et se demanda s'il ne s'agissait pas d'un tremblement de terre. Cependant, l'Allemagne se trouvait à des kilomètres de toute ligne de faille géologique.

Elle alluma la lumière pour consulter son réveil : une heure du matin. Cela faisait deux heures qu'elle s'efforçait de dormir, en vain. Sortant du lit, elle s'approcha de la fenêtre pour observer la ville. Au loin, elle aperçut le haut de la porte de Brandebourg, surmontée de la déesse de la Victoire éclairée d'une lumière dorée, qui parcourait triomphalement le ciel nocturne dans son chariot tiré par quatre chevaux.

Cette vision la rassura, et elle commença à se demander si l'étrange grondement qu'elle entendait n'existait pas seulement dans son esprit, mais à cet instant, comme si Dieu lui-même avait actionné un interrupteur, les lumières du monument s'éteignirent, en même temps que de nombreux autres éclairages de la ville. Olivia imagina des ouvriers se dépêchant de tout remettre en état avant que les autorités ne viennent leur reprocher de laisser s'éteindre les monuments à la gloire de l'Allemagne. Elle contempla l'obscurité, attendant le retour des illuminations. Mais rien ne se produisit. Et le grondement s'intensifia.

Effrayée, Olivia prit son survêtement d'entraînement, l'enfila par-dessus sa chemise de nuit et glissa ses pieds dans ses pantoufles. Personne, dans le dortoir, ne semblait avoir été éveillé par le bruit, et elle hésita, puis entendit des voix provenir de la rue. Quelque chose d'inhabituel était en train de se produire, elle en était certaine, et elle ressentit le besoin pressant de voir son compagnon.

— Hans !

Elle prononça son nom aussi fort que possible malgré l'heure tardive et frappa à sa porte. Il n'y eut pas de réponse, mais la porte n'était pas verrouillée et elle se glissa à l'intérieur. Hans était endormi, la lune éclairait son beau visage, et Olivia éprouva le désir de rester là et de le contempler, mais le moment n'était pas propice aux rituels amoureux.

— Hans !

Elle s'agenouilla sur le lit et le secoua avec douceur. Il commença à se réveiller.

— Olivia ! Quelle belle surprise…

— Non, ce n'est pas ce que tu crois. Il se passe quelque chose dehors. Il y a du bruit et les lumières se sont éteintes.

— Quoi ?

Il s'assit et se frotta les yeux pour achever de se réveiller, et de nouveau, Olivia eut envie de se blottir dans ses bras et d'oublier ce qui se passait au-delà de leurs murs. Mais soudain, il y eut un bruit sourd à proximité, et Hans se précipita à la fenêtre.

— Ce sont des soldats ?

Olivia le rejoignit.

— Où ça ?

Il tendit l'index, et, sous la lumière de la lune, Olivia aperçut au moins une cinquantaine d'hommes se déployer sur la place du marché devant la pension.

— Oui, ce sont des soldats, confirma-t-elle.

— Que se passe-t-il ?

— C'est ce que j'aimerais savoir.

Hans s'habilla aussi vite qu'Olivia précédemment et ils dévalèrent main dans la main l'escalier de secours réservé aux incendies. Il y avait là une caméra de sécurité, mais ils espérèrent que personne ne les observait lorsqu'ils se glissèrent dehors et enfoncèrent une cale de bois sous la porte pour pouvoir l'ouvrir à leur retour. Ce stratagème était souvent employé par les athlètes qui souhaitaient goûter aux interdits de la fête, mais ce soir-là, l'ambiance ne s'y prêtait pas.

Ils suivirent la clôture jusqu'à la place du marché, et se figèrent, tentant de comprendre la scène qui se déroulait devant leurs yeux. Un certain nombre de camions étaient garés à l'autre bout. Ils étaient peut-être à l'origine du grondement qu'Olivia avait perçu. Les hommes les déchargeaient rapidement. Certains sortaient des poteaux en bois, et d'autres, des rouleaux de fil barbelé. Davantage d'hommes encore, munis de marteaux-piqueurs, de pelles et de masses, enfonçaient les poteaux dans le sol à intervalles réguliers puis déroulaient le fil barbelé, en l'enchevêtrant avec soin à l'aide de barres en métal tandis qu'ils le tendaient entre les poteaux et le clouaient pour le fixer.

— Un mur, bredouilla Hans. Oh mon Dieu, Olivia, ils construisent un mur.

— Ce n'est pas un mur, protesta-t-elle. Ce n'est pas un mur. C'est un, un…

Elle ne trouva pas de terme, parce qu'en réalité il *s'agissait* bien d'un mur.

Il n'y avait pas de briques, sans doute, ni de mortier, mais l'installation créait une affreuse cassure juste devant eux et déjà, des gardes s'alignaient le long des barbelés, leurs fusils accrochés en travers de leur poitrine, et leur regard fouillant nerveusement la zone. D'autres personnes avaient rejoint Olivia et Hans. De l'autre côté, également, des habitants sortirent de leur maison, désignant du doigt et observant la scène.

— Qu'est-ce que vous êtes en train de fabriquer, bon sang ? s'écria quelqu'un du haut d'une fenêtre, mais les soldats continuèrent à étirer leurs rouleaux de fil barbelé.

Ils étaient très nombreux et travaillaient rapidement, manifestement déterminés à terminer le travail avant que Berlin ne s'éveille. Ils avaient déjà barré une grande partie de la place du marché et se dirigèrent vers le sud, en déroulant leurs barbelés à l'angle de la Bernauerstraße.

La Bernauerstraße !

Olivia saisit la main de Hans.

— De quel côté est-elle ? Kirsten, ma sœur… De quel côté est-elle ?

Le regard sombre de Hans lui donna la réponse qu'elle redoutait, et, frissonnant d'effroi, elle se souvint d'Ulbricht debout devant toute l'Allemagne, devant le monde entier, affirmant qu'il n'y aurait pas de mur.

— Ils coupent la ville en deux ! hurla l'homme de la maison d'en face. C'est à la radio. Ils se déploient tout le long de la frontière, et ils coupent Berlin en deux, ils nous séparent les uns des autres !

D'autres personnes lui firent écho, criant leur rage depuis leurs fenêtres, et envahissant la rue pour montrer le poing aux ouvriers. Olivia avait également envie de hurler, mais à côté d'eux se tenaient des gardes, des gardes armés, qui épaulaient leurs fusils, méfiants mais déterminés. Du côté est, personne ne bougea.

Olivia s'efforça d'assimiler ce qu'elle voyait. Cela se passait par une tiède nuit d'août. Les habitants passaient la soirée sur la plage d'un lac ou dansaient joyeusement dans des bars surpeuplés, et ces hommes, avec leurs barbelés acérés, érigeaient une barrière entre eux.

— Il était temps, dit une voix auprès d'elle.

Levant le regard, elle vit qu'il s'agissait de l'entraîneur des coureurs, qui hochait la tête d'un air satisfait.

— Ces maudits Wessis ne viendront plus ici pour nous prendre tout ce que nous avons, ajouta-t-il.

— Tu as raison, renchérit son assistant. Et pour nous enlever tous nos sportifs de talent.

— Spitzbart a enfin montré les crocs : le socialisme sera à l'abri, désormais.

Olivia ne fit pas de commentaires. Ils marquaient un point. Ces dernières années, la DDR avait perdu des médecins, des enseignants, des avocats, des comptables et des chefs d'entreprise, ainsi que de grands sportifs et des acteurs. Tant d'entre eux avaient été leurrés par les fausses promesses d'une meilleure vie à l'Ouest, et tel était le résultat. Spitzbart avait sans doute été amené à prendre ces mesures parce que son peuple était trop puéril pour offrir une chance au socialisme. Mais de là à les traiter comme des enfants et à les enfermer ? Et puis, Kirsten se trouvait de l'autre côté.

— Nous devons la rejoindre, confia Olivia à Hans. Nous devons rejoindre Kirsten avant qu'il ne soit trop tard.

— Tu as raison, viens.

Il fit quelques pas en direction de la Bernauerstraße, mais Olivia le tira en arrière.

— Attends ! Nous devons aller chercher Mutti d'abord. C'est le plus important.

— Tu as raison. Oui. Allons-y vite !

Ils regagnèrent la pension et n'eurent pas besoin d'emprunter la sortie de secours, car les portes principales étant grandes ouvertes ; de plus en plus de personnes sortaient dans la rue pour voir ce qui se passait. Manifestement, même si le Dynamo était sous la coupe de la Stasi, cette mesure de rétorsion soudaine surprenait autant les professeurs que les étudiants. Herr Braun se trouvait à la réception, était au téléphone et paraissait sous le choc. Il s'adressait nerveusement à un interlocuteur vraisemblablement incapable de répondre à ses questions.

— Est-ce définitif ? l'entendit-elle demander lorsqu'ils passèrent près de lui. Ah bon, vous le pensez ? Je crois que nous devons attendre de voir comment les Alliés vont réagir.

Olivia frissonna.

— Est-ce que nous allons leur déclarer la guerre ? demanda-t-elle à Hans.

— Mon Dieu, j'espère que non. Khrouchtchev et Kennedy disposent tous les deux du bouton nucléaire, alors s'il y a une guerre, elle sera très brève.

Olivia prit sa main et il s'arrêta pour lui adresser un sourire triste.

— Je ne veux pas mourir, Hans.

— Moi non plus, beauté, répondit-il en la prenant dans ses bras. Je veux remporter des médailles et représenter mon pays. Je veux prendre ensuite ma retraite comme entraîneur et formateur. Je veux avoir une famille, vieillir et me flétrir, m'installer dans un rocking-chair et bourrer ma pipe en regardant les enfants passer devant chez moi.

Elle eut un petit rire, qui se termina par un sanglot.

— Et par-dessus tout, Olivia, je veux faire tout cela avec toi.

— C'est vrai ?

— Absolument. *Scheiße*, je voudrais te demander de m'épouser, mais je ne suis pas certain que ce soit le moment.

Deux autres athlètes les dépassèrent en courant.

— Ils nous enferment, s'écria l'un d'eux.

— Non, répliqua l'autre, ils *les* mettent dehors.

— Est-ce que ça fait une différence ?

Olivia embrassa fougueusement Hans. Elle se sentait dépassée, mais était certaine d'une chose : *Nous devons aller chercher Mutti.*

Ses parents étaient déjà debout, tous deux habillés, et faisaient les cent pas dans leur chambre.

— Liv ! s'exclama Filip en se précipitant vers elle. Tu vas bien ? Que se passe-t-il ?

— Ils installent des barbelés, lui répondit-elle, refusant de parler de mur tant qu'ils n'en sauraient pas davantage. Nous pensons que Pippa se trouve de l'autre côté. Je suis vraiment désolée, mais il faut y aller… tout de suite.

— Des barbelés ? demanda Ester. Comme pour un ghetto ?

— Non, il n'y aura pas de ghetto, *Liebling*, la rassura Filip. Il s'agira d'une frontière, d'une démarcation entre l'Est et l'Ouest.

— Si nous n'avons pas le droit de traverser, il s'agit d'un ghetto, affirma Ester, l'air grave. Mais d'un grand ghetto.

— Nous ne savons pas encore si nous aurons le droit de traverser, intervint Hans. Nous ne savons pas grand-chose.

— Comme d'habitude, marmonna Filip, qui paraissait abattu.

Il se dirigea vers la chambre des garçons pour les réveiller, et au bout de quelques minutes, ils se joignirent à la file qui se dirigeait vers la place envahie par les camions.

Les étudiants se réveillaient les uns les autres, et Olivia aperçut les Scholz qui couraient frénétiquement dans tous les sens. Elle chercha avec appréhension Klaus du regard, mais fort heureusement, celui-ci demeura invisible.

— Par là, conseilla Hans, en les guidant vers l'angle de la Bernauerstraße.

Ils tentèrent de pénétrer dans la rue, mais des barbelés étaient posés en travers, la coupant en deux. Olivia s'efforça de jeter un coup d'œil par-dessus, mais les gardes étaient attroupés à l'endroit de la démarcation, et c'était impossible.

— Viens.

Hans fit signe à Olivia de grimper sur ses épaules, puis, en s'appuyant contre un lampadaire voisin, il la souleva. Elle regarda au-delà des barbelés.

La rue était vide, mais quelques Wessis, l'air désorientés, se dirigeaient vers eux pour observer les barbelés posés à l'extrémité. Dans les appartements qui se trouvaient du côté est, en revanche, elle entendit des cris. Quelqu'un ouvrit une porte et se précipita dehors.

— L'ouverture des portes est interdite ! hurla une voix rauque derrière eux. Il s'agit d'une frontière. Toutes les issues doivent être fermées. Maintenant !

— C'est bien un mur, balbutia Olivia. Ils condamnent les appartements, expliqua-t-elle en descendant des épaules de Hans. Suivez-moi.

Jetant un regard en arrière pour voir si tout le monde la suivait, elle les conduisit à l'écart des barbelés et le long de la Schwedterstraße, tourna à droite puis de nouveau à droite pour rejoindre les appartements depuis l'arrière. Là régnait l'effervescence. D'autres barbelés avaient été posés pour barrer l'accès à la rue latérale, les empêchant de se rendre dans la Bernauerstraße, et des gardes patrouillaient dans les appartements. Ils ordonnaient à leurs occupants de consolider leurs portes pour se préserver de l'Ouest.

— Nous ne pouvons pas passer, expliqua Olivia.

Ils rebroussèrent chemin, mais chacune des rues débouchant sur la Bernauerstraße était clôturée et finalement, en arrivant sur la Ackerstraße, elle ressentit un déchirement intérieur, comme si les barbelés s'étaient pris dans leur chair.

— C'est ici qu'elle habite, dit-elle à Ester, en lui montrant un immeuble austère par-dessus la clôture.

C'était à cet endroit qu'elle avait déposé une note enthousiaste pour préparer les retrouvailles du lendemain, des retrouvailles qui lui semblaient désormais impossibles.

Elle tenta de voir si Kirsten était sortie, mais les soldats avaient été rapides, et peu de personnes étaient réveillées. Sa sœur ne découvrirait pas avant le lever du soleil qu'elle était de nouveau privée de sa mère, par la seule volonté de ceux qui avaient le pouvoir de restreindre les libertés de leur population.

— C'est injuste, protesta-t-elle à voix basse, avant de monter le ton. C'est injuste !

Un garde leva son fusil et Hans la tira en arrière.

— Arrête, Liv.

Elle le regarda.

— Elle est juste là… à dix pas d'ici.

— Mais dans un autre pays.

Olivia ne pouvait en croire ses yeux. La lueur de la lune se refléta sur les barbelés, comme si ceux-ci leur adressaient un clin d'œil cruel, et un sentiment de rage s'empara d'elle. Elle désirait que le socialisme réussisse autant que n'importe qui, mais ce qui se passait n'avait pas de sens. Cela n'était pas nécessaire, selon elle. Elle regarda la clôture torsadée, en tâchant de comprendre ce qui se passait, lorsqu'un bruit derrière elle – un sanglot rauque et vide – la remua bien davantage que n'importe quel barbelé ou fusil de soldat. Elle se retourna et vit Ester courir vers la barrière, en secouant le poing et en hurlant :

— Auschwitz !

— Non, Mutti ! s'écria-t-elle en s'élançant vers sa mère. Ce n'est pas la même chose du tout. Il s'agit d'une frontière, et non d'un KZ. Elle a été installée pour que tu sois en sécurité.

Ester se contenta de la regarder, l'œil aussi noir que l'enfer qu'elle seule, parmi eux, avait connu.

— C'était aussi ce qu'ils disaient, la dernière fois.

Olivia eut un mouvement de recul en entendant son ton douloureux. Avait-elle eu tort de chercher Pippa ? Elle avait pensé que la retrouver aurait rendu sa mère heureuse, mais désormais celle-ci était coincée derrière une clôture de barbelés et sa fille allait de nouveau être éloignée d'elle sous la contrainte.

Rien de tout cela n'était juste, absolument rien.

26
Kirsten

Dimanche 13 août 1961

— Kirsten ?

La jeune fille dormait encore, et la voix d'Uli perça à travers son sommeil.

— Kirsten, répéta Uli, il se passe quelque chose d'étrange.

— D'étrange ? questionna Kirsten en ouvrant les yeux à contrecœur.

Elle constata qu'il faisait encore nuit et poussa un gémissement.

— Quelle heure est-il, Uli ?

— Six heures.

— Six heures ?! Mais pourquoi est-ce que tu me réveilles aussi tôt ?

— Je te l'ai dit... Il se passe quelque chose d'étrange. Viens voir.

Elle faillit l'envoyer au diable, mais il semblait réellement inquiet. Gémissant de nouveau, elle sortit du lit et l'accompagna jusqu'à la fenêtre. Le soleil était levé, mais encore bas sur l'horizon, de sorte qu'il pénétrait dans la Bernauerstraße par les rues latérales, projetant des ombres tarabiscotées et complexes sur le tarmac. Kirsten plissa les yeux, s'efforçant de voir ce qui reflétait la lumière, mais elle resta interloquée.

— Ce sont des barbelés ?

— Je crois bien, répondit Uli. Et il y a des soldats avec des fusils. Ils sont de l'autre côté, mais, malgré tout… Je crois que nous sommes enfermés, Kirsty.

— Ce n'est pas possible, glapit-elle, mais en observant la rue, elle vit que son autre extrémité était également bloquée par des barbelés.

Elle se dit qu'elle devait être encore endormie ; que cela devait être une sorte d'étrange cauchemar.

— Qui voudrait clôturer notre rue ? demanda-t-elle. Nous n'avons rien fait.

Uli toussa.

— Je ne pense pas que nous soyons les seuls concernés, Kirsty. D'après la radio, il y a une clôture dans tout Berlin. La DDR a fermé sa frontière.

Elle le regarda.

— Ils ont le droit de faire ça ?

— Personne ne semble essayer de les en empêcher.

— Attends, répondit Kirsten en ouvrant la fenêtre et en se penchant à l'extérieur, le soleil caressant son visage de ses rayons étonnamment tièdes. Attends que les Américains l'apprennent ! Ils ne les laisseront pas faire. Tu ne penses pas ?

— Pour l'instant, ils ne se sont pas vraiment précipités sur place.

Elle continua d'observer la scène, mais il avait raison, malheureusement. Les seuls soldats présents étaient des soldats soviétiques, campés derrière leur étincelante clôture toute neuve.

— Les salauds ! siffla Uli.

Kirsten se demanda à qui s'adressait son juron, mais ne s'aventura pas à le lui demander. Puis, brusquement, elle comprit ce que la situation impliquait.

— Olivia ! dit-elle en saisissant le bras d'Uli. Je devais rencontrer Olivia et mes parents aujourd'hui. Oh mon Dieu, Uli, comment va-t-on faire, si le café est de l'autre côté ?

Elle se précipita hors de sa chambre, vêtue de son pyjama léger, et se dirigea vers la porte. Bataillant avec le verrou, elle sortit et remonta la rue. Elle s'était sentie stupide en vérifiant si le Café Edelweiss n'avait pas changé d'emplacement, mais en réalité, ce n'était pas le problème, le problème était de pouvoir y accéder.

La propriétaire avait déjà ouvert les portes et sa machine à café fonctionnait à plein régime alors que les Berlinois s'éparpillaient dans les rues pour aller voir les barricades érigées pendant la nuit. Plusieurs se tenaient en groupe, leurs tasses à la main, scrutant les affreux barbelés qui se dressaient à quelques mètres du café. D'autres, moins passifs, hurlaient contre les soldats, qui gardaient résolument le dos tourné.

— Salopards de gardiens de KZ ! hurla quelqu'un.

Kirsten retint son souffle. Sa mère était là, de l'autre côté, la mère qui l'avait mise au monde dans un KZ, et ne l'avait pas vue depuis. Elle courut jusqu'à la clôture.

— Excusez-moi, dit-elle au garde posté de l'autre côté, qui ne se retourna pas. J'ai dit excusez-moi !

Pas de réaction.

— Hé, vous !

Il jeta un coup d'œil vers l'arrière. Il était jeune, avait peut-être son âge et semblait extrêmement nerveux.

— Quoi ? aboya-t-il.

— Ma mère est là-bas. Je dois la retrouver aujourd'hui. Est-ce que je peux passer, s'il vous plaît ?

— Si vous pouvez passer ? demanda-t-il en se retournant et en l'observant avec une expression incrédule, avant d'agiter la main en direction des barbelés. Et comment ferez-vous ?

Kirsten fit la grimace.

— Je ne sais pas, mais il doit bien y avoir un moyen. Il y en a un ?

— Pas à ma connaissance.

— Aucun moyen de passer ? Vraiment aucun ?

— Non, répondit-il d'une voix crispée, les doigts serrés autour de son arme. Écoutez, je n'en sais pas beaucoup plus que vous. J'ai été débarqué de Dresde hier et j'ai reçu pour ordre d'empêcher les gens de s'approcher de la clôture, alors s'il vous plaît, n'approchez pas.

— Vous n'avez pas le droit de nous demander cela, dit un homme derrière Kirsten. Pas à nous. Nous sommes à l'Ouest. Nous pouvons agir à notre guise.

Le soldat haussa les épaules.

— Si vous le dites, monsieur, mais vous voyez cette ligne ? ajouta-t-il en désignant une marque grossièrement tracée à la craie sur le sol. Si vous la touchez, vous êtes à l'Est, et alors… alors je ne peux pas répondre de la suite.

— Vous me tireriez dessus ? questionna l'homme, ce qui sembla déconcerter le soldat. Vous ne savez pas, n'est-ce pas ? Vous ne savez pas quoi faire…

— Je sais que vous devez rester à distance de cette ligne, monsieur.

L'homme posa dessus son pied botté et frotta la craie.

— Quelle ligne ?

— S'il vous plaît, monsieur, ne faites pas ça.

Le soldat avait l'air désespéré et l'homme s'éloigna en poussant un soupir désapprobateur.

— Mon Dieu, vous n'êtes qu'un enfant, lui dit-il avant de se tourner vers la foule qui s'amassait. Ce ne sont que des enfants. Allons-nous laisser faire ? Allons-nous les laisser nous enfermer dans notre propre rue pendant que nous buvons notre café ?

D'autres gardes regardaient dans leur direction maintenant, et épaulaient leur fusil avec nervosité. Kirsten sentit Uli tirer sur le haut de son pyjama et se laissa entraîner un peu à l'écart. Elle tenta de voir par-dessus les barbelés, mais ils étaient deux fois trop hauts. Elle aurait été capable de fondre en larmes de frustration.

— Olivia ! s'écria-t-elle. Olivia, tu es là ?

Mais sa voix solitaire se perdit dans la foule de plus en plus dense.

Personne n'osait se jeter contre la clôture, mais le ton montait, et, à l'endroit où s'élevait le brouhaha de la foule, toutes les portes donnant sur la rue s'ouvraient. Kirsten observa avec curiosité l'immeuble de Gretchen situé en face. Beaucoup de résidents étaient à leur fenêtre, mais aucun ne sortait.

— Pourquoi ne sortent-ils pas ? demanda-t-elle à Uli, en désignant la fenêtre la plus proche, derrière laquelle un homme luttait manifestement contre quelqu'un qui l'empêchait de l'ouvrir.

— Ils sont à l'Est, pauvre *Stümper*, intervint une femme.

— Pas vraiment. Je veux dire, leurs portes ne sont pas à l'Est, n'est-ce pas ?

— Leurs *seuils* ne le sont pas, mais leurs *portes*, si... La frontière court le long des briques. Ma Maria vit là-bas, et je lui ai parlé par la fenêtre lorsqu'elle a pu échapper aux gardes. Elle dit qu'ils sont dans tous les couloirs, demandent à entrer et confisquent les clés. Elle me dit qu'elle en a caché une dans son pantalon. Elle attend qu'ils soient occupés ailleurs, puis elle sortira avec les petits. Je suis ici pour l'aider.

— Elle va quitter son appartement ?

— Oui, sinon, elle restera coincée en DDR. Qui le voudrait ?

Elle désigna du menton les gardes armés de fusils et Kirsten secoua la tête.

— Ma tante vit là-bas.

Elle désigna l'appartement de Gretchen.

— Alors dites-lui de partir tant qu'il en est encore temps.

Kirsten regarda la femme avec étonnement, s'efforçant d'assimiler ce que celle-ci venait de lui expliquer. Ils se trouvaient dans la Bernauerstraße. La moitié des personnes qui y résidaient avaient de la famille de l'autre côté de la rue ; personne n'avait le droit de leur confisquer leurs clés et de les barricader. Comment était-ce possible ?

— Kirsty ! Uli ! Tout va bien ?

Lotti accourut vers eux et se mit à les palper comme si elle craignait qu'ils ne soient blessés. Kirsten haussa les épaules.

— Tout va bien, Mutti, pour l'instant.

— Je ne peux pas en dire autant de votre tante Gretchen. Ils la retiennent prisonnière, réellement prisonnière.

Elle les entraîna le long de la rue jusqu'à l'appartement de Gretchen. En levant les yeux, Kirsten vit que la fenêtre avait un éclat en forme d'étoile à travers laquelle sa tante lui faisait des signes de la main.

— Il faut que tu t'en ailles, Gretchen ! la héla Kirsten.

— Impossible, Schnuki. Cet imbécile m'en empêche, dit-elle en lui montrant le jeune soldat qui se trouvait derrière elle et regardait dehors, l'air honteux.

— Ce sont les ordres, madame, déclara-t-il. C'est pour votre propre bien.

— Tu vois. Il ne voulait même pas que j'ouvre la fenêtre. J'ai dû la briser avec le vieux presse-papiers de Mark. Cela a fait une marque sur le laiton, mais maintenant, j'ai une ouverture sur l'extérieur.

— Nous allons la boucher, répliqua sévèrement le soldat. Votre maison est située sur la frontière de la DDR, madame, et cette frontière est désormais fermée.

— Tu vois, claironna Gretchen. C'est contrariant, n'est-ce pas ?

Lotti serra les dents de frustration.

— La situation est plus que contrariante, Gretchen. Elle est dangereuse ! Tu dois partir.

— Il n'en est pas question, aboya le soldat. Fuir la République est un crime.

— Une fois qu'elle se sera enfuie, vous ne pourrez plus faire grand-chose !

— Les citoyens de la DDR restent sous notre juridiction, même lorsqu'ils se trouvent sur un territoire étranger.

— Étranger ! s'écria Lotti. Ce n'est pas l'étranger ! Il s'agit de notre rue. D'une rue dans laquelle nous habitons tous.

— La situation a changé, rétorqua le soldat, avant de saisir le bras de Gretchen. Éloignez-vous de la fenêtre, madame. Il vaut mieux que vous n'écoutiez pas ces Wessis.

— Mais je veux les écouter, lui répondit Gretchen d'un ton résolu. Ils font partie de ma famille et ils ont subi trop de choses pour que vous osiez m'empêcher de leur parler. Maintenant, sortez de mon appartement !

Il y eut des bruits de lutte inquiétants. Lotti se cramponna aux bras de Kirsten et d'Uli, mais quelques minutes plus tard, Gretchen revint à la fenêtre et leur sourit.

— Il est parti.

— Alors sors, Gretchen.

— Par la fenêtre ? Mon Dieu, mais quelqu'un pourrait apercevoir mes sous-vêtements...

— Gretchen ! Ce n'est pas le moment de plaisanter.

En haut de la rue, une porte s'ouvrit à la volée et une jeune femme sortit en courant, deux petits enfants dans les bras. La femme qui avait parlé un peu plus tôt à Kirsten se précipita vers elle et les serra tous les trois contre elle. Kirsten supposa que la jeune femme était Maria, qu'elle s'était servie de ses clés sans difficulté et avait pu s'échapper. Elle n'avait qu'un sac sur le dos, contenant sans doute tout ce qu'elle avait pu récupérer d'une existence qui, avant les premières heures du matin, était encore normale. Kirsten regarda, stupéfaite, la manière dont sa mère les entraînait précipitamment vers l'autre côté de la rue.

— Partez ! hurlait Maria à l'intention de tout l'immeuble. Vous avez envie de rester à la merci de ces gardiens de KZ ? Allez-vous-en tout de suite !

Kirsten frissonna.

— Tu l'as entendue, ma tante ?

— Arrête de m'appeler ma tante !

— Gretchen ! Cesse de faire ta tête de cochon ! Tu dois t'en aller ! hurla Kirsten.

— Et les laisser entrer avec leurs grosses bottes dans mon superbe appartement ? Non merci. S'il te plaît, Kirsten, ne t'énerve pas, cela ne te ressemble pas. Cela ne va pas durer, je te le promets. Cette situation s'est déjà produite au moment du blocus de 1948, mais c'était provisoire. Tenez bon, c'est tout ce qu'il nous reste à faire. Tenez bon et attendez les Alliés, et alors nous nous retrouverons. Santé !

Elle leva un verre d'eau-de-vie dans leur direction, puis s'éloigna de la fenêtre. Il n'y avait plus rien à faire.

— *Blöde Kuh !* marmonna Lotti.

— Tu penses qu'elle a raison ? lui demanda Kirsten. Tu penses que la frontière va être démantelée dès que les Alliés arriveront ?

— Quels Alliés ?

Lotti avait l'air sombre.

Kirsten jeta un coup d'œil à la ronde. Même si le soleil se levait au-dessus des immeubles et chassait les ombres de la rue occupée par les militaires, aucun soldat des forces alliées n'était présent. Au cours des quinze années précédentes, les Berlinois avaient vécu sous la houlette des Alliés, mais alors qu'ils avaient besoin d'eux, ceux-ci brillaient par leur absence.

Furieuse, elle revint sur ses pas et se dirigea vers le Café Edelweiss. Elle voulait s'occuper l'esprit, mais elle savait que la réservation qu'elle avait faite pour y retrouver sa mère et les siens autour d'un café et d'un gâteau ne servait plus à rien. Ses parents biologiques se trouvaient de l'autre côté de cette stupide clôture de barbelés, qu'elle observa. Celle-ci semblait précaire, et bien mince. Ils n'allaient tout de même pas laisser cette clôture les séparer ?

— Nous devons protester ! s'écria-t-elle. Nous devons résister et leur montrer que nous ne les laisserons pas faire !

En théorie, cela semblait simple, mais, en regardant les armes pointées en direction de leurs maisons, elle fut envahie par l'horrible pressentiment que ce ne serait pas le cas. Au cours de la nuit, Berlin avait été coupée en deux, et sa famille était de l'autre côté de cette dangereuse frontière. Sa mère biologique et elle semblaient vouées à être séparées comme elles l'avaient toujours été, et cruellement destinées à ne jamais se rencontrer.

27
Olivia

Lundi 14 août 1961

— Jolie coiffure, Frieda ! s'exclama Julia. Tu es très à la mode !

Olivia se tourna vers Frieda et la vit tapoter avec fierté sa nouvelle coupe courte.

— Je pense que je vais adopter cette coiffure maintenant que les Wessis sont obligés de payer le plein tarif en allant chez leurs coiffeurs. Désormais, nous avons le champ libre.

Tous ceux qui se trouvaient autour de la table approuvèrent. Olivia picorait sa choucroute et s'efforça de s'intéresser à la discussion, mais c'était difficile. Les cheveux de Frieda étaient magnifiques, mais le sujet lui semblait dérisoire à côté de la détresse de sa mère. La journée précédente avait été horrible. Les garçons avaient été perturbés et effrayés par les fusils et plus encore par les Wessis qui hurlaient de l'autre côté. Filip avait tenté de les rassurer, mais il paraissait lui aussi très secoué.

Olivia se demanda avec amertume s'il était pire de ne jamais avoir vu son enfant, comme Filip, ou d'avoir pu profiter de lui durant quatre belles journées vous ayant donné un avant-goût de ce que vous alliez manquer, comme Ester. Cette dernière se moquait souvent gentiment des pères qui faisaient les cent pas devant les salles d'accouchement, les nerfs en pelote. Elle leur avait raconté que certains s'évanouissaient lorsqu'ils voyaient leur enfant pour la première fois, que d'autres bondissaient de joie et que d'autres fondaient en larmes. Ce qui était fréquemment le cas.

— Ils ne sont pas aussi solides qu'on le pense, disait-elle souvent à Olivia. C'est pour cela que l'égalité prônée en DDR est une bonne chose... Non seulement pour nous, mais pour les hommes également.

Olivia l'avait toujours crue, parce que Ester était la personne la plus forte qu'elle connaissait, mais la veille, elle avait perçu sa vulnérabilité. Sa mère lui racontait des « histoires » pour parvenir à mieux assimiler ce qu'elle avait traversé sans s'effondrer, mais le jour précédent, elle avait craqué. Elle avait eu l'impression d'être de retour dans cet horrible endroit, et Olivia avait perçu dans son regard une douleur déchirante. Cela l'avait déstabilisée.

— Ce n'est pas ta faute, lui avaient répété ses parents, mais elle savait que ce n'était pas vrai.

— Je vous ai fait espérer.

— Nous avons toujours espéré, avait affirmé Filip avec assurance. Tu nous as juste donné l'occasion que cet espoir se réalise en retrouvant Pippa. Tu lui as parlé, Liv. Tu l'as serrée dans tes bras. Nous savons qu'elle est vivante, épanouie, et c'est presque aussi merveilleux que si nous l'avions rencontrée nous aussi.

— Presque.

Tels avaient été les mots de son père, choisis avec soin de façon à ne pas la blesser. Cependant, c'était loin d'être aussi merveilleux que cela.

— Il faut que je lui écrive, avait déclaré Ester alors que l'heure du train pour Stalinstadt approchait. Il faut que je lui explique la situation.

— Elle comprendra, Mutti.

— Elle comprendra, peut-être, mais ce n'est pas la même chose que de *ressentir*. Les lettres donnent de l'espoir, elles permettent de s'accrocher.

Sa mère avait jeté un regard plein de tendresse à Filip, et Olivia s'était souvenue de l'une de ses histoires à propos d'une femme appelée Mala qui avait introduit clandestinement une lettre de Filip dans le baraquement d'Ester à Auschwitz. Elle n'avait donc plus fait de commentaire. Sa mère s'était assise à son propre bureau, et Olivia avait désormais dans la poche une feuille de papier couverte d'une écriture serrée, soigneusement pliée. Mais elle ne savait pas comment elle allait la remettre à Pippa. Même le courrier était surveillé, et une simple lettre d'amour suffisait à déclencher l'irruption d'un fourgon gris.

Elle bondit sur ses pieds et s'approcha de la fenêtre, pressant son visage contre la vitre chaude pour contempler la déchirure qui séparait Berlin en deux. Aussitôt, Hans s'approcha d'elle et entoura ses épaules de ses bras. Il s'était montré très attentionné à son égard depuis que ses parents étaient repartis pour Stalinstadt la veille sans avoir pu rencontrer leur fille. Il s'était même glissé dans sa chambre après l'extinction des feux pour la serrer contre lui alors qu'elle pleurait dans son sommeil. Il avait aussi veillé sur elle au cours de la séance d'entraînement de la matinée, en l'empêchant de soulever les poids les plus lourds au cas où elle les aurait lâchés. C'était à la fois touchant et agaçant, mais tout désormais lui semblait agaçant – ce qui n'était pas le cas pour ses camarades, manifestement.

— Effectivement, les magasins sont déjà mieux approvisionnés, déclara Franz. J'ai discuté avec le marchand de journaux, et il a dit que les fournisseurs lui avaient proposé des réductions. Ils ne sont pas censés le faire, bien sûr, comme les prix sont fixes, mais pour l'instant, cela semble autorisé. Il avait des biscuits, des pommes et des rangées de bouteilles de Coca-Cola.

— De Vita-Cola, tu veux dire, rectifia Julia. Il n'y a plus de Coca-Cola, pour nous.

— On ne peut pas se le permettre, de toute façon, répondit Franz, et le Vita est pas mal. Et puis dans un ou deux mois, nous aurons oublié le goût de tous ces trucs américains, alors ça n'a pas d'importance.

— Ça n'a pas d'importance, vraiment ? demanda Hans en se penchant en avant. C'est ça, ta réponse ? Oublier le goût des meilleurs produits et se satisfaire de produits moins bons ?

— Si cela permet à tout le monde d'en avoir, alors oui, je suis de cet avis.

Hans hocha la tête, l'air pensif.

— C'est comme si tout le monde n'obtenait que le bronze au cours d'une compétition.

Autour de la table, les autres athlètes s'agitèrent.

— Se passer de l'or ? s'indigna Julia. Je n'aime pas cette idée.

— Moi non plus, admit Franz. Mais le sport, ce n'est pas la même chose. L'important, c'est de gagner.

— Et manger ce qu'il y a de meilleur, n'est-ce pas important ?

Franz se gratta la tête, puis tapa du poing triomphalement sur la table.

— Non ! L'important est de se nourrir, pour donner à notre corps ce dont il a besoin. Le goût est un bonus. Dans le sport, l'exercice est ce qui permet au corps de rester en bonne santé, et nous, les sportifs de haut niveau, sommes le bonus.

Il sourit à la ronde d'un air triomphal.

— En tout cas, nous devrons nous passer de Coca-Cola, commenta Hans.

— C'est certain, mais nous avons des restaurants, nous avons de la bonne nourriture. Le Coca-Cola est un concept sans fondement, plutôt fait pour désunir les gens que pour les rassembler. Il permet prétendument de passer de bons moments, mais seule la moitié de la population peut en acheter. Pour que certains puissent en boire, l'autre moitié doit crever de faim. Or personne ne crève de faim parce que nous lançons le javelot à une belle distance, pas vrai Olivia ? Olivia ?

La jeune fille cligna des yeux.

— Désolée, je n'écoutais pas vraiment. Ce qui se passe dehors a attiré mon attention.

Elle fit un signe en direction de la fenêtre et de la place du marché, sur laquelle les soldats patrouillaient devant la sinistre clôture barbelée. Le soleil continuait de briller allègrement, mais personne ne songeait à prendre la direction des lacs et de leurs plages. À l'Est, la population était au travail, ou à la maison, tentant d'assimiler ce qui se passait ; mais à l'Ouest, les Berlinois étaient dehors et manifestaient.

— Pourquoi est-ce que les Wessis protestent, et pas nous ? interrogea Olivia en revenant s'asseoir à sa place.

— Parce que les barbelés cernent tout Berlin-Ouest, expliqua Franz. Ce sont eux qui sont piégés... Une île fasciste au centre de la DDR.

— Alors pourquoi les fusils sont-ils dirigés vers nous ?

Personne n'avait de réponse à cela, et tous se remirent à manger dans un silence pesant. Olivia renonça et repoussa son assiette. Hans posa une main sur son genou.

— Mais si la DDR maintient ces barrières tout autour de Berlin-Ouest, les Alliés ne vont-ils pas intervenir ?

— Cela est-il prévu ?

— Qui sait ? Peut-être. Il n'est pas normal d'avoir une enclave occidentale au centre de l'Allemagne de l'Est. Nous ne sommes pas en guerre contre l'Ouest, nous ne nous préparons pas à la guerre, alors, pourquoi ne pourrions-nous pas récupérer notre ancienne capitale ?

— Et si c'était le cas, nous pourrions enlever les clôtures ?

— Bien sûr.

— Et nous pourrions revoir Kirsten ?

— Je suppose. Mais tu sais, Liv, je ne sais rien, alors n'aie pas...

— N'aie pas trop d'espoir ? Oh, ne t'inquiète pas, Hans, j'ai appris ma leçon. Mon espoir est aussi cadenassé que tout le reste en moi.

Hans se pencha en avant et appliqua un long baiser tendre sur sa joue.

— J'en suis vraiment désolé, Liv, mais écoute-moi, j'ai entendu dire que des élèves de l'université Humboldt pouvaient faire passer des lettres de l'autre côté.

— C'est vrai ? Où l'as-tu...

Il l'embrassa doucement.

— Ça n'a aucune importance. L'important est de tenter le coup, non ?

— Si, admit-elle en sortant le minuscule papier replié de sa poche et en le lui remettant. Merci, Hans.

— Je ferais n'importe quoi pour toi, beauté.

Elle lui sourit tristement, puis entendit prononcer son nom à l'autre bout du réfectoire et aperçut Frau Scholz lui adresser des signes impérieux de la main. Elle commença à s'inquiéter.

— Que me veut-elle ?

— Il vaut mieux que tu y ailles, tu verras bien.

Olivia se leva de sa chaise en soupirant et se faufila entre les tables pour rejoindre Frau Scholz.

— Tu as de la visite, Olivia.

Pendant un instant, elle imagina, tout heureuse, que cela pouvait être Kirsten, et se prit à souhaiter avoir gardé la lettre sur elle, mais lorsqu'elle pénétra dans la réception avec l'éducatrice et vit que Klaus s'y trouvait, elle se sentit stupide. Elle avait encore de l'espoir, et cela était douloureux.

— Bonjour, Olivia.

Il souriait, ce qui l'effraya.

— Bonjour, lui répondit-elle à contrecœur.

— J'ai pensé que nous pourrions discuter un peu.

— Oh, si vous voulez.

Il l'entraîna dans la petite salle latérale et, à sa grande surprise, elle sentit une odeur de café.

— Veux-tu prendre un café avec moi ?

Elle le regarda d'un air soupçonneux. Essayait-il de l'amadouer avant de se montrer plus agressif ?

— Je t'en prie, assieds-toi. La journée d'hier doit avoir été très éprouvante pour toi. Là…

Il fit glisser une petite tablette de chocolat en travers de la table.

— C'est pour moi ?

— J'ai pensé que tu aurais besoin d'un peu de réconfort. Bien sûr, cela ne change rien à ce qui s'est passé, ou plutôt à ce qui n'a pas eu lieu, mais ce chocolat doit être bon.

Cela lui fit penser à la conversation du déjeuner entre les élèves.

— C'est autorisé, maintenant ?

Il pencha la tête d'un air étonné.

— Autorisé ?

— C'est du chocolat de l'Ouest. C'est autorisé ?

— Inutile de le gaspiller. Cela serait contraire aux principes du socialisme.

Il se pencha et le déballa, puis posa une tasse de café fumant près d'elle. Le mélange des deux parfums était envoûtant, et malgré elle, Olivia céda à la tentation. Klaus sourit.

— Et lorsqu'il n'y en aura plus, demanda la jeune fille, nous mangerons du chocolat de l'Est ?

— Exactement.

— Qui n'est pas bon ?

Il retint son souffle. Elle savait qu'elle jouait avec le feu, mais elle ne pouvait s'en empêcher.

— Il n'est pas bon pour l'instant, déclara Klaus patiemment, parce que nos scientifiques n'ont pas eu le temps de mettre tout à fait au point sa recette. Mais ils le feront. Ce sont les meilleurs du monde. Ils sont capables de créer des vitamines qui te permettent de t'entraîner à un niveau jamais atteint, alors ils seront sans aucun doute capables de fabriquer un délicieux chocolat.

— Pourquoi est-ce qu'ils ne le font pas, alors ?

Il eut un petit rire.

— Ils ont des priorités, Olivia. C'est cela qui importe, dans le socialisme – développer une société dans laquelle chacun a chaud, est en sécurité et en bonne santé. Il s'agit de veiller à ce que tous aient accès à une bonne éducation, à une habitation décente et à une médecine adaptée. Une fois que tout cela est en place, il est possible de se préoccuper des choses accessoires.

Olivia prit un autre carré de chocolat, le laissa fondre sous sa langue et se délecta de sa douceur. Ce que venait de dire Klaus était sensé.

— Serait-il possible d'améliorer aussi le Vita-Cola ?

— Évidemment. Ce n'est pas aussi complexe que de fabriquer une fusée. Pas besoin d'être un sorcier ! Et nous sommes d'ailleurs capables de fabriquer des fusées !

Il rit de bon cœur. Olivia eut envie de préciser que le savoir-faire en matière de fusées venait des Russes, mais elle sentit qu'il valait mieux ne pas insister. Quant aux Russes, qui étaient leurs alliés, ils les aideraient, maintenant qu'ils avaient fermé les accès à l'Ouest.

— Oui, vous avez raison, admit-elle d'une voix pâteuse en avalant le reste de son carré de chocolat avec une gorgée de café.

Celui-ci avait un arôme riche et parfumé, et elle se détendit légèrement. Elle avait été trop concentrée sur ses problèmes personnels, trop obsédée par la fille qu'avait perdue sa mère pour comprendre les priorités de son pays.

— Vous avez raison, répéta-t-elle de nouveau, mais ce n'est pas facile.

Il tendit le bras et lui tapota la main. Elle retint un mouvement de recul.

— Effectivement ce n'est pas facile, Olivia. La DDR est encore jeune. Tout comme toi dans ta pratique du javelot, nous avons beaucoup à apprendre et devons faire des sacrifices, mais à la fin, cela en vaudra la peine. Nous obtiendrons l'or.

— Ou le bronze.

— Pardon ?

— Je ne fais que répéter ce qu'a dit l'un des étudiants pendant le déjeuner – qu'il était préférable que tous obtiennent le bronze – et non que seuls quelques privilégiés décrochent l'or.

— Quel étudiant ?

Sa voix s'était durcie et elle sursauta.

— Je… je ne me souviens pas. J'étais en train de manger, alors je n'ai pas fait très attention. Désolée.

— Ce n'est rien. Tu es bouleversée, depuis hier, c'est compréhensible.

Elle lui jeta un coup d'œil, surprise par sa réponse, et il lui sourit.

— Ce n'est pas parce que nous faisons partie du ministère que nous sommes inhumains, Olivia. Mais notre tâche est très difficile, et nous espérons qu'elle sera simplifiée par le mur.

— Le mur ?

— Il y aura un mur.

— Les Alliés ne vont pas vous en empêcher ?

— *Nous*, Olivia, pas *vous*. Et non, cela les arrange aussi. Ils ne perdent pas la face en perdant Berlin et nous sommes à l'abri en empêchant la corruption occidentale de pénétrer chez nous.

— Vous avez raison. C'est vrai. C'est juste que…

— Ta sœur se trouve de l'autre côté ?

Elle hocha la tête, l'air malheureuse.

— Ne t'en fais pas pour cela. Une fois que tout sera réglé, il y aura des laissez-passer.

Elle hocha la tête.

— Des laissez-passer ?

— Pour rendre visite à des proches.

— Je pourrai aller voir Kirsten ?

— Peut-être. Ou plutôt, c'est elle qui viendra te rendre visite. Elle aura une autorisation. Une fois que les choses se seront stabilisées et que la DDR sera en sécurité.

— Cela va prendre du temps ?

— Non, répondit Klaus en agitant nonchalamment la main. Quelques semaines, peut-être. Les difficultés commencent déjà à s'aplanir.

— Je sais, riposta-t-elle. Frieda s'est fait couper les cheveux aujourd'hui.

Il eut l'air perdu.

— Elle a pu le faire parce que les Wessis ne réservent plus tous les rendez-vous.

— Ah, je comprends. Mais comme tu vois…, commenta-t-il en tapotant précautionneusement son crâne soigneusement rasé, je n'ai pas vraiment besoin quant à moi d'aller chez le coiffeur.

Il plaisantait avec sincérité, et Olivia se surprit à sourire. Il se pencha en travers de la table.

— Cela va fonctionner, Olivia. Le mur nous sera utile. Nous serons libres de nous organiser comme nous en avons envie, en suivant à la lettre les principes socialistes, et nous nous développerons. Chez nous, l'important n'est pas que tout le monde obtienne une médaille de bronze, Olivia. Ton ami n'a pas tout compris. L'important est que tout le monde décroche *l'or*.

Elle hocha la tête et but la dernière gorgée de son café. Klaus se leva aussitôt et la resservit. Il était d'humeur remarquablement joyeuse. Elle se dit qu'elle l'aurait été aussi sans ce qui s'était passé pour Kirsten. Elle jeta un coup d'œil par la fenêtre. Cette pièce, tout comme le réfectoire, donnait sur la place du marché. Elle vit une famille planter une tente du côté est de la clôture. Klaus suivit son regard et eut un claquement de langue désapprobateur.

— Des réfugiés. Ils vont devoir rentrer chez eux, dans leur jolie ville socialiste, pour vivre une honnête vie de socialistes. Et dans quelques semaines, j'en fais le pari, ils seront contents de leur sort.

— Ils ne seront pas sanctionnés ?

— Non ! Nous ne punissons pas les innocents, Olivia.

Une image lui vint à l'esprit, spontanément... Celle de cette jeune femme, Claudia, qui avait été jetée en prison parce qu'elle avait teint ses cheveux en vert. Elle la revoyait, sanglotant sur le sol pendant que l'officier de la Stasi, qui lui rappelait Klaus, s'éloignait avec son enfant dans les bras en faisant résonner ses pas dans le couloir. Et elle avait également l'image de sa mère en pleurs, submergée par un sentiment qui l'avait bouleversée.

— Qu'est-ce qui te perturbe, Olivia ?

Klaus se comportait décidément avec beaucoup de gentillesse – ce qui était plutôt déconcertant.

— Je me souviens d'avoir vu une jeune femme à Stalinstadt. Elle était en prison parce qu'elle avait coloré ses cheveux en vert, répondit-elle en le fixant. Cela me semblait plutôt anodin.

Il secoua la tête avec compassion.

— Ça l'est, et si c'est tout ce qu'elle a fait de mal, tu as raison, mais cela n'est sans doute pas le cas. Les cheveux devaient être le sommet d'un iceberg de mensonges et de subversion.

— Elle avait l'air tellement sincère.

— Bien sûr. On ne devient pas une personne subversive sans talents de comédien.

Olivia se dit que cela devait être vrai, mais elle avait encore un doute...

— Ils lui ont enlevé son bébé.

— Ah bon ? C'est dur. Fallait-il également punir le bébé ?

— Le bébé *a* été puni. Il a perdu sa mère.

— Et il en a gagné une meilleure, une vraie socialiste.

Olivia secoua la tête. Tout cela lui semblait incertain, confus.

— C'est ce que les nazis ont dit à ma mère lorsqu'ils lui ont pris son bébé.

Klaus frappa du poing sur la table, si violemment et si brusquement qu'elle sursauta et se cogna le coude contre sa chaise.

— Nous ne sommes pas des nazis !

— Non. Je… Désolée. Je sais. Je voulais juste dire que…

— Quoi ? Que voulais-tu dire, Olivia ? Tu m'as écouté ? Notre situation est difficile. Ce que nous entreprenons est révolutionnaire. Si nous apportons la preuve que cela fonctionne, le reste du monde pourra suivre les préceptes du socialisme et il y fera bon vivre. Cela a un prix.

— Non, Klaus. Je pense…

— L'État est plus important que l'individu, Olivia. Tu as compris ?

— Oui, oui, je…

— Nous ne pouvons pas encourager les besoins mesquins et égoïstes d'un individu au détriment du bien de tous. Qu'en penses-tu ?

— Effectivement.

— Effectivement. Désolé de t'avoir fait sursauter, mais il est vital que tu le comprennes. Nous devons tous coopérer, pour que cela fonctionne.

— Oui, Klaus.

Elle frotta son coude douloureux.

— Bon, poursuivit-il, d'une voix radoucie. Tu expliqueras aux autres élèves ce que je t'ai dit. Tu sais, à propos du fait que tout le monde doit décrocher *l'or* ?

— Ah, oui. Je leur expliquerai.

— Tu es une bonne fille. Et tu veilleras à ce que tout le monde comprenne bien ? À ce que personne n'essaie de corrompre ses camarades ?

Elle hocha mollement la tête. Le naturel de Klaus revenait au galop.

— Est-ce que *c'est* le cas, Olivia ? Est-ce qu'un élève essaye de corrompre les autres ?

— Non.

— Tu en es sûre ? Personne n'a remis en question le régime en disant que le Vita-Cola n'était pas bon, que le bronze suffisait ?

Un petit frisson parcourut sa colonne vertébrale. En y repensant, elle sut qu'il y avait bien une personne qui avait posé ces questions, une personne qui lui était très chère.

— Non ! Ce n'était pas le cas. Les élèves se contentaient de discuter, de poser des questions. Ces dernières vingt-quatre heures ont été très déroutantes.

— Tu as peut-être cette impression, ma chère, mais tu constateras bientôt, au contraire, qu'elles ont éclairci la situation de la DDR. Tout va s'arranger.

— Que va-t-il se passer, ensuite ?

— Ensuite, il y aura des laissez-passer, et ta sœur sera l'une des premières personnes à en obtenir un. J'y veillerai personnellement. En tant qu'ami.

Il lui sourit et elle s'efforça de lui sourire en retour, mais Klaus n'était pas son ami, et même s'il avait raison à propos du fait qu'il fallait faire en sorte que le socialisme fonctionne, elle devait admettre que ses « besoins mesquins et égoïstes » avaient également une importance. Ce fut donc le cœur lourd qu'elle regagna sa classe en observant par la fenêtre les gardes patrouiller au sein de ce qui ressemblait désormais à un camp de concentration géant.

28
Kirsten

Mardi 15 août 1961

Kirsten gonfla ses poumons – ce qui n'était pas une mince affaire tant elle était compressée par la foule – et entonna *Deutschland über alles* avec les autres. Leur chant était adressé à la porte de Brandebourg. Durant deux siècles, ce vaste monument qui se dressait en haut de l'avenue Unter den Linden avait exprimé la fierté de l'Allemagne face au reste du monde ; aujourd'hui, la porte était cernée de barbelés, telle une prisonnière de guerre. La magnifique perspective qu'offrait le haut de la large avenue était horriblement tronquée et des chaînes télévisées du monde entier diffusaient des images de ce que l'ancienne puissance allemande avait fait de sa capitale. C'était terrible.

Écartant son pied sur lequel quelqu'un avait marché, Kirsten leva un poing en l'air. Elle avait le sentiment que l'histoire se mettait en marche autour d'elle et était heureuse d'être là. Elle avait bien fait de venir. Dieter avait fait irruption au Café Adler vers midi, pestant contre Spitzbart et les autorités de l'Est. Il avait affirmé que personne ne devait rester passivement à déguster un café et une part de gâteau pendant que la ville était en train d'être coupée en deux. Les clients s'étaient mis à picorer la garniture de leur tarte d'un air honteux et Kirsten avait trouvé son ami admirable.

— Il va y avoir une grève, avait-il annoncé en brandissant un exemplaire du *Bild-Zeitung*. Une grève générale, à quatorze heures quinze. Tout le monde va cesser le travail pendant quinze minutes par solidarité avec nos concitoyens berlinois bloqués à l'Est, pour pousser les Alliés à intervenir. Pourquoi avoir des soldats en ville si ceux-ci ne défendent pas nos libertés fondamentales ? Lâchez vos tasses de café, et venez marcher !

Le résultat avait été immédiat. Frau Munster lui avait administré une tape dans le dos et avait annoncé que le Café Adler fermait, et que tout le monde devait se diriger vers la porte de Brandebourg. Astrid et ses amis étudiants attendaient à l'extérieur avec des drapeaux allemands tracés avec soin sur leurs visages et des affiches entre leurs mains. Kirsten s'était volontiers jointe à eux pendant qu'ils marchaient.

Ils avaient longé la clôture barbelée installée durant la nuit jusqu'à Potsdamer Platz puis jusqu'au Tiergarten, de leur côté de la porte de Brandebourg. Comme la plupart des Berlinois de l'Ouest s'étaient mobilisés, ils étaient au moins vingt mille à crier justice. Grâce à l'énergie déployée par Dieter, le groupe était arrivé à l'avance et se trouvait en tête du cortège. Ils avaient déjà été dispersés trois fois par les canons à eau actionnés depuis l'Est, de l'autre côté des barbelés, pour tenter de les faire taire. Les jets étaient douloureux s'ils frappaient directement, mais il faisait très chaud. Leur effet rafraîchissant était donc bienvenu et ceux qui les recevaient dansaient en se laissant mouiller, provoquant des réactions encore plus enragées chez les Ossis.

Dieter lui avait confié une affiche, et elle la brandissait fièrement. *Es gibt nur ein Deutschland* : « Il n'y a qu'une Allemagne. » D'autres affiches portaient le même message, ou un message similaire, défiant les hommes qui avaient coupé les routes, les voies ferrées et même les lignes téléphoniques de la ville. Le rideau de fer avait tout interrompu en s'abattant subitement sur le pays, et la seule question qui persistait était de déterminer laquelle des deux Allemagnes était la plus prisonnière. Les Ossis pouvaient circuler librement en Europe de l'Est, alors que les Wessis étaient bloqués dans une enclave au centre de la DDR. Cependant, la route, le rail et le ciel permettaient à ces derniers d'aller où bon leur semblait, et, plus important encore, ils jouissaient librement de leur propre domicile. Kirsten savait quelle Allemagne elle aurait choisie, mais elle souffrait en pensant à sa mère biologique, une fois de plus à la merci d'une idéologie dont les choix ne tenaient pas compte des citoyens.

Au moment où les horloges de la ville marquèrent quatorze heures quinze, un étrange silence tomba sur Berlin. Les magasins fermèrent leurs portes, les usines arrêtèrent les machines et les habitants envahirent les rues pour protester silencieusement contre l'événement qu'ils subissaient. Kirsten eut la sensation d'avoir une boule dans la gorge et glissa sa main dans celle de Dieter, qui la serra avec force.

— Ils vont nous écouter, Kirsty. Regarde tous ces gens... Les Alliés ne peuvent pas ignorer nos protestations, non ?

— Et pourquoi ne pas agir nous-mêmes ? Nous sommes des milliers. Que pourraient-ils faire si nous chargions les barbelés ?

Ils connaissaient la réponse, cependant. La veille au soir, une quarantaine de personnes qui se trouvaient sur le Bethaniendamm avaient fait irruption dans le secteur soviétique, mais elles avaient été refoulées à l'aide de matraques et de gaz lacrymogènes, et certaines d'entre elles avaient été blessées au cours de l'affrontement. Pire encore, lorsqu'un autre groupe avait tenté de faire la même chose à Kreuzberg, non loin du Café Adler, des gardes avaient ouvert le feu. Cinq Ossis avaient pu s'échapper, mais le sixième avait été tué.

Kirsten n'était pas de service, mais durant la matinée, Sasha lui avait raconté ce qui s'était passé. Elle avait couru derrière le groupe pour tenter de voir ce qui allait se passer, puis était restée sur place avec les autres témoins, muets d'effroi lorsqu'un Vopo avait tiré le corps de la victime jusqu'à Berlin-Est. Il s'agissait de la première victime liée à la clôture, mais chacun pensait qu'il y en aurait d'autres, et que forcer la porte de Brandebourg, qui était la mieux gardée, se solderait par de nombreux morts.

— Manifester est le meilleur moyen, déclara Astrid. Manifester en masse. Nous devons faire savoir au monde entier ce que nous éprouvons.

— Exactement, approuva Dieter. Les Alliés ont ramené les Russes en Allemagne, alors ils doivent nous aider à composer avec eux plutôt que de geindre au sujet de la guerre froide en se planquant à des kilomètres de la frontière. Et où sont passés les Américains ?

La question était sur toutes les lèvres.

Cependant, une poignée de soldats américains avaient surgi le matin même près du Café Adler. Ils transportaient une petite cabane blanche qui ressemblait à une cabane de jardin et l'avaient déposée au milieu de la Friedrichstraße.

— Qu'est-ce que c'est ? avait demandé Kirsten en passant devant lorsqu'elle était allée travailler.

— C'est un checkpoint, avait répondu l'un des soldats en faisant une grimace. Il s'agit de l'un des treize accès restants vers l'Est.

— Treize ?

— Oui, avait répondu le soldat d'un ton lugubre. Avant, il y en avait presque une centaine.

Kirsten avait songé que cette restriction était plutôt sévère, mais l'essentiel était qu'il restait encore treize accès. Sans doute pourrait-elle en emprunter un pour rendre visite à sa famille ? Qu'y aurait-il de mal à cela ?

— Est-ce qu'ils seront obligés de nous laisser passer ? avait-elle demandé aux Américains, en regardant en direction du haut de la rue les gardes-frontières massés en nombre du côté est.

— En théorie, oui, madame. Ils peuvent imposer ce qu'ils veulent à leurs propres citoyens, mais pas à ceux de l'Ouest. Donc ils devraient vous laisser passer, mais en réalité, ils arrêtent tout le monde, et s'ils ont une simple « suspicion d'activité illégale », ils peuvent vous refuser l'entrée. Jusqu'à présent, ils n'ont laissé passer presque personne, donc je dirais que traverser ne va pas être simple.

Elle y était quasiment arrivée. Elle avait presque complètement remonté la rue – une rue qui, la veille encore, était celle qu'elle empruntait habituellement pour aller jusqu'à l'U-Bahn – et avait failli demander aux gardes de la DDR si elle pouvait traverser. Elle aurait dû le faire, mais ils avaient des fusils, des chiens et leurs visages anguleux affichaient une expression revêche. Elle s'était sentie découragée. Elle comprenait pourquoi aucun habitant de l'Est ne s'approchait : ces hommes semblaient impitoyables.

Lorsque l'horloge marqua quatorze heures trente, dans un esprit collectif, un grand nombre de manifestants firent demi-tour pour regagner leur lieu de travail. La vie devait continuer. Il fallait gagner sa croûte, satisfaire ses supérieurs hiérarchiques, nourrir sa famille...

— Cela ne sert à rien, Dieter, déplora Kirsten en regardant la foule s'amenuiser rapidement. Cela ne les touche pas. Regarde-les... Ils se moquent de nous, ajouta-t-elle en désignant un groupe de Vopos se tenant au sommet d'un tank soviétique et déversant le jet de leur canon à eau par-dessus les barbelés comme pour manifester leur irrespect. Ils savent que nous ne pouvons rien faire.

Dieter passa une main lasse sur son visage.

— Où sont les Américains ? gémit-il.

Mais ces derniers brillaient par leur absence.

Berlin semblait n'avoir aucune importance pour Kennedy, et une rumeur selon laquelle des camions transportant des blocs de béton avaient été aperçus dans la ville commença à se répandre parmi les manifestants. L'Est avait testé les Alliés, pour vérifier si ses actes pouvaient rester impunis, et semblait manifestement pouvoir agir à sa guise.

— La situation est grave, Dieter, déclara Kirsten. Cela ne va pas s'arranger comme ça.

— Tu n'en sais rien. Nous devons continuer à manifester.

— Nous devons nous faire entendre, renchérit Astrid, lui faisant écho de manière exaspérante.

Kirsten secoua la tête à leur intention.

— Ils ne nous écoutent pas. Personne ne nous écoute. Et ils vont construire leur maudit mur !

Elle songea à sa propre rue. Celle-ci paraissait déjà assombrie par la présence de barbelés à chaque croisement, mais si ceux-ci étaient remplacés par du béton, elle aurait l'impression de se retrouver dans la cour d'une prison. Quant aux appartements d'en face, transformés en barricades…

— Tante Gretchen ! s'écria-t-elle.

Elle avait compris au cours de la matinée que cette frontière allait perdurer – puis être surélevée.

— Il faut que j'y aille, Dieter. Il faut que je la fasse sortir.

Il parut déçu.

— Mais, et la manifestation, Kirsty ?

— Tu la gères très bien. Je reviendrai dès que ma tante sera en sécurité.

— Il sera peut-être trop tard.

Il était déjà trop tard, Kirsten en était certaine, mais ce n'était pas le moment de se disputer. Elle tendit son affiche à Dieter et l'embrassa sur la joue.

— Nous nous voyons bientôt, hein ?

— Peut-être ! grogna-t-il.

Il ne comprenait pas. Tout allait bien pour lui, parce qu'il bénéficiait de la protection de son passeport autrichien, mais sa tante n'avait pour se défendre que son aplomb indéfectible, et il était évident que cela ne la mènerait pas bien loin. Kirsten se sentit blessée lorsqu'il se retourna vers ses amis, en tendant ostensiblement l'affiche à Astrid dont le joli visage était orné de drapeaux soigneusement dessinés et qui entonnait l'hymne avec justesse. Très bien. Elle allait les laisser manifester. Quant à elle, elle avait plus urgent à faire.

La Bernauerstraße était presque aussi pleine que le Tiergarten. Entourer la porte de Brandebourg de barbelés était une offense à la nation allemande, mais clôturer les petites rues était un outrage direct aux voisins qui vivaient de part et d'autre, et ceux-ci exprimaient leur désaccord.

— Kirsten, mon Dieu ! s'écria Lotti lorsque la jeune fille ouvrit la porte de l'appartement. Je me suis inquiétée ! Des manifestants ont tenté de renverser les barbelés toute la matinée, et les Russes ont envoyé encore plus de soldats, et de chars aussi.

Elle entraîna Kirsten vers la fenêtre et désigna dans la rue les uniformes kaki rassemblés derrière les barbelés.

— Ce ne sont pas des chars, Mutti, la corrigea Kirsten. Ce sont des véhicules blindés.

— Ils sont monstrueux dans tous les cas, répliqua Lotti. Il faut que tu restes à distance, tu as compris, ne fais pas preuve d'un héroïsme stupide. Un groupe de garçons a essayé d'aller jusque-là avec un bulldozer et ils leur ont tiré dessus.

— Je ne pense pas qu'ils tirent à balles réelles, intervint Uli en s'approchant d'elles. Cela a fait beaucoup de bruit, mais aucun d'eux n'a été touché. La DDR sait bien qu'elle aurait des problèmes si des Wessis étaient tués.

— Les Ossis en revanche…

Il fit la grimace.

— … ils s'en fichent.

Kirsten saisit le bras de Lotti.

— Il faut faire sortir Gretchen, Mutti. Est-ce que tu as un double de ses clés ?

Lotti la fixa du regard.

— Bien sûr que j'ai un double, mais que pouvons-nous faire ? Simplement marcher jusque-là et ouvrir la porte ?

— Je ne vois pas pourquoi nous ne le ferions pas. La rue est située à l'Ouest, ils ne peuvent donc pas nous faire de mal.

— Mais ils pourraient en faire à Gretchen ?

— Il faut simplement bien nous organiser.

— Kirsten a raison, approuva Uli. J'ai vu un garde sauter par-dessus la clôture, tout à l'heure... Un véritable garde de la DDR. Il a jeté son arme par terre et a franchi les barbelés. Les photographes se sont déchaînés.

— J'imagine, répondit Kirsten. La scène sera dans tous les journaux demain !

— Et pourtant, les Alliés ne font rien. Les gens sont pris de frénésie. Ils sautent par les fenêtres... Regarde, dit-il en désignant l'autre côté de la rue.

Une dizaine de pompiers en uniforme se tenaient devant un immeuble avec un immense trampoline circulaire semblable à ceux dont ils se servaient en général pour faire sauter les enfants effrayés ou les chats des arbres. Au deuxième étage, un jeune couple y jetait des paquets soigneusement ficelés et Kirsten les vit avec effroi enjamber le bord de leur fenêtre.

— Est-ce qu'ils vont sauter ? demanda-t-elle.

Ce fut le cas. L'homme embrassa sa femme et s'élança. Il parut un instant suspendu en l'air, battant des jambes comme Charlie Chaplin, mais les pompiers lui crièrent des instructions, et au dernier moment, il ramena ses jambes sur sa poitrine et atterrit sur le trampoline. Celui-ci s'affaissa mais tint bon et le fit rebondir sous les acclamations de la foule. Tous les yeux se tournèrent de nouveau vers le haut tandis que l'homme descendait du trampoline et encourageait sa femme.

— Saute, Elsie. Saute, ma chérie.

Elsie s'avança, mais sembla incapable d'oser se lancer, et la foule retint son souffle lorsqu'une ombre apparut dans la pièce derrière elle.

— Sautez ! hurla chacun d'une voix suraiguë.

Elle jeta un coup d'œil derrière elle et, au moment où le soldat tendait la main vers elle, ferma les yeux et s'élança. Son mouvement fut si vigoureux qu'elle sauta plus loin que prévu et que les pompiers durent reculer, mais ils évaluèrent bien sa trajectoire et Elsie atterrit sur le trampoline. Au-dessus, le soldat se pencha par la fenêtre et montra le poing aux Wessis qui applaudissaient.

— Les gens sont donc aussi désespérés que cela ? demanda Lotti.

— La *situation* est aussi désespérée que cela, répondit Kirsten. Nous devons sortir Gretchen de là. Allons-y !

Ils se postèrent devant la fenêtre de Gretchen durant un certain temps avant que les gardes ne s'éloignent suffisamment pour qu'elle puisse leur parler. Kirsten se prépara à ce que sa tante affiche son air bravache, mais elle semblait effrayée, ce qui était inhabituel.

— Ce qui se passe ici est horrible, expliqua-t-elle en parlant à voix aussi basse que possible. Il y a des soldats dans les couloirs en permanence et ils n'arrêtent pas de frapper à la porte et d'entrer pour « contrôler ». Au début, j'adorais les provoquer, mais maintenant je suis... fatiguée.

Elle voulait dire « terrorisée », et tous avaient compris.

— Il faut que tu t'échappes, ma tante, lui enjoignit Kirsten.

Le fait que Gretchen ne lui reproche pas de l'appeler « ma tante » montrait bien qu'elle était inquiète.

— Et comment, Kirsty ? Je ne vais pas sauter par cette maudite fenêtre. Tu as vu cette pauvre femme qui vient de le faire à l'instant ? Elle s'est ridiculisée !

Kirsten ne put retenir un sourire. Gretchen n'avait pas perdu tout son humour, ce qui était une bonne chose.

— Mutti a une clé, lui chuchota-t-elle. C'est simple. Nous attendrons qu'il fasse nuit, puis nous traverserons, nous ouvrirons et tu sortiras.

— Je sortirai ?

— Oui.

— Pour ne jamais revenir ?

— Peut-être. Peut-être pas.

— Tu penses qu'ils vont abandonner leur maudit mur, maintenant qu'ils l'ont mis en place ? Ils sont en train d'apporter des briques, Kirsty. Ils murent les fenêtres. Ça commence à être sombre, ici… Sombre dans tous les sens du terme.

— Nous agirons ce soir, alors.

— Et mes affaires ?

— Je ne sais pas, Gretchen, je…

— Jette-les par la fenêtre, suggéra Uli. Dis que tu nous les offres, à Kirsten et à moi, pour créer plus d'égalité des richesses. Cela sonne très socialiste, non ?

— Totalement, approuva Gretchen. Allons-y.

Ce fut un étrange après-midi. Ils se tinrent au milieu de la rue, tandis que Gretchen lançait des tapis, des tableaux et des duvets de plumes par la fenêtre. Un soldat se présenta rapidement, mais Gretchen lui expliqua passionnément qu'elle adoptait l'idéologie socialiste et se débarrassait des « pièges de la bourgeoisie capitaliste », et l'homme ne sut quoi répondre. Au bout d'un certain temps, alors que la scène avait attiré une foule importante, Gretchen se mit à lancer son service en porcelaine de mariage à tous ceux qui parvenaient à attraper les tasses et les assiettes de Dresde. Un certain nombre d'ustensiles manquèrent leur cible et s'écrasèrent dans la rue. Des enfants commencèrent à courir autour, tout excités, en ramassant les plus gros morceaux, et en les brisant à leur tour.

— Je pense que cela devrait suffire, ma tante, s'écria Uli. Il faut que tu gardes un peu de vaisselle pour pouvoir manger, tout de même.

Gretchen lui adressa un clin d'œil appuyé – Kirsten la soupçonna d'avoir terminé ses réserves d'eau-de-vie – et confirma avoir gardé un peu de vaisselle. Enfin, lorsque le soleil commença à se coucher, elle se réfugia à l'intérieur et les spectateurs reprirent le chemin de leurs appartements, en bavardant et en partageant les objets qu'ils avaient récupérés. Kirsten vit quelqu'un ramasser une serviette en train de sécher sur le fil situé à côté de leur entrée, et frissonna. Les habitants de Bernauerstraße commençaient à agir comme si l'horrible clôture était un élément habituel de leur existence. Est-ce qu'ils n'étaient pas *trop* malléables ? Peut-être était-ce ce que l'Est avait prévu ?

Ils patientèrent dans l'appartement, s'efforçant d'avaler leur souper. Gretchen leur avait dit qu'elle allumerait une bougie à sa fenêtre lorsque la voie serait libre, et ils restèrent assis à guetter la flamme.

— Mais qu'est-ce qu'elle fabrique ? maugréa Lotti.

— Elle doit remplir ses bas de bijoux…, dit Uli, tentant de faire de l'humour.

Mais cela n'eut aucun d'effet.

Enfin, de l'autre côté de la rue, une petite lueur apparut. Ils se précipitèrent vers la porte.

— N'oublie pas la clé ! s'écria Kirsten à l'intention de Lotti.

— Elle est dans ma main !

Ils s'élancèrent à l'extérieur, puis se forcèrent à s'arrêter et à adopter une démarche nonchalante, comme s'ils promenaient un chien inexistant. Se glissant dans l'ombre à côté de la porte de Gretchen, Lotti introduisit la clé dans la serrure, mais sa main tremblait et elle lutta pour parvenir à la tourner.

— Laisse-moi faire.

Uli fit crisser légèrement la clé dans la serrure et ils poussèrent la porte, découvrant Gretchen qui portait sur elle la moitié de sa garde-robe et avait une valise dans chaque main.

— Vous permettez ? demanda-t-elle d'un ton flegmatique.

Elle sortit, l'air très digne, et trottina à travers Bernauerstraße pour rejoindre leur appartement.

Ils s'élancèrent à toute vitesse à sa suite, puis s'arrêtèrent en échangeant un regard.

— Nous avons réussi ? demanda Uli.

— On dirait, confirma Gretchen. Je suis heureuse que vous ayez laissé la porte ouverte. J'ai fait quelques allusions aux voisins.

Effectivement, lorsqu'ils jetèrent un coup d'œil en direction de la porte, ils virent plusieurs silhouettes se faufiler à l'extérieur, avant qu'un hurlement furieux ne déchire l'air et qu'un soldat n'accoure. Il se posta dans l'encadrement de la porte de Gretchen, fouillant fiévreusement l'obscurité du regard. Quelqu'un cria quelques grossièretés à son intention, et il poussa la porte du pied, s'efforçant apparemment de la refermer.

— Tu l'as fait !

Kirsten étreignit sa tante.

— Bien sûr que je l'ai fait ! répondit Gretchen.

Elle fit un geste désinvolte de la main, mais sa voix était remplie d'émotion et elle se blottit dans les bras de sa nièce.

— Je l'ai fait. J'y suis arrivée.

Kirsten lui tapota le dos, lui dit qu'elle était en sécurité, désormais, et se prit à espérer que cela soit aussi facile pour les autres. Les derniers accès permettant de sortir de la partie est étaient en train d'être fermés et l'avenir de tous ceux qui résidaient dans la mauvaise moitié de Berlin paraissait sombre. Les autorités de la DDR emprisonnaient leur peuple au nom du socialisme, et elle pria pour qu'Olivia en prenne conscience et s'échappe tant qu'elle en avait encore l'occasion.

29
Olivia

Samedi 19 août 1961

— Tu as été extraordinaire.

— Non, toi, tu as été extraordinaire !

Olivia sourit lorsque Hans la souleva et la fit tournoyer. La dernière compétition de la saison venait d'avoir lieu et tous deux s'étaient classés en tête. La jeune fille était ravie de sa performance et avait du mal à imaginer qu'il y avait encore trois mois, elle allait à l'école à Stalinstadt, en banlieue, et était capitaine d'une équipe de tennis provinciale. Aujourd'hui, elle participait à des compétitions de javelot au plus haut niveau dans la catégorie junior, et l'entraîneur Lang parlait déjà de sélection en catégorie senior si elle continuait à progresser aussi rapidement. Cela suffit à la réconforter après les terribles événements de la semaine passée. Et il y avait encore mieux : le lendemain, elle allait rentrer dans sa famille pour un mois.

Mais avant cela, il y aurait le dîner du club. Avec la construction du mur, les dirigeants de DDR étaient en ébullition et ils avaient invité les athlètes dans leurs quartiers à Wandlitz, une banlieue de

Berlin-Est, pour fêter la fin de la première saison complète du Dynamo.

— Je dois me changer, Hans, protesta Olivia, mi-figue, mi-raisin lorsqu'il tenta de l'attirer derrière le réduit qui contenait leur équipement.

Les yeux du jeune homme s'allumèrent.

— Excellent. Je vais t'aider. Tu as également besoin de prendre une douche, je suppose.

Elle céda et l'attira à elle pour lui donner un long et délicieux baiser.

— Tu me savonneras le dos si je te le savonne ?

— Marché conclu !

Ils se glissèrent ensemble dans la salle de bains des filles. L'épreuve de javelot était la dernière de la compétition, et la plupart des autres athlètes s'étaient déjà douchées et avaient regagné leur dortoir pour se maquiller mutuellement. Elles avaient obtenu de nouveaux bons pour s'acheter des vêtements et étaient allées la veille faire du shopping au Konsum – le magasin autorisé par l'État. Il n'y avait pas beaucoup de choix en matière de tenues de fête en DDR, notamment pour une grande lanceuse de javelot dotée d'une large carrure. Olivia s'était plainte de ne pas pouvoir profiter des compétences de son père afin qu'il transforme comme par magie les quelques vêtements ordinaires qui lui allaient, et avait fini par se décider pour une robe noire simple, mais élégante. Filip l'ornerait peut-être d'une bordure ou d'une broderie pendant les vacances, pour l'embellir.

Laissant Hans la débarrasser de sa tenue de compétition, elle se mit à songer à Kirsten, la sœur qu'elle venait de perdre une seconde fois, et qui lui avait timidement confié qu'elle aimait coudre. C'était amusant. Olivia s'était demandé si la véritable fille d'Ester deviendrait elle aussi sage-femme, mais elle avait finalement été attirée par le métier de Filip. Elle se demanda, pour la cinquantième fois de la journée au moins, si elle pourrait la revoir.

— Allô ? Tu me reçois ?

Elle cligna des yeux et vit Hans, nu, tout comme elle, lui désigner la douche fumante.

— Désolée, Hans. Je pensais à Kirsten.

— C'est romantique !

Elle lui adressa une grimace.

— Cela ne date que de la semaine dernière...

— Je sais ! grogna-t-il en frappant le carrelage. Comment cela a-t-il pu aller aussi vite ? Il y a déjà des briques partout.

— Les Alliés nous ont tout simplement abandonnés. Ils n'ont rien fait.

Il hocha la tête.

— Tu sais que le vice-président américain s'est rendu à Berlin-Ouest, aujourd'hui ?

— Je sais. Les entraîneurs n'arrêtaient pas de se moquer de lui : « Les Américains sont venus à Berlin, et ils se sont contentés de prendre une photo du mur en restant dans leur belle limousine. » Ils affirment que cela veut dire que nous sommes en sécurité et que le socialisme n'a rien à craindre.

— Hum !

— Hans ?

Il essaya de l'embrasser, mais elle se déroba.

— Pourquoi dis-tu « hum » ?

— Pour rien. Cela n'a aucune importance, honnêtement. Mais au fait, j'ai porté la lettre pour ta mère à l'université.

— Vraiment ? Merci beaucoup !

— Espérons que Kirsten pourra la lire.

L'image de la minuscule missive revint à l'esprit d'Olivia, et elle soupira amèrement.

— Pour ce qu'elle va servir...

— Cela ne fait jamais de mal de dire à quelqu'un qu'on l'aime, ma chérie.

— Tu as raison.

Olivia lui sourit avec gratitude et il l'attira à lui, puis s'écarta de nouveau, l'air surpris.

— Qu'est-ce que c'est ?

Il saisit un poil situé sous son sein gauche, et elle se dégagea de son étreinte, embarrassée. Elle avait dû manquer celui-ci alors qu'elle s'était épilée le matin même.

— C'est un poil. Et alors ?

— Rien, répondit-il précipitamment, en l'attirant sous la douche. C'est à cause des vitamines, Liv ? enchaîna-t-il.

Olivia sursauta.

— Qu'est-ce que tu veux dire ?

— Je ne sais pas. Tu as d'autres manifestations bizarres ?

Olivia se mordit la lèvre.

— Pas grand-chose. Je n'ai pas mes règles, comme tu le sais, mais tout le monde dit que c'est parfaitement normal.

Elle n'avait jamais imaginé que la douleur et les désagréments liés à son cycle lui manqueraient, mais elle dut admettre que leur absence l'ennuyait.

— Pourquoi ? reprit-elle. Tu penses que ça ne l'est pas, Hans ?

— Je me demande juste si les vitamines ne sont pas mélangées à d'autres substances plus... efficaces, et si le fait de fermer la ville ne permet pas de faire des choses qui ne sont pas... tout à fait légales.

Olivia le regarda, l'air stupéfait.

— Tu veux dire que la DDR est corrompue ?

— Pas corrompue, mais ses actes ne sont pas toujours... orthodoxes. Je ne sais pas, Liv. Je ne peux pas m'empêcher de me poser des questions sur un régime qui ne peut prospérer qu'en empêchant sa population de partir.

Olivia augmenta la température de l'eau.

— Ne dis pas des choses comme cela à voix haute, Hans. Quelqu'un pourrait t'entendre.

— C'est exactement ça, le problème !

Le cœur d'Olivia fit un bond. Leur douche commune lui sembla tout à coup moins romantique. Elle aurait simplement eu envie de l'embrasser tranquillement, mais leur discussion était importante.

— Hans, est-ce que tu parles de la même manière aux autres ? Aux autres athlètes ?

— Non ! Qu'est-ce que tu veux dire ?

Il lui lança un regard appuyé, et elle ressentit une certaine appréhension, mais elle devait savoir.

— Klaus pense que quelqu'un encourage les élèves à quitter le Dynamo.

Il fit la moue.

— Klaus, ton ami de la Stasi ?

Olivia tressaillit.

— Ce n'est pas mon ami.

— Il t'offre du chocolat. Et du café.

— Klaus n'est pas mon ami, Hans.

— Non, tu as raison. Il est ton maître espion.

Olivia posa les poings sur ses hanches.

— Tu deviens ridicule.

Hans fit un pas hors de la douche.

— Vraiment ? Alors pourquoi me poses-tu cette question, Liv ? Est-ce que tu n'es là que pour me soutirer des informations ? Ou pour que je transmette tes courriers secrets, peut-être ? Est-ce que notre relation a une importance quelconque pour toi ?

— Arrête, Hans, s'il te plaît ! dit-elle en le suivant et en lui attrapant le bras. Tu es tout pour moi, je t'aime.

Il eut un mouvement d'hésitation et elle l'attira à elle de façon à pouvoir lui parler à l'oreille.

— Tu as raison, déclara-t-elle. Klaus exerce des pressions sur moi pour savoir qui conseille aux athlètes de partir, mais même s'il s'agissait de toi, je ne lui dirais rien.

Il soupira et pressa son visage contre le sien.

— Je ne comprends pas ce que notre pays est en train de devenir, Liv. Je ne conseille à personne de partir, je te le promets, mais cela ne veut pas dire que je n'y ai pas pensé.

— Hans ! s'exclama-t-elle en l'attirant de nouveau sous la douche, pour que leurs paroles soient couvertes par le bruit de l'eau.

Son ami paraissait malheureux et cela lui fendit le cœur.

— Cela *va* marcher, tu verras. Je sais qu'un mur est une mesure extrême, et je déplore ses conséquences sur ma famille, précisément au moment où... Bref, je suis en colère. Mais c'est seulement pour que le socialisme ait une chance de pouvoir être complètement mis en œuvre. Ensuite, les frontières pourront être rouvertes, et nous montrerons au monde à quel point notre système est une réussite.

Il repoussa les cheveux humides de la jeune fille en arrière pour dégager son visage et appliqua un baiser sur son nez.

— J'espère que tu as raison, Liv.

— J'en suis sûre ! Le socialisme est le seul mode de vie raisonnable et honnête. Je parie que, lorsque nous serons de retour de la maison, dans un mois, Berlin-Est aura changé et sera un endroit où la vie semblera plus juste.

— Un mois, gémit Hans. Un mois entier sans toi. Comment vais-je tenir ?

Elle l'embrassa.

— Cela va être difficile. Pourquoi ne pas profiter complètement l'un de l'autre tant que nous sommes encore ici ?

Il sourit et l'attira à lui, et pendant quelques instants, ils oublièrent tout à l'exception du bruit de l'eau et du battement de leurs cœurs. Mais lorsqu'ils finirent par éteindre la douche et sortirent de la cabine, ils virent que Frau Scholz se tenait près des lavabos, les bras croisés.

— Les garçons ne sont pas autorisés dans cette salle de douche, Olivia.

Olivia rougit.

— Effectivement, Frau Scholz. Désolée, Frau Scholz.

Depuis combien de temps cette maudite femme se tenait-elle là ? Qu'elle les ait entendus avoir une relation sexuelle était gênant, mais ils espéraient avant tout qu'elle n'ait pas espionné leur conversation.

Hans fit un pas en avant.

— Il n'y avait plus d'eau chaude dans nos douches, Ma, et je ne voulais pas me rendre au dîner de Herr Ulbricht encore plein de sueur.

Il lui adressa son plus beau sourire, mais pour une fois, elle ne succomba pas à son charme.

— Attention, vous deux, aboya-t-elle. Vous êtes surveillés.

Elle leur jeta un dernier coup d'œil insistant et tourna les talons. Olivia, angoissée, se tourna vers Hans.

— Et ne soyez pas en retard ! s'écria de nouveau leur éducatrice. Le bus part dans une demi-heure.

Il n'y avait rien d'autre à faire que de se diriger vers leurs chambres respectives, mais lorsque Olivia eut passé sa robe noire et se fut maquillée, elle ne put s'empêcher de souhaiter que le bus la ramène directement à Stalinstadt, chez elle.

Participer à ce dîner est un honneur, se répéta-t-elle, en entortillant ses cheveux encore humides en un chignon. *C'est l'occasion de rencontrer nos dirigeants*.

Quatre mois plus tôt, elle aurait été enthousiaste à cette idée ; mais ce soir, elle redoutait l'événement.

Le bus s'arrêta devant de gigantesques portes, et, tandis que le chauffeur s'entretenait avec deux gardes trapus en uniformes gris, Olivia observa par la vitre le mur épais qui entourait le complexe des chefs d'État. De luxuriants buissons de rhododendrons s'élevaient au-dessus du mur, sans toutefois parvenir à adoucir son aspect austère. Est-ce à cela que ressemblerait le mur qui allait être édifié à travers la ville lorsqu'ils reviendraient en septembre ? Hans avait-il raison de remettre en question un régime qui enfermait tout le monde pour pouvoir fonctionner ?

Elle se souvint de ce que Klaus lui avait dit le lendemain du *Stacheldrahtsonntag* – le « dimanche des barbelés » – comme ce jour était désormais appelé : « La DDR est encore jeune. Tout comme toi dans ta pratique du javelot, nous avons beaucoup à apprendre et devons faire des sacrifices, mais à la fin, cela en vaudra la peine. Nous obtiendrons l'or. »

Elle était certaine qu'il avait raison, et elle se sentait honorée de faire ainsi partie de l'histoire.

Elle pressa son visage contre la vitre lorsque les portes s'ouvrirent. Le bus entra à l'intérieur. Le complexe des chefs d'État se présentait comme un modèle de ville parfaite, encore plus belle que Stalinstadt. Tous les dirigeants et leur famille vivaient ici, au sein d'un microcosme d'État. Il y avait des boutiques et une école, ainsi que des infrastructures culturelles et sportives. C'était ainsi que vivraient les enfants du socialisme une fois qu'ils seraient abrités par le rideau de fer. Elle jeta un coup d'œil à Hans, très élégant dans son costume, qui regardait autour de lui d'un air distrait. Elle espéra qu'il comprendrait au cours de cette soirée de quelle manière une société réellement égalitaire pouvait fonctionner lorsqu'elle en avait la possibilité. Elle lui prit le bras. Le bus se gara dans une zone de stationnement centrale. Ils se trouvaient au sein du complexe de Wandlitz. L'endroit était très vaste. Au loin, les murs d'enceinte étaient visibles, et elle aperçut les gardes patrouillant à proximité avec des chiens tenus en laisse.

Des maisons de trois étages, toutes revêtues d'un stuc beige uniforme, étaient alignées en rangées parallèles, séparées par des pelouses et des arbustes bien entretenus, mais discrets. Tout cela était sans ostentation, mais apaisant et ordonné. Les maisons étaient plus vastes que ne l'avait imaginé Olivia, mais elle supposait que leurs dirigeants avaient de grandes familles. Elle remarqua d'un côté une série de boutiques qui lui rappelaient celles que l'on trouvait au sein de chaque bloc d'immeubles à Stalinstadt – une laverie, une épicerie, mais aussi l'officine d'un vétérinaire. C'était étonnant, car avoir des animaux de compagnie n'était pas encouragé en DDR, mais elle supposa qu'il devait y avoir des chiens de garde et peut-être des animaux de ferme si l'approvisionnement était local.

— Par ici, mesdames et messieurs, par ici, les héla un homme de petite taille vêtu d'un uniforme raffiné qui avait l'air de dater de la guerre franco-prussienne, en agitant la main en direction de la maison la plus proche. Des cocktails vont vous être servis par Herr Grotewohl.

Les étudiants se regardèrent, impressionnés. Otto Grotewohl était le vice-président d'Ulbricht et un homme important.

— Nous sommes traités comme des VIP ! dit gaiement Magda à Olivia tandis qu'ils étaient invités à passer la porte. Profitons-en !

Olivia sourit, s'efforçant de ne pas prêter attention à la jeune fille moulée dans une robe du soir à fines bretelles, dont les épaules étaient incroyablement musclées. C'était normal, n'est-ce pas ? Magda était une athlète, et non un mannequin. Mais peu importait. Elle regarda avec attention la femme élégante et d'une minceur excessive qui se tenait à la porte pour les accueillir. Celle-ci portait une robe extraordinairement sophistiquée.

— Tu penses qu'elle a un couturier personnel ? lui chuchota Frieda.

Olivia la regarda.

— Ils ne sont pas autorisés.

Elle le savait, car son père devait se montrer très prudent lorsqu'il ajoutait sa petite touche aux vêtements pour ne pas transgresser les règles rigides en matière d'habillement.

— Pour nous, sans doute, mais la robe de Frau Grotewohl ne vient pas du Konsum. Et ces meubles non plus.

Frieda fit un geste ample en désignant le salon et Olivia se mit à admirer avec ébahissement les tapis et leurs arabesques, les tableaux anciens ainsi que les meubles ouvragés en chêne. Les Grotewohl n'avaient pas adopté les tables et les chaises fonctionnelles recommandées par la DDR pour respecter l'état d'esprit socialiste. Ils leur préféraient manifestement de superbes pièces qui rappelaient une époque plus corrompue. Sur la droite, une alcôve donnait sur une bibliothèque en bois lustré et sur la gauche se trouvait une salle de cinéma équipée d'un immense rideau rouge sur lequel étaient apposés des centaines de petits ronds scintillants.

— Est-ce que ce sont... ?

— Des pièces, ma chère, intervint Herr Grotewohl, qui s'était approché d'elle. Des pièces de monnaie, anciennes et modernes. Tu aimes ?

— Est-ce que les pièces ne sont pas un symbole de la décadence capitaliste ? demanda-t-elle.

Le visage de leur hôte se ferma, et, tandis que Frieda s'éclipsait en hâte, elle se maudit intérieurement. Ce qui leur était constamment répété lui avait échappé involontairement.

— Effectivement, confirma-t-il avec fermeté. C'est pourquoi j'aime les garder pour me souvenir de ce contre quoi nous luttons.

— Je comprends. C'est une excellente idée.

— Mais vous devriez prendre quelque chose à boire, lui dit-il d'un ton énergique en l'entraînant vers le bar.

Celui-ci se trouvait dans un angle magnifiquement aménagé. Il était équipé de verres sublimes et d'un nombre incalculable de bouteilles contenant des breuvages alcoolisés et colorés de toutes les régions du monde. Olivia contempla avec admiration le limoncello italien, le rhum des Caraïbes et le cognac français.

— Un Martini, madame ? lui proposa l'un des serveurs vêtus d'un gilet.

Elle hocha innocemment la tête et accepta le cocktail, mais se sentit dépassée.

— Si c'est cette direction que prend le socialisme une fois que le mur sera construit, je suis vraiment impatient, glissa une voix à son oreille.

— Hans, tais-toi.

— Otto a des goûts d'autrefois, entendit-elle une femme expliquer à certains élèves. Il aime le Quatsch[1] prussien. Quant à moi, je préfère les lignes modernes. Ma salle de bains est entièrement en ébène, vous savez – de l'ébène pure.

— Est-ce que ce ne serait pas Red Hilde ? demanda Magda, en se glissant près d'Olivia et Hans.

— Qui ?

— Red Hilde, la ministre de la Justice. Une grande militante.

— Et qui aime l'ébène pure.

Tous trois échangèrent un regard inquiet, mais au même moment, l'arrivée du président Ulbricht provoqua une agitation soudaine. Olivia l'observa faire le tour de la pièce, s'efforçant de serrer toutes les mains et de s'adresser à chaque athlète. C'était un petit homme, vêtu d'un costume d'une sobriété adéquate, qui semblait extrêmement énergique.

— Quelle discipline pratiquez-vous ? demanda-t-il à Olivia lorsqu'il arriva devant elle.

— Je lance le javelot, monsieur.

— Appelez-moi Walter, s'il vous plaît. Ici, nous sommes tous égaux. Le javelot ? Cette discipline doit être passionnante. Et donner un sentiment de puissance.

Elle cligna des yeux en signe d'approbation.

— Oui, c'est le cas, parfois, monsieur, euh, Walter… Lorsque tout fonctionne bien en tout cas.

— Exactement comme pour le socialisme ! s'exclama-t-il en riant de bon cœur à sa propre plaisanterie, bientôt imité par Olivia, Hans et Madga. Nous sommes en train de nous engager dans une

1. Ici au sens de Kitsch.

voie merveilleuse, leur dit-il, en élevant la voix sans effort afin que tous l'entendent. Maintenant que nous nous sommes dissociés des fascistes et de leur idéologie déclinante, nous pourrons accomplir de grandes choses. Lorsque vous monterez sur le podium au nom de la DDR, vous le ferez pour un pays dont vous pourrez réellement être fiers. Et maintenant, si nous allions manger un morceau ?

Il leur fit signe de le suivre à l'extérieur de la maison de Grotewohl et tous se dirigèrent à travers le complexe vers un immense édifice généreusement éclairé qui brillait dans le noir.

— Voici notre Maison de la culture, annonça Ulbricht, qui se tenait à la tête du cortège. Nous disposons également d'un gymnase, d'une bibliothèque, d'un jardin d'enfants et d'une clinique, poursuivit-il en les conduisant à l'intérieur du bâtiment. Par ailleurs, nous avons un cinéma, un restaurant, plusieurs coiffeurs et un salon de massage. Tout ce qui importe dans l'existence.

Il les conduisit près d'une grande baie vitrée.

— Et là, vous pouvez voir notre piscine, des courts de tennis ainsi qu'un champ de tir. Ces équipements nous permettent de rester en forme.

Les courts étaient extrêmement bien éclairés. Olivia examina un groupe de quatre personnes jouer un match de double et se remémora l'époque où elle pratiquait le tennis. Puis elle observa la surface luxueuse des courts, ainsi que l'élégant jardin paysager et les courbes de la piscine partiellement couverte qui se trouvaient au-delà des courts, reprenant conscience du présent.

— C'est très luxueux, commentait Franz. Est-ce ainsi que seront aménagées toutes les villes ?

— Naturellement, dès que le socialisme fonctionnera comme il faut.

— C'est très beau, n'est-ce pas ? demanda Olivia à Hans.

— Superbe. Cela vaut bien les quelques contraintes actuelles, je suppose.

Olivia pensa à Kirsten qui était coincée de l'autre côté du mur, mais songer à ses préoccupations personnelles n'avait pas lieu d'être. Si tous accédaient par la suite à la prospérité, il fallait bien faire quelques sacrifices. Elle pénétra dans l'opulente salle de banquet en éprouvant un sentiment de plénitude que les mets délicieux et les luxueux vins français ne firent que renforcer. À la fin du repas, elle sentit que la tête lui tournait et se pencha vers Hans, qui était assis de l'autre côté de la table.

— Je crois que j'ai besoin d'aller respirer un peu.

— C'est vraiment ce que tu veux ?

Les yeux du jeune homme pétillèrent et elle leva les yeux au ciel.

— Oui...

— Alors permettez-moi, madame.

Ils sortirent tous deux du bâtiment. La piscine paraissait d'un bleu tropical sous son éclairage, et un couple était en train d'y nager. Un seau en cristal contenant du champagne était posé sur une table à proximité.

— Est-ce que nous devrions vraiment boire des vins français ? demanda Olivia.

— Tous les vins que nous trouvons ici viennent de l'Ouest.

— Les vins français sont donc les meilleurs ?

— Je crois bien.

— Et si nous nous contentions de bière ?

— C'est ce que mes parents ont toujours dit, mais bon, Spitzbart sait sûrement ce qu'il y a de mieux à faire, répondit-il en sortant un mouchoir de sa poche pour s'éponger le front. Tu avais raison. Prendre l'air fait beaucoup de bien.

Elle lui prit la main et ils empruntèrent l'allée qui faisait le tour de la Maison de la culture. Plus loin, elle s'arrêta pour jeter un coup d'œil dans un salon de coiffure équipé du matériel dernier cri et se demanda si elle n'allait pas se faire faire une coupe identique à celle de Frieda.

— Hé, viens voir ça, lui dit Hans.

Il se trouvait à quelques pas devant elle et désignait la vitrine suivante. Olivia le rejoignit et ils restèrent immobiles à observer ce qui ressemblait à une véritable caverne d'Aladdin. Il s'agissait d'une épicerie, mais qui ne ressemblait à aucune autre en DDR. Les rayons étaient pleins à craquer de Coca-Cola et de Dr Pepper. D'appétissants steaks étaient disposés à côté de filets de poulet pané, et au centre se trouvait la plus haute pyramide de fruits qu'Olivia ait jamais vue. Il fallait avoir de la chance pour mettre la main sur une pomme à Stalinstadt, mais ici, il y en avait l'équivalent d'un verger entier, sans compter les oranges, les bananes, ainsi que des fruits qui ressemblaient à des pêches, mais qu'elle n'avait jamais eus entre les mains.

— Est-ce que nous aurons droit à tout ça, lorsque le socialisme fonctionnera vraiment ? demanda-t-elle d'un ton dubitatif à Hans.

— Peut-être.

Olivia se retourna et contempla le complexe. Le mur en béton était désormais éclairé, et plusieurs gardes les observaient d'un air suspicieux. Juste au-delà du mur, elle aperçut les immeubles d'habitation austères des modestes résidents de la banlieue de Berlin, qui ne bénéficiaient ni d'une vue sur le complexe, soigneusement masquée par les buissons, ni d'un accès à la Maison de la culture, qui était protégée par de hautes portes.

— Ou bien cela sera-t-il réservé à l'élite ?

Olivia se sentit accablée de tristesse. Elle jeta de nouveau un coup d'œil dans la vitrine du magasin, promenant son regard sur toutes les marchandises interdites. Ici, au cœur de la DDR, les hommes qui avaient muré le reste du pays pour l'isoler de l'Ouest « corrompu et décadent » s'autorisaient à consommer les marchandises qu'ils interdisaient aux autres.

— L'autre jour, Hans, tu m'as dit que les êtres humains étaient incapables d'être intègres. Je pensais que tu faisais preuve de cynisme. J'ai même pensé que tu étais subversif, mais tu te montrais simplement honnête.

— Je n'avais pas nécessairement raison, rétorqua-t-il en lui prenant les mains. N'abandonne pas, Olivia. Tu crois au socialisme, je sais que tu y crois.

— J'y croyais, dit-elle d'un air las. Je pensais que le fait de souffrir aujourd'hui en prévision d'un avenir meilleur était normal, mais nos dirigeants ne souffrent pas, n'est-ce pas ? Ils n'achètent pas leurs vêtements au Konsum. Ils ne sont pas obligés de s'asseoir uniquement dans des restaurants approuvés par l'État, et de ne consommer que la nourriture autorisée par l'État, pour que tout le monde puisse vivre en sécurité, au chaud et en bonne santé. Ils se contentent de garder joyeusement ce qu'il y a de beau pour eux-mêmes, comme les pires des capitalistes.

— Tais-toi, Olivia, répondit Hans en la secouant légèrement. Tu es en train d'attirer l'attention sur toi.

Deux gardes se dirigeaient vers eux, une radio à la main, et d'autres sortirent en courant de la

Maison de la culture. Olivia regarda autour d'elle, paniquée.

— Vous deux ! Ne bougez plus. À quoi jouez-vous exactement ?

— Ce sont des espions, s'écria quelqu'un.

Olivia se tourna vers la Maison de la culture, et aperçut des visages pressés contre la baie vitrée de la salle de banquet, dont celui de Spitzbart lui-même.

— Qu'allons-nous faire ? demanda-t-elle d'une voix étranglée.

— Fais-moi confiance, chuchota Hans, puis il posa un genou à terre devant elle.

— Hans ?

— Olivia Pasternak, déclara-t-il à haute voix, tu es la femme la plus extraordinaire que j'aie jamais rencontrée. Tu es forte, gentille et belle. Je suis incapable d'imaginer passer le mois prochain loin de toi, et encore moins le reste de ma vie sans toi. Je te demande donc, en toute humilité, si tu accepterais de devenir ma femme ?

Les gardes se figèrent, retinrent leurs chiens en arrière et les observèrent, stupéfaits.

Olivia entendit une ovation s'élever depuis la salle de banquet et baissa les yeux vers Hans.

— Tu es sérieux ?

— On ne peut plus sérieux, répondit-il en plongeant son regard dans le sien, les yeux brillants et remplis d'émotion. En réalité, ce n'était pas de cette manière que je souhaitais te faire ma demande, mais je suis sérieux. Je désire réellement que tu deviennes ma femme.

— Alors oui, oui, j'accepte !

Hans se releva d'un bond, la souleva dans ses bras et la fit tournoyer. Tout le monde se précipita à l'extérieur, applaudissant et les complimentant, et les gardes regagnèrent leur mur. Ulbricht en personne se dirigea vers eux.

— Il semble que les félicitations soient de rigueur.

Herr Braun était sur les talons de l'homme d'État.

— Olivia, Hans… C'est merveilleux ! Il s'agit de notre couple médaillé d'or, Walter, de deux athlètes extrêmement talentueux. Ils font honneur à notre jeunesse de la DDR !

— Magnifique ! s'exclama Spitzbart en serrant la main de Hans et en appliquant un baiser sur chaque joue d'Olivia. Il faut annoncer cette fabuleuse nouvelle au monde entier. Habituellement, je n'autorise pas la présence de caméras à Wandlitz… Il s'agit d'une question de sécurité, vous savez… Je suis l'homme à abattre, ajouta-t-il avec un petit rire aigu. Mais nous allons organiser une conférence de presse. Ce sont de bons athlètes, avez-vous dit ?

— Ils sont tous deux médaillés d'or.

— Magnifique, magnifique. Vous êtes exactement le genre de personnes qu'il nous faut pour mettre en avant la réussite du socialisme. Venez vous asseoir près de moi, et racontez-moi votre belle histoire d'amour. Où est votre bague ?

— Je ne l'ai pas apportée, Walter, répondit précipitamment Hans. Je voulais faire ma demande depuis un moment, et j'ai saisi cette occasion. En découvrant ce merveilleux univers socialiste, j'ai pensé tout à coup que j'adorerais qu'Olivia et moi puissions nous installer ensemble dans un tel endroit, et cela… cela a été plus fort que moi.

Spitzbart applaudit, l'air ravi.

— Tout était parfait. Ne vous inquiétez pas. Je vais vous procurer une bague.

— Non, non, je…

— Je vais vous procurer une bague.

Il claqua des doigts et un domestique s'éloigna rapidement. Lorsque Spitzbart les eut conduits près de la meilleure table, le domestique était déjà de retour avec un coffret entier de bagues ornées de pierres précieuses.

— Choisissez-en une.

— Je ne peux pas, répondit Olivia, vraiment, je…

— Choisissez-en une !

Et c'est ainsi, sous le regard attentif du président de la DDR, qu'Olivia choisit la plus petite et la plus discrète des bagues. Malgré tout, lorsque Hans fut invité à s'agenouiller de nouveau devant elle pour passer la bague à son annulaire devenu calleux à cause du javelot, le bijou lui sembla tranchant et lourd. Elle n'aspirait qu'à s'en aller. Au cours de la soirée, ses illusions à propos du socialisme s'étaient évanouies, et pourtant, il lui sembla qu'à cet instant, elle était devenue encore plus prisonnière de ses filets qu'auparavant.

— Le couple de médaillés d'or, annonça Spitzbart.

Les autres élèves, qui s'étaient enivrés de vin français et régalés de plats élaborés, les acclamèrent. Olivia s'efforça de sourire, mais vit que Frau Scholz les observait attentivement et trembla intérieurement. Continuer à remporter des médailles d'or, elle en était désormais certaine, était leur unique chance de survie derrière le grand mur sombre et illusoire qui coupait désormais Berlin en deux.

TROISIÈME PARTIE

30
Kirsten

Mercredi 13 septembre 1961

Lorsque le métro franchit dans un bruit de ferraille la Schwartzkopffstraße, la première des « stations fantômes » qui émaillaient désormais la ligne C, Kirsten s'efforça résolument de rester plongée dans son livre. Elle tenta de se concentrer sur *Faust*, mais même le chef-d'œuvre de Goethe ne parvenait pas à lui faire oublier tout ce qui se passait autour d'elle. C'était une véritable folie. La station qui était auparavant la plus proche de chez elle était devenue inaccessible à cause du mur. Elle devait donc désormais parcourir deux blocs vers le nord pour prendre le métro à Reinickendorferstraße, puis se contenter de rester assise, comme les autres voyageurs, lorsque celui-ci franchissait les sept stations fermées, jusqu'au moment où il rejoignait la Kochstraße. Les portes étaient alors débloquées. Contempler ainsi des quais déserts était déroutant, et *Faust*, décidément, n'était pas le meilleur choix pour ce trajet, mais elle devait en terminer la lecture pour l'école avant la semaine suivante.

Le métro poursuivit son trajet, traversant en trombe Oranienburger Tor et Friedrichstraße, deux stations du quartier de Mitte autrefois en service. Elles semblaient désormais à l'abandon, si bien qu'elles incitaient à penser que la ville qui se trouvait au-dessus s'était également vidée de ses habitants. Lorsqu'elle avait vu les communistes annexer ainsi Berlin, Kirsten avait découvert, tristement, combien leur régime était sordide et corrompu. Elle n'arrivait pas à croire que sa nouvelle famille puisse être coincée derrière le rideau de fer.

Un pauvre jeune homme appelé Günter Litfin avait été abattu en tentant de traverser le canal à la nage l'autre jour, et dans Bernauerstraße, leur rue, Frieda Schulze, une femme de soixante-dix-sept ans qui vivait au-dessus de l'appartement de Gretchen, avait failli ne pas survivre à une bagarre qui s'était déroulée chez elle entre les gardes et des étudiants qui avaient escaladé l'immeuble pour l'aider à s'échapper. Des caméras de l'Ouest avaient filmé toute la scène, qui repassait en boucle sur leurs chaînes télévisées occidentales, ainsi que sur l'écran géant que les chaînes d'information américaines avaient installées près de la porte de Brandebourg. Celui-ci avait été suspendu à grande hauteur pour tenter d'informer les Ossis des horreurs en train d'être perpétrées à leur égard au nom d'une « paix éternelle ».

Il était difficile de savoir si ceux-ci étaient conscients de ce dont il était question ; et même si c'était le cas, ils ne pouvaient que difficilement se révolter. Des groupes parcouraient apparemment les rues pour veiller à ce que chacun approuve les actes de Spitzbart, et la Stasi renforçait sa surveillance. Pourtant, avec l'isolement de la partie ouest, le service de renseignement aurait dû se sentir davantage en sécurité, mais il semblait au contraire que sa paranoïa ne faisait qu'augmenter. Kirsten espérait qu'Olivia allait bien, ainsi que ses parents et ses frères, qu'elle n'avait pas encore rencontrés. Mais qu'aurait-elle pu faire ?

Le métro traversa Stadtmitte, la dernière des stations fantômes, et un soupir de soulagement se répandit dans les wagons, comme si les passagers avaient retenu leur souffle jusqu'alors. Le mur prenait rapidement de la hauteur dans la ville, et à certains endroits, les immeubles situés derrière étaient abattus pour créer un espace dégagé destiné à décourager ceux qui auraient envie de fuir. Tous les résidents de l'immeuble de Gretchen avaient reçu un avis d'expulsion et des soldats étaient en train de murer chacune de ses innombrables fenêtres, les condamnant et laissant place à un mur austère et nu.

— Heureusement que vous m'avez fait sortir, leur répétait Gretchen au moins une fois par jour.

Ils avaient le sentiment d'être à l'étroit dans l'appartement, surtout Kirsten, qui partageait désormais sa chambre avec sa tante. Les vêtements emportés par Gretchen étaient en surnombre dans l'armoire par rapport aux quelques tenues que la jeune fille avait confectionnées elle-même, et ses produits de maquillage ainsi que ses lotions envahissaient le bureau de Kirsten.

— De toute façon, tu détestes faire tes devoirs, avait répliqué joyeusement sa tante lorsque celle-ci avait protesté.

Elle avait raison, mais en réalité, comme il s'agissait de sa dernière année, Kirsten s'efforçait de surmonter ses réticences. Elle avait conservé sous son matelas le prospectus de l'université que Dieter lui avait apporté et travaillait dur pour voir si elle parviendrait à avoir des résultats suffisants pour pouvoir s'inscrire. Vivre aux côtés de Gretchen ne lui facilitait pas la tâche, mais il valait mieux cela que de voir sa tante murée à Berlin-Est. Elle s'efforçait donc de s'accommoder de la situation.

Une fois que le métro eut atteint Kochstraße, Kirsten remit avec soulagement son exemplaire de *Faust* dans son sac et sortit. C'était une belle soirée de septembre. Avec les prémices de l'automne berlinois, le soleil se couchait plus tôt, mais il chauffa doucement son visage, qu'elle inclina vers le haut, en évitant de regarder le mur installé à l'autre extrémité de la Zimmerstraße. Toutefois, elle ne put ignorer la cabane blanche située juste devant le café. Le point de passage avait rapidement été baptisé « Checkpoint Charlie » car il s'agissait du troisième poste de contrôle américain implanté en DDR – après Alpha, situé à Marienborn, sur la frontière allemande intérieure, et Bravo, sur la route de Berlin-Ouest à Drewitz. Le nouveau poste était minuscule et sommaire, mais les Américains avaient déclaré qu'il resterait ainsi pour en souligner « l'impermanence », même si rien ne semblait provisoire dans les grands immeubles qui étaient édifiés du côté est.

— *Evening, ma'am,* la salua le garde avec un accent joyeux, en inclinant son couvre-chef et en lui adressant un sourire d'une blancheur étincelante.

— *Evening*, répondit-elle sèchement.

Les soldats, individuellement, paraissaient charmants, mais elle ne pouvait oublier le fait que les Alliés ne s'étaient pas opposés à ce maudit mur. Chaque matin, elle songeait qu'elle avait été sur le point de rencontrer sa mère biologique et éprouvait le désir de hurler sa frustration devant l'inutile et vicieuse cruauté de la situation. Avec un soupir, elle poussa la porte du Café Adler, qui était plein à craquer. L'emplacement de l'établissement, juste à côté de Checkpoint Charlie, attirait un flot ininterrompu de clients qui désiraient déguster un café et un morceau de gâteau tout en jouissant d'une vue sur la mystérieuse partie est. Quant à Frau Munster, elle était ravie des bénéfices qu'elle avait réalisés au cours du mois. Le mur avait au moins quelques avantages.

— Bonsoir, Kirsty, la héla Sasha, entourée d'un nuage de vapeur sortant de la machine à café. Regarde ce monde, je suis épuisée.

— J'arrive !

Kirsten s'apprêta à venir en aide à sa collègue et jeta un coup d'œil autour d'elle pour voir si Dieter était présent. Elle l'avait aperçu à plusieurs reprises depuis qu'elle l'avait laissé à la porte de Brandebourg, mais il s'était montré distant et affichait un air absent. Il n'avait pas manifesté lorsque le vice-président américain s'était rendu à Berlin, après avoir assuré tout le monde de son soutien. Il s'était contenté de distribuer des stylos en plastique. Il avait également cessé de travailler au centre de réfugiés parce que, depuis l'installation de la clôture, seule une poignée d'Ossis fous et courageux tentaient encore de passer à l'Ouest. Par ailleurs, les cours à l'université n'avaient pas encore commencé, et elle n'avait aucune idée de la manière dont il occupait son temps. Il ne le passait pas avec elle, en tout cas, et elle s'efforçait d'accepter qu'il soit allé de l'avant.

Elle repéra un couple d'amis du jeune homme installé dans un coin, mais il n'était pas avec eux, et Astrid non plus. Se disant que l'absence de cette dernière était une raison de se réjouir, elle arbora son plus beau sourire et se mit à servir le flot incessant des clients. Juste en haut de la Friedrichstraße, les Ossis installaient des blocs de béton à intervalles réguliers de part et d'autre de la rue pour obliger les véhicules à zigzaguer lentement en franchissant le poste de contrôle, et tout le monde observait avec curiosité la scène. Plusieurs personnes avaient foncé à travers la frontière avec leur voiture durant les premiers jours, mais du fait de ces énormes obstacles, c'était désormais impossible, et le café bruissait de conversations animées qui tournaient autour du niveau de paranoïa qu'allaient atteindre ces imbéciles.

— J'ai entendu dire qu'ils envisagent d'installer un « couloir de la mort », expliqua un client. Une zone entièrement dégagée équipée de chausse-trappes et de miradors.

— Il n'y aura pas de miradors, s'écria quelqu'un. Ce n'est pas un KZ !

— Tu en es bien sûr ? Ils ont tiré sur quelqu'un l'autre jour – un gamin de dix-sept ans qui embrassait sa copine contre la clôture, et cisaillait les barbelés derrière son dos. Heureusement, ils ont réussi à traverser tous les deux, mais le pauvre garçon a pris tellement de balles dans les jambes qu'il devra marcher avec des béquilles toute sa vie. Quel horrible prix à payer, tout ça parce que les gens désirent simplement vivre où ils veulent et comme ils veulent. Les salopards !

— Les salopards ! entonnèrent en chœur les autres, en signe de solidarité.

— Du schnaps pour tout le monde ! commanda le client, en affirmant qu'il fallait célébrer le fait d'être du bon côté du mur.

Les craintes qu'éprouvait Kirsten pour Olivia et les membres de sa famille qu'elle n'avait pas encore rencontrés s'amplifièrent. Et tandis que les clients s'enivraient bruyamment à une heure avancée de la nuit, elle se réfugia dans la cuisine pour respirer. Elle était en train de remplir un verre d'eau au robinet lorsqu'elle entendit un bruit dans son dos.

Elle se retourna et sursauta en voyant Astrid debout dans l'ombre du réfrigérateur industriel.

— Qu'est-ce que tu fais ici ? lui demanda-t-elle.

— Euh, je cherchais les toilettes.

— Derrière le réfrigérateur ?

— Non ! Mais j'ai eu l'impression d'entendre du bruit.

— Dans la cuisine ?

— Oui.

— Donc, tu as l'impression d'avoir entendu du bruit dans la cuisine d'un café plein à craquer de clients, Astrid ?

— Oui, j'ai entendu quelque chose de bizarre.

— C'est *toi* qui es bizarre, répliqua Kirsten.

Il ne s'agissait pas de son insulte la plus recherchée, mais elle la soulagea, en tout cas jusqu'au moment précis où quelqu'un franchit la porte donnant sur la cour pour rejoindre Astrid. Kirsten en eut le souffle coupé.

— Dieter ?

— Kirsten ? Qu'est-ce que tu fais là ?

— Je te signale que je travaille ici ! C'est à *toi* que je devrais poser cette question. Ou plutôt, à vous deux…

Dieter et Astrid se regardèrent, l'air coupables. Elle eut le sentiment d'être trahie. Elle avala d'une traite son verre d'eau, résistant à l'envie de le leur jeter à la figure, puis posa les mains sur ses hanches.

— Sortez d'ici, maintenant ! Sinon, je vais aller expliquer à Frau Munster que vous rôdez dans sa cuisine.

— Nous ne rôdons pas, Kirsty, se justifia Dieter. Nous…

— J'ai compris ce que vous faisiez, merci. Maintenant… Dégagez !

— Kirsty, s'il te plaît, laisse-moi t'expliquer. C'est à cause du mur, tu vois. Je me suis senti impuissant, c'est pour cela que...

— Dieter, aboya Astrid. La ferme !

Kirsten heurta le rebord de la cuisinière en se remémorant le contact des mains impatientes de Dieter lors de leur première sortie, et de ses excuses lorsque Astrid lui avait appris qu'elle était encore au lycée. Manifestement, Astrid n'était pas aussi inexpérimentée qu'elle.

— Écoute, je suis ravie qu'Astrid ait pu faire quelque chose pour ton « impuissance », Dieter, lui assena-t-elle d'un ton glacial, mais à l'avenir, je préférerais qu'elle le fasse dans un endroit plus... hygiénique. Bonne soirée.

— Kirsten...

— Bonne soirée, Dieter. Bonne soirée, Astrid.

— Bonne soirée, répondit Astrid en attrapant la main de Dieter pour l'entraîner hors de la cuisine. Mais au fait, j'ai quelque chose pour toi.

Elle plaça un petit carré de papier minuscule dans la main de Kirsten, et cette dernière l'observa, confuse. Il s'agissait d'une feuille de papier repliée plusieurs fois sur elle-même et froissée, comme si elle avait été sortie d'une poubelle, mais au centre, elle put voir, tracé d'une jolie écriture fine, le mot « Pippa ». Elle déglutit et, refoulant ses larmes, s'appuya contre le mur, déplia la feuille et se mit à la lire. Il n'y avait pas assez de place sur le papier pour rédiger une longue lettre, mais elle s'imprégna des mots qui y étaient inscrits.

Ma chère Pippa,
Je prie pour que cette lettre te parvienne et que tu sois assez forte pour lire les mots d'une mère à laquelle tu as toujours manqué, qui n'a jamais

cessé de t'aimer et n'a jamais réellement cessé de te chercher, ne serait-ce que dans son cœur. J'ai compté les jours jusqu'à ton dix-huitième anniversaire pour tenter, de nouveau, de te retrouver, mais c'est toi, ma Pippa, ma fille, ma précieuse chérie, qui nous a retrouvés. Cela doit être la volonté de Dieu, mais Dieu semble avoir aussi peu de pouvoir ici à Berlin, en cette période terrible, qu'à l'époque des KZ. Je suis de nouveau enfermée, Pippa, et la seule chose qui me réconforte est de savoir que tu es en vie, heureuse, et que tu es toi-même devenue une femme. Lorsque j'avais ton âge, j'ai été enfermée dans un ghetto, puis dans un camp de la mort. Je ne pensais pas y survivre. Je ne pensais pas que tu survivrais. Mais nous sommes en vie toutes les deux, et je veux simplement te dire que, si j'ai échoué en tant que mère à pouvoir te garder auprès de moi, tu as toujours été présente dans mon cœur.

Je maudis les personnes qui nous ont séparées, mais je bénis la femme qui t'a élevée avec toute l'affection que j'aurais moi-même aimé te donner. J'ai vécu une trop grande partie de ma vie à espérer, et de nouveau, j'espère – j'espère que ces murs de haine vont tomber, et qu'enfin je pourrai te serrer dans mes bras une fois de plus. Jusqu'à ce jour, nous devrons nous contenter de ce piètre palliatif, mais il me permet d'exprimer sincèrement mon affection.

Avec mon amour et ma bénédiction,

Ta Mutti.

Kirsten posa la lettre contre sa joue, comme si elle pouvait ressentir physiquement l'amour que celle-ci lui transmettait. Une larme apparut au coin de son œil, mais elle l'essuya avec détermination.

Mur ou pas, elle ne pouvait permettre que cette femme la perde à nouveau. Elle allait oublier Dieter, ainsi que l'université. À partir de maintenant, elle se concentrerait sur ce qui était important : se rapprocher de sa mère biologique. Dès qu'elle le pourrait, elle demanderait un laissez-passer. Il n'y aurait plus de passage non officiel à l'Est ; elle affronterait la situation la tête haute.

Sa décision la mena dès le lendemain après l'école jusqu'au bureau des laissez-passer, un abri de fortune situé près de Friedrichstraße. Là, elle patienta trois heures dans la file d'attente. Par pur ennui, elle sortit l'exemplaire usé de *Faust* de son sac et termina le livre. Elle se mit même à en apprécier la lecture, notamment après avoir commencé à imaginer que Méphistophélès était pourvu du même petit bouc que Walter Ulbricht. Puis elle finit par arriver en tête de la file et présenta sa carte d'identité au guichet.

— Motif de la visite ? demanda l'employée.

— Je viens voir ma famille.

— Nom ?

— Kirsten Meyer.

— *Leur* nom, Fräulein.

— Oh ! Pasternak. Ma sœur s'appelle Olivia Pasternak et elle est élève à l'école des sports du Dynamo. L'école se trouve dans la rue située juste à côté de mon appartement et…

L'employée leva la main d'un air ennuyé pour lui faire signe de se taire. Elle se mit à feuilleter un énorme dossier, puis s'interrompit.

— Attendez ici, s'il vous plaît.

Elle fit signe à Kirsten d'attendre sur le côté.

— Ici ?

— S'il vous plaît.

Personne dans la file avant elle n'avait reçu l'instruction d'attendre, et elle regarda autour d'elle, déconcertée.

— Pourquoi ?

— Vous pouvez partir, si vous le souhaitez.

— Non, je…

— Bon, alors attendez, s'il vous plaît.

— Parfait.

À contrecœur, Kirsten fit un pas de côté et l'employée commença à s'occuper de la personne suivante. Puis de la suivante. Puis de la suivante. L'estomac de la jeune fille émit quelques gargouillis et elle se mit à faire les cent pas, consciente des regards tournés dans sa direction, jusqu'à ce qu'enfin elle sente une petite tape sur son épaule.

— Si vous voulez bien me suivre à l'intérieur, Fräulein.

L'officier désigna une porte à l'arrière de l'abri. Kirsten se dit qu'elle n'avait *pas* envie de le suivre à l'intérieur.

— Pourquoi ?

— Je souhaite simplement vous poser quelques questions. Vous ne courez aucun risque, rassurez-vous. Je laisserai la porte ouverte, si vous le souhaitez.

— Quelles questions ?

— À l'intérieur, Fräulein, s'il vous plaît.

Inquiète, Kirsten se laissa conduire à l'intérieur de l'abri et plaça sa chaise aussi près que possible de la porte.

— Vous dites qu'Olivia Pasternak est votre sœur ?

— C'est exact.

— Mais vous n'avez pas le même nom ?

— Non. J'ai été adoptée. Et elle aussi, en réalité.

— Par Ester et Filip Pasternak ?

— Euh, oui. Il s'agit de mes parents, mes parents biologiques. Je ne l'ai appris que récemment, et je devais les rencontrer, mais la soudaine construction du mur m'en a empêchée.

— Je vois.

— J'aimerais les rencontrer. C'est pour cette raison que je voudrais obtenir un laissez-passer.

L'homme pencha légèrement la tête d'un air triste.

— Malheureusement, cela sera impossible.

— Pourquoi ?

— Olivia Pasternak figure sur la liste.

— Votre liste ?

— Ma liste des personnes soupçonnées d'activités subversives.

— Olivia ? Mais c'est impossible ! Elle est Ossi à cent pour cent.

L'officier leva un sourcil étonné et Kirsten s'éclaircit la voix.

— Je veux dire que ma sœur est une fidèle socialiste.

— J'espère que vous avez raison. Nous allons avoir un œil sur elle.

— Un œil sur elle ? Que voulez-vous dire ?

Le soldat la regarda d'un air impassible. Il lui fit penser à cet homme de la Stasi qui avait essayé de l'acheter, d'abord avec un jean, puis en lui proposant de lui fournir des informations sur sa mère. Celui-ci lui avait dit qu'il pourrait l'aider à retrouver Ester, mais pour l'instant, ses camarades faisaient tout ce qui était en leur pouvoir pour l'en empêcher.

— Et qu'en est-il de ma mère, Ester ? Figure-t-elle aussi sur votre liste ?

— Pas pour l'instant.

— Alors laissez-moi…

— Mais si des Allemands de l'Ouest tentent de rentrer en contact avec elle, nous devrons reconsidérer son cas.

Kirsten était stupéfaite.

— Je ne suis pas n'importe quelle Allemande de l'Ouest ; je suis sa fille. Je lui ai été enlevée à Auschwitz. Est-ce qu'elle n'a pas assez souffert ?

Pendant une fraction de seconde, l'homme parut déconcerté, puis il reprit contenance.

— Effectivement. C'est pourquoi elle doit avoir la possibilité de mener une vie décente à l'abri des considérations mesquines des Allemands de l'Ouest.

— Mais...

— Je refuse de vous accorder un laissez-passer. Ne refaites pas de demande, car cela pourrait valoir des difficultés à votre prétendue famille. Vous comprenez ?

Kirsten se leva et bomba le torse.

— J'entends ce que vous dites, monsieur, mais je ne comprends pas et je ne comprendrai jamais. Bonne journée.

Elle s'éloigna en titubant le long de la file des personnes qui l'observaient avec attention en attendant d'obtenir le laissez-passer qui lui avait été refusé. L'Allemagne de l'Est l'avait toujours effrayée, mais désormais, elle avait peur pour sa famille. Elle effleura la précieuse lettre qu'elle avait rangée dans son sac et serra les mâchoires. Ester et Filip avaient tant sacrifié pour la chercher ; désormais, c'était à elle de faire des efforts. Olivia allait rentrer à Berlin au début de la nouvelle année scolaire, et Kirsten était plus déterminée que jamais à trouver un chemin jusqu'à elle.

31
Olivia

Mercredi 20 septembre 1961

Olivia regarda par la fenêtre de sa nouvelle chambre en plissant les yeux pour apercevoir la porte de Brandebourg, désormais éloignée de plusieurs kilomètres. Elle serra ses bras autour d'elle, car elle eut subitement froid. Elle espérait que Hans allait arriver rapidement pour la réconforter au sein de cet univers étranger. Elle venait de rentrer à Berlin, aspirant à retrouver la confortable pension réservée aux athlètes et située près de la piste du centre-ville, mais elle avait été installée dans les locaux du Dynamo proprement dit. Les ouvriers avaient dû subir une énorme pression pour achever à temps la nouvelle piste en asphalte ainsi que l'hôtel des athlètes. Les élèves étaient désormais tenus à l'écart de la sombre démarcation du mur et des tentations de l'Ouest. Cela la rendait triste.

Elle avait pris le train la veille et était arrivée à Ostbahnhof, au centre de Berlin, découvrant une ville coupée en deux de manière irrégulière. Partout, les barbelés étaient en train d'être remplacés par des blocs de béton et tout le monde semblait déjà s'y être habitué. Beaucoup d'habitants, dans leurs discussions, évoquaient le soulagement de ne plus subir l'intrusion et le comportement arrogant de ces « Wessis ». Olivia comprenait, mais la situation ne lui convenait pas.

S'il n'y avait pas eu ce maudit mur, elle vivrait encore dans une pension à proximité de la sœur dont elle venait de faire la connaissance. Elles auraient pu se revoir autour d'un café. Elle aurait sans doute pu être invitée à déjeuner dans l'appartement de Lotti, Kirsten aurait pu venir assister à ses compétitions, ou bien elles se seraient simplement assises sur la place du marché en se racontant leurs existences respectives. Mais aujourd'hui, elles auraient aussi bien pu vivre l'une aux États-Unis et l'autre en Russie, tant les deux modes de vie qui régnaient de part et d'autre de la dangereuse frontière séparant les forces en présence de la guerre froide étaient différents.

Et puis il y avait sa mère.

« Ce n'est pas ta faute », lui avait répété Ester au cours du mois qu'elle avait passé à la maison, mais ses sourires étaient forcés, et elle avait cessé d'évoquer son passé dans le camp.

La période qu'elle avait passée dans *cet endroit* lui était de nouveau devenue trop intolérable, y compris pour être relatée sous forme de fragments, ce qui attristait Olivia.

Ses parents avaient célébré avec autant de faste que possible son dix-huitième anniversaire, en préparant un somptueux repas et en lui offrant un magnifique pull en cachemire bleu pour lequel ils avaient dû utiliser tous leurs bons d'achat de vêtements. Olivia en avait été très touchée, mais elle n'avait pas profité pleinement de la journée, songeant que ce jour aurait dû être celui où Ester lui aurait appris l'existence de Pippa. Elles auraient alors entamé les recherches et, avec la fermeture de la frontière, auraient abouti à une impasse. Cela aurait sans doute été préférable.

Elle poussa un gémissement et se jeta sur son lit pour étirer ses muscles, agréablement endoloris par la séance d'entraînement de la matinée. Lorsqu'elle avait séjourné chez elle, l'exercice physique lui avait manqué. Elle était heureuse d'être avec sa famille, mais rester assise tranquillement à jouer au Meccano avec ses frères ou à discuter autour de la table lui avait demandé un effort. Être de retour au Dynamo avait donc aussi du bon, même si elle savait que, dès le lendemain, elle aurait des courbatures.

— Toc toc… Est-ce que ma fiancée est là ?

Elle bondit, oubliant ses muscles douloureux.

— Hans ! s'exclama-t-elle en ouvrant la porte à la volée et en lui tombant dans les bras. Je suis si heureuse que tu sois là !

— Le train a été retenu pendant un temps infini à Wittenburg. C'était vraiment frustrant, avoua-t-il en prenant le visage de la jeune femme entre ses mains et en l'embrassant tendrement. Le mois m'a semblé long sans toi, ma beauté.

À son grand embarras, Olivia sentit les larmes lui monter aux yeux. Elle tenta de le dissimuler en enfouissant son visage dans la poitrine du jeune homme, mais celui-ci l'embrassa.

— Tout va bien ?

— Je suis simplement émue de te voir.

— Je ressens la même chose.

Hans la repoussa doucement à l'intérieur de la pièce et continua de l'embrasser, plus longuement et plus fougueusement. À cet instant, elle se sentit en sécurité. Elle avait chaud, se sentait aimée et sûre d'être à sa place, malgré les bouleversements qui frappaient Berlin.

— J'ai quelque chose pour toi, Liv, déclara Hans lorsqu'ils desserrèrent enfin leur étreinte.

Elle leva un sourcil avec une expression espiègle, et il rit.

— Non, ce n'est pas ce que tu crois ! Enfin, si, mais d'abord…, reprit-il en tirant une petite boîte de sa poche. La dernière fois, lorsque je t'ai demandée en mariage, l'atmosphère était tendue. Me permets-tu ?

Il tendit la main vers son annulaire pour lui enlever la bague offerte par Ulbricht, et elle acquiesça, enchantée. Elle l'avait portée en signe d'amour pour lui et parce qu'elle était fière de s'être fiancée, mais le bijou lui rappelait cette horrible soirée à Wandlitz, au cours de laquelle elle avait pris conscience de toute l'hypocrisie de leurs dirigeants. Elle fut donc heureuse d'être débarrassée de la bague.

— Parfait, dit Hans. Je te préviens simplement que celle-ci ne sera pas aussi luxueuse, mais elle sera… tout à fait convenable.

Elle hocha la tête, sentant de nouveau les larmes lui monter aux yeux.

— Nous y voilà, Olivia. Je désire que tu m'épouses, non pas parce que l'État nous menace – même si, Dieu m'en est témoin, je ferai tout ce qui est en mon pouvoir pour te protéger – mais parce que je pense que tu es la fille la plus merveilleuse que j'aie jamais rencontrée, parce que tu remplis ma vie, et que je désire que nous restions ensemble jusqu'à la fin de nos jours.

Il souleva le couvercle de la boîte et elle aperçut un simple anneau en or orné de petites aigues-marines.

— Hans, elle est splendide !

— Elle me rappelle tes jolis yeux pétillants.

Rougissant, elle tendit les doigts et il passa délicatement la bague à son annulaire, puis s'apprêta à l'embrasser. Elle l'arrêta dans son mouvement.

— Tu sais que je désire t'épouser, Hans, réellement. Tu es doué, tu es courageux, tu es drôle. Tu oses te poser des questions et tu te montres intègre. Je ne peux imaginer de meilleur homme avec qui passer ma vie.

Elle se tourna vers sa table de chevet et sortit elle aussi une petite boîte de son tiroir. Beaucoup d'hommes avaient commencé à porter des alliances pendant la guerre, en hommage à celles qu'ils aimaient, afin de garder courage sur les champs de bataille, et cette tradition était encouragée en DDR. Tous les hommes, cependant, ne souhaitaient pas en porter, et elle espérait que Hans allait apprécier la sienne. Le jeune homme écarquilla les yeux et, le cœur battant, elle ouvrit la boîte, révélant une simple alliance sur laquelle était gravé un feuillage.

— Ce sont des feuilles de chêne, expliqua-t-elle. Fortes et belles... Exactement comme toi.

Il scruta le bijou et elle crut qu'elle avait commis une erreur. Elle commença à se sentir légèrement mal à l'aise, mais il releva la tête, les yeux brillants.

— Je la trouve magnifique. Je n'aurais jamais cru... Je serai très heureux de porter moi aussi un symbole de notre amour mutuel.

Il appréciait son geste !

— Tout n'est pas corrompu en DDR, et l'égalité est un bel idéal à mes yeux, commenta Olivia. Puis-je... ?

Elle lui passa l'anneau et l'embrassa, puis il l'attira à lui, l'étreignant comme pour prendre possession de toutes les parties de son corps. Olivia l'entraîna vers le lit, et se perdit dans ses bras – les bras de son ami, de son amour, de celui qui serait bientôt son époux.

— Quand nous marierons-nous ? demanda-t-elle ensuite.

— Demain ?

— Hans !

— Je le ferais, si c'était possible.

— Moi aussi, mais je suppose que nos parents ont leur mot à dire, non ?

Il eut un sourire triste.

— Ma mère me tuerait si nous précipitions les choses ! Je suis impatient que mes parents fassent ta connaissance, Liv. Ils assisteront à la compétition inaugurale. Et les tiens ?

— Je l'espère. Je leur ai écrit pour leur en parler, et je suis sûre qu'ils feront leur possible pour venir.

— Nous pourrions peut-être dîner tous ensemble ? Faire des projets. Tu crois que nous pourrions nous marier à Noël ?

— J'aimerais beaucoup, approuva Olivia, qui sentit de nouveau une chaleur réconfortante l'envahir. Je porterai ton nom. Keller.

Cette pensée était étrange. Elle aurait un nouveau nom, une nouvelle famille. Il n'y avait pas que les liens du sang, après tout, et plus il y avait de gens à aimer, mieux c'était.

— Penses-tu que nous aurons le droit de partager une chambre lorsque nous serons mariés ? demanda Hans.

— Je l'espère sincèrement. Je veux dormir dans tes bras chaque nuit pour le restant de ma vie.

Hans l'embrassa et commença à passer les doigts le long de sa colonne vertébrale, puis s'interrompit à mi-parcours.

— Qu'y a-t-il ? demanda Olivia.

— Rien, répondit-il un peu trop précipitamment.

Olivia se redressa.

— Si. Qu'est-ce qui ne va pas ?

— Rien, Liv. C'est simplement que... Un poil a poussé dans ton dos.

— Quoi ?

Elle tordit le cou pour essayer d'apercevoir son dos, mais bien sûr, cela était impossible. Elle avait passé une éternité le matin même à vérifier avec sa pince à épiler qu'aucun poil n'avait poussé sur son buste, mais elle n'avait pas prévu qu'il pouvait y en avoir dans son dos. Elle remonta le drap, gênée, mais Hans tenta de la rassurer.

— Il est tout petit. Et très souple.

— Ce n'est pas le problème, répondit-elle, tandis que les larmes lui montaient aux yeux.

— Alors qu'y a-t-il ? Parle-moi, Liv, c'est important.

Elle n'avait pas envie de se confier, mais elle n'avait généralement pas de secrets pour Hans et elle l'aimait au plus haut point.

— Il n'y a pas que ces quelques poils. Je n'ai plus mes règles. Cela m'inquiète, comme si, d'une certaine manière, mes ovules étaient, je ne sais pas… détériorés, dit-elle en prenant une grande inspiration avant de lui avouer sa plus grande crainte. Que ferons-nous si je ne peux plus avoir d'enfants ?

Il en eut la respiration coupée.

— Cela serait très ennuyeux. Évidemment, j'accepterais la situation, si c'était le cas. Cela ne changerait rien au fait que je désire être avec toi pour toujours, mais avoir des enfants serait formidable, non ?

— Bien sûr, reconnut Olivia, je désire avoir des enfants avec toi, Hans. Pas maintenant, non, mais un jour. Je voudrais que nous fondions une famille.

Il l'embrassa.

— Moi aussi. Que penses-tu d'arrêter de prendre les vitamines pendant un petit moment, pour voir ?

Elle se mordit la lèvre inférieure.

— Et si je n'arrive plus à lancer ?

Hans parut réfléchir.

— Tu y arrivais très bien, avant de les prendre.

— Je ne lançais pas aussi loin.

— C'est peut-être une question de technique. Cela vaut la peine d'essayer, juste pour voir. Ensuite, tu pourras les reprendre. Et d'ailleurs, je vais les arrêter aussi.

— Ce n'est pas toi qui subis une interruption de ton cycle, Hans.

Il lui donna un petit coup de coude.

— C'est vrai. Mais malgré tout, j'ai l'impression que ces vitamines me rendent plus agressif, et cela ne me plaît pas. Et si nous passions un pacte, Liv ? Arrêtons de les prendre pendant deux semaines, et nous verrons bien ce qui se passera.

Olivia ne répondit pas. Si les responsables du club l'apprenaient, ils seraient furieux. Cela serait sans doute considéré comme un comportement subversif de leur part, et ils faisaient déjà l'objet de soupçons. Mais si ces minuscules pilules bleues endommageaient son utérus, elle préférait ne plus les prendre. Un javelot n'était qu'un javelot ; ce qui importait le plus, pour elle, était sa relation avec Hans.

— D'accord, approuva-t-elle.

Elle se sentit d'humeur plus légère, mais un coup à la porte la fit brusquement sursauter.

— Olivia ?

La jeune fille regarda Hans avec une expression horrifiée. Frau Scholz avait malheureusement intégré elle aussi la nouvelle pension et se révélait aussi intrusive qu'auparavant.

— Oui, Frau Scholz ? répondit-elle d'une voix mélodieuse.

— Une journaliste aimerait te rencontrer.

— Une journaliste ?

— Elle est envoyée ici par Herr Ulbricht. Je te conseille donc de ne pas la faire attendre !

— Euh, oui, bien sûr. J'arrive tout de suite.

— Parfait. Elle souhaite également que Hans soit présent. Tu as une idée de l'endroit où il se trouve ?

Olivia jeta un coup d'œil vers Hans, qui était allongé nu près d'elle, et réprima un gloussement.

— Je pense que je dois pouvoir le trouver facilement.

— Très bien. Je vous donne rendez-vous dans la salle de conférences dans dix minutes.

Elle s'éloigna, et ses pas résonnèrent le long du couloir. Tous deux pouffèrent de rire, mais s'interrompirent rapidement.

— Pourquoi cette journaliste veut-elle nous voir ?

— Il n'y a qu'une seule manière de le savoir. Oh, et Liv..., ajouta Hans en désignant sa bague du doigt. J'adore te voir la porter, mais je pense qu'il vaut mieux que tu la retires. Si Spitzbart a envoyé cette journaliste, il vaut mieux que tu portes la bague qu'il t'a offerte, et non la mienne.

Cette idée n'enchanta guère Olivia, mais elle admit que Hans avait raison et ôta tristement sa nouvelle bague de fiançailles pour la remplacer par celle d'Ulbricht. Il s'agissait d'un beau bijou, se dit-elle, et le président avait eu la gentillesse de le leur offrir, mais elle ne pouvait s'empêcher de se demander d'où venaient les bagues contenues dans la boîte, et comment un socialiste pouvait croire qu'il avait le droit de les conserver.

Elle se précipita sous la douche pour se rafraîchir, enfila un survêtement du Dynamo, et Hans et elle se dirigèrent vers la salle de conférences. Les Scholz et Herr Braun s'affairaient autour d'une femme d'âge moyen élégamment vêtue. Celle-ci était accompagnée d'un photographe qui, constata Olivia avec effarement, était en train d'installer un écran sophistiqué ainsi que divers éclairages dans la pièce. Elle effleura ses cheveux humides, qu'elle avait réunis en une queue-de-cheval austère. Qu'avait-elle fait pour se retrouver dans cette situation ?

— Ah, Olivia ! Hans ! Le couple médaillé d'or ! Entrez, entrez, les invita la femme en les conduisant obséquieusement vers des chaises. Je suis ici pour vous interviewer pour *Neues Deutschland*. Nous réalisons un reportage sur la nouvelle piste et sur la prochaine compétition, et nous aimerions y parler de vos fiançailles. Car vous *êtes* fiancés, n'est-ce pas ?

— Effectivement, confirma Hans. Et notre amour a été scellé par une bague offerte avec une grande gentillesse par Herr Ulbricht.

Il passa un bras autour des épaules d'Olivia. Celle-ci tendit obligeamment la main qui, quelques instants auparavant, était ornée de sa véritable bague de fiançailles. La vie observée à travers le prisme de la DDR, apprenait-elle à ses dépens, était un tissu de mensonges, et il fallait faire en sorte que les vôtres soient solides pour survivre. Elle jeta un regard nerveux vers Frau Scholz, se demandant combien de temps celle-ci était restée devant sa porte avant de frapper, mais l'éducatrice lui renvoya un regard inexpressif et l'interview démarra.

La journaliste leur posa une multitude de questions concernant la manière dont leur carrière d'athlètes avait démarré, ainsi que leurs projets d'avenir. Tous deux fournirent les réponses que tous attendaient, à savoir qu'ils voulaient rendre hommage à la DDR. Herr Braun et Herr Scholz s'éclipsèrent rapidement. Frau Scholz, quant à elle, sortit un peu de laine de sa poche et Olivia fut surprise de la voir entamer un ouvrage au crochet. Cette paisible occupation domestique lui semblait contraster avec son attitude habituellement monacale, si bien qu'elle eut envie de rire. Mais à cet instant, la porte s'ouvrit, Klaus entra dans la pièce et sa gaieté s'évanouit. Les questions étaient terminées, et ils allaient bientôt faire l'objet d'une séance photo.

— Puis-je me maquiller un peu ? demanda Olivia.

— Vous êtes pâle, avoua le photographe.

Mais la journaliste eut un geste dissuasif.

— Tu es parfaite comme cela, fraîche et pure.

— Pas si pure que cela, chuchota Hans à son oreille, provoquant un rougissement de sa part.

Il lui était difficile d'ignorer Klaus, qui se tenait adossé au mur, les bras croisés, et suivait de son regard noir le moindre de ses mouvements. Elle se fit rappeler à l'ordre plusieurs fois parce qu'elle ne souriait pas.

— Montrez que vous êtes amoureuse ! lui enjoignit le photographe.

Hans la fit rire et la chatouilla, et elle se contorsionna, impuissante, contre lui, tandis que l'appareil photo captait la scène.

— Merveilleux, finit par conclure la journaliste. Je vous libère, merci à vous.

Olivia se dirigea avec gratitude vers la porte, mais Klaus surgit devant elle.

— Pas tout de suite. Suis-moi, Olivia.

Il l'entraîna à l'extérieur. Hans s'apprêta à leur emboîter le pas, mais Klaus leva la main pour l'arrêter.

— Pas toi ! lui ordonna-t-il d'un ton sans appel.

Il fut contraint de s'arrêter à la porte, observant l'homme de la Stasi guider Olivia vers le parking du Dynamo.

— Je suis certain que l'article sera excellent, déclara Klaus. Vous faites un joli couple… Un couple en or.

— Merci, répondit-elle avec raideur.

Il se pencha vers elle.

— Très astucieux, Olivia, mais cela ne fonctionnera pas. Les apparences ne tiennent pas longtemps, en DDR.

Elle soupira. Cet homme allait-il un jour la laisser tranquille ?

— Je ne suis pas ici pour créer des problèmes, Klaus. Je suis ici pour m'entraîner et participer à des compétitions. C'est tout.

— Je n'en suis pas si sûr. Ta sœur, Kirsten…

— Qu'y a-t-il avec ma sœur ?

— Elle a essayé d'obtenir un laissez-passer pour entrer à l'Est.

— Vraiment ?

Le cœur d'Olivia se mit à battre la chamade. C'était une merveilleuse nouvelle.

— Cela lui a été refusé, bien sûr.

— Pourquoi ? gémit-elle. Pourquoi le lui avez-vous refusé ?

— Je te l'ai dit. Les apparences ne tiennent pas longtemps, ici. Nous voulons que tu prouves ta loyauté envers la DDR, Olivia, et être en relation avec des Allemands de l'Ouest n'est pas la meilleure manière de le faire.

Olivia tapa du pied sur le sol, furieuse.

— Je *suis* loyale, Klaus. Je veux simplement voir ma sœur. Et je voudrais que ma mère puisse la rencontrer. Est-ce si difficile à concevoir ?

Klaus fronça les sourcils.

— Tu te laisses emporter par tes émotions, Olivia. Cela ne t'apportera rien. Ta mère a vécu sans sa fille pendant près de dix-huit ans, alors qu'est-ce que quelques mois d'écart vont changer ?

— Qu'est-ce que quelques mois… ? répéta Olivia en secouant la tête. Vous ne comprenez vraiment rien, Klaus ? Le lien qui existe entre une mère et son enfant ne peut être coupé par quelques blocs de béton.

Les yeux de Klaus s'étrécirent.

— Tu es en train de protester contre la présence du mur ?

Sa voix était aussi glaciale que le tranchant d'un couteau. Olivia jeta un coup d'œil vers Hans, qui faisait les cent pas à proximité, et s'efforça de garder son calme. Elle leva la main, et la bague offerte par Ulbricht scintilla.

— Je ne proteste *pas* contre la présence du mur. Je ne proteste *pas* contre quoi que ce soit dans le pays que j'aime et pour lequel je travaille dur afin de le représenter.

Klaus hocha la tête d'un air peu convaincu.

— Je suis heureux de l'entendre. Continue dans cette voie, Olivia, mais rappelle-toi : je te surveille.

Il tourna les talons et traversa le parking. Olivia le regarda s'éloigner, en songeant à l'autre officier de la Stasi qui avait emporté le bébé de Claudia, à la fille de sa mère, bloquée derrière un mur, et aux enfants qu'elle aurait peut-être un jour. Elle songea au monde dans lequel elle aimerait qu'ils grandissent. Ce monde, elle en était certaine, ne ressemblerait pas à celui-ci. Elle retourna d'un pas lourd vers les locaux du Dynamo.

L'insipide journaliste envoyée par Spitzbart passa devant elle en lui adressant un joyeux salut de la main. Elle prit la main de Hans. Ils étaient le « couple en or » et devaient le rester, non par fierté, sens de l'honneur ou en raison de leurs victoires, mais tout simplement pour pouvoir être en sécurité.

32
Kirsten

Vendredi 29 septembre 1961

Kirsten balaya le sol derrière le bar avec une application étudiée, chacun des coups de balai énergiques qu'elle donnait lui permettant de réfléchir à un moyen de se rendre à l'Est. Or, si cela était bénéfique pour le carrelage, cela ne la menait pas très loin. Il lui était impossible de rendre visite à sa famille sans laissez-passer, et elle ne pouvait en obtenir un à cause de sa famille ; il s'agissait d'un problème insoluble. Elle n'aurait même pas dû être là. Elle n'avait pas cours le vendredi, cette année, et avait prévu d'avancer son travail scolaire, mais Frau Munster lui avait demandé de remplacer Sasha, et comme elle se sentait incapable de se concentrer sur l'œuvre métaphysique qu'était *Faust*, elle avait accepté. En quoi les œuvres d'un dramaturge aujourd'hui disparu avaient-elles une importance alors qu'elle vivait un véritable drame ici, à Berlin ?

Elle s'interrompit dans sa tâche et observa par la fenêtre la nouvelle plateforme installée dans la Zimmerstraße. Les curieux pouvaient grimper sur la petite structure constituée de poteaux d'échafaudage et de planches de bois pour observer la partie est. Au début, il s'agissait de Berlinois de l'Ouest, mais depuis peu, des touristes arrivaient de toute l'Europe et même des États-Unis pour voir le mur, mais également le mystérieux pays qui se trouvait au-delà. Ils allaient être déçus. De l'autre côté, il n'y avait qu'un champ de décombres, et, même s'il était possible d'apercevoir les postes-frontières de plus en plus nombreux de la DDR, les fonctionnaires étaient abrités derrière des clôtures qui ne laissaient entrevoir que des ombres. Mais peut-être cela piquait-il la curiosité des observateurs ?

Kirsten regarda les touristes contempler le mur et prendre des photos, ce qui la rendit encore plus amère. Ils pouvaient reprendre leurs valises et rentrer chez eux pour parler à tout le monde de cette étrange ville coupée du monde derrière le rideau de fer ; les Berlinois de l'Ouest, en revanche, devaient subir la situation.

Cela valait pourtant mieux que de se trouver à l'Est.

— Un autre café, s'il te plaît, Kirsten.

Kirsten rangea son balai et se précipita pour servir la jeune fille aux cheveux étincelants assise près de la fenêtre. Dieter était venu au café le lendemain du jour où elle l'avait surpris dans la cuisine, mais elle avait refusé de lui parler, et il avait fini par partir. Il n'était pas revenu depuis, mais Astrid semblait apprécier de continuer à venir déguster un café noir. Elle ne pouvait se résoudre à la remercier de lui avoir apporté la lettre de sa mère, mais elle la servait le mieux possible, même si elle le faisait à contrecœur.

Une fois qu'elle lui eut servi la boisson avec un sourire forcé, Kirsten s'attela au rangement du comptoir, ramassant les journaux froissés qui se trouvaient dessus. S'efforçant de remettre de l'ordre dans les pages du *Neues Deutschland*, elle sourit en voyant une photo de Spitzbart discourir depuis un podium, car il lui évoqua l'image qu'elle se faisait de Méphistophélès. *Faust* était plutôt une bonne pièce, lorsque l'on s'imprégnait de son atmosphère, et elle commençait à réfléchir à l'essai qu'elle devait écrire à son sujet lorsque, en attrapant la page de journal suivante, elle sursauta.

Olivia !

Sa sœur faisait l'objet d'un nouvel article dans le journal, et avait l'air très austère, avec ses cheveux rassemblés en une queue-de-cheval, mais elle souriait à Hans avec un naturel qui montrait à quel point ils étaient heureux ensemble.

« UN COUPLE EN OR ! » affichait le gros titre avec un point d'exclamation. La plupart des gros titres du *Neues Deutschland* se terminaient par un point d'exclamation, mais ici, il ne s'agissait pas du boniment politique habituel. L'article présentait Olivia et Hans et relatait leurs débuts d'athlètes. Kirsten lut les lignes, fascinée. Elle n'avait passé qu'une petite heure avec sa sœur, et elles avaient consacré tant de temps à parler d'Ester, de Filip et des garçons qu'elle n'avait pas réellement eu l'occasion de lui poser des questions personnelles. Apparemment, Olivia ne s'était mise à pratiquer le lancer de javelot que cinq mois auparavant et était déjà classée première de cette discipline dans la catégorie junior en Allemagne de l'Est. Cela s'expliquait par sa puissance physique et l'entraînement de qualité dont elle bénéficiait au Dynamo. Elle était par ailleurs pressentie pour décrocher une médaille aux Jeux olympiques de Tokyo qui auraient lieu dans trois ans.

Kirsten se sentit très fière de sa sœur, mais éprouva une certaine honte. Olivia allait participer aux Jeux olympiques, mais elle, qu'avait-elle réalisé ? Elle avait du mal à se mettre à écrire un essai sur l'œuvre de Goethe qui lui permettrait éventuellement d'obtenir des résultats suffisants pour entrer à l'université et passer un diplôme de styliste. Il valait peut-être mieux que ses parents biologiques ne fassent pas sa connaissance ; elle les décevrait certainement.

Allez, reprends-toi, Kirsty, se sermonna-t-elle. *L'auto-apitoiement ne mène nulle part.*

Elle avait entendu Gretchen prononcer cette phrase à plusieurs reprises, la plupart du temps pour elle-même, tandis qu'elle allait et venait dans leur appartement exigu, faisant mine de ne pas regretter son ancien et spacieux appartement. Elle avait par ailleurs honoré son rendez-vous avec le gardien du zoo et était revenue les joues roses et d'humeur très joyeuse, ce que Kirsten et Lotti avaient considéré comme un bon signe. La vie continuait et Kirsten devait faire le dos rond, travailler et espérer que son avenir s'éclaircisse.

Elle poursuivit la lecture de l'article et découvrit avec étonnement qu'Olivia était fiancée. Mon Dieu, tout réussissait à cette fille. Elle s'était fiancée à ce beau garçon, Hans, alors que Kirsten avait surpris Dieter avec une autre. Elle aurait eu besoin de ce que le journal appelait « le feu et le dynamisme » d'Olivia. Elle devrait peut-être elle aussi essayer le javelot pour voir si cela lui permettait d'avancer !

« Vous pourrez assister à l'entraînement d'Olivia et de Hans sur la toute nouvelle piste d'athlétisme du Dynamo à Hohenschönhausen le mercredi 4 octobre », annonçait l'article. Le cœur de Kirsten s'emballa. Pourrait-elle s'y rendre ? Évidemment que non. Cette maudite Stasi l'empêchait d'obtenir un laissez-passer. Elle aurait peut-être dû aider l'homme qui était venu la voir au café pour lui soutirer des renseignements, finalement. Elle lut les dernières lignes : « Leurs parents seront fiers d'assister à leur performance. Le couple en or fera la démonstration de ce dont la DDR est capable. Les billets ne coûteront que deux Ostmarks et pourront être achetés à l'entrée. Vous êtes tous les bienvenus. »

— Flûte ! s'exclama Kirsten en jetant le journal de dépit.

Sa sœur allait faire une démonstration de javelot à deux pas d'ici, ses parents seraient présents, et elle n'avait aucun moyen de se rendre auprès d'eux.

— Un problème ?

Kirsten leva le regard et vit qu'Astrid se tenait devant le comptoir, la dévisageant avec curiosité.

— Oui, répondit-elle avec agacement. Ma famille va assister à cette démonstration d'athlétisme le week-end prochain, mais elle a lieu de l'autre côté du mur et je ne pourrai pas y aller.

— Demande un laissez-passer. Je sais qu'il y a une longue file d'attente, mais si cela a autant d'importance pour toi...

— Je ne peux pas ! s'emporta Kirsten. J'ai déjà fait la démarche, mais ils ne veulent pas me laisser passer. Le fait que je veuille entrer en contact avec les membres de ma famille ne leur plaît pas. Ils pensent que je vais les corrompre avec mes habitudes occidentales décadentes, ou un truc comme ça, expliqua-t-elle d'un ton irrité à Astrid en lui prenant le bras. Je suis née à Auschwitz, Astrid. J'ai été enlevée à ma mère au bout de quatre jours. Quatre jours ! Est-ce que nous n'avons pas assez souffert ?

Est-ce que nous n'avons pas le droit d'avoir envie de nous voir ?

Astrid toussota légèrement et Kirsten prit conscience qu'elle serrait le bras de la jeune fille.

— Désolée.

— Ne le sois pas.

— Désolée ?

— Oui, ne sois pas désolée, répéta Astrid en lui adressant un sourire qui la déconcerta. Ce doit être une situation douloureuse pour toi.

Pourquoi était-elle aussi gentille ? Se sentait-elle coupable à cause de Dieter ? Si c'était le cas, tant mieux.

— Effectivement, avoua Kirsten. C'est à la fois horrible, frustrant et débile !

— Je comprends.

— Tu comprends ?

— Évidemment. Il suffit d'être sensé. Ce mur est une abomination. Nos vies sont régies par des communistes corrompus d'un côté et des Alliés paralysés du cul de l'autre.

Kirsten n'en crut pas ses oreilles. L'enfant en elle s'en amusa – Astrid avait prononcé le mot « cul ». Mais elle ne fit pas de commentaire.

— Cette lettre que tu m'as apportée... Euh, je te remercie, au fait. Elle venait de ma mère, qui me disait à quel point elle avait envie de me rencontrer. Ce week-end, elle sera à moins d'une heure d'ici, mais je ne peux pas aller la voir. Si seulement il y avait moyen d'obtenir un laissez-passer...

Astrid se pencha vers elle.

— Il y en a peut-être un. Je veux dire, il y en *a* un.

Kirsten la dévisagea, dubitative.

— Mon nom figure sur une liste, Astrid.

— Oui, mais pas le mien. Et je dispose d'un laissez-passer permanent, car je participe à un projet de recherche au sein d'un groupe de l'université Humboldt, à l'Est. C'est là que j'ai eu ta lettre, d'ailleurs... Ils ont trouvé un moyen astucieux de faire passer secrètement le courrier de l'autre côté de la frontière.

Kirsten restait dubitative.

— Mais pourquoi est-ce que tu irais assister à cette compétition, Astrid ? Tu aimes l'athlétisme ?

Astrid eut un rire léger et cristallin, aussi joli que tout le reste, chez elle.

— Mais non, idiote ! Tu te serviras de mon laissez-passer.

Kirsten ouvrit de grands yeux.

— C'est possible ?

— À mon avis, oui. La photo est minuscule et nous nous ressemblons beaucoup.

Cette remarque perturba Kirsten. Elle n'avait pas l'impression de ressembler à la flamboyante Astrid, et pourtant...

— Pourquoi ? demanda-t-elle. Je veux dire, pourquoi est-ce que tu m'aides ?

Astrid lui sourit tristement.

— Parce que tu subis une énorme injustice. Parce que je déteste ce qui est en train d'être infligé à cette ville. Parce que je ne peux pas supporter la pensée de ta pauvre maman que l'on empêche de rencontrer son bébé alors qu'elle lui a été arrachée dans des circonstances aussi terribles. Je ne suis pas aussi mauvaise que tu le penses, Kirsten.

— Ce n'est p...

Kirsten s'interrompit, tentant d'assimiler la proposition d'Astrid.

— Tu es sûre ? insista-t-elle.

Astrid hocha la tête.

— Absolument. La compétition a lieu samedi prochain, c'est bien ça ?

Kirsten hocha la tête.

— Je devrais peut-être t'enseigner quelques rudiments de physique pour que tu puisses leur clouer le bec s'ils te posent des questions à la frontière, reprit Astrid en jetant un coup d'œil autour d'elle. Le café est calme, pourquoi ne pas le faire maintenant ?

— M'enseigner la physique ? Maintenant ? Pourquoi pas ?

Kirsten s'empara de la page qu'Astrid venait de déchirer de son cahier et attrapa un stylo. Elle avait éprouvé si longtemps de la jalousie envers cette jeune femme… Et maintenant elle allait *prendre* sa place et se rendre à l'Est sous son identité. Elle ravala ses craintes et s'efforça de se concentrer pendant qu'Astrid s'efforçait de lui faire ingurgiter les lois du mouvement de Newton. Elle ne possédait peut-être pas le feu sacré et l'énergie d'Olivia, mais elle était intelligente et déterminée. Sa mère et son père se trouveraient au Dynamo le week-end prochain, et, avec l'aide de Dieu, Kirsten pourrait les rejoindre.

33
Olivia

Mercredi 4 octobre 1961

Olivia faisait les cent pas sur la piste, son javelot placé en travers de ses épaules, dans une tentative d'étirer les nombreux nœuds qui tendaient ses muscles. En jetant un coup d'œil au-dessus de la clôture, elle vit que ses parents se trouvaient derrière et la regardaient. Il y avait une tribune le long du couloir du cent mètres, mais le meilleur poste d'observation du lancer de javelot était situé derrière la piste, et ils l'avaient découvert instinctivement, en voulant se placer le plus près possible d'elle. Ils souriaient et lui faisaient des signes de la main, et elle sentit leur amour s'infiltrer dans ses muscles douloureux. Elle se rassura en se disant que tout cela n'était qu'un sport, tout comme les matchs de tennis auxquels ils venaient assister auparavant.

Cependant, la situation était différente.

L'enjeu était bien plus élevé, car elle se trouvait sous le feu des projecteurs d'un régime capable d'enfermer ses citoyens sans les prévenir. Elle avait persisté dans son projet consistant à jeter ses vitamines dans les toilettes tous les matins et aurait pu jurer que ses poils indésirables avaient cessé de pousser ; en revanche, elle se sentait plus faible. Elle devait redoubler d'efforts pour que l'entraîneur Lang ne remarque rien, et elle était si fatiguée le soir qu'elle avait pris l'habitude d'aller se coucher rapidement après le dîner.

Hans l'accompagnait souvent, et les autres pensaient sans doute qu'ils passaient ensemble un moment torride, mais le jeune homme était également épuisé et, bien souvent, ils demeuraient allongés dans les bras l'un de l'autre en rêvant à des projets d'avenir jusqu'à ce qu'ils s'endorment. Frau Scholtz venait systématiquement inspecter sa chambre à l'heure du couvre-feu et renvoyait alors Hans dans la sienne. Mais la plupart du temps, cela la réveillait juste assez pour qu'elle l'embrasse et lui marmonne un « bonne nuit » avant de se rendormir. Quel impact l'arrêt des vitamines aurait-il sur la distance à laquelle elle serait capable de lancer aujourd'hui ?

Elle fut appelée pour effectuer son premier lancer et s'efforça de penser uniquement à la piste, au javelot et au ciel bleu dans lequel elle allait l'expédier. Elle jeta cependant de nouveau un coup d'œil vers ses parents, juste au moment où quelqu'un se glissait à côté d'eux. Klaus se montrait apparemment très prévenant à leur égard et ses parents lui serrèrent la main avec enthousiasme, en toute bonne foi.

— Fraülein Pasternak, c'est à vous, insista l'employé.

La jeune fille se concentra et se prépara à lancer, mais elle se sentait nerveuse et rata ses pas croisés, si bien qu'elle atteignit la ligne blanche trop tôt et dut interrompre son élan. Le javelot s'échappa latéralement de sa main et tremblota de manière pathétique pour atterrir vers la marque des trente mètres. Olivia trépigna de contrariété. Toute la force du monde ne lui servait à rien si elle ne prenait pas son élan correctement.

— Bravo ! s'exclama Ester.

Olivia se sentit désolée de voir que, quoi qu'il advienne, sa mère la complimentait toujours.

Elle courut dans sa direction.

— Je n'ai pas réussi, Mutti. J'ai raté mes pas.

— Moi j'ai trouvé que c'était bien, affirma résolument Ester. Il a parcouru une sacrée distance dans les airs.

— Je te remercie, mais ce n'était pas suffisant.

Filip lui tapota le bras.

— Je suis sûr que le prochain essai sera le bon, dit-il calmement.

Olivia hocha la tête.

— Bien sûr, Vati, acquiesça-t-elle en jetant un regard en biais vers Klaus. Je réussirai le prochain lancer.

À la fin de la première série de lancers, Olivia était à la troisième place. C'était honorable, mais elle ne décrocherait pas l'or. L'entraîneur Lang ne cessait de lui hurler des instructions, et elle fut très heureuse de voir Hans venir vers elle en courant. La compétition de lancer de disque n'aurait lieu que le lendemain, mais Herr Braun l'avait embauché pour qu'il s'occupe des inscriptions.

— Désolé, dit-il, encore haletant. Je viens juste de me libérer. Comment cela s'est-il passé ?

— Mal.

Elle jeta un regard vers Klaus, et Hans comprit aussitôt.

— Il faut que tu parviennes à faire abstraction de tout le reste, ma beauté. Pour qu'il n'y ait que toi et le javelot, tu comprends ?

Olivia approuva d'un signe de tête. Elle fit quelques pas, s'empara du javelot qui était posé sur un support et procéda à quelques essais de lancer. Ses muscles se rebellèrent, et elle eut la vision soudaine de quatorze pilules bleues au fond des toilettes. La fille qui la précédait effectua un lancer et son javelot atteignit la ligne des quarante mètres. Les spectateurs qui se trouvaient autour de la clôture applaudirent, et le cœur d'Olivia se mit à battre la chamade sous sa veste du Dynamo. Elle entendit l'employé l'appeler par son nom et le commentateur du stade demanda à tous d'observer la fille en or qui était sur le point de lancer. Sa vision se brouilla, et elle s'avança vers la piste comme une automate.

— Ils œuvrent pour l'État, entendit-elle Klaus expliquer de sa voix aigre à ses parents. Nous leur demandons d'œuvrer pour l'État.

C'était ce qu'elle s'était efforcée de faire lorsqu'elle était arrivée, mais au cours des derniers mois, les exigences de l'État étaient venues freiner sérieusement ses ambitions personnelles.

— Il n'y a que moi et le javelot, déclara-t-elle d'un ton sérieux.

Et prenant son élan, elle propulsa le javelot de toutes ses forces.

L'exclamation de la foule lui fit pressentir que son lancer était réussi et elle ouvrit les yeux pour voir son javelot atterrir bien après la ligne des quarante mètres, juste en dehors du secteur de chute. L'employé leva un drapeau rouge et son collègue arracha le javelot du sol sans prendre de mesures.

— Que se passe-t-il ? demanda Ester. Pourquoi ne nous disent-ils pas à quelle distance il a atterri ?

— Parce qu'il était faute, Mutti, expliqua Olivia avec dépit.

— Olivia ! hurla l'entraîneur Lang. C'était quoi, ça ? Tu as lancé comme une femme des cavernes. Où est passée ta finesse ?

Olivia baissa la tête.

— J'ai voulu trop bien faire.

— Dis plutôt que tu n'as pas fait assez d'efforts. Attention, ma fille, il n'y a que trois séries de lancers dans cette compétition. Il ne te reste qu'une chance de réussir.

— Je sais !

Les larmes lui montèrent aux yeux et elle rejoignit les autres concurrentes.

— Ton lancer était dingue, commenta la fille la mieux placée.

— Je suis sortie du secteur, répliqua Olivia d'un air sombre.

— Oui, c'est vrai, mais il a parcouru une sacrée distance. Tu seras plus précise pour ton prochain lancer.

Olivia lui sourit.

— Tu es adorable.

La fille écarta les mains.

— Notre discipline est très exigeante, n'est-ce pas ? Aux yeux de l'extérieur, cela semble facile, mais nous, nous savons. À propos, je m'appelle Suzanne Bauer, je viens de Hanovre.

Elle lui tendit la main et Olivia la lui serra volontiers.

— Olivia Pasternak. Du Dynamo.

— Ah, les spectateurs te connaissent, donc. Ce n'est pas évident.

Olivia jeta un coup d'œil vers ses parents. Klaus était toujours auprès d'eux.

— Oui, ils me connaissent, aujourd'hui, admit-elle. Hanovre se trouve à l'Ouest, n'est-ce pas ?

— Oui. Nous sommes loin, mais le Dynamo a réglé les frais, alors pourquoi ne pas participer ?

— Je crois que l'une de nos coureuses, Lisel, a rejoint ton club l'été dernier, non ?

— Je la connais, répondit Suzanne. Elle est douée. Mais elle n'a pas pu venir aujourd'hui. Pour des raisons évidentes.

Olivia hocha la tête et poussa du pied un petit morceau de gravier sur l'asphalte tout neuf.

— Tu aimes Hanovre ?

— J'adore y vivre. Mon entraîneuse s'appelle Almut Brömmel. Elle a participé aux Jeux olympiques, l'an dernier. Elle a lancé à plus de cinquante-cinq mètres. Elle est très stricte mais adorable.

Olivia jeta un coup d'œil vers Lang, son entraîneur, qui ruminait en attendant qu'elle effectue son dernier lancer. Le tour de Suzanne arriva et elle lui souhaita bonne chance. Celle-ci améliora sa distance et atteignit quarante-deux mètres. Elle se sentait capable de la battre si elle s'y prenait correctement, mais son cœur battait la chamade, sa vision périphérique était floue, et tout ce dont elle avait envie était s'enfuir d'ici et demander à Ester et Filip de la ramener avec eux à Stalinstadt, où elle se sentait en sécurité, et où les besoins de l'État ne pesaient pas sur ses épaules. Elle se sentait submergée en permanence.

— Olivia Pasternak, annonça l'employé.

Ester lui souffla un baiser imaginaire et Olivia s'efforça de sourire. Ses parents étaient venus assister à sa performance. C'était sans aucun doute ce qu'elle devait retenir de la journée – et non le fait d'être une « fille en or », de faire l'objet d'articles commandés par Spitzbart et ses acolytes de Wandlitz, ni même le fait de concourir pour le Dynamo. L'ironie, cependant, était que pour ses parents, le fait qu'elle gagne ou non n'avait pas d'importance. Seul le plaisir qu'elle prenait à pratiquer ce sport comptait à leurs yeux. Mais pour l'instant, cela n'était pas le cas.

S'emparant de son javelot, elle se dirigea vers la marque sur la piste et sentit son cœur s'emballer dans sa poitrine sous l'effet de la panique. Elle avait droit à une dernière chance. Elle vit Klaus passer la langue sur ses lèvres et elle eut le sentiment d'être une proie entre ses griffes.

— Tu vas y arriver, Liv, l'encouragea Hans.

Elle le regarda et absorba son amour, sa confiance. Mais à cet instant, quelqu'un s'avança vers lui. Elle n'en crut pas ses yeux.

Kirsten.

Elle n'avait vu sa sœur qu'une seule fois, mais elle aurait été capable de la reconnaître n'importe où, et en la voyant près d'Ester, il n'y avait plus de doute : il s'agissait bien de la fillette qui avait été enlevée à sa mère juste après sa naissance. Elle possédait les mêmes cheveux blond clair légèrement ondulés, le même nez fin, et s'appuyait contre la clôture avec la même attitude que sa mère biologique.

— Allez, Olivia ! s'écria Kirsten.

Olivia vit Ester se retourner et sourire à la jeune fille qui se tenait dans l'ombre du grand corps de Hans. Elle ignorait de qui il s'agissait, mais elle allait bientôt le savoir. Dès qu'Olivia aurait terminé, elle pourrait les présenter. Elles pourraient enfin se connaître. Son cœur s'emballa. Kirsten était venue jusqu'ici. Elle était parvenue à se passer de l'aide de Klaus et à surmonter les obstacles qu'il avait placés en travers de son chemin, et elle était là. Si elle avait eu ce courage, alors Olivia pouvait faire preuve de courage également.

— Allons-y ! s'exclama-t-elle à l'intention de son javelot en le soulevant très haut.

Elle balaya la piste du regard et ne vit pas l'asphalte écarlate sophistiqué du Dynamo, mais le terrain de sport délabré de son école, l'endroit où Erich Ahrendt avait placé un javelot dans sa main pour la première fois. Elle avait alors ressenti le caractère magique de l'accessoire. « Projette-le à travers sa propre pointe, Olivia », lui avait-il dit.

Ce n'était pas une question de puissance, pas réellement. Cela n'avait rien à voir avec le développement des muscles, la taille des poumons. C'était une question de technique. Elle observa la pointe argentée scintiller sous le soleil automnal, fléchit le bras et s'élança. Elle sut dès que le javelot quitta sa main que son lancer était réussi. Elle entendit Lang s'écrier « Oui ! », la foule hurler et Hans pousser un cri de joie. Elle demeura immobile à regarder le javelot jaillir au-delà de la marque des quarante mètres, et atterrir avec la pointe au centre de la marque des cinquante mètres. Elle en eut le souffle coupé.

— En voilà un sacré lancer de la part de la fille en or du Dynamo ! s'extasia le commentateur. Il n'y aura sans doute personne pour la battre !

— C'est incroyable, déclara Suzanne Bauer, qui vint lui serrer la main. Superbe lancer, Olivia. Je t'avais dit que tu allais réussir.

Olivia la prit dans ses bras et Suzanne l'étreignit avec force.

— Si un jour tu as envie de changer de club, nous aimerions beaucoup t'avoir à Hanovre, chuchota-t-elle. Cela me plairait d'avoir une partenaire d'entraînement comme toi, et non un garçon couvert de sueur. Réfléchis-y, ajouta-t-elle en l'entraînant à l'extérieur de la piste pour laisser les deux dernières filles effectuer leur lancer, ce qui n'était qu'une pure formalité, car il était évident qu'Olivia l'avait emporté.

— C'était extraordinaire, Kindchen ! s'exclama Ester lorsque Olivia accourut dans leur direction.

— Merveilleux, approuva Filip. Tu ressembles à une amazone lorsque tu lances ce javelot.

— Merci, Vati, répondit Olivia en l'embrassant sur la joue tandis que Klaus, qui se voyait dépouillé de sa proie, s'éloignait en trombe.

Mais pour l'instant, ni le javelot, ni les médailles ne comptaient plus ; il y avait là quelque chose de beaucoup, beaucoup plus important à faire. Elle prit les mains d'Ester.

— Mutti. Il y a quelqu'un dont tu dois absolument faire la connaissance.

34
Kirsten

— Entre. C'est un peu petit, mais nous y serons tranquilles.

Kirsten suivit Olivia, Ester et Filip dans une petite chambre bien soignée, et ils restèrent debout, s'observant avec une certaine curiosité.

— Pippa ? balbutia Ester en tendant des mains tremblantes vers elle. Pippa, c'est vraiment toi ? demanda-t-elle en caressant doucement du bout du doigt la joue de Kirsten, les yeux brillants. Tu es un miracle.

Kirsten sourit.

— Pas vraiment. Ce n'est que moi. C'est-à-dire…

Elle n'était plus tout à fait sûre de savoir qui était ce « moi » désormais, mais elle sortit la photo du tatouage de son sac et la tendit à Ester. Sa mère biologique l'observa, puis remonta lentement sa manche pour lui montrer le même numéro, grossièrement tatoué sur son bras : 41400.

— *C'est toi*. Oh, ma chérie, mon enfant… Nous t'avons cherchée si longtemps. Nous n'avons pas renoncé, je te le promets, pas avant d'avoir compris que cela serait moins cruel pour toi. Nous avons souffert de cette décision chaque jour, réellement, mais enfin, te voilà. Tu *es* ici !

Elle s'avança pour prendre Kirsten dans ses bras, puis recula.

— Je suis désolée. Cela doit te paraître tellement bizarre. Tu as ta vie, ta propre identité. Je ne peux pas me précipiter comme cela vers toi et...

Kirsten se sentit émue. Ester, sa mère, était si fine et douce, et ses yeux brillaient de joie. Elle avait du mal à croire que ce bonheur était lié à elle, mais il n'y avait aucun doute quant à son numéro de prisonnière, qui correspondait au sien. L'émotion l'envahit. Elle ressentait une certaine culpabilité envers Lotti qui l'avait élevée avec tant d'amour, mais également une joie débordante à l'idée de reconstituer cette partie de son histoire. Elle avait grandi dans le ventre de cette femme, qui l'avait mise au monde malgré les tortures infligées à son corps par les nazis, puis se l'était vu enlever avec une indescriptible cruauté. Et pourtant, elles étaient là toutes les deux, défiant enfin toutes ces horreurs. Faisant timidement un pas vers l'avant, elle écarta les bras et Ester s'y réfugia.

— Oh ma fille, mon enfant, dit-elle avant de la tenir à bout de bras et de l'admirer des pieds à la tête. Tu es si belle.

— Oh, pas tant que ça, protesta Kirsten.

Mais Ester se tourna vers son époux.

— N'est-elle pas magnifique, Filip ?

— Très belle, confirma-t-il en s'avançant vers elle. Je ne t'avais encore jamais vue, et j'en suis désolé.

— Ce n'est pas ta faute, lui assura Kirsten.

— Peut-être, mais les pères sont censés protéger leur fille, se battre pour elle.

Kirsten lui tapota maladroitement le bras.

— Il y a des choses contre lesquelles il est difficile de se battre. Et cela n'a plus d'importance... Nous sommes ensemble, maintenant.

Il sourit et son fin visage s'illumina.

— Nous *sommes* ensemble. Et tu *es* merveilleuse.

Kirsten eut le sentiment qu'elle allait se mettre à pleurer.

— Non, vraiment, dit-elle. Je suis quelqu'un de très ordinaire, vous savez.

Filip écarta les mains.

— Tout comme nous... Tu es *merveilleusement* ordinaire. Bon, mais Olivia fait exception : elle est en or.

— Ne dis pas cela ! s'exclama sèchement Olivia, les faisant tous sursauter. Oh, pardon. Je... Je n'aime pas tout cela, la presse, et tout le reste. Je veux bien remporter des médailles d'or, mais je n'ai pas envie d'être « en or ».

Ester la regarda d'un air inquiet.

— Est-ce que tout va bien, pour toi, Kindchen ?

— Oui, très bien, répondit précipitamment Olivia.

Trop précipitamment, pensa Kirsten.

— Je suis très heureuse, j'ai Hans, et comme vous l'avez vu, sur le plan sportif, tout va bien.

— Tu semblais tendue, intervint Filip.

Olivia eut un petit rire.

— C'était une compétition, Vati. C'est toujours tendu.

— Je ne t'ai jamais vue tendue lorsque tu jouais au tennis.

— Oui, c'est vrai, mais ici, l'enjeu est plus important. Le Dynamo prend tout très au sérieux. Le club investit beaucoup d'argent sur nous.

— Cela ne veut pas dire pour autant que tu leur appartiens.

Kirsten eut l'impression qu'Olivia allait fondre en larmes, mais la jeune fille se contint.

— Je sais, Vati, merci. Ça va aller, vraiment. Il y a simplement eu beaucoup d'émotions, aujourd'hui. S'il te plaît... Nous ne sommes pas là pour moi.

— Nous sommes *toujours* là pour toi, déclara avec fermeté Ester. Mais tu as raison. Aujourd'hui, nous allons essayer de mieux connaître Pippa. Je veux dire..., s'interrompit-elle. Tu t'appelles Kirsten, n'est-ce pas ? C'est un joli prénom.

Kirsten perçut une tension dans la voix d'Ester et songea que la situation devait être difficile à vivre pour elle. L'image de Jan lorsqu'il avait pressé son visage contre le mur blanc et lui avait dit qu'il voyait maintenant tout en noir lui vint spontanément à l'esprit. Il évoquait alors l'idéologie nazie, ce qui n'avait rien à voir avec le fait que cette femme devait aujourd'hui accepter que sa fille ait vécu une tout autre vie loin d'elle, mais il y avait un parallèle. Sa vie n'avait pas été ce qu'elle aurait dû être.

— Je peux être Pippa aussi.

— Un prénom n'est qu'un prénom, déclara Filip. Le plus important est que tu sois en vie. En vie et heureuse, ajouta-t-il en hochant la tête. Et tu ressembles tellement à ta mère !

Kirsten jeta un coup d'œil vers le mur sur lequel un petit miroir carré reflétait son image et celle d'Ester. Il disait vrai. Rencontrer cette femme lui donnait le sentiment de se voir dans quelques années, et elle eut l'impression que certaines parties de son existence, qui avait été bouleversée récemment, se mettaient en place.

— Parle-nous de toi, suggéra Ester. Que fais-tu dans la vie ? Quels sont tes passe-temps ? Qu'est-ce qui te fait sourire ?

Kirsten était maladroitement assise sur le lit, entre ses deux nouveaux parents, et Olivia était installée en face d'eux, sur sa chaise de bureau. Elle les regarda successivement, submergée par l'impossible tâche consistant à résumer près de dix-huit années à l'intention de ces personnes généreuses et adorables.

— Je, euh, je vis à Berlin avec Lotti, ma mère. Ma mère adoptive, en réalité. Et avec Uli, mon frère. Ou plutôt, le garçon que je pensais être mon frère.

Elle s'interrompit. Il lui était difficile d'en dire plus. Mais Filip lui prit la main.

— Olivia nous a dit que tu aimais coudre, Kirsten.

— C'est le cas, reconnut la jeune fille, heureuse de rebondir sur ce sujet.

— Est-ce toi qui as confectionné ta robe ?

Il désignait la robe vert foncé qu'elle avait passé tant de temps à choisir le matin même, de manière à ne pas paraître trop excentrique mais à se présenter sous son meilleur jour devant ses parents, en particulier devant son père qui était tailleur. Mais à cet instant, en observant les lignes simples de la robe et ses coutures réalisées à la main, elle eut le sentiment que son travail était rudimentaire.

— Oui. Ce n'est pas une réussite, je sais bien, mais...

— Je t'interdis de dire cela !

Elle se tut, surprise par le ton autoritaire de Filip. Il saisit l'ourlet et en inspecta soigneusement l'envers.

— C'est très réussi, commenta-t-il. Kirsten, ta couture est d'une grande finesse, esthétique et régulière. Et j'aime la manière dont tu as inséré les plis. Ils ont exactement la dimension qu'il faut pour accentuer la forme du vêtement sans le rendre trop moulant. Subtil, mais féminin.

Il s'interrompit, et Kirsten n'aurait su dire lequel, d'elle ou de son père, rougit le plus.

— Tu le penses vraiment ?

— Je le constate. Je ne dis pas cela parce que je suis ton père..., répondit Filip en rougissant de nouveau, mais je parle en professionnel à une professionnelle. Tu as du talent. Envisages-tu de travailler dans ce domaine ?

Kirsten passa une main le long de sa robe, embarrassée, et regarda les trois personnes de sa famille qui l'observaient avec attention.

— Il existe un cours de stylisme à l'Université technique de Berlin, avoua-t-elle. Ça a l'air très intéressant, mais je ne suis pas sûre d'être assez douée.

— Tu l'es !

Filip sembla surpris de sa propre véhémence.

— Désolé, reprit-il. Mais tu l'es vraiment. Prépare un portfolio et présente-le. Ils seront ravis de t'accepter, j'en suis certain.

— Un portfolio ?

— Des photographies de ton travail. En as-tu la possibilité ? Cela a un coût élevé, j'en conviens, à moins que tu ne connaisses une personne qui a un appareil photo ?

— Ma tante en a un. Elle l'a emporté lorsqu'elle s'est enfuie de son appartement.

— Elle s'est enfuie ? s'étonna Ester.

Kirsten soupira.

— Elle se trouvait du mauvais côté du mur. Enfin, se corrigea-t-elle aussitôt, pas de notre côté.

— Du *mauvais* côté, confirma Olivia d'un air sombre.

Tout le monde se tourna vers elle.

— En tout cas, si elle n'était pas avec vous, je veux dire. La famille est importante, n'est-ce pas ?

Kirsten tendit une main vers sa sœur.

— Tu as raison.

Olivia lui serra la main avec tant de force qu'elle crut que sa circulation allait être coupée et elle la fixa avec inquiétude, mais Filip reprit la parole et sa sœur lui lâcha la main.

— Si ta tante possède un appareil photo, c'est parfait. Elle peut prendre des photos de toi en train de porter tes tenues, de tes créations posées à plat, des patrons que tu as créés. Et tu peux ajouter des échantillons de tes points. C'est-à-dire, tout ce qui représente ton travail.

— Tu penses vraiment que cela en vaut la peine ?

— Oui !

— Et qu'il faut que je continue ? Parfois, je me demande si coudre est vraiment important. Oh, mince, pardon, je ne voulais pas dire que ton métier n'est pas important ! C'est seulement que je connais des gens qui étudient la chimie, la physique et des matières comme ça.

— Les scientifiques sont formidables, admit Filip, mais ils ont aussi besoin de vêtements.

Il lui adressa un clin d'œil et elle lui sourit avec gratitude.

— Qui plus est… la couture *est* primordiale, ajouta Ester. Et elle lui a sauvé la vie.

Kirsten les regarda tour à tour, tentant de comprendre ce que sa mère biologique voulait dire.

— Vraiment ?

Filip parut embarrassé et Olivia intervint.

— Vati était à Chelmno, vers la fin de la guerre, et faisait partie d'un groupe de prisonniers chargé de déblayer les cendres des incinérateurs.

— Les cendres ?

— Les cendres funéraires, confia Olivia. Affreux.

Kirsten regarda Filip, chagrinée en songeant que cet homme si bon et doux avait été chargé de cette tâche.

— Mais par la suite, ils ont découvert que je savais coudre, ajouta précipitamment Filip, et ils m'ont affecté au tri des affaires des victimes dans une tente. Les femmes des officiers y venaient et prenaient ce qui leur plaisait. Elles avaient du mépris pour les Juifs, bien sûr, mais ne se gênaient pas pour récupérer leurs vêtements, ajouta-t-il d'une voix étranglée. Elles ont constaté que je savais effectuer des retouches – inutile de te dire qu'elles étaient plus rondes que les pauvres gens qui arrivaient du ghetto –, et c'est pour cette raison que je suis resté en vie. Tu vois, savoir coudre est vital.

Il eut un sourire déconfit.

— Grâce à ton métier, répondit Kirsten, tu as su te rendre utile même auprès de tes ennemis.

— Exactement. Et c'est la seule chose que je sais faire, car il s'agit d'une passion. Si j'avais essayé de lancer le javelot comme notre magnifique Olivia, je pense que j'aurais été classé systématiquement dernier. Nous devons faire ce pour quoi nous sommes doués, et souvent, nous sommes doués pour ce que nous aimons faire.

— Waouh ! s'exclama Kirsten en tendant la main pour lui tapoter le genou. Mon père est un sage !

Filip sourit.

— Je ne sais pas si je suis un sage, mais je connais la vie, sans doute. Et je suis heureux de voir que ma fille est une couturière extrêmement douée.

Il rougit de nouveau. Il leur avait semblé tout timide en disant « ma fille », comme s'il n'était pas certain d'en avoir le droit, et Kirsten en fut très émue. Elle se leva d'un bond, l'étreignit, et il l'étreignit en retour. L'image de Jan furieux et hors de lui se présenta à son esprit, et elle serra avec encore plus de force son véritable père contre elle, puis jeta un regard timide vers Ester.

— Peux-tu me raconter ma naissance ? lui demanda-t-elle. À Auschwitz ?

Ester grimaça mais hocha la tête.

— Je peux te raconter ce qui s'est passé, Pippa, mais ce n'est pas très joli. J'ai bien peur de t'avoir mise au monde en enfer. Tu sais, lorsque Ana et moi sommes arrivées, ils noyaient les bébés dans un seau. Ils les attrapaient entre les jambes de leurs mères et leur plongeaient la tête sous l'eau avec leurs grosses mains jusqu'à ce qu'ils ne bougent plus.

Kirsten en eut la nausée.

— Ester, ménage-la, intervint Filip.

Elle plaqua une main contre sa bouche.

— Oh, pardon. Nous ne sommes pas ici pour parler du passé, mais pour célébrer le présent. Toi, Olivia et moi sommes sorties de *cet endroit*, et je ne devrais pas m'étendre sur le sujet.

— Ils ne m'ont pas noyée dans un seau, en tout cas, commenta Kirsten. C'est grâce à toi, n'est-ce pas ? Tu as fait en sorte de me garder en vie ?

Ester secoua la tête.

— Pas moi. Ana, la sage-femme. Dieu la bénisse, elle était extraordinaire. Elle leur a tenu tête et leur a dit que notre métier consistait à mettre des enfants au monde, et non l'inverse. Après son intervention, ils n'ont plus noyé les enfants et se sont mis à en enlever certains. Comme toi.

— Je vois. Pour quelle raison ?

Pour toute réponse, Ester saisit l'une de ses mèches et l'enroula entre ses doigts.

— Tu as eu la chance d'hériter de mes cheveux blonds. Ma sœur est également blonde. Cela est beaucoup plus fréquent qu'on ne le pense chez les Juifs, mais les nazis étaient convaincus qu'un enfant qui avait des traits aryens ne pouvait pas être juif. Ils avaient besoin d'enfants, tu vois. Durant l'hiver 1943, le Reich perdait des milliers d'hommes chaque jour sur le front russe et ils voulaient de la viande fraîche pour refaire les stocks aryens.

Kirsten fronça les sourcils.

— Mon épouse est parfois un peu... brutale, confia Filip.

Ester grimaça.

— Je suis vraiment désolée. Ana et moi avions fait la promesse que lorsque nous sortirions de *cet endroit*, nous raconterions au monde entier ce qui s'y passait et ne laisserions plus les nazis dissimuler leurs actes ignobles derrière des barbelés. J'ai tenu ma promesse. Demande à mes enfants, ajouta-t-elle en faisant un geste en direction d'Olivia, qui hocha la tête. Mais tout cela est nouveau pour toi. Tu dois trouver cela horrible.

— Pas horrible, répondit précipitamment Kirsten. Tu fais simplement preuve d'honnêteté.

— Ils t'ont arrachée à moi, continua Ester, dont le regard bleu s'était enfiévré. Tu n'avais que quatre jours et ils t'ont enlevée et t'ont emportée alors qu'il neigeait. C'est la dernière fois que je t'ai vue, ma précieuse Pippa... avant aujourd'hui.

Kirsten eut un sourire embarrassé.

— Tu sais que mon père... enfin non, pas mon père, mais l'homme que je croyais être mon père... était celui qui...

— Celui que nous appelions Hauptsturmführer Meyer, répondit Ester avec dégoût. Je sais qu'il t'a emmenée et confiée à sa femme. Il ne parvenait pas à engendrer de progéniture nazie, alors il a enlevé un coucou juif. C'est presque drôle, lorsqu'on y pense.

Mais apparemment, personne ne trouvait cela drôle. Kirsten se mit à pétrir le couvre-lit d'Olivia et se demanda ce qu'elle allait dire ensuite. Mais Ester lui prit les mains, et les caressa avec une grande douceur.

— Je suis désolée. Ce n'est pas ta faute, ma petite fille. Rien de tout cela n'est ta faute.

— Il est mort, déclara Kirsten. Il s'est tué.

Ester hocha la tête.

— J'aimerais dire que je suis désolée, mais ce n'est pas le cas.

Kirsten grimaça.

— Je ne peux pas t'en vouloir. Il se conduisait comme un porc.

— Mais Lotti... ta mère... Est-ce qu'elle a été bonne envers toi ?

— Ma mère, c'est *toi*, affirma Kirsten avec gêne.

Mais Ester balaya ses propos d'un geste.

— Je t'ai mise au monde ; elle t'a élevée. Il est arrivé la même chose avec ma chère Olivia. Elle avait une mère, Zofia, qui l'a mise au monde, mais c'est moi qui l'ai élevée. Les deux ont de l'importance. J'ai compris cela le jour où j'ai vu l'enfant numéro 41406 être arrachée à la seule mère qu'elle avait jamais connue.

— C'est à cette époque que tu as arrêté de me chercher ?

— Nous avons fait une pause, déclara Filip avec douceur.

— Oui, une pause, confirma Ester. J'étais certaine que personne ne pourrait t'aimer autant que moi – autant que je *t'ai aimée* – mais ce jour-là, j'ai compris que je me trompais. Parce que après tout, je ne pourrais aimer Olivia davantage.

— Il s'agissait d'un terrible sacrifice.

— Moins terrible que si j'avais dû te voir noyée dans un seau d'eau.

— Ester ! l'avertit Filip, mais elle haussa les épaules.

— C'est pourtant la vérité. Tant de gens ont perdu toute leur famille dans les KZ, et regarde-nous. Nous sommes ensemble. Le fait de savoir qui a vécu le plus longtemps avec qui est le moindre de nos soucis. Il y a bien plus grave que d'avoir deux mères, et il existe d'autres liens que ceux du sang. Je n'ai survécu dans *cet endroit* que grâce à Ana et à notre amie Naomi. Elles étaient devenues ma famille alors que j'étais séparée de la mienne, et grâce à elles, je suis restée suffisamment forte pour tenir le coup. Grâce à elles, et à l'amour que j'ai pour ton père.

Elle se rapprocha de Filip, qui passa un bras autour de sa taille, et Ester s'assit sur ses genoux, comme si elle redevenait quelques instants la jeune fille qu'elle était lorsqu'ils s'étaient rencontrés.

— Demande à Olivia de quelle manière je conclus toutes les histoires du passé que je raconte, dit-elle à l'intention de Kirsten.

Kirsten se tourna vers sa sœur.

— « L'amour a triomphé », expliqua simplement Olivia. Elle termine toujours ses histoires ainsi : « À la fin, c'est l'amour qui a triomphé. »

— Et c'est vrai. Nous sommes ici. Et *tu* es là, ma Pippa, mon miracle, affirma Ester.

Tous se regardèrent, s'étreignirent dans cette minuscule chambre de Berlin-Est et rirent de bon cœur, évacuant ainsi toutes leurs tensions et leur tristesse passées.

Mais il y eut soudain un bruit dans le couloir, et Olivia bondit, inquiète.

— Comment as-tu fait pour venir ici, aujourd'hui, Kirsten ? lui demanda-t-elle.

— Grâce à Astrid, répondit Kirsten.

— Pardon ?

Kirsten sortit le laissez-passer d'Astrid de sa poche et le leur montra.

— Ce n'est pas risqué ? s'enquit Ester.

— Un peu, mais je voulais venir vous voir. Et je suis heureuse d'avoir pu le faire.

— Moi aussi, je suis heureuse que tu sois venue, balbutia Ester en la serrant de nouveau dans ses bras. Je n'arrive pas à croire que vous ayez réussi à vous retrouver, toutes les deux. Cela montre bien qu'il faudra plus qu'un mur pour séparer les gens qui s'aiment.

— Absolument, approuva Kirsten.

Olivia baissa le regard et resta silencieuse. C'est alors que quelqu'un frappa à la porte.

35
Olivia

— Ouvre immédiatement, Olivia ! Nous savons que tu accueilles des personnes qui n'ont pas le droit d'être ici.

Olivia bondit et s'approcha de la porte. La voix était celle de Frau Scholz, mais elle était persuadée que celle-ci n'était pas seule. Elle avait peur, certes, mais elle éprouvait avant tout de la colère. Elle avait invité ses parents pour qu'ils découvrent la vie trépidante qu'elle menait au Dynamo, mais voilà qu'ils faisaient l'objet de soupçons et étaient accueillis avec hostilité. Elle ouvrit brutalement la porte.

— Je suis avec ma famille... Les membres de ma famille que j'ai invités.

Klaus pénétra dans la pièce en agitant une feuille de papier.

— Tes invités sont Ester et Filip Pasternak.

— On m'a dit que je pouvais inviter ma famille.

— Cette jeune fille ne fait pas partie de ta famille, répliqua Klaus en désignant Kirsten.

— C'est ma sœur...

— Pas selon les registres de la DDR.

Olivia se retourna, abasourdie, et vit Ester et Filip se rapprocher de Kirsten, comme pour la protéger. Cela lui réchauffa le cœur, mais elle se sentit affreusement isolée. Elle était la seule à savoir ce qui se passait. Pire encore, elle était celle qui avait rendu cette situation possible en demandant l'aide de Klaus.

Tout cela parce que tu as voulu consulter les registres d'Auschwitz, se dit-elle. Et pourtant, il ne s'agissait pas d'un crime. Ces gens savaient simplement comment s'y prendre pour vous donner l'impression d'avoir mal agi.

— Mutti, dit-elle, en conservant une voix aussi calme que possible. Peux-tu montrer à nos visiteurs le numéro qui est tatoué sur ton bras ?

Ester se plaça à côté d'elle et remonta sa manche pour révéler le tatouage figurant sur son bras.

— Kirsten, reprit Olivia, peux-tu montrer le numéro qui se trouve sur la photo de ton enfance ?

Kirsten leur montra la photographie. Frau Scholz se pencha pour la regarder, mais Klaus l'écarta et s'avança.

— Votre histoire est réellement tragique, Frau Pasternak, dit-il à Ester. Et ici, en DDR, nous aimerions faire de notre mieux pour vous aider, mais ces jeunes filles ont transgressé les lois de l'État de manière tout à fait égoïste.

Olivia se raidit, mais elle sentit la main de sa mère prendre la sienne et la vit redresser sa fine silhouette comme lorsqu'elle s'apprêtait à raconter l'une de ses histoires.

— Ces jeunes filles, monsieur, se sont montrées audacieuses, courageuses et bonnes. Elles se sont entraidées en dépit des obstacles mis en place par des personnes haut placées pour que moi, une mère en souffrance, je puisse revoir l'enfant que nos oppresseurs nazis m'avaient enlevée. En quoi est-ce un mal ?

Klaus sembla embarrassé. Olivia s'en serait réjouie si elle n'avait pas risqué de payer doublement l'humiliation qu'il subissait à cet instant.

— Votre fille, celle-ci, répliqua-t-il en désignant Olivia. Elle a demandé mon aide pour retrouver sa sœur, et finalement, elle a fait elle-même des recherches.

— Eh bien elle vous a épargné du travail. Vous êtes un homme important, j'en suis sûre, et vous n'avez pas besoin de perdre votre temps avec nos problèmes familiaux.

— Eh bien c'est gentil de votre part de vous en soucier, répondit Klaus en serrant les dents. Mais j'ai bien peur que votre autre fille, Kirsten Meyer, ne soit pas en règle. Fräulein Meyer, puis-je voir votre laissez-passer ?

Olivia regarda avec anxiété Kirsten s'avancer vers Klaus, mais sa sœur, bien que menue, avait hérité du courage de sa mère biologique, car elle se posta devant l'agent de la Stasi sans trembler le moins du monde, comme Ester avant elle.

— Le voici, mais comme vous pouvez le voir, ce n'est pas le mien. Je l'ai volé.

— Vous l'avez volé ?

— À Astrid, une cliente du café dans lequel je travaille. Je l'ai pris dans son portefeuille. Je savais qu'Olivia participait à une compétition et que mes parents allaient être présents. Je désirais les voir et j'ai donc volé le laissez-passer. C'est tout. Il n'y a ni mystère, ni conspiration... Il n'y a qu'une fille qui voulait retrouver ses parents.

Elle écarta les mains d'un air désemparé.

— Voler une pièce d'identité est un crime, déclara Klaus d'un ton désapprobateur.

— Un crime commis à Berlin-Ouest, qui devra donc être jugé sur place.

— Eh bien, tu vas y retourner immédiatement, répliqua aussitôt Klaus. Et si tu reviens ici, ce sera la prison… *Notre* prison. Quant à toi, dit-il sèchement à Olivia, tu t'es rendue complice d'un acte criminel.

— Elle n'était pas au courant, répondit Kirsten.

— C'est ce que tu dis. Mais est-ce que sa version sera toujours la même si la Stasi l'interroge ?

Tous demeurèrent silencieux. Olivia se sentit faiblir en songeant au fourgon gris dépourvu de vitres et au couloir de la prison avec ses nombreuses portes métalliques. Comment en étaient-ils arrivés là ? Tout ce qu'elle désirait était s'entraîner, vivre aux côtés de Hans et voir sa famille.

— Je n'ai rien fait de mal, protesta-t-elle.

— C'est ce que tu dis, répéta Klaus d'un ton glacial.

Elle comprit qu'il se sentait véritablement offensé, cette fois. Il avait sans doute cru qu'elle était naïve et malléable, et cela était le cas auparavant, mais la situation avait changé, et elle ne voulait plus être à son service. Elle jeta un regard désespéré vers sa mère, qui sourit paisiblement et s'avança vers l'agent de la Stasi.

— Je croyais que le socialisme était censé nous offrir un meilleur avenir, dit-elle d'un ton faussement désinvolte, mais la manière dont vous en parlez me donne l'impression d'un retour en arrière. Et le passé, en Allemagne, ce n'est pas ce que l'on a fait de mieux. Croyez-moi, j'y étais. J'ai fini à Auschwitz, et nous étions entassés dans un baraquement sombre et rudimentaire autour d'une marmite de soupe de navets pourris. Il m'est arrivé de sortir des cadavres pour éviter qu'ils ne contaminent ceux qui étaient encore en vie. Et j'étais là aussi lorsque des soldats russes ont enfin forcé les portes et nous ont libérés. Ils nous ont libérés, monsieur. C'est ce qu'ils ont dit. Ils parlaient de « forces de libération », de « salut ». Et c'était ce qu'ils représentaient à nos yeux. Et me voilà, seize ans plus tard, derrière des barbelés, surveillée par des gardes armés, à vivre une existence d'angoisse. Est-ce cela, la *libération*, monsieur ? Est-ce cela, le *salut* ?

Klaus recula devant la détermination d'Ester.

— Cela viendra, bégaya-t-il. Si le socialisme a l'occasion de s'épanouir.

Ester le regarda avec tristesse.

— Et comment cela serait-il possible alors que des hommes tels que vous le noient dans un seau de suspicion alors qu'il vient à peine de prendre son essor ?

— Ester, stop, intervint Filip en se plaçant devant elle comme pour la protéger. Ma femme est bouleversée, dit-il à Klaus. Elle vient de revoir sa fille pour la première fois en l'espace de dix-huit ans. N'est-ce pas une belle histoire ? Cela ferait un bel article dans le *Neues Deutschland*, j'en suis convaincu.

— Le *Neues Deutschland* a déjà fait assez de mal, grogna Klaus, refusant de se laisser attendrir. Frau Pasternak, je suis désolé de vous voir ainsi désemparée, mais je vous propose de rentrer chez vous pour vous reposer… et modifier votre façon de voir les choses.

— Ma façon de voir les choses n'a rien…

— Merci ! la coupa Filip avec fermeté. Je vais la raccompagner chez nous.

— Quant à vous, Fräulein Meyer, je vais vous escorter personnellement jusqu'à la frontière.

— Non ! s'exclama Ester en l'agrippant. S'il vous plaît, ne m'enlevez pas Pippa. Ne me l'enlevez pas une seconde fois.

Klaus parut extrêmement embarrassé. Un grand nombre d'étudiants curieux s'étaient massés dans le couloir, malgré les tentatives de Frau Scholz pour les refouler, et il semblait contrarié.

— Je ne fais qu'obéir aux ordres. Mais si vous le souhaitez, vous pouvez m'accompagner.

— Oui, c'est ce que nous souhaitons. Tous, répondit Ester sans hésiter.

Ils s'installèrent dans la voiture de Klaus, une jolie Trabant qui rappela à Olivia celle de Herr Braun lorsqu'il l'avait conduite au foyer à travers les rues de Berlin au mois de mai précédent. La vie lui semblait si simple, à l'époque, se dit la jeune fille. Elle était heureuse et croyait à l'utopie défendue à la fois par l'école et par la Jeunesse libre allemande. Pourquoi n'y aurait-elle pas cru ? Cela avait du sens. Même à l'heure actuelle, le socialisme gardait tout son sens. Il lui semblait injuste que certains aient trop de possessions alors que d'autres n'avaient rien. Cependant, aujourd'hui, en DDR comme en Russie, l'idéologie socialiste n'était plus qu'un moyen de s'assurer que certaines personnes en particulier disposent de tout en quantité. Et ces personnes n'avaient pas davantage l'intention que les précédentes de partager leurs privilèges – la nourriture, le confort et encore moins le pouvoir.

— Nous y voilà.

Klaus s'arrêta devant la gare de Friedrichstraße, qui avait été la plaque tournante de tous les déplacements à Berlin et était devenue le symbole de sa division. Sa station de métro était désormais un lieu fantôme que traversaient les Berlinois de l'Ouest dans un train qui ne s'arrêtait plus, et son S-Bahn, le train express urbain, était isolé par un vaste panneau de verre installé au milieu d'un hall autrefois très fréquenté. Au centre, il y avait une porte étroite actionnée par deux fonctionnaires et surveillée par un garde tenant en laisse un berger allemand qui salivait.

— Par ici, aboya Klaus en prenant Kirsten par le coude.

— Pourrions-nous au moins nous dire au revoir ? protesta bruyamment Ester.

Olivia fut de nouveau étonnée par l'audace de sa mère. Avait-elle acquis cette aptitude dans *cet endroit*, ou était-elle déjà en elle auparavant, lui ayant permis de survivre dans les griffes de cet enfer ? Klaus eut un instant d'hésitation.

— Je vous donne cinq minutes, concéda-t-il. Je me tiendrai juste là. Et eux également.

Il claqua des doigts à l'intention des gardes, qui se mirent à les surveiller. Les personnes qui se trouvaient dans la file d'attente pour rentrer à l'Ouest leur jetaient des regards soupçonneux, mais Ester se contenta de prendre Kirsten et Olivia par le bras et de les emmener un peu plus loin. Filip lui emboîta le pas.

— Dans *cet endroit*, leur dit-elle à voix basse, j'ai appris à bâtir une synagogue dans mon cœur. Et il semble que je vais devoir y bâtir également mon foyer.

— Que veux-tu dire, Mutti ? demanda Olivia.

Ester se dressa sur la pointe des pieds pour lui appliquer un baiser sur la joue.

— Tu es en danger, ma chérie, murmura-t-elle. J'en suis consciente. Même si cela n'est pas ta faute, tu as contrarié cet homme sournois, et il va se transformer en ennemi. Les portes sont en train de se refermer sur toi, Liv, et tu dois partir avant qu'il ne soit trop tard.

— Partir ?

— Chut, Kindchen. J'ai vécu ce genre de situations, et c'est le seul moyen. Une fois que tu figures sur leur liste, tu es condamnée, même s'il s'agit d'une injustice.

— Mais tu…

— Nous serons encore là lorsque toute cette folie prendra fin, ajouta Ester en embrassant de nouveau Olivia avant de se tourner vers Kirsten. Te rencontrer m'a procuré une telle joie, Pippa. Kirsten. Peu importent ton prénom et ta personnalité, cela fait si longtemps que j'ai cette source d'amour en moi. Et te rencontrer aujourd'hui, voir une si belle jeune femme y puiser enfin, m'a apaisée.

Kirsten essuya ses larmes.

— J'ai été si heureuse de vous rencontrer, tous les deux, dit-elle en regardant Ester et Filip. Je ne savais pas que vous existiez il y a quelques semaines, et je le regrette. Si je l'avais su, je vous aurais cherchés plus tôt.

— Chut, Kindchen, répéta Ester. Tu t'es montrée très courageuse. Nous retrouver t'a fait courir un risque, et à Olivia également, mais vous vivrez toutes les deux en sécurité, désormais.

— Toutes les deux ? demanda Olivia. Qu'est-ce que tu veux dire, Mutti ? Qu'est-ce… ?

Ester se souleva sur la pointe des pieds et la prit par les épaules, avec ses doigts de sage-femme délicats mais pleins de force.

— Tu dois partir, Liv, chuchota-t-elle. Tu dois t'en aller d'ici.

— Non !

— Tu ne dois pas tarder, parce que cet homme te traque. Et parce qu'une fois que des personnes comme lui t'ont repérée, ils ne s'arrêtent plus jusqu'à ce que tu sois morte.

— Maman, arrête !

— Ce que je dis est dur, mais c'est la vérité, crois-moi. Kirsten… Toi qui as réussi à trouver un moyen de parvenir jusqu'à nous aujourd'hui… pourras-tu aider Olivia à s'enfuir ?

— Oui, bien sûr. Je vais trouver le moyen de la mettre en sécurité.

— Merci, balbutia Ester en l'embrassant. Merci infiniment.

Olivia lui prit le bras.

— Maman, s'il te plaît, non.

Elle ne pouvait le supporter. Elle avait cherché Pippa pour que sa mère puisse la rencontrer, et maintenant, simplement pour cette raison, Ester devait aussi renoncer à elle.

— Ne t'inquiète pas, Liv, murmura Ester. Bien sûr, je préférerais vous avoir toutes les deux avec moi. Bien sûr, je voudrais que nous disposions d'une centaine de journées ensoleillées devant nous pour discuter, rire, raconter des histoires, nous faire des câlins, surtout nous faire des câlins.

Elle jeta ses bras minces autour de ses deux filles comme s'il s'agissait d'énormes branches de chêne, et Filip se plaça de l'autre côté pour compléter ce cercle. Olivia vit que Klaus était crispé, mais il n'intervint pas.

— Mon principal désir est de vous voir en sécurité, ajouta Ester tout bas, et de penser que toutes les deux, vous serez réunies, à l'abri et heureuses. Ainsi, mon cœur de maman sera préservé jusqu'à ce que cette période soit terminée.

— Mutti, protesta Olivia, qui se sentait déchirée. Je ne veux pas te laisser.

— Tu ne pourrais pas me laisser, même si tu le voulais, parce que nous avons un foyer dans nos cœurs, tu te souviens ? Allez viens, dit-elle en élevant légèrement la voix, assez de larmes. Nous avons eu la joie de passer cette journée ensemble et j'en suis très heureuse. Voir mes deux adorables filles réunies a été un véritable événement qui, une fois que l'État sera assuré de notre loyauté, se répétera, je l'espère.

— Je l'espère également, Frau Pasternak, commenta Klaus, qui s'était approché. Maintenant, Fräulein Meyer, si vous voulez bien...

Il désigna la porte, mais Kirsten continuait d'étreindre les parents qu'elle venait de rencontrer. Filip finit par la détacher des bras d'Ester et, lui offrant son bras, l'escorta en direction de la porte. Le chien aboya à hauteur de ses jambes, mais il l'ignora, embrassa tranquillement Kirsten sur chaque joue et l'invita à passer la porte. Elle hésita, mais au moment où les gardes levèrent leurs armes, elle adressa un petit salut à sa famille et disparut.

Avant même qu'Olivia ait eu le temps de réagir, Klaus leur fit signe de revenir vers la sortie, pour rentrer à l'Est. Elle s'agrippa à Ester.

— Je ne veux pas qu'ils me poussent à partir, chuchota-t-elle.

— Non, approuva Ester en l'embrassant. C'est pourquoi tu dois partir avant qu'ils ne le fassent.

— Je ne peux pas t'abandonner, Mutti.

— Cela ne durera pas. Il faut simplement que le monde redevienne sensé et que le mur soit abattu. Et cela se produira, tu sais. Il tombera, tout comme Auschwitz est tombé. Le mal ne peut pas persister, pas si de bonnes personnes s'y opposent.

Olivia pria intérieurement pour qu'elle ait raison, mais en regardant Klaus qui affichait un visage rayonnant, debout près de sa voiture, elle comprit qu'elle ne serait plus en sécurité ici, au pays des fourgons gris. Malgré tout, il lui était difficile d'accepter qu'elle doive faire le choix de partir, de quitter tous ceux qu'elle aimait pour mener une existence dont certains êtres seraient exclus. Elle avait retrouvé la fille d'Ester et de Filip, mais simplement à cause de cela, elle devait elle-même quitter sa famille. La sanction se révélait cruelle pour tous.

36
Kirsten

Samedi 7 octobre 1961

— Et que s'est-il passé ensuite ? demanda Uli.

Kirsten gémit.

— Je te l'ai dit, répéta-t-elle pour la énième fois. Ils nous ont tous emmenés en voiture à la gare de Friedrichstraße et m'ont fait passer la porte avec les gardes qui brandissaient leurs armes et un gros berger allemand qui me regardait comme s'il avait envie de faire de moi son dîner. Dès que j'ai eu traversé, je me suis mise à courir, mais en réalité, je n'avais pas à m'inquiéter. Il s'agissait de la même gare, Uli, du même hall, mais je me trouvais de notre côté du panneau de verre. J'étais en sécurité. Comment une telle chose est-elle possible ?

— C'est fou, reconnut Lotti, mais tu ne le referas plus. Promets-moi, Kirsty, que tu ne le referas plus.

— Je ne suis pas sûre de pouvoir te le promettre, confia Kirsten en se penchant au-dessus de la table pour lui prendre la main.

Elles se trouvaient au Café Adler, et pour une fois, la jeune fille n'était pas derrière le comptoir, mais faisait partie des clientes. Elle devait prendre son service une demi-heure plus tard, mais Uli avait besoin de nouvelles chaussures pour l'école. Lotti et lui l'avaient donc accompagnée dans le centre. Uli, qui était bien un garçon, avait choisi ses chaussures au bout de trois minutes, puis avait eu envie d'une part de gâteau. Cependant, Kirsten était soucieuse.

— Olivia n'est pas en sécurité à l'Est, expliqua-t-elle à Lotti. Un homme de la Stasi l'a prise en grippe.

Lotti prit une grande inspiration.

— C'est inquiétant, dit-elle. Le fils de Frau Epstein s'est mis la Stasi à dos l'année dernière, et un soir, il a disparu. Il est rentré trois mois plus tard, mais n'a plus jamais été le même depuis. Il ne dort que si la lumière est allumée et a quitté son emploi de comptable pour devenir gardien d'immeuble. Il souffre de crises d'angoisse.

Kirsten la fixa.

— Tu m'inquiètes encore plus, Mutti.

— Oui, tu as raison. Désolée. Tu parlais bien d'Olivia ?

— Oui. Et d'Ester. Sais-tu pourquoi elle a arrêté de me chercher, Mutti ? Parce qu'elle a assisté à une scène au cours de laquelle une petite fille a été arrachée à la mère qui l'avait élevée pour être confiée à sa mère biologique. Elle a vu combien cela a perturbé l'enfant. Elle ne voulait pas que je vive cela. Elle ne voulait pas que je *te* sois enlevée.

Lotti se mordit la lèvre.

— Je pense que ta mère biologique doit être une meilleure personne que moi, Kirsten. À cause de moi, tu lui as été enlevée. Bien sûr, ce n'est pas moi qui ai agi, je ne l'ai pas fait en connaissance de cause, mais j'ai fermé les yeux. J'éprouve beaucoup de remords, Schnuki. Je crois que j'aurais préféré ne pas avoir agi ainsi si j'avais su, mais je n'en suis pas sûre, parce que j'aurais détesté ne pas te connaître, ma chérie.

Kirsten sentit les larmes lui monter aux yeux.

— C'est compliqué, Mutti.

— Tu as raison, mais j'aimerais avoir l'occasion de me rattraper, d'une manière ou d'une autre, déclara-t-elle avant de secouer la tête. Pardon, ce que je viens de dire est stupide. Comment pourrais-je rattraper le fait de lui avoir pris son enfant ?

— Eh bien..., hésita Kirsten. Maintenant que tu en parles, il y a bien quelque chose que tu pourrais faire.

— Quoi donc ? Dis-le-moi.

Kirsten lui pressa la main.

— Comme je te l'ai dit, Olivia n'est plus en sécurité à l'Est. Je voudrais la faire sortir.

— Mon Dieu... Que veux-tu que je fasse ? Creuser un tunnel ? Me cacher dans le coffre d'une voiture ? Je ne suis pas très douée pour ce genre de choses, Kirsten, mais peut-être pourrais-je essayer de flirter avec un garde ?

Kirsten secoua la tête d'un air incrédule.

— Tu le ferais ?

— Si cela pouvait te rendre service, oui.

— Non, je ne te demande ni de flirter, ni de creuser un tunnel.

— Ouf ! Cela abîme vraiment les ongles, tu sais.

— Oui, c'est certain, répondit Kirsten en lui pressant de nouveau la main. Tout ce que je te demande, Mutti, si Olivia parvient à s'enfuir, est de l'héberger.

— Dans notre appartement ?

— Oui. Au moins provisoirement. Et Hans aussi, éventuellement.

— Qui est Hans ?

— Son fiancé.

— Elle est fiancée ? Mon Dieu ! Je savais qu'ils se fiançaient jeunes, à l'Est, mais à dix-huit ans ? soupira-t-elle, semblant réfléchir. Mais en réalité, j'avais dix-huit ans lorsque j'ai épousé ton... Lorsque j'ai épousé Jan. Mais bon, prendre ce mariage en exemple n'est pas une bonne idée.

Kirsten commençait à perdre patience. Elle ne s'était jamais rendu compte auparavant à quel point l'esprit de sa mère pouvait vagabonder.

— Donc elle pourra... Ils pourront... habiter dans notre appartement ?

— Il est déjà plein à craquer, Schnuki, avec ta tante qui a installé ses affaires partout !

— Mutti...

Lotti leva la main.

— Bien sûr qu'elle peut habiter avec nous. Nous nous débrouillerons. Honnêtement, chaque fois que je regarde par la fenêtre et que je vois ces pauvres gens emmurés de l'autre côté, cela me fait mal au cœur. Je les accueillerais tous si je le pouvais, et Ester aussi sans aucun doute, ta... ta mère.

Kirsten regarda Lotti avec tendresse et comprit à quel point elle était sincère. Elle se laissait facilement distraire, mais elle avait un cœur immense. Elle l'enlaça et la serra contre elle, et même si Lotti l'écarta doucement parce qu'elle craignait de mettre du Strudel sur sa plus jolie veste, elle paraissait vraiment heureuse.

— Honnêtement, ces socialistes prônent l'esprit communautaire et le partage du pouvoir, mais ne se gênent pas pour expulser les gens hors de chez eux. En quoi le pouvoir est-il partagé, ici ?

— Tu as totalement raison, Mutti, approuva Kirsten. Encore une part de gâteau ?

Les yeux d'Uli s'illuminèrent, mais Lotti secoua la tête.

— Je dois garder la ligne. Tante Gretchen m'a dit que son gardien de zoo a un ami, et nous allons nous rendre tous ensemble à un cocktail la semaine prochaine. Moi, à un cocktail, tu imagines ? Qu'est-ce que je vais porter ?

Kirsten sourit.

— Laisse-moi m'occuper de cela, Mutti. Je vais te coudre une jolie tenue.

— Tu es une fille merveilleuse, Kirsten, s'enthousiasma Lotti tout en prenant une bouchée de son Apfelstrudel. Dis-moi, Ester, tu sais, ton autre maman, est-ce qu'elle est intelligente ?

— Hein ?

— Parce que toi, tu es intelligente. Tu penses ne pas l'être, mais tu l'es. Moi, je ne le suis pas. Je suis stupide. C'est pour cela que je me demandais si elle l'était.

La remarque de Lotti lui fit mal au cœur. Ester paraissait peut-être plus sérieuse et plus instruite que Lotti, plus farfelue, mais il avait fallu à cette dernière énormément de ressources pour élever deux enfants durant la période d'après-guerre, et elle n'aimait pas la voir se déprécier.

— Tu es beaucoup plus intelligente que tu ne le penses, Mutti, affirma-t-elle. Et puis, tu sais, je n'ai pas eu le temps de parler très longtemps avec Ester avant que cet homme ne vienne cogner à la porte. En revanche, j'ai bien discuté avec mon père, Filip. Nous avons parlé de couture. Il me trouve douée. Il a même dit que j'avais du talent, mais je pense qu'il voulait juste être gentil. Il m'a conseillé de créer un portfolio.

— Un port-quoi ?

— Un recueil de photos présentant mon travail. J'ai demandé à tante Gretchen de m'aider à le réaliser… Ensuite, je pourrais postuler à l'université.

— Quelle excellente idée !

Devant l'enthousiasme de Lotti, Kirsten éprouva un élan d'affection. Elle fit le tour de la table pour la prendre dans ses bras.

— Tu sais qu'Ester ne te remplacera jamais, Mutti. Je suis triste pour elle et je l'aime beaucoup. Si cela était possible, j'aimerais beaucoup la voir plus souvent, mais malheureusement, je ne peux pas. Cependant, même si je le pouvais, elle ne te remplacerait jamais.

Les yeux de Lotti étaient brillants.

— Sacrée équipe que nous formons tous les trois, pas vrai ? dit-elle. Vous êtes arrivés jusqu'à moi d'une manière peu conventionnelle, mais je vous ai élevés du mieux que j'ai pu, non ?

— Si ! confirmèrent Uli et Kirsten.

— Et tous les deux, vous êtes ce qu'il y a de plus important au monde pour moi, vous savez ? ajouta-t-elle en épongeant ses beaux yeux bleus avec un mouchoir puis en levant sur eux un regard résolu. Toi, Kirsty, tu as si bien géré cette situation. Il suffira que tu me préviennes, lorsque ta sœur sera sur le point d'arriver, et nous nous organiserons. Frau Epstein a des lits de camp, et ta tante a suffisamment de linge de lit pour accueillir un harem, donc celui-ci pourra servir.

Elle embrassa Kirsten sur la joue, puis se leva et brossa des poussières imaginaires sur ses vêtements immaculés.

— Viens, Uli, tant que nous sommes en ville, profitons-en pour t'acheter quelques slips. Les tiens sont vraiment usés. Dieu seul sait ce que tu fabriques pour qu'ils soient dans cet état.

— Mutti ! gémit Uli, mortifié.

Kirsten éclata de rire et leur fit un signe de la main tandis qu'ils s'éloignaient. Elle ramassa leurs couverts, les fit tremper derrière le comptoir et se dirigea vers la cuisine. Passer du temps avec sa Mutti et Uli lui avait fait du bien, et désormais, elle savait qu'Olivia aurait un endroit où dormir si elle parvenait à lui faire passer la frontière. Cependant, elle n'avait aucune idée de la manière dont elle allait s'y prendre.

Le café était en train de se remplir et une file s'était formée devant le comptoir.

— Je débarrasse ces assiettes et je viens à ton secours, Sash ! s'exclama-t-elle en se faufilant derrière sa collègue.

— Tu me sauves, répondit Sasha, qui portait une pile de tasses de café. Je n'arrête pas de dire à Frau Munster qu'il faut embaucher du personnel maintenant que nous sommes devenus un point stratégique. De préférence de jeunes et beaux garçons.

Kirsten sourit, même si la remarque lui fit penser à Dieter. Elle eut donc le sentiment de voir une apparition en entrant dans la cuisine. Cependant, lorsqu'il fit un pas dans sa direction, elle comprit qu'il était vraiment là et se dépêcha de poser les assiettes avant de les laisser tomber.

— Qu'est-ce que tu fais ici, Dieter, une fois de plus ?

— Kirsty, s'il te plaît, laisse-moi t'expliquer.

— Je t'écoute.

Elle croisa les bras en signe d'impatience, mais une autre silhouette sortit alors de la réserve – une jeune femme dont les cheveux étaient réunis en deux longues nattes et qui portait un béret très chic.

— Oh, dit-elle d'une voix étranglée. Tu caches bien ton jeu, Dieter Wohlfahrt. Est-ce qu'Astrid est au courant ?

Elle éprouva une certaine satisfaction à l'idée qu'il avait également trompé Astrid, mais une autre jeune fille sortit de la réserve.

— Que se passe-t-il... ?

Dieter bondit dans sa direction et plaqua une main sur sa bouche. Elle essaya de se débattre mais il était fort et, pleine d'appréhension, elle sentit que son cœur s'emballait.

— Chut, Kirsty, s'il te plaît.

— Pourquoi ? articula-t-elle avec peine.

Mais les doigts de Dieter étaient fermement pressés contre sa bouche, et elle ne put que murmurer. Ce fut alors qu'une troisième silhouette sortit de la réserve – un jeune homme, cette fois. Que se passait-il donc ? Frau Munster tenait-elle une sorte de boui-boui là derrière ?

— Ce n'est pas ce que tu crois, tenta de la rassurer Dieter.

— Comment peux-tu savoir ce que je pense ? articula Kirsten, avec peine.

— Je vais t'expliquer, répondit-il. Non, mieux encore, je vais te montrer. Mais s'il te plaît, garde le silence jusqu'à ce que tu aies compris.

Kirsten regarda en direction de la salle du café située à quelques pas seulement, qui était bondée, et hocha la tête. Dieter ôta avec précaution sa main de la bouche de Kirsten.

— Parfait. Merci. Je te présente Elke.

La jeune femme qui portait un béret lui sourit.

— Et eux, ce sont Karen et son petit ami, Emil. Nous allions à l'école ensemble, à l'Est, il y a quelques années.

— Je vois.

— Nous ferions mieux de partir, déclara Elke. Merci infiniment, Dieter.

Kirsten vit les trois amis passer devant elle et serrer la main de Dieter, l'air très émus. La situation lui sembla de plus en plus étrange.

— Joli béret, commenta-t-elle à l'intention d'Elke.

— Merci !

Dès qu'ils furent partis, Dieter l'entraîna vers le fond de la cuisine.

— Dieter, je ne sais pas ce que tu fabriques, mais...

— Chut.

Il la fit passer par la porte de derrière, qui débouchait sur une petite cour. Là, entre les poubelles et les bouteilles de gaz, se trouvait la réponse à ses interrogations.

— Une trappe ?

— Qui conduit aux égouts, Kirsten.

— D'accord. Et où mènent les égouts ?

— À l'Est.

Elle le fixa, tentant de rassembler les bribes d'information dont elle disposait – Astrid et lui, la lettre de sa mère, le fait qu'il soit plus distant à son égard... Elle comprenait enfin.

— Donc, lorsque tu disais que tu te sentais impuissant... tu voulais dire sur le plan politique ?

— Effectivement. Tu avais raison, Kirsty. Manifester était insuffisant. Je voulais en faire davantage.

— Tu ne sors donc pas avec ces filles ?

— Non !

— Pas même avec Astrid ?

— Certainement pas, elle est abominable.

— Tu as raison, répondit Kirsten, mais elle est très jolie.

— Pas autant que toi.

Kirsten décida qu'elle éclaircirait plus tard sa dernière remarque, lorsqu'elle disposerait de plus de temps pour se concentrer. Pour l'instant, elle voulait connaître l'utilité de cette trappe. Elle jeta un regard vers la cavité d'un noir d'encre avant que Dieter ne la referme et ne place une barre en travers.

— Depuis quelques semaines, nous aidons des personnes à quitter l'Est, chuchota-t-il. Il y a une trappe identique à l'arrière d'un cabaret de la Friedrichstraße, qui mène à la même conduite d'égout, et le propriétaire ferme les yeux lorsque, disons, des spectateurs ne prennent pas la sortie habituelle. Frau Munster a été géniale, et jusqu'à présent, nous avons aidé une vingtaine de personnes à s'échapper. Pour ma part, je peux me rendre à l'Est avec mon passeport autrichien, et Astrid également, grâce à son laissez-passer de l'université Humboldt...

— À ce propos..., dit Kirsten d'un ton hésitant.

Dieter balaya son appréhension d'un geste.

— Ils le lui ont rendu, en lui disant simplement de faire davantage attention à son portefeuille.

— Dieu merci !

— Je suppose que quelqu'un est intervenu. Elle a très bonne réputation, à l'université.

— Cela va de soi.

— Son père en est le doyen.

Kirsten eut un éclat de rire. Elle jeta un regard circulaire sur la petite cour et songea aux avantages disproportionnés dont jouissait Astrid, au danger que courait Olivia et à Dieter qui sillonnait Berlin pour aider des personnes à s'enfuir. Cette trappe expliquait certes pourquoi Dieter était distant depuis quelque temps ; mais elle constituait aussi une occasion inespérée. La jeune fille attrapa un pan de son pull.

— Dieter, je vais avoir besoin de ton aide.

— De quelle manière ?

— Ma sœur est coincée à l'Est et elle est en danger. Elle est menacée par la Stasi, simplement parce qu'elle a fait des recherches pour me retrouver. Il faut que je la sorte de là !

Dieter sourit.

— Alors tu t'adresses à la bonne personne, répondit-il en tirant un petit carnet de sa poche. Veux-tu que nous préparions l'opération ?

— Oui ! se réjouit Kirsten. Oui, s'il te plaît !

Ester aurait considéré que Dieter leur avait été envoyé par Dieu. Kirsten n'était pas sûre de croire en un Dieu quelconque, mais elle croyait en Dieter et au bien-fondé de leur cause. Elle adressa une prière à tout ce qui était bon et juste, pour que leur opération réussisse.

37
Olivia

Jeudi 12 octobre 1961

Olivia essuya la sueur qui coulait de son front et se concentra sur son haltère. Elle allait y arriver, elle *devait* y arriver. Tous les autres avaient réussi à soulever leur poids, mais elle hésitait à faire de même. Elle se sentait fatiguée et faible, mais ne pouvait pas se permettre d'échouer. L'entraîneur Lang l'avait interrogée, et elle ne s'en était sortie que parce que les autres avaient émis des plaisanteries graveleuses à son sujet.

— Le premier jour, l'infirmière m'a dit que le sexe était bon pour la circulation, avait-elle déclaré, imaginant qu'en rajouter la tirerait d'affaire.

— Elle ne voulait pas pour autant te dire de le faire cinq fois par jour, l'avait taquinée Franz.

— Quant à moi, j'adorerais pouvoir le faire cinq fois par jour, avait gémi Frieda.

— Je suis là pour toi, si tu veux, chérie !

Rire de tout cela avait dédramatisé la situation, et Olivia avait pu tenir un jour de plus, mais elle était sous pression. En revanche, elle ne voyait plus d'étranges poils pousser sur son corps, elle avait l'impression que son cycle allait reprendre et se sentait moins tendue. Mais elle était toujours aussi effrayée.

Réunissant toutes ses forces, elle referma les mains autour de la barre et la souleva, mobilisant chacun des tendons de son corps pour la maintenir en l'air.

— Pas mal, Olivia.

Elle posa l'haltère avec un soupir de soulagement et attrapa sa gourde, en espérant que boire l'aiderait à soulager les contractures de ses pauvres bras.

— Cinq minutes de repos, puis, Olivia et Franz, vous irez vous entraîner au sprint. Les autres, entraînez-vous en circuit.

Olivia poussa un grognement et hocha la tête avec gratitude en voyant Hans effectuer un geste en direction des portes qui menaient vers l'extérieur. Elle le suivit, s'appuya sur la clôture et but à petites gorgées tout en inspirant de l'air frais. Les sprinteurs étaient en train de se regrouper et elle n'était pas pressée de les rejoindre.

— Hey, vous !

Hans et Olivia levèrent les yeux en voyant un jeune homme courir dans leur direction de l'autre côté de la barrière. Il était brun et mince, mais courait d'une manière très particulière et haletait comme s'il n'avait pas l'habitude de fournir un effort physique.

— Vous vous sentez bien ? lui demanda Liv lorsqu'il arriva à leur hauteur et posa les mains sur ses genoux, tentant de reprendre son souffle.

— Ça ira mieux dans une minute, répondit-il en levant les yeux vers elle. Dites-moi, y a-t-il des toilettes, dans le coin ?

Olivia réfléchit.

— Il y en a plein, mais je ne suis pas sûre que les non-membres puissent y accéder.

— Normal ! s'exclama-t-il en la regardant attentivement. Êtes-vous Olivia Pasternak ?

Elle sursauta.

— Oui, c'est moi.

— Je m'en doutais. Je vous ai vue dans le journal.

— Tu es célèbre, Liv, commenta Hans avec un sourire.

— Tout comme vous. Vous êtes Hans Keller, n'est-ce pas ?

— Effectivement. Voudriez-vous un autographe ?

— Excellente idée !

Le jeune homme sortit un morceau de papier d'une petite sacoche attachée autour de sa taille et fouilla à l'intérieur à la recherche d'un stylo. Olivia jeta un coup d'œil vers Hans. Était-il sérieux ?

— Je m'appelle Dieter, déclara-t-il. Je suis un grand fan. J'aurais aimé pouvoir lancer aussi bien que vous. Juste ici, s'il vous plaît, ajouta-t-il en leur tendant le morceau de papier et le stylo au-dessus de la clôture. Je pense que votre autographe vaudra une fortune lorsque vous remporterez les Jeux olympiques !

— Vous êtes trop gentil ! répondit Olivia en souriant et en se penchant pour écrire son nom.

Ce fut alors que le jeune homme s'inclina un peu plus vers eux.

— Je suis ici de la part de Kirsten, dit-il à voix basse. Si vous voulez partir d'ici, soyez au cabaret Die Distel sur la Friedrichstraße à vingt-deux heures.

Olivia se figea.

— Continuez à écrire.

La main tremblante, Olivia écrivit *Amitiés*, puis signa en ornant son nom d'une petite fleur et lui rendit le stylo.

— Vous aussi, ajouta le jeune homme à l'intention de Hans.

— Moi aussi ?

Il hocha la tête avec empressement.

— Au Distel, vingt-deux heures, répéta-t-il en reprenant le morceau de papier et en l'examinant avec attention avant de leur serrer la main. J'ai été si heureux de vous rencontrer, dit-il à voix haute. Il vaut mieux que j'y aille et que je trouve des toilettes, maintenant !

Puis il s'éloigna de son pas de course si particulier, tandis que l'entraîneur Lang marchait dans leur direction.

— Qui était-ce ? demanda-t-il en leur jetant un regard soupçonneux.

Olivia s'efforça de sourire.

— Un joggeur qui nous a reconnus parce qu'il nous a vus dans le journal. Il voulait nos autographes, ce n'est pas incroyable ?

— Vous allez devoir vous y habituer, répondit Lang. Vous allez devenir des superstars. Du moins, si vous vous remuez pour aller vous entraîner !

— Oui, monsieur !

Ils partirent en hâte. Hans fila à l'intérieur pour s'entraîner en circuit et Olivia rejoignit en courant les sprinteurs, l'esprit léger et prête à se dépenser énergiquement. « Je suis ici de la part de Kirsten, se répétait-elle à voix basse. Si vous voulez partir d'ici… »

Le voulait-elle ? Elle balaya la piste du regard. Elle aimait s'entraîner, lancer le javelot et appréciait les autres athlètes. Elle appréciait également l'entraîneur Lang. Et, évidemment, ses parents et ses frères se trouvaient ici, à l'Est. Si elle partait ce soir, il n'y aurait pas de retour en arrière. Elle ne les reverrait peut-être pas avant des années, pas avant que ce maudit mur ne tombe. Pourrait-elle le supporter ?

Elle jeta un coup d'œil en direction du club-house et y aperçut Frau Scholz, postée là tel un charognard, l'observant de ses yeux noirs, et elle sut qu'elle n'avait pas le choix. Elle n'avait aucune envie de partir, mais il le *fallait*. Elle n'avait aucune envie de donner un jour naissance à l'enfant de Hans enchaînée à un tuyau dans un sous-sol de la Stasi, et que celui-ci lui soit enlevé – comme Pippa avait été enlevée à Ester. Il fallait éviter que l'histoire ne se répète, en dépit de la volonté des autorités.

« Cabaret Die Distel, murmura-t-elle en expirant lorsqu'elle s'aligna sur les autres sprinteurs. Vingt-deux heures. »

L'entraîneur donna le signal du départ et elle s'élança.

La seule manière de se rendre au théâtre sans attirer l'attention, décidèrent-ils après avoir chuchoté avec angoisse sous la douche, était d'y aller en groupe. Cela supposait également des risques, mais ils n'obtiendraient sans doute pas l'autorisation de se rendre seuls à Berlin, surtout avec Klaus qui surveillait l'école de près. L'après-midi, au moment où tous se reposaient dans la salle commune des athlètes, Hans sortit donc les pages culturelles du *Neues Deutschland*.

— Est-ce que quelqu'un aurait envie d'aller voir un spectacle comique, ce soir ?

Les autres athlètes levèrent le regard, intéressés, et Hans leur montra l'encart du cabaret Die Distel, un célèbre théâtre de Berlin-Est connu pour mettre en scène des comédies irrévérencieuses.

— Excellente idée, se réjouit Franz. J'ai tellement ri lorsque j'y suis allé la dernière fois que j'ai failli me pisser dessus.

— Sacrée pub ! commenta Magda. Je suis partante !

— Moi aussi, ajouta Frieda.

Plusieurs autres athlètes annoncèrent qu'ils se joindraient à eux.

— Nous devons prévenir les Scholz, souligna Franz.

— Il vaudrait mieux que ce soit Hans qui le fasse, argumenta Magda. Ma Scholz l'adore.

— Elle adore qui ?

Tous sursautèrent. L'éducatrice s'était glissée discrètement dans la salle commune.

— Le président Ulbricht, bien sûr, répondit avec douceur Magda. Comme nous tous.

Frau Scholz jeta un regard suspicieux autour d'elle, mais tous lui sourirent.

— Qu'êtes-vous en train de comploter ? demanda-t-elle.

— Eh bien, Ma, déclara Hans, nous aimerions aller au Distel ce soir. Cela fait deux semaines que nous nous entraînons pour la saison hivernale, et nous sommes tous crevés. Une bonne comédie nous ferait du bien !

Frau Scholz examina l'encart dans le journal.

— Je n'ai pas de très bons échos à propos de ce théâtre. Parfois, les spectacles sont critiques vis-à-vis de la DDR.

— Il s'agit de critiques affectueuses.

Olivia observa Hans exercer son charme sur Frau Scholz et croisa les doigts derrière son dos, dans l'espoir que cela fonctionne.

— Je ne suis pas certaine que ce soit une bonne idée. Ce théâtre me paraît subversif.

Des perles de transpiration apparurent sur les tempes de Hans.

— Vous savez quoi, Ma, suggéra-t-il, pourquoi ne viendriez-vous pas avec nous ? Comme ça, vous pourrez vous faire votre propre idée.

Frau Scholz pencha la tête de côté, l'air indécise.

— Bon, d'accord, finit-elle par dire. Mais si la pièce est trop critique, nous partirons. D'accord ?

— D'accord, approuva Hans qui lui adressa un sourire avant de se retourner en faisant une grimace à Olivia.

Être accompagnés de Frau Scholz n'allait pas leur faciliter la tâche, et il fallait espérer que la comédie soit suffisamment drôle pour qu'ils puissent rester sur place jusqu'à vingt-deux heures et s'éclipser sans qu'elle le remarque pour... se rendre où ? Olivia n'avait aucune idée de la manière dont Dieter allait les faire sortir, et elle se sentait dix fois plus stressée que lorsqu'elle avait participé aux Jeux de la jeunesse. Il y avait là beaucoup plus en jeu que des médailles, et elle ne pouvait qu'espérer que Dieter était bien celui qu'il disait être, et qu'il allait réellement pouvoir les faire échapper.

Parce que, s'ils étaient pris, Klaus les ferait aussitôt emprisonner. Et une fois enfermés dans les geôles de la Stasi, ils n'en sortiraient plus.

Rire et discuter avec les autres athlètes demanda un immense effort à Olivia et à Hans lorsqu'ils arrivèrent au cabaret Die Distel à vingt heures. Heureusement, tout le monde semblait de bonne humeur, car les sorties étaient rares, et ils purent laisser leurs camarades égayer l'ambiance. Les deux Scholz étaient venus et semblaient aussi excités que les étudiants. Ils prirent même une boisson au bar en attendant le début du spectacle.

— Ici, à l'Est, nous avons les meilleurs théâtres, n'est-ce pas ? demanda Hans à Frau Scholz en avalant de grandes rasades de bière tandis qu'ils se dirigeaient vers leurs sièges.

— Doucement, Hans. Tu vas avoir le hoquet. Et oui, tu as raison. L'État veut enrichir notre vie à travers l'art et il est bon pour nous, qui travaillons dans le domaine sportif, de nous y intéresser.

— De développer notre âme autant que nos muscles…

— Exactement, Hans, tu as parfaitement raison.

Elle lui sourit. Olivia, qui craignait qu'ils ne soient assis à côté d'elle dans la salle, le retint en arrière pour que d'autres membres du groupe s'installent entre eux.

— As-tu vu Dieter ? chuchota-t-il.

— Non, pas encore.

Elle était extrêmement tendue et avait du mal à se concentrer sur les dialogues des acteurs. Tous les autres riaient aux éclats, mais elle devait se forcer à pouffer et à ne pas consulter trop souvent sa montre. Ils avaient heureusement pu porter leurs propres vêtements et elle avait mis le pull bleu soyeux que Mutti et Vati lui avaient offert pour ses dix-huit ans, et qui lui semblait juste un peu trop près du corps, lui donnant la sensation qu'ils la prenaient dans leurs bras. Elle portait des tennis, au cas où elle serait obligée de courir, et elle avait mis la photo de sa famille à l'intérieur d'un manteau bien trop chaud pour la saison.

Emporter la photo constituait un risque, mais un risque qu'elle était prête à courir. Elle avait enfilé sur son doigt la bague offerte par la DDR et avait accroché celle de Hans à une chaîne autour de son cou. Elle espérait pouvoir vendre la bague de Spitzbart pour s'acheter quelques vêtements, mais ensuite, ils devraient se contenter de dons. Kirsten n'avait pas hésité à dire à Ester qu'elle les hébergerait, mais pour ce qui était du reste… ?

Les applaudissements retentirent alors qu'Olivia était toujours absorbée dans ses pensées. Ils signalaient l'entracte et tous se dirigèrent vers le bar, en citant leurs reparties préférées. Elle chercha fiévreusement Dieter du regard, mais il n'était nulle part.

— Tout va bien, Olivia ? demanda Frau Scholz.

Elle s'efforça de sourire.

— Savez-vous où sont les toilettes ? Je n'en peux plus !

— Juste là.

Elle désigna les portes apparentes et Olivia grimaça.

— Ah oui ! Ça risque d'être long…

Naturellement, une file d'attente s'était formée devant les toilettes des femmes, mais Olivia se sentit soulagée. Frieda et Magda la rejoignirent dans la file, mais heureusement, la vessie de Frau Scholz semblait être aussi coriace que le reste de sa personne, et l'éducatrice resta à distance. Olivia observa la foule. Rien. Il était vingt et une heures trente, une demi-heure avant le rendez-vous fixé par Dieter, mais le théâtre était grand, et ils n'avaient toujours aucune idée de l'endroit où ils devaient se retrouver.

— Qu'allons-nous faire ? demanda-t-elle à Hans d'un air abattu lorsqu'ils regagnèrent leurs sièges pour la seconde partie du spectacle.

Le jeune homme lui pressa la main pour qu'elle garde le silence, et lorsque le spectacle recommença, il se pencha vers elle pour chuchoter à son oreille.

— J'ai croisé Dieter dans les toilettes des hommes. Je sais où aller.

Le cœur d'Olivia s'apaisa, puis s'emballa de nouveau. Si tout se passait bien, dans une demi-heure, elle serait en train de se rendre à l'Ouest, qui n'était qu'à cent mètres de là sur la Friedrichstraße. Mais elle aurait pu tout aussi bien se rendre sur la Lune.

— Sais-tu comment nous allons rallier l'Ouest ? demanda-t-elle en chuchotant.

— Les égouts, répondit-il brièvement.

Olivia contempla le plafond rouge et doré du théâtre et se demanda pourquoi sa vie avait pris un tel tournant. Les acteurs revinrent sur scène pour le rappel, mais elle n'avait à l'esprit que l'image d'Ester – Ester la prenant dans ses bras et la taquinant, cuisinant pour elle et bavardant avec elle à son chevet. Ester lorsqu'elle venait assister à ses matchs de tennis – sa supportrice la plus fervente et la plus bruyante, aussi. En serait-elle capable ? Serait-elle capable de la laisser derrière elle ?

« Il tombera, tout comme Auschwitz est tombé », lui avait-elle dit à propos du mur. « Le mal ne peut pas persister, pas si de bonnes personnes s'y opposent. »

Elle avait raison, il fallait que le mur tombe, et cependant, pourquoi étaient-ce les bonnes personnes qui souffraient de la situation ?

Hans lui prit la main.

— Maintenant, dit-il, et avant même qu'elle puisse réfléchir, il l'entraîna à sa suite.

Frau Scholz se pencha aussitôt en avant pour examiner la rangée. Olivia lui fit signe qu'elle avait une envie pressante et l'éducatrice eut une moue désapprobatrice mais tourna de nouveau son attention vers les acteurs qui, heureusement, jouaient une scène très drôle dans laquelle il était question de la sexualité des lapins. Olivia avança à l'aveuglette dans l'auditorium.

— Hans, tu es sûr que…

— Il faut y aller, affirma-t-il, et il l'entraîna derrière le bar, vers l'angle reculé où les attendait Dieter.

— Par ici.

Le jeune homme les entraîna par une porte latérale puis le long d'un escalier faiblement éclairé menant à la cave. Ils se faufilèrent à travers des tonneaux de bière jusqu'à ce que Dieter en fasse rouler un sur le côté, dévoilant une trappe métallique.

— C'est par là ? demanda Olivia.

— Oui. C'est un peu étroit pour vos larges épaules, mais vous y arriverez. Je passerai devant avec ma lampe torche, et vous me suivrez de près. Hans, pourras-tu remettre la trappe en place ?

— Bien sûr.

Pour Hans, tout quitter était aussi difficile que pour elle, mais il levait le menton, l'air résolu, refusant de regarder en arrière. Elle avait rencontré ses parents le deuxième jour de leur première compétition. Il s'agissait de gens adorables. Son père était un homme imposant, et Hans avait manifestement hérité de son physique. Sa mère était une petite femme souriante qui avait tournoyé autour d'elle en lui disant à quel point elle était ravie d'avoir une seconde fille. Une famille de plus, avait songé Olivia, mais pour l'instant, il s'agissait de liens familiaux qui devraient perdurer malgré le mur – un mur au-dessous duquel ils s'apprêtaient à traverser.

Ils passèrent par la trappe. Il faisait noir, mais Olivia en fut soulagée, préférant ne pas voir ce qui produisait un gargouillement sous ses tennis lorsqu'elle atteignit le bas de l'échelle métallique.

— Marchez sur le côté, leur conseilla Dieter en allumant sa lampe torche, dont le faisceau étroit éclaira un énorme tuyau. Ce n'est pas loin. Venez.

Ils lui emboîtèrent le pas, et le cœur d'Olivia battait si fort qu'elle avait l'impression qu'il produisait un écho contre le tuyau en béton qui symbolisait leur itinéraire bien peu engageant vers l'extérieur. Mais elle s'en moquait. Son extrémité rimait avec liberté.

— Nous y sommes presque, expliqua Dieter. Juste après le tournant.

Il tourna dans un tunnel latéral dans lequel leur tuyau était raccordé à un autre, et s'arrêta net.

— Oh non ! s'exclama-t-il.

Olivia, en arrivant derrière lui, vit luire sous sa torche l'éclat d'une grille métallique.

— Est-ce qu'elle est censée être là ?

Dieter secoua la tête.

— Les salopards !

Il secoua la grille mais celle-ci était fixée à l'aide d'énormes vis et la franchir paraissait impossible.

— Ils doivent avoir découvert que nous passions par là, déplora-t-il.

Il jeta un regard circulaire, les yeux emplis de terreur, et Olivia sentit son cœur frémir.

— Qu'allons-nous faire, maintenant ?

Dieter secoua la tête.

— Je ne sais pas. Enfin, si, je sais. Nous allons revenir.

— Revenir ?

— Nous n'avons pas le choix. Et il faut faire vite, au cas où il y aurait une patrouille. Je suis désolé. Je suis tellement, tellement désolé.

Olivia se tourna vers Hans. Leur tentative était un désastre.

— Si nous faisons vite, dit celui-ci, ils ne se seront peut-être même pas aperçus que nous sommes partis.

Olivia réfléchit. Elle avait l'impression d'avoir quitté le théâtre il y avait une éternité, mais cela ne faisait probablement pas plus de cinq minutes. Et d'ailleurs, avaient-ils le choix ?

— Nos pieds sont mouillés !

— Nous trouverons une explication.

Il s'efforçait de la protéger, mais elle pouvait lire de la terreur dans ses yeux, et lorsqu'ils escaladèrent de nouveau l'échelle, elle s'attendait à trouver Frau Scholz sur place, à l'affût.

Mais rien de tel ne se produisit. Ils se précipitèrent vers le bar. Des rires étouffés provenaient encore de l'auditorium, mais alors qu'ils venaient juste d'arriver, la porte de la salle s'ouvrit et laissa apparaître Herr Scholz.

— Par ici !

Hans entraîna Olivia vers les toilettes des hommes et la fit entrer dans une cabine, souleva son haut et tira sur son pantalon.

— Hans !

— Il s'agit de notre échappatoire, Liv !

Il avait raison et, les nerfs à fleur de peau, elle se contraignit à pousser un gémissement sonore. La porte de la cabine s'ouvrit à la volée et Herr Scholz surgit devant eux.

— Qu'est-ce que vous êtes en train de fabriquer ?

Il leur lança un regard inquisiteur et Olivia poussa Hans de côté en rajustant ses vêtements et en mouillant opportunément ses tennis dans le bac des toilettes turques.

— Désolé, monsieur, balbutia Hans en reboutonnant son pantalon avec ostentation. Nous nous sommes, euh, laissé emporter.

— Je vois. Je pensais que vous étiez venus pour voir le spectacle ?

— Désolé, monsieur, nous nous sommes laissé emporter, répéta Hans.

Olivia se prit à souhaiter que la terre s'ouvre et l'engloutisse, mais la porte des toilettes des hommes s'ouvrit et Frau Scholz rejoignit son époux.

— Ils sont ici, expliqua celui-ci. Apparemment, ils étaient en train d'avoir des relations sexuelles.

Frau Scholz regarda Hans, puis Olivia. Elle posa les mains sur ses hanches et Olivia ferma les yeux, s'attendant à ce qu'elle mentionne qu'elle allait en informer Klaus.

— Est-ce toi, Olivia, qui as voulu avoir des relations sexuelles ? demanda-t-elle.

Olivia se força à rouvrir les yeux.

— Euh..., bredouilla-t-elle, en se demandant pourquoi Frau Scholz lui posait une telle question et si elle n'était pas jalouse. Oui, c'est moi. Cette plaisanterie sur les lapins m'a titillée.

Elle eut l'impression de s'être rendue ridicule, mais Frau Scholz hocha la tête en gardant son sérieux.

— J'ai souvent ce genre de problèmes, expliqua-t-elle à son époux. Ces athlètes ont de fortes pulsions sexuelles, en particulier les filles. Cela est dû à leur entraînement, qui a ce genre d'effets.

Olivia fit de son mieux pour adopter l'attitude d'une véritable déesse du sexe, malgré ses baskets imprégnées des eaux sales des égouts et la peur qui l'étreignait.

— C'est la vérité, déclara Hans. Elle m'épuise, monsieur. Bon, je ne vais pas m'en plaindre, bien sûr...

Herr Scholz les regarda longuement, puis éclata de rire.

— Où va le monde, hein ? À notre époque, Leonie, il fallait être mariés !

Leonie ! Une partie de l'esprit torturé d'Olivia enregistra ce prénom étonnamment féminin.

— Je sais que vous êtes fiancés, tous les deux, mais ce n'est pas une excuse pour agir de la sorte, déplora Frau Scholz. Imaginez ce qui se serait passé si un spectateur vous avait surpris. Cela aurait ruiné la réputation du Dynamo.

— Oui, Frau Scholz, répondirent-ils en chœur. Pardon, Frau Scholz.

— Ne recommencez plus jamais. Bon, maintenant, retournons à l'intérieur pour ne pas manquer la fin du spectacle.

Elle les reconduisit dans l'auditorium et, du coin de l'œil, Olivia vit Dieter descendre l'escalier. Elle eut le sentiment que tous ses espoirs s'éloignaient avec lui. Le public riait aux éclats, mais la jeune femme était dans un état d'esprit bien différent. Ils n'avaient certes pas été arrêtés, mais ils n'avaient pu rejoindre l'Ouest, et comme l'accès emprunté par Dieter avait été fermé, elle se demandait s'ils pourraient partir un jour. Elle était piégée, piégée à l'Est, et la Stasi l'avait à l'œil, et aurait tout aussi bien pu pointer une arme sur sa tempe.

38
Kirsten

Dimanche 22 octobre 1961

Kirsten regarda par la vitrine en direction de Checkpoint Charlie, et vit une Volkswagen Coccinelle blanche s'arrêter et le chauffeur engager la conversation avec les gardes. Il s'agissait sans doute d'Allan Lightner, chef de la mission du ministère des Affaires étrangères américain, et de son épouse, Dorothy. Ils se rendaient fréquemment à l'Est, profitant de leur immunité militaire pour aller au théâtre et au ballet. Ils s'arrêtaient parfois au Café Adler pour boire un schnaps avant de traverser la frontière. Il s'agissait de personnes adorables, mais Kirsten ne pouvait s'empêcher d'éprouver de la jalousie à leur égard.

Elle envisagea de leur demander s'ils pourraient dissimuler sa sœur dans leur coffre et la faire traverser. Est-ce que cela présenterait des difficultés ? Les Vopos de la frontière n'avaient pas le droit de les arrêter, parce qu'ils avaient une voiture américaine. Il n'y avait donc presque aucun risque. Une jolie soirée devant *Le Lac des cygnes* pour eux, et la liberté pour Olivia – tout simplement. Dorothy était une femme d'un certain âge pleine de fougue, et Kirsten était quasiment certaine qu'elle serait prête à l'aider ; elle devait juste trouver le bon moment pour le lui demander.

Elle servit des thés à la menthe et du Butterkuchen à deux clients puis jeta de nouveau un coup d'œil par la vitrine. Les Lightner faisaient zigzaguer leur pimpante petite voiture entre les blocs de béton en direction du poste-frontière de l'Est, à une cinquantaine de mètres dans Friedrichstraße. C'était injuste. Ils n'étaient même pas berlinois et pouvaient circuler à leur guise, alors qu'elle était coincée de ce côté et Olivia de l'autre.

Kirsten avait attendu des lustres dans la cour du café la nuit où ils devaient s'échapper, surveillant la trappe et s'attendant à ce que sa sœur et Hans en surgissent. Mais cela ne s'était jamais produit. Dieter avait fini par arriver et lui avait expliqué ce qui s'était passé.

— Et Olivia ? avait-elle demandé, fondant en larmes. Que va-t-il lui arriver, maintenant ?

Dieter lui avait raconté qu'il l'avait vue sortir des toilettes avec leurs professeurs puis retourner dans le théâtre. Il lui avait assuré qu'elle ne semblait courir aucun danger, mais Kirsten n'en était pas convaincue. Elle avait rencontré ce Klaus, et le fait qu'il surveille sa sœur lui faisait redouter le pire. Ils devaient la faire sortir, mais la diminution du nombre d'issues restreignait le champ de leurs possibilités.

— J'y travaille, lui répétait Dieter inlassablement, mais chaque jour, de nouveaux pans de mur s'élevaient et d'autres gardes arrivaient.

Les appartements situés de l'autre côté de la Bernauerstraße étaient désormais vides. Selon certaines rumeurs, ils allaient être rasés pour aménager un « couloir de la mort ».

— Quel gâchis ! s'était emportée Gretchen lorsqu'elle avait appris la nouvelle. Quel stupide et inutile gâchis. Ils n'ont pas vu mes papiers peints ? Je les ai achetés au KaDeWe !

Kirsten n'était pas certaine que ses papiers peints soient la véritable raison de la contrariété de sa tante, mais elle comprenait son point de vue.

— Fraülein ?

— Désolée.

Kirsten se ressaisit et prit la commande du client. Lorsque celui-ci fut retourné s'asseoir auprès de ses amis, elle se força à réexaminer le formulaire qu'elle avait rangé sous le comptoir et le relut pour la cinquantième fois au moins. Elle avait beau avoir examiné et réexaminé sa candidature, elle craignait toujours d'avoir commis une erreur. Elle ne serait sans doute pas intégrée à l'université si elle avait commis une faute sur le formulaire. Sa candidature serait aussitôt rejetée et elle ne pourrait présenter le portfolio que Gretchen et elle avaient passé un temps infini à constituer.

Elle se frotta les yeux et jeta un coup d'œil à l'horloge. Ce dimanche soir, le café était calme. Elle aurait aimé fermer la boutique et rentrer chez elle pour se reposer, mais Frau Munster n'aurait sans doute pas apprécié.

— Que se passe-t-il, là-bas ? demanda l'un des clients installé près de la vitrine.

— Lightner se dispute avec les gardes, commenta un autre client. J'ai l'impression qu'ils ne veulent pas le laisser passer.

Une voiture de l'état-major s'arrêta dans un crissement de pneus devant Checkpoint Charlie, et les clients du café se pressèrent contre la vitrine pour voir le *provost marshal* des États-Unis en sortir, éclairé par le faisceau des projecteurs des troupes de l'Est. Les sentinelles présentes dans la petite cabane blanche élevèrent le ton et passèrent de nombreux appels radio, puis deux véhicules blindés surgirent. Huit GI en sortirent, fusil à l'épaule, et s'approchèrent de la Coccinelle de Lightner et de la voiture du *provost marshal*.

— Est-ce que cela veut dire que nous sommes en guerre ? demanda une jeune fille.

Kirsten aurait aimé que quelqu'un la contredise, mais personne ne le fit, car quatre chars américains équipés d'énormes canons pointés vers la Friedrichstraße, parallèlement aux vitrines du café, s'arrêtèrent juste derrière Checkpoint Charlie. Elle était inquiète pour Olivia, mais tout à coup, elle-même se retrouvait au centre d'un affrontement. Les Lightner continuaient de se disputer âprement avec les gardes de l'Est, puis Dorothy, l'air énervée, sortit de la voiture. Deux GI la raccompagnèrent en direction de la cabane du checkpoint. Elle les remercia et, au grand ravissement de tous, entra dans le café. Les clients s'écartèrent aussitôt pour lui livrer le passage et Kirsten s'avança au-devant d'elle pour l'accueillir.

— Désirez-vous boire quelque chose ? lui demanda-t-elle.

Elle dut admettre que, malgré la présence intimidante des chars, la situation était exaltante.

— Un schnaps, s'il vous plaît, ma chère, répondit Dorothy. Un double. Ces imbéciles d'Ossis refusent de nous laisser aller assister au ballet !

— En ont-ils le droit ?

— Non, affirma-t-elle avec force. Seul un officier soviétique est en droit de nous réclamer nos papiers. Ces Vopos arrogants outrepassent leurs droits. Il faut que cela cesse !

Kirsten ressentit un frisson d'excitation. Le moment était-il enfin venu ? Était-ce le jour où les Alliés allaient enfin intervenir et contester l'existence du mur ? Ester avait dit que celui-ci finirait par tomber. Cela arriverait peut-être plus tôt que prévu. Cependant, si les chars se mettaient à tirer, il serait préférable qu'elle se trouve loin d'ici.

À l'extérieur, les GI s'avancèrent pour former une escorte de chaque côté de la Coccinelle et les Vopos parurent se calmer. Lightner franchit les barrières au volant de sa voiture et descendit lentement la Friedrichstraße, toujours escorté par les soldats.

— Il n'a pas intérêt à aller voir *Giselle* sans moi ! s'exclama Dorothy d'un ton indigné, mais dix minutes plus tard, son époux réapparut.

Le café était désormais bondé et dans la rue il y avait foule. Des journalistes s'efforçaient de trouver le bon emplacement sur la plateforme d'observation et se penchaient par les fenêtres du bâtiment de l'Association de la presse situé en face, pour photographier les soldats armés qui pénétraient à l'Est. C'était un véritable événement. La situation pouvait même apparaître comme une déclaration de guerre aux yeux des Ossis. De nouveau, Allan Lightner fit demi-tour parmi la foule surexcitée, puis se dirigea vers l'Est.

— Quelle mule bornée ! marmonna avec fierté Dorothy. Je voudrais un autre schnaps, s'il vous plaît !

Kirsten la servit rapidement et fut heureuse de voir Frau Munster descendre de son appartement pour se joindre à la foule surexcitée. Sasha serait certainement déçue d'avoir manqué l'événement, mais la situation semblait devoir perdurer.

Évidemment, il y eut de l'agitation autour de la frontière toute la semaine, et les confrontations entre militaires connurent une escalade. Le café ne désemplissait pas, et Kirsten dut travailler tous les soirs. Elle était donc présente lorsque, le jeudi soir, le général Clay, l'émissaire entêté de Kennedy, arriva à la tête d'un convoi de dix chars M48 flambant neufs destinés à s'assurer que ses véhicules militaires pourraient traverser le poste-frontière sans être contrôlés par les gardes de l'Est. Après beaucoup de tergiversations, un officier russe finit par ouvrir à contrecœur les barrières. La première manche semblait donc avoir été emportée par les Américains.

Les Ossis réagirent en braquant leurs projecteurs sur l'Ouest pour que leur lumière aveuglante empêche de voir ce qui se passait derrière. Le général Clay, qui avait fait de la petite cabane située à proximité du Café Adler son cheval de bataille, fit alors installer sur un camion américain un projecteur si puissant que les Vopos reculèrent, protestant parce qu'ils étaient éblouis et plaçant une main en visière au-dessus de leurs yeux. L'appareil consomma tant d'électricité qu'il épuisa le réseau et que toutes les lumières de la Friedrichstraße s'éteignirent. Kirsten et Sasha se précipitèrent pour allumer des bougies dans le café, mais peu de temps après, les Ossis éteignirent leurs projecteurs et Clay renvoya le sien. La deuxième manche revenait également aux Américains. Tout Berlin était en ébullition, et les habitants étaient convaincus que la question du mur de la honte allait enfin être résolue.

Le vendredi, journée qu'elle consacrait habituellement aux devoirs, Kirsten se leva tôt pour se mettre au travail, mais Frau Munster lui envoya un message disant que les Ossis étaient également équipés de chars, désormais, et que la journée risquait d'être agitée. Comment, dans ces conditions, Kirsten pourrait-elle avoir l'esprit à travailler ?

— Je vais y aller ! déclara-t-elle.

— Moi aussi, renchérit Uli. Tu as besoin d'aide, au café ?

— Pourquoi pas ?

— Et si c'était dangereux ? gémit Lotti. Et si on vous tirait dessus ? Je ne pourrais pas supporter de vous perdre.

— Qui tirerait sur une serveuse ? répondit Kirsten d'un ton moqueur. Viens, allons-y tous ensemble. Avec Gretchen aussi. Ce sera amusant.

Or la situation était loin d'être amusante.

Au moment où ils arrivèrent, les gardes de l'Est avaient déplacé les blocs de béton disposés en zigzag, remplacés par cinq chars non immatriculés pointés vers Checkpoint Charlie, mais également vers le Café Adler.

— Je ne savais pas que les Ossis possédaient des chars, commenta Lotti.

— Ils n'en ont pas, expliqua Uli. Ce sont des chars russes.

— Russes ? demanda Lotti, qui pâlit.

Uli hocha la tête.

— Ils nous ont expliqué hier à l'école que trente-trois chars T-54 étaient passés par l'avenue Unter den Linden. Un linguiste américain s'est rendu sur place pour essayer de dialoguer. Lorsqu'il a parlé allemand, personne n'a répondu. Mais lorsqu'il s'est mis à parler russe, la réponse a été immédiate. Les Russes sont donc derrière tout ça.

Lotti se blottit contre le mur du Café Adler.

— Pas les Russes !

— Tout ira bien, Mutti, la rassura Kirsten en lui prenant le bras et en désignant le général Clay debout, solidement campé sur ses jambes, devant cinq de ses chars. Les Américains sont là.

— En quoi est-ce une garantie que tout ira bien ?

— Les Russes n'oseront pas tirer sur les Américains.

— Tu en es sûre ?

Au moment même où Lotti posait la question, il y eut un grondement sonore et elles virent d'autres chars s'aligner du côté est. Le général Clay donna aussitôt des ordres aux deux gardes présents dans la cabane, qui s'installèrent devant une radio.

— Oh, mon Dieu, se lamenta Lotti en portant les mains à son visage, nous nous trouvons véritablement sur le front de la guerre froide !

— Mutti, il vaut mieux que nous rentrions.

Kirsten les guida à l'intérieur du Café Adler et joua des coudes pour rejoindre le comptoir, où Frau Munster servait les clients en hâte.

— Kirsten, Dieu merci ! J'aurais besoin que tu me coupes trois parts de roulé aux fraises, que tu vides la machine à café et que tu disposes de ces cookies américains sur une assiette. Ils n'ont pas très bon goût, mais le groupe qui est là-bas semble en raffoler.

— C'est peut-être la fin du monde, et elle se soucie de cookies ! commenta Lotti.

— Mutti, chut !

— Et s'ils larguent une bombe nucléaire ?

— Alors nous la recevrons tous, et autant que tu en profites pour manger une part de gâteau, intervint Gretchen. Allez, sœurette, assieds-toi et laisse ces personnes faire leur travail.

Kirsten fut soulagée de laisser sa tante s'occuper de sa mère et se dépêcha d'aller aider Frau

Munster. Elle profita de la présence d'Uli pour l'envoyer ramasser et laver des assiettes et des tasses. D'autres chars arrivèrent et, bientôt, il y en eut une vingtaine de chaque côté, leurs canons dirigés les uns contre les autres.

— Les Alliés ne disposent que d'une vingtaine de chars sur place, à Berlin, précisa Uli lorsqu'ils firent une pause d'une dizaine de minutes.

— Ils peuvent en amener d'autres.

— Seulement s'ils parviennent à les faire entrer en DDR par les postes-frontières Alpha et Bravo. Les Ossis pourraient très bien les retenir sur place pendant des jours s'ils en ont envie.

— Alors que les Russes...

— ... peuvent arriver immédiatement de l'Est.

Lotti prit la main de Kirsten.

— Tu sais, n'est-ce pas, que cet intermède dont nous profitons pour manger une part de gâteau et boire un café va se terminer par une victoire des Russes ? Ils vont l'emporter, ils vont déferler sur Berlin-Ouest et ils vont, ils vont...

Elle fondit en larmes et Kirsten se sentit coupable d'avoir entraîné sa mère sur les lieux. Elle avait oublié, dans le feu de l'action, ce que celle-ci avait vécu la dernière fois que les Russes s'étaient emparés de Berlin. Elle la prit dans ses bras.

— Cela n'arrivera pas, Mutti. Même s'ils envahissent Berlin-Ouest, cela n'arrivera pas.

— Qu'en sais-tu, Kirsten ? Tu n'y étais pas. Tu ne sais pas ce que nous avons vécu. Est-ce que tu aimerais perdre ta virginité en étant violée successivement par dix soldats russes ?

— Es-tu sûre qu'elle est vierge ? demanda Gretchen.

— Pourquoi poses-tu cette question ? grommela Lotti.

Uli, qui souhaitait rassurer sa mère, intervint.

— Nous ne sommes pas en 1945, Mutti. Berlin n'est pas isolée. Le monde extérieur nous regarde. Il ne fait peut-être pas tout ce qui est en son pouvoir pour nous aider, mais il nous regarde, et en soi, c'est une protection.

Lotti le regarda avec attention, puis tendit une main vers lui et l'attira à elle pour lui appliquer un baiser sur la joue.

— Depuis quand es-tu aussi sage, mon fils ?

— C'est toi qui m'as tout appris, maman. Ne t'inquiète pas, je te protégerai. Le garçon que tu as eu à la suite d'un viol ne laissera personne s'en prendre de nouveau à toi !

Kirsten, Lotti et Gretchen lui lancèrent un regard admiratif, puis Lotti eut un nouvel accès de larmes, mais entrecoupé de sourires cette fois. Kirsten songea que l'élan passionné de son frère lui avait laissé entrevoir son origine russe pour la première fois, mais elle se garda de révéler le fond de sa pensée. Elle termina son sandwich et retourna travailler. La fin du monde était peut-être proche, mais tout le monde était affamé, et elle n'avait pas le temps de faire une longue pause.

Uli partit raccompagner Gretchen et Lotti pendant que Kirsten continuait son service. Elle servit les clients les uns après les autres, actionnant la machine à café jusqu'à l'épuisement, lorsqu'une voix familière s'éleva au-dessus du brouhaha.

— Des beignets pour un jeune homme affamé ?

— Dieter !

Elle leva les yeux vers lui, ravie, et il se pencha pour replacer une mèche des cheveux de la jeune fille derrière son oreille.

— Tu sembles exténuée, ma pauvre. Veux-tu un peu d'aide ?

— Toujours !

Elle souleva le comptoir et il se glissa au-dessous. Un frisson la parcourut lorsque sa main frôla la sienne, mais le moment était mal venu pour faire preuve de sentimentalisme. Cela faisait cinq mois qu'elle avait flirté pour la première fois avec Dieter, le jour où elle lui avait proposé des beignets, mais depuis, elle avait l'impression d'avoir vieilli de cinq *ans*.

— Sais-tu ce qui se passe, dehors ?

— Pas grand-chose. Des prises de position stratégiques et des démonstrations de puissance, mais personne ne semble prêt à lancer l'offensive. J'ai entendu l'un des journalistes dire que Washington parlementait actuellement avec Moscou, alors prions pour que tout s'arrange.

Kirsten eut une moue de dépit.

— C'est insensé. Deux hommes avides de pouvoir jouent à des jeux stupides alors qu'ils vivent à des milliers de kilomètres de chez nous. Mais c'est *nous* qui subissons la présence des chars.

— Effectivement, présenté de cette manière, cela paraît insensé.

— Penses-tu que les Alliés vont abandonner Berlin-Ouest, Dieter ? Ce serait peut-être plus simple pour eux, non ?

— Oui, admit-il à contrecœur.

— Et s'ils le font, nous deviendrons nous aussi des Ossis, simplement parce qu'ils auront cédé ? Dans ce cas, le mur sera détruit, mais nous nous retrouverons du mauvais côté de la frontière allemande ?

— Il semble que oui.

— Il n'y a rien que nous puissions faire ?

— Rien si cela implique de se faire tirer dessus.

Kirsten grimaça et il la prit dans ses bras.

— Je ne pense pas que cela se produira, Kirsty. Il aurait été facile pour les Alliés d'abandonner Berlin lors du blocus de Staline en 1948, mais ils ne l'ont pas fait. Ils ont approvisionné la ville chaque jour pendant huit mois pour qu'elle puisse continuer à faire partie de l'Ouest, et ils y ont laissé leurs troupes pour protéger nos droits. Pourquoi nous abandonneraient-ils, après tous ces efforts ?

Kirsten leva les yeux vers lui. Ses yeux étaient d'un brun intense, son torse était large, et ses lèvres tout près des siennes.

— Tu le penses vraiment ?

— Oui.

— J'espère que tu as raison, mais si ce n'est pas le cas, Dieter, et qu'ils appuient sur le gros bouton rouge et réduisent Berlin en cendres...

— Oui ?

— J'aimerais t'embrasser.

Il sourit.

— Je pensais que tu n'oserais jamais le demander.

Leur baiser sembla délicieux pendant trois secondes affreusement trop brèves, parce qu'il fut interrompu par Frau Munster qui surgit brutalement, soucieuse de ses bénéfices.

— Bon, ça suffit, s'il vous plaît. Si ce garçon revient pour toi, il peut se rendre utile en coupant les gâteaux.

Elle les sépara d'un air résolu.

— Vous êtes on ne peut plus romantique, lui lança Dieter, qui s'empara cependant d'un couteau. Tout à l'heure, articula-t-il silencieusement à l'intention de Kirsten.

Cela lui permit de supporter deux épuisantes heures de travail supplémentaires.

Enfin, lorsqu'il n'y eut plus de gâteaux, que les machines à café se mirent à gémir et que tous les verres de schnaps eurent été vidés, Frau Munster fut obligée de convenir que la journée avait été excellente.

— Puis-je te raccompagner chez toi ? demanda Dieter à Kirsten.

— J'aimerais beaucoup.

Ils descendirent la Friedrichstraße et se dirigèrent vers le métro, longeant les chars alignés entre les boutiques et les bars du centre de Berlin.

— Tu as entendu ? demanda un journaliste à son caméraman lorsqu'ils passèrent devant eux. Kennedy et Khrouchtchev vont régler la situation. Ce n'est qu'une question de temps.

Dieter et Kirsten s'arrêtèrent.

— Les Russes ne vont-ils pas envahir Berlin-Ouest ? s'enquit Kirsten.

— Je ne crois pas, répondit le journaliste. Et je ne pense pas que les Alliés vont envahir Berlin-Est non plus. Rien ne bougera. Mais si rien ne se passe, nous garderons le *statu quo* et Berlin restera définitivement divisée.

— J'espère que non ! protesta Kirsten.

— En tout cas, cela sera le cas jusqu'à la fin de la guerre froide, ce qui revient au même.

Kirsten le regarda, l'air contrariée, et Dieter l'entraîna plus loin. Ils dépassèrent le dernier char. Un groupe de soldats jouait aux cartes sur le capot et des bouteilles de bière étaient posées contre le canon de la mitrailleuse. En les voyant, Kirsten comprit que le journaliste avait raison. Tout cela n'était qu'une démonstration de force des deux camps en présence, qui allaient ensuite se retirer dans leurs parties respectives du monde en laissant Berlin au centre du conflit.

Khrouchtchev n'était pas séparé de sa famille et pouvait voir ses amis à sa guise. Kennedy n'était pas coupé de la moitié de sa ville, et ne se voyait pas refuser le passage par des soi-disant fonctionnaires qui se délectaient du peu de pouvoir dont ils disposaient. En revanche, les Berlinois souffraient, et même le fait de tenir la main de Dieter dans la sienne ne suffisait pas à consoler Kirsten. Ils se dirigèrent vers la rue coupée en deux dans laquelle elle vivait.

— Je suis inquiète, Dieter, dit-elle. Après tous ces jeux de pouvoir, j'imagine que les Ossis vont encore renforcer la frontière ?

— Tu as raison. J'en ai justement discuté avec mon amie Elke aujourd'hui.

— La jeune fille qui était dans la cuisine, et qui portait un joli béret ?

Il la regarda en plissant les yeux.

— Euh, oui, je suppose. En tout cas, elle a dit exactement la même chose que toi, et elle est pressée de faire sortir sa mère avant qu'il ne soit trop tard. Elle habitait dans le quartier de Staaken et sait qu'il y a un point faible à cet endroit... Une route de campagne sur laquelle il n'y a que des barbelés et qui est peu éclairée.

— Tu penses que tu pourrais la faire sortir par là ?

— Peut-être bien. Je vais aller examiner l'endroit demain.

— Et si tu constates qu'il y a la possibilité de s'échapper, est-ce que tu crois que tu pourrais extraire deux autres personnes ?

— C'est possible, si elles sont rapides, fortes et courageuses.

— Oh, elles sont tout cela à la fois !

— Tu parles de ta sœur et de son fiancé ?

Kirsten lui serra la main plus fortement.

— Je dois faire quelque chose, Dieter. Il faut que je les sorte de là avant que la Stasi...

Elle frissonna et il se pencha vers elle pour l'embrasser doucement.

— Alors, essayons. Je te suis redevable, Kirsty, car mon plan pour faire sortir ta sœur n'a pas fonctionné. Si j'y arrive cette fois, me pardonneras-tu ?

Elle posa un doigt sur les lèvres du jeune homme pour le faire taire.

— Je te pardonne de toute façon. Tu as fait de ton mieux.

Cette fois, ils s'embrassèrent plus longuement et fougueusement.

— Essayons, chuchota Dieter lorsqu'ils interrompirent leur étreinte. Si tu es heureuse, je le serai aussi.

Kirsten éprouvait de l'inquiétude. Elle se faisait du souci pour Olivia, qui était à la merci de la DDR, et se demandait ce qui se passerait si elle était arrêtée au moment où elle tentait de s'enfuir. Mais avaient-ils le choix ?

— Il suffit de découper les barbelés et de courir ? demanda-t-elle.

Il hocha la tête.

— Ce n'est pas un peu fou ?

— Peut-être bien.

Elle contempla la Friedrichstraße, théâtre d'un étalage absurde de matériel militaire.

— Mais j'ai l'impression que toute la ville est devenue folle, alors c'est sans doute le mieux qu'il reste à faire.

39
Olivia

Samedi 9 décembre 1961

— Où as-tu mal ?

L'entraîneur Lang palpa l'épaule d'Olivia.

— Aïe ! gémit Olivia.

— Ici ? Bizarre. Est-ce que tu t'étires correctement ?

— Oui, entraîneur.

— Tu t'échauffes soigneusement ?

— Toujours.

— Tu prends bien tes vitamines ?

— Bien sûr, dit-elle, sachant qu'il valait mieux ne pas montrer la moindre hésitation. Mais j'ai eu l'estomac dérangé la semaine dernière. Cela peut-il avoir une incidence ?

Ce mensonge pouvait être dangereux, mais il l'était moins que la vérité. Sans les vitamines, elle avait l'impression d'être beaucoup plus maîtresse d'elle-même, mais à force, cela risquait de se remarquer. Et cette blessure pourrait causer sa perte.

— Cela m'ennuie de te mettre au repos alors que nous abordons la partie la plus intense de l'entraînement hivernal, grogna l'entraîneur Lang. C'est maintenant que nous accomplissons un travail de fond, Olivia, pour développer ta force en prévision de la prochaine saison.

— Je sais, acquiesça-t-elle. Je suis aussi ennuyée que vous.

Ce qu'elle venait de dire, au moins, était authentique, pour différentes raisons. Elle s'efforçait désespérément de faire profil bas en espérant que Klaus se désintéresserait d'elle. Le mur avait été construit, les Américains et les Russes avaient amené leurs chars au poste-frontière de Checkpoint Charlie, et la DDR avait en quelque sorte gagné – du moins était-ce ce que le *Neues Deutschland* voulait leur faire croire. L'Ouest reculait. Jusqu'à présent, les Alliés avaient fait acte de présence dans la moitié de la ville qu'ils géraient, mais ils en avaient assez. Les capitalistes finissaient toujours par se lasser.

Parallèlement, d'autres « couloirs de la mort » étaient aménagés le long du mur, et de plus en plus de personnes étaient arrêtées parce qu'elles avaient tenté de s'échapper. Hans et elle étaient coincés. À vingt-quatre heures près sans doute, ils auraient pu s'enfuir. Désormais, leur seule chance de s'en sortir était de ne pas se faire remarquer – d'avoir de bons résultats au sein du Dynamo et de rester le couple en or aux yeux de Spitzbart –, mais sans les vitamines cela allait être difficile.

— J'ai entendu dire que Hans Keller était également blessé, ajouta l'entraîneur. Est-ce à cause de ce que vous fabriquez lorsque vous êtes ensemble ?

Elle rougit.

— Non !

Il haussa les épaules.

— Sinon, arrêtez ! Mais en attendant, vous irez chez la physiothérapeute. Elle pourra vous prescrire quelques examens.

— Des examens ?

— Des tests sanguins, notamment. Il faudra peut-être ajuster votre dose. Nos scientifiques s'en occuperont.

— Nos scientifiques ?

— Bien sûr. Tu ne penses pas que nous laissons cela au hasard, Olivia ?

Elle eut l'impression qu'il la regardait avec insistance, comme s'il voulait lui montrer qu'il savait ce qu'elle avait fait. Ou bien était-ce son imagination ?

— Nous saurons tout avec les examens du laboratoire, ajouta-t-il, ce qui confirma ce qu'elle pressentait.

Il avait compris et il lui laissait le choix – reprendre les vitamines ou être prise en défaut.

— Je serai heureuse que ce problème puisse être résolu ! dit-elle avec entrain.

— Oui, mais d'ici là, tu t'entraîneras au sprint.

— Vraiment ? demanda-t-elle.

— Vraiment ! Allez, vas-y.

Olivia leva les yeux au ciel pour la forme, mais fut ravie de rejoindre Frieda et son groupe. Il faisait froid, mais beau, et les athlètes étaient sur le point de s'élancer sur une distance qui lui parut effroyablement longue – deux cents mètres. Cela ne serait peut-être pas douloureux pour son épaule, mais ses cuisses en souffriraient. Elle alla à contrecœur se présenter à l'entraîneur des sprinteurs.

— Tu pourras prendre le prochain départ, Olivia.

— Combien en reste-t-il ?

Il sourit d'un air sadique.

— Six.

— Génial !

Elle regarda les autres terminer leur sprint et revenir à petites foulées jusqu'au point de départ. Non loin, Herr Braun était en train de faire visiter les lieux à quelques dignitaires, et elle constata avec consternation que Klaus se trouvait parmi eux. Il ne l'avait pas sollicitée depuis la visite de Kirsten en octobre dernier, mais elle l'apercevait fréquemment et savait qu'il prenait son temps pour se venger du fait qu'elle ne coopérait pas avec lui. Son estomac se contracta lorsqu'elle le vit se diriger vers elle. Puis elle aperçut Frau Scholz longer la piste, des papiers à la main. Ils semblaient tous deux converger vers la ligne de départ du deux cents mètres.

Elle se mit à s'étirer consciencieusement et, pour une fois, souhaita que les sprinteurs se dépêchent de la rejoindre. Elle chercha Hans du regard, et ce fut alors qu'elle aperçut la silhouette dégingandée qui courait maladroitement le long de la clôture. Dieter !

Son cœur se mit à battre la chamade. Dieter s'arrêta à sa hauteur, massant ses jambes comme pour soulager une crampe. Le regard du jeune homme croisa le sien et elle comprit qu'il souhaitait qu'elle le rejoigne. Mais comment aurait-elle pu le faire ? Elle désigna du coin de l'œil le groupe de dignitaires, en espérant qu'il comprendrait l'allusion, mais le vit avec épouvante sortir un morceau de papier de sa poche et l'agiter.

— Olivia ! la héla-t-il. Olivia Pasternak ?

Olivia eut le sentiment que tout le monde avait tourné le regard dans la direction du jeune homme. Elle vit Klaus s'immobiliser et Frau Scholz également.

— Olivia, par ici ! s'écria-t-il de nouveau.

Avait-elle le choix ?

— Que désirez-vous ? demanda-t-elle avec embarras.

— J'aimerais que vous me signiez un autographe sur cette photo de vous.

Il agita de nouveau le morceau de papier et elle vit qu'il s'agissait d'une coupure de l'article paru sur le « couple en or » dans le *Neues Deutschland* du mois précédent. Il s'agissait d'une bonne ruse, selon elle, mais ne l'avait-il pas déjà utilisée auparavant ? Il ne faudrait pas longtemps à Klaus pour l'identifier et remonter jusqu'à Kirsten. Et rapidement, l'agent de la Stasi viendrait de nouveau l'importuner, après quoi elle se retrouverait sans doute interrogée dans les caves du service de renseignement. Elle en eut la chair de poule.

— Je pense que ce n'est pas une bonne idée, répondit-elle en lui tournant le dos.

Le groupe d'hommes guidé par Herr Braun s'était rapproché, et Klaus s'en détacha. Il posa un regard résolu sur Dieter et marcha droit vers lui.

Sauve-toi, pensa-t-elle. Mais il était trop tard, car Frau Scholz, qui avait fondu sur lui à une vitesse étonnante, l'avait attrapé par le col de sa veste de sport.

— Dites donc, jeune homme, gronda-t-elle d'une voix tranchante. Vous allez me suivre.

Olivia sentit ses jambes se dérober sous elle et, s'affaissant sur la piste, elle se mit à pratiquer un étirement dorsal pour se donner une contenance et se rassurer. Le pire était arrivé. Frau Scholz avait mis la main sur Dieter et ne le laisserait pas partir tant qu'il n'aurait pas avoué. Un fourgon gris emporterait alors Olivia vers les bas-fonds de la DDR. Et Hans également.

Je suis désolée, Hans, pensa-t-elle. Son ami avait été aux petits soins pour elle, et elle l'avait placé dans une situation inextricable.

Dieter se débattait comme un beau diable en hurlant quelque chose à l'intention de Frau Scholz. Il parvint à se libérer de son emprise et s'enfuit en courant. Olivia en fut soulagée, mais la voix perçante de l'éducatrice s'éleva alors au-dessus de la piste.

— Olivia, dans mon bureau ! Tout de suite !

Ça y était. Le couperet était tombé. Olivia se releva à contrecœur, tandis que les sprinteurs l'observaient avec curiosité et que Klaus arborait un petit sourire satisfait, un peu à l'écart des dignitaires en costume.

— Et Hans aussi !

Ils étaient fichus.

Elle atteignit le bureau de Frau Scholz avant son compagnon. Son secrétaire était en meilleur état que la table usée dont elle disposait dans l'ancienne pension, mais demeurait très austère. Il était uniquement orné des armoiries de la DDR et d'une photographie du couple Scholz serrant la main de Walter Ulbricht.

— Assieds-toi.

Olivia se laissa choir sur une chaise, contemplant le sol brun terne de la pièce jusqu'à l'arrivée de Hans. Elle se leva alors d'un bond et se précipita vers lui.

— Hans, je t'aime.

— Moi aussi, répondit-il avec douceur. Que se passe-t-il ?

Il la regarda, puis se tourna vers Frau Scholz, et elle vit à son expression qu'il comprenait ce qui était en train de se produire. Il pâlit, et elle lui serra la main avec autant de force que possible, même si cela ne suffirait pas à éviter qu'ils ne soient séparés dès que Klaus surgirait.

— Ferme la porte, s'il te plaît, Hans.

Hans s'exécuta et Frau Scholz croisa les doigts.

— Cet homme venait de l'Ouest. Il s'agit d'un ennemi de la DDR.

— Ah bon ? demanda Olivia, tentant vainement de se disculper.

Frau Scholz fit un geste pour lui montrer qu'elle n'était pas dupe.

— Tu le sais très bien. Il essayait de te contacter pour te proposer de t'enfuir à l'Ouest. T'enfuir ! Sais-tu que tu es une ingrate ?

— Nous ne...

— Tais-toi ! aboya-t-elle. Vous êtes des instruments de l'État, et nous ne pouvons accepter que vous vous laissiez corrompre.

— Frau Scholz, s'il vous plaît, nous n'avons jamais...

— Silence, idiote ! Je ne peux l'accepter, tu m'entends ! Vous resterez enfermés dans ce bureau jusqu'à ce que nous décidions des mesures à prendre vous concernant. Cela est très décevant, après tout ce que nous avons fait pour vous, ajouta-t-elle en se levant. Je vous conseille de réfléchir avec soin à votre excuse – si vous en avez une – car je suis certaine qu'elle intéressera Ulbricht si celui-ci apprend que son couple en or l'a trahi.

— Nous n'avons...

— Réfléchissez ! rugit-elle. Et repentez-vous !

— Frau Scholz, s'il vous plaît !

L'éducatrice lui jeta un regard glacial et se dirigea vers la porte. Olivia eut le sentiment qu'elle ne pourrait échapper au piège cruel de la DDR. Klaus allait les emmener en voiture jusqu'aux geôles de la Stasi. Ils seraient séparés et disparaîtraient de la circulation. Elle ne reverrait jamais Hans, elle ne reverrait jamais sa famille, elle ne courrait plus, ni ne lancerait le javelot. Elle ne prendrait plus personne dans ses bras, ne rirait plus, n'embrasserait jamais plus. Elle serait soumise à un interrogatoire et devrait avouer ce que bon leur semblait, et ensuite… Ensuite, sa pauvre mère aurait l'une de ses filles de l'autre côté du mur, et l'autre dans la tombe.

— S'il vous plaît, supplia-t-elle de nouveau d'une voix étranglée. Nous n'avons rien fait de mal !

— L'État en décidera, répondit Frau Scholz avec un petit ricanement.

Elle ouvrit la porte, mais, au dernier moment, lança un objet en direction d'Olivia. La serrure cliqueta derrière elle, mais ni Olivia ni Hans n'y prêtèrent attention, parce que Olivia avait attrapé au vol une note manuscrite rédigée d'une écriture soignée par l'éducatrice sur laquelle figurait une adresse, ainsi que la clé de la fenêtre.

— Qu'est-ce…

Hans embrassa doucement Olivia. Il paraissait aussi surpris que la jeune fille, mais en s'écartant d'elle, il souffla un baiser imaginaire vers la porte à l'intention de Frau Scholz et adressa un clin d'œil à Olivia.

— Je peux savoir ce que tu as fabriqué ? demanda-t-il en élevant sciemment la voix.

— Je n'ai rien fait ! hurla-t-elle en retour, tandis qu'ils s'approchaient de la fenêtre. Je n'ai rien fait du tout ! Je ne sais même pas qui était cet homme !

— Lui savait très bien qui tu étais, il t'a même appelée par ton nom…

— À cause du journal. Il devait s'agir d'un fêlé, répondit Olivia d'un ton irrité, continuant à jouer le jeu.

Hans inséra la clé dans la serrure et la fit tourner.

— Les fêlés n'essayent pas d'entraîner les gens à l'Ouest !

— Ce n'est pas parce que Frau Scholz l'a cru que c'était le cas. Je n'ai aucune envie de quitter la DDR !

— Moi non plus. Personne ne nous offrira un entraînement d'aussi bonne qualité que le Dynamo. Et maintenant, je n'y aurai peut-être plus droit, à cause de ce que tu as fait !

Il parlait suffisamment fort pour que le son de sa voix couvre le bruit de la fenêtre lorsqu'il l'ouvrit. Il regarda à l'extérieur. Celle-ci donnait sur une cour. L'endroit était mal entretenu et servait à entreposer tout ce qui pouvait ternir l'image idyllique du club. Sous la fenêtre, une caisse en bois contenait un stock d'haltères.

Olivia poussa un cri de colère lorsque Hans l'aida à grimper sur l'appui de fenêtre.

— Je ne t'adresse plus la parole, si tu le prends comme ça !

— Très bien, alors tais-toi !

Il la rejoignit sur le bord de la fenêtre et, à son signal, ils sautèrent ensemble. Lorsqu'ils se retrouvèrent dans la cour, Hans ouvrit la caisse en bois.

— Qu'est-ce que tu fais ? lui demanda Olivia à voix basse.

— Il ne faut pas que Ma Scholz endosse la responsabilité de notre évasion…

Soulevant un haltère, il l'enveloppa dans une vieille serviette de toilette, brisa la vitre avec, projetant du verre brisé sur le sol de la pièce. Après avoir remis l'haltère et la vieille serviette en place, il referma et verrouilla la fenêtre, puis lui prit la main.

— Maintenant, courons.

Olivia n'avait aucune idée de la manière dont ils étaient parvenus à la bonne adresse – l'angle de la Bergstraße et de la Hauptstraße dans le quartier périphérique de Staaken. Son esprit était trop obscurci par la peur et elle ne put que suivre Hans le long d'un dédale sans fin de petites rues et d'allées.

— C'est à l'ouest, avait-il dit. Donc tant que nous suivons la direction du soleil couchant, nous nous en rapprochons.

Ils s'arrêtèrent dans un jardin et s'assurèrent que la voie était libre avant de s'élancer pour s'emparer de quelques vêtements suspendus sur une corde à linge. Olivia dénicha une robe d'intérieur à carreaux gris hideuse, plutôt courte pour elle, mais heureusement suffisamment large pour ses épaules de lanceuse de javelot. Hans prit une chemise crasseuse et un pantalon dont les genoux avaient été reprisés. Ils se sentirent coupables de prendre des vêtements appartenant à des personnes qui avaient manifestement peu de moyens, mais n'osèrent pas abandonner sur place leurs survêtements du Dynamo pour éviter de les impliquer dans leur fuite. Ils les roulèrent donc en boule sous leurs nouveaux vêtements usagés, puis les jetèrent ensuite dans une poubelle sur la voie publique.

La nuit tomba, et ils furent heureux de se sentir moins exposés. Ils empruntèrent une rue un peu plus large et vérifièrent les directions affichées sur les bus. L'un d'eux menait à Staaken.

— Par ici.

Ils se prirent par le bras, s'efforçant de se mêler aux usagers qui rentraient du travail, tout en vérifiant le nom de chaque rue pour repérer l'une de celles qui figuraient sur leur précieux papier. Olivia s'attendait constamment à entendre un pas de course ou des voix les appelant par leur nom. Cependant, rien ne se produisit, et ils finirent par repérer la Hauptstraße.

— Nous n'avons plus qu'à remonter tranquillement la rue jusqu'à la Bergstraße, puis à attendre sur place.

Olivia hocha la tête. L'attente serait le moment le plus difficile. En DDR, personne ne s'attardait à l'angle des rues et il suffirait d'un voisin un peu fouineur qui appelle la Stasi pour mettre fin à leur escapade.

— Que ferons-nous s'il ne vient pas ? demanda Olivia à Hans.

— Je n'en sais rien. Mais nous ne pouvons plus revenir en arrière, maintenant.

Il avait raison. La seule solution serait alors de s'enfoncer dans la campagne et de tenter de trouver un passage le long des centaines de kilomètres sur lesquels s'étendait la frontière. Mais ils se heurteraient alors à une clôture aussi bien défendue que celle qui divisait leur ville en deux.

— Je suis désolée, Hans.

— Pourquoi ?

— Pour t'avoir placé dans cette situation, pour t'avoir mis en danger.

— Oh, mon amour, soupira-t-il en s'arrêtant et en l'embrassant, avant de la serrer contre lui. Ce n'est pas *toi* qui l'as fait, ce sont *eux*. Tu n'as rien fait de mal en voulant rencontrer ta sœur. Ce n'est pas un crime. Ce sont eux qui en ont fait quelque chose de répréhensible.

— Malgré tout, ce n'était pas un début idéal pour nos fiançailles !

Il laissa échapper un petit cri, moitié rire, moitié sanglot.

— Même si c'était à refaire, je n'hésiterais pas. Je...

— Hans !

Olivia l'attira contre une haie, le cœur battant. Plus haut, éclairé par la lumière argentée de la lune, un jeune homme svelte était appuyé contre un panneau et fumait une cigarette. Le panneau indiquait « Bergstraße ». Il s'agissait de Dieter. Elle regarda Hans. Elle avait du mal à croire qu'ils aient réussi ! Il l'embrassa de nouveau.

— Allons-y tranquillement, Liv. Marchons calmement.

Bras dessus, bras dessous, ils se dirigèrent vers Dieter, qui les salua d'un hochement de tête avec un calme étudié.

— Belle soirée, commenta-t-il.

— Pas mauvaise pour cette époque de l'année.

— Je crois avoir aperçu un blaireau, il y a une minute… Par là.

— Par là ?

— Oui.

— Ah, magnifique. Nous allons justement dans cette direction. Nous allons ouvrir l'œil.

— Oui, cela en vaut la peine. C'est un bel animal. Vicieux, bien sûr, si la situation l'exige, mais il est beau. B'soir.

— B'soir.

Hans entraîna Olivia dans la direction indiquée par Dieter. Ils progressèrent lentement, en examinant la végétation comme s'ils essayaient de repérer un animal nocturne. Il n'y en avait pas, mais ils restèrent silencieux, s'accrochant l'un à l'autre tout en avançant. Rapidement, ils arrivèrent à proximité d'un espace dégagé fermé par une clôture. De l'autre côté, il y avait une petite route pavée, longée par une autre clôture, et au-delà…

La liberté.

Ils entendirent des pas derrière eux et se retournèrent. C'était Dieter, qui sifflotait un air paisible.

— Je suis soulagé que vous ayez réussi à vous enfuir, chuchota-t-il. Vous êtes prêts ?

— Oui.

— La mère de mon amie devrait bientôt arriver. J'ai fait sortir Elke il y a déjà deux mois, et je sais qu'elle est pressée de rejoindre sa fille. Je ne sais pas pourquoi elle a du retard, mais cela n'a pas d'importance. Nous pouvons découper la clôture et partir, et lorsqu'elle arrivera, elle pourra passer par le même endroit que nous.

— Comment… ? demanda Olivia.

Elle s'interrompit parce que Dieter s'était brusquement immobilisé.

Il posa une main sur la clôture, et elle regarda au-delà, en direction de la route pavée. En face d'eux, de l'autre côté de la seconde clôture, deux silhouettes émergèrent d'un bosquet. L'une était celle d'une jeune fille aux cheveux chatoyants, dont les longues jambes étaient revêtues d'un joli jean, et qui portait deux paires de tenailles. L'autre jeune fille était…

— Kirst…

Elle fut interrompue par Dieter qui plaqua une main sur sa bouche avant qu'elle ait pu prononcer son nom en entier.

— Il n'y a pas de temps à perdre. Reculez.

Ils s'exécutèrent et la première jeune fille lança une paire de tenailles avec une précision étonnante au-dessus des deux clôtures. Celles-ci atterrirent aux pieds de Dieter. Il les ramassa, s'approcha de la première clôture et se mit à découper les mailles en ligne droite. Hans se précipita pour lui venir en aide et écarta les fils métalliques pour ménager un passage. Olivia vit que, de l'autre côté, Kirsten et son amie faisaient de même. Elle observa avec appréhension les alentours. Personne.

— Encore deux petites découpes, chuchota Dieter.

Sa main dérapa et il manqua le fil métallique, mais son geste suivant fut plus précis.

— Voilà, c'est suffisant. Allez, foncez !

Hans prit la main d'Olivia et s'accroupit, l'entraînant au travers. Une barbe de fil métallique se ficha dans l'affreuse robe d'intérieur que portait la jeune fille, mais elle tira d'un coup sec, entendit le tissu se déchirer et put se libérer.

— Vite ! murmura Kirsten d'une voix rauque, en tendant les mains dans leur direction.

Ils étaient parvenus au milieu de la route pavée. Olivia eut l'impression d'entendre une voix et un bruit de pas, mais son imagination lui jouait peut-être des tours. Hans atteignit la seconde clôture et la fit passer au travers. Elle tomba dans les bras de Kirsten et entendit l'autre jeune fille rire et s'exclamer « Bienvenue à l'Ouest ! » Elle eut le sentiment qu'ils avaient réussi, qu'ils étaient tirés d'affaire.

Ce fut à cet instant que retentit le coup de feu.

40
Kirsten

Hans s'écroula aux pieds de Kirsten.

— Hans, non ! hurla Olivia en s'arrachant à l'étreinte de Kirsten et en tombant à genoux à côté de lui.

— Je vais bien, dit-il, avant de se lever en titubant. Je n'ai rien.

— Tu n'as pas été touché ?

— Non.

— Mais alors ?

Kirsten se précipita vers la clôture et regarda au travers. Elle vit apparaître la lumière d'un projecteur qui éclaira la silhouette de Dieter. Le jeune homme était recroquevillé sur les pavés de la petite route située à la périphérie de Berlin.

— Dieter !

Kirsten fit un bond vers la trouée de la clôture, mais Astrid l'attrapa et la ramena sous le couvert des arbres.

— On ne peut pas le laisser ! protesta la jeune fille en se débattant.

— Il vaut mieux ne pas y aller, Kirsten. Regarde !

Ils ne voyaient pas grand-chose, car le projecteur était braqué en direction de leurs visages, mais

Kirsten aperçut quelques paires de bottes sous le faisceau lumineux, puis entendit un autre coup de feu.

— Traîtres ! hurla une voix. Nous savons ce que vous êtes en train de faire. Une bonne camarade nous a informés de vos intentions. Vous avez emmené sa fille à l'Ouest !

— La mère d'Elke ! s'exclama Astrid, stupéfaite. Comment a-t-elle pu ?

Elle étreignit l'arbre derrière lequel ils se cachaient, puis se reprit et se tourna vers Kirsten.

— Il ne faut pas rester là !

— On ne peut pas l'abandonner !

Kirsten scruta la silhouette de Dieter. Il ne bougeait pas et du sang s'écoulait du trou qu'il avait à la poitrine, formant une flaque autour de lui. Il les fixa de ses yeux devenus laiteux et leva une main écarlate, témoignant de la vie qui le quittait.

— Restez à l'abri ! articula-t-il. Sauvez-vous !

— Non !

Kirsten n'aspirait qu'à le rejoindre en courant et à le prendre dans ses bras. Elle avait compris qu'il était en train de mourir, mais elle refusait qu'il parte seul, ainsi, sur une route froide, éclairé par un monstrueux projecteur.

— Il faut faire quelque chose, dit-elle d'un ton suppliant aux autres.

Olivia pleurait et Hans paraissait bouleversé. Seule Astrid paraissait avoir recouvré ses esprits.

— Dieter et moi en avons parlé lorsque nous avons décidé d'aider des personnes à s'échapper. Nous avons fait le serment que si l'un de nous était touché, les autres s'en iraient. Inutile d'avoir d'autres victimes. Est-ce que Dieter aimerait mourir dans tes bras ?

— Oui, gémit Kirsten.

— Pas si tu meurs aussi.

Il s'agissait d'une constatation impitoyable. Kirsten se tourna de nouveau vers Dieter, souhaitant qu'il trouve la force de ramper jusqu'à eux, mais elle savait que, s'il bougeait le moindre muscle, ces salauds n'hésiteraient pas à tirer de nouveau sur lui. Ils le laissaient là pour essayer de les attirer à l'Est, pour pouvoir leur tirer dessus également. Elle n'allait pas se laisser piéger. Mais si elle ne pouvait offrir à Dieter le réconfort de ses bras, elle lui offrirait celui de ses mots.

— Tu es un homme bon, Dieter Wohlfahrt ! s'écria-t-elle depuis l'arbre derrière lequel elle s'abritait. Tu es un homme bon, noble et doux. Tu mourras en héros et nous te rendrons hommage. Nous mettrons une croix à cet emplacement, nous reviendrons et célébrerons ta mémoire. Ils ne gagneront pas tant que des personnes comme toi les combattront.

Elle ne sut si son imagination lui jouait des tours, mais elle crut voir un sourire se dessiner sur le visage devenu livide de Dieter.

— Je n'ai pas eu l'occasion de te démontrer mon amour, Dieter, reprit-elle d'une voix forte, mais je l'aurais fait. Et d'autres personnes t'aiment – Astrid, tes amis, ta famille. Je leur dirai, Dieter, que tu as affronté la mort avec courage. Nous ne t'oublierons pas.

Le jeune homme remua et elle se hasarda à se pencher en avant aussi loin que possible. Un autre coup de feu retentit. La balle ricocha sur les pavés.

— Partez ! leur enjoignit-il d'un ton pressant.

Puis ses yeux se refermèrent, et ses mains pleines de sang se relâchèrent. C'était fini.

— Bande de salauds ! s'écria Kirsten à l'intention de la poignée de gardes qui se trouvaient de l'autre côté. Qu'est-ce que cela peut vous faire, que quelqu'un décide de vivre de l'autre côté ? Quel avantage tirez-vous de la mort d'un jeune homme ? Je vais trouver une arme et je vous pourchasserai pour ce que vous avez fait !

— Kirsten, arrête ! lui dit Astrid en la prenant dans ses bras. Chut. Il est parti, maintenant. Il est en paix.

— Pas grâce à eux. Salauds !

Elle fit un pas en avant, mais un nouveau coup de feu retentit.

— Restez où vous êtes ! hurla un garde.

— Je veux que mon ami puisse être enterré ! s'exclama-t-elle. Il n'est pas des vôtres. Il est en terrain neutre.

— Il *est* chez nous. La frontière se situe sur votre clôture. La nôtre est une mesure de sécurité supplémentaire.

Un jeune garde passa à travers l'orifice découpé dans la clôture. Il était pâle et apparut hésitant sous le faisceau du projecteur. Kirsten lui fit un signe de la main. Il la regarda comme s'il était tenté de la rejoindre, mais tous deux savaient parfaitement que s'il s'avançait vers elle, il serait abattu. Au lieu de cela, il se pencha en avant et souleva le corps frêle de Dieter dans ses bras, en le serrant maladroitement.

— Il sera enterré, dit-il d'un ton bourru.

Puis il fit demi-tour et retourna auprès de ses supérieurs. Deux autres gardes se précipitèrent vers les clôtures avec des agrafes métalliques et refermèrent les orifices qui y avaient été découpés. Puis le projecteur s'éteignit, et ils ne virent plus Dieter, englouti du côté est par l'obscurité.

— Non !

Toute colère quitta Kirsten, ne laissant place qu'à la tristesse. Elle s'effondra sur le sol. Dieter était mort, uniquement pour avoir aidé des personnes à s'échapper. Olivia s'accroupit à côté d'elle et la berça.

— Je suis tellement désolée, Kirsten. Tout est ma faute.

— Non, intervint Astrid. C'est faux. Cela aurait pu se produire lorsque Dieter aidait quelqu'un d'autre. Désormais, vous lui rendrez hommage en profitant de la liberté à laquelle il vous a permis d'accéder.

Elle tendit la main à Kirsten, qui la saisit et se laissa entraîner. Olivia et Hans les suivirent. Ils avaient réussi, ils avaient permis à Olivia de s'échapper, mais le prix à payer avait été élevé, et ce fut le cœur lourd que Kirsten reprit la direction de son foyer.

— Kirsty, oh Kirsty ! Je suis tellement soulagée que tu sois de retour. Ce sont certainement tes, euh, invités. Entrez, entrez. Il y a du gâteau et du vin. Gretchen – voici Gretchen – est allée faire des courses pour que nous ayons de quoi vous recevoir pour…

— Mutti, l'interrompit Uli en avançant vers Kirsten et en la dévisageant d'un air inquiet. Tais-toi une minute.

— Pourquoi. Que s'est-il passé ?

— Dieter a été tué, répondit Kirsten, les mots s'échappant avec difficulté de sa bouche. Ils lui ont tiré dessus là-bas, sur la route, et ils l'ont laissé mourir devant nos yeux.

— Oh non ! s'écria Lotti en portant une main à sa bouche. Oh, mon enfant, ma pauvre, pauvre enfant !…

Elle prit Kirsten dans ses bras, lui caressa les cheveux et l'embrassa sur la joue, mais la jeune fille résista. Elle ne méritait pas tout cela. Elle songea que la mère de Dieter ne pourrait plus jamais le tenir dans ses bras, tout cela à cause d'elle et des recherches qu'elle avait effectuées pour retrouver sa mère, dont elle avait appris l'existence au début de cette longue et difficile année. Puis elle se tourna vers Olivia, qui serrait Hans dans ses bras, et jetait un regard hésitant sur le minuscule appartement dans lequel elle allait vivre désormais. Elle se dit alors qu'elle ne devait pas faire preuve d'ingratitude. Elle était la fille la plus chanceuse qui soit. Elle n'avait pas une, mais deux mères. Elle était aimée, elle avait le droit d'aimer, et elle devait profiter de la vie. Pour Dieter.

— Mutti, expliqua-t-elle en s'écartant de nouveau des bras de Lotti. Voici Olivia, ma sœur.

Lotti sourit, libéra Kirsten de son étreinte, et se dirigea vers Olivia. Elle lui prit les mains et l'attira contre elle, en la prenant affectueusement dans ses bras.

— Bienvenue, Olivia. Tu as dû avoir très peur.

Olivia hocha la tête.

— Mais maintenant, reprit Lotti, tu es en sécurité. Tu es avec moi et tu es en sécurité, ajouta-t-elle en l'entraînant vers le canapé, et en faisant signe à Kirsten de les rejoindre. J'ai beaucoup appris cette année. Je ne suis pas une femme intelligente...

— Mutti, tu...

— Chut, Kirsty, laisse-moi parler, s'il te plaît. J'ai beaucoup réfléchi. Cela a été douloureux, mais c'était important, dit-elle en regardant Olivia. Ta mère a dû renoncer à son enfant. Son bébé m'a été confié, et j'en suis désolée. Si j'avais su qu'elle était en vie, je lui aurais rendu sa fille, en tout cas je l'espère, même si je ne peux pas le jurer, car je suis une femme faible. Et Dieu sait combien j'aime ma Kirsten. Elle n'est pas à *moi*, pas vraiment, mais j'espère avoir pris soin d'elle du mieux que j'ai pu, continua-t-elle en frissonnant. Ce qui est fait est fait. Ce sont les leçons que nous tirons du passé qui importent. Je m'engage à prendre soin de toi également, Olivia. Cela est bien peu de chose, compte tenu des souffrances que ta mère a endurées, mais c'est tout ce que j'ai à offrir, et j'espère que tu accepteras.

Elle jeta un regard timide à Olivia.

La jeune fille sourit.

— Je vous en serai très reconnaissante.

— Bon ! s'exclama Lotti en s'essuyant les yeux. Ne sois pas reconnaissante, c'est tellement rasoir ! Profite de la vie, tout simplement.

Elle se tourna vers Hans.

— Il s'agit de ton fiancé, n'est-ce pas ? Quelle chance ! Bienvenue, Hans. Viens, nous allons fêter tout ce qu'il y a à fêter ! Nous devons rendre hommage à Dieter et célébrer votre évasion, votre amour, ainsi que la belle vie qui vous attend, n'est-ce pas ?

Olivia regarda Kirsten.

— Oui, répondit-elle.

Ce fut alors qu'Uli s'avança pour servir le vin comme l'homme accompli qu'il était en train de devenir. Gretchen fit circuler le *Streuselkuchen*, et Lotti se montra aux petits soins pour chacun, les installant et leur fournissant des assiettes. La nouvelle famille de Kirsten fusionnait avec celle qu'elle avait toujours connue, formant une unité plus vaste et plus magique que jamais. Ils n'étaient pas encore tous réunis, mais ils l'étaient dans leur cœur, et un jour, ils se retrouveraient.

41
Olivia

Samedi 23 décembre 1961

— Cesse de t'agiter, tu vas avoir du pollen sur ta robe !

Olivia regarda affectueusement Kirsten qui faisait les cent pas sous le porche austère du bureau d'état civil. Elle aurait pu jurer que sa sœur était plus nerveuse qu'elle, alors que c'était elle qui se mariait.

— Laisse, Kirsten, elle est parfaite.

— Tu en es sûre ? Il a été difficile de faire en sorte que les longues manches soient bien droites, et je ne suis pas sûre que le corsage soit bien ajusté. Je pense que tu as maigri.

Elle regarda Olivia d'un air de reproche. Sa sœur éclata de rire.

— En général, pour une mariée, c'est une bonne chose.

— Pas pour sa couturière.

Olivia sourit et prit Kirsten dans ses bras en ignorant ses cris de protestation.

— La robe est magnifique – en tout point aussi réussie que si mon père l'avait faite.

— Tu le penses vraiment ?

— Oui. Il est tellement fier que tu aies obtenu une place à l'université. Il dit que tu dois travailler dur pour devenir vraiment excellente, et que lorsque le mur sera abattu, vous pourrez monter une affaire ensemble.

— Il a vraiment dit cela ? Nous pourrions avoir notre propre marque. Et l'appeler Pippa.

Elles fondirent en larmes toutes les deux et durent s'écarter l'une de l'autre, car le mascara aurait eu un effet bien plus désastreux sur la robe que le pollen ! Sous son pied, Olivia sentit la pièce de monnaie qu'Ester avait réussi à lui faire parvenir discrètement dans une lettre par l'intermédiaire d'un réseau (un médecin de Stalinstadt, le doyen de l'université Humboldt et sa fille, Astrid) –, cela afin que les siens ne soient pas associés directement à elle. Le fait qu'ils aient pu avoir des ennuis parce qu'elle s'était enfuie avait tourmenté Olivia, et elle avait été soulagée d'apprendre que tout allait bien.

« Nous sommes tristes de ne pas assister à ton mariage, avait écrit Ester, mais si heureux pour toi. Ton père et moi avons trouvé tant de joie à passer toutes ces années ensemble, et tant de force. Je n'aurais pas pu survivre à *cet endroit* s'il n'avait pas fait partie de ma vie, et je ne peux que remercier Dieu que tu n'aies pas à vivre loin de ton mari. »

Olivia regarda à travers la porte à demi ouverte derrière laquelle Hans allait et venait et sourit en se rappelant les derniers mots de sa mère : « Nous serons dans ton cœur pendant la cérémonie, ma chérie, et nous serons aussi en pensée avec toi. »

Cela n'était pas la même chose que s'ils avaient été présents, mais leur amour était suffisamment fort pour qu'elle surmonte leur absence. Elle sourit en pensant à la pièce de monnaie dans sa chaussure. Il s'agissait d'un symbole traditionnel, censé assurer la prospérité financière du couple, et la pièce était un Ostmark, ce qui était une bonne chose. Les autorités souhaitaient peut-être séparer les Allemands, mais ceux-ci savaient comment être là les uns pour les autres.

— Prêts ? demanda l'officier d'état civil.

Olivia hocha la tête et prit le bras de Kirsten. Sa gorge se serra en pensant à Filip. Elle aurait aimé que son père soit là pour l'accompagner le long de l'allée centrale, mais heureusement sa sœur était présente. Uli avait proposé de remplacer Filip, mais si elle avait accepté, elle aurait eu le sentiment de trahir Mordecai et Ben, qui ne pouvaient quitter Stalinstadt. Elle avait donc choisi d'être accompagnée par Pippa, l'enfant biologique de ses parents, et était heureuse de défier les conventions en ce jour particulier.

— *Moi* je veux bien que tu m'accompagnes, Uli, avait dit Hans.

Et Uli avait fièrement accepté d'être son garçon d'honneur.

L'officier d'état civil s'éclipsa dans la salle de réception, puis les portes s'ouvrirent, de la musique s'éleva et Kirsten et elle s'avancèrent côte à côte. Elles n'étaient pas tout à fait alignées, car les enjambées d'Olivia étaient plus longues que celles de sa sœur, mais elles réajustèrent leur position en riant – se disant que cela n'avait pas grande importance, car elles n'avaient plus qu'une dizaine de pas à faire.

— Olivia ! s'exclama Hans, qui s'avança pour lui prendre les mains avec tant de précipitation que l'assemblée éclata de rire. Enfin !

— Cela en valait la peine ?

— Tu es merveilleuse. Mon ange de Noël.

Olivia sourit.

— Je ne suis pas un ange.

— Tu es encore plus belle qu'un ange.

— Hans !

La cérémonie fut brève, mais d'une parfaite simplicité. L'officier d'état civil leur demanda simplement s'ils désiraient se marier, et si leur consentement était libre et éclairé. Olivia répondit d'une voix forte et claire qu'elle voulait épouser Hans, et songea à tout ce qu'ils avaient traversé pour que cela soit possible.

L'officier prononça encore quelques mots, les invita à signer le registre puis à échanger leurs bagues. Ils portaient tous deux leurs bagues de fiançailles à la main gauche, et avaient prévu de porter à la main droite[1] les alliances en or qu'ils avaient achetées grâce à la somme qu'ils avaient obtenue en revendant la bague offerte par Ulbricht. L'officier annonça qu'ils étaient mari et femme et les invités les acclamèrent. Olivia se demanda comment se serait déroulé un mariage à la synagogue, mais Ester lui avait appris il y avait longtemps à ériger une synagogue dans son cœur. Et elle savait que Dieu les bénissait, même si les mots n'avaient pas été prononcés. Puis brusquement, Lotti la surprit en se levant. Elle ajusta sa robe à fleurs et tira un livre de poésie de sa poche.

— Comme nous le savons, les parents d'Olivia et de Hans ne peuvent pas être présents aujourd'hui. Je suis fière de les représenter et de bénir cet adorable jeune couple, et j'aimerais vous lire un poème, annonça-t-elle avec un rire nerveux. Cela ne me ressemble pas, mais j'ai

1. En Allemagne, les alliances sont portées à la main droite.

souhaité le faire. Je vais donc vous lire *Morgen!*[1] de John Henry Mackay, une chanson extraite d'un recueil offert par Strauss à son épouse lors de leur mariage. Je trouve qu'il convient parfaitement à cette journée.

Touchée, Olivia hocha la tête. Lotti se mordit la lèvre, puis plaça le livre à hauteur de ses yeux et lut :

Et demain le soleil brillera de nouveau,
Et sur le chemin que je parcourrai,
Il nous réunira, nous, bienheureux, une nouvelle fois
Au centre de cette terre nimbée de soleil.
Et sur la rive, vaste, baignée de vagues bleues,
Nous descendrons paisiblement, avec lenteur,
Muets, nous nous regarderons dans les yeux
Et en nous s'inscrira le bonheur
du véritable silence.

Émue par la beauté du poème, Olivia sentit les larmes lui monter aux yeux.

— Oh, non, s'affola Lotti. Ai-je commis une maladresse ?

Olivia bondit dans sa direction et lui prit les mains.

— C'était parfait, vraiment ! Merci infiniment ! s'écria-t-elle.

L'assemblée, un petit groupe joyeux constitué de leurs nouveaux amis et de leur famille d'adoption, rit de bon cœur.

Puis il fut temps de se diriger vers l'extérieur et d'affronter l'air glacé de Berlin en décembre. Astrid et les autres étudiants avaient apporté la

1. *Morgen* signifie « Demain ».

bûche traditionnelle devant le bureau d'état civil et l'avaient posée sur un tréteau métallique.

— Devons-nous vraiment la scier ? demanda Olivia. Il fait glacial.

— C'est la tradition, souligna Kirsten. La bûche signifie que le mariage est le fruit des efforts d'un amour mutuel. Et puis, vous devriez en venir facilement à bout, vous êtes si costauds tous les deux.

Olivia dut en convenir, mais elle n'avait encore jamais scié de bûche en étant vêtue d'une longue robe. S'emparant d'une extrémité de la scie à deux poignées, elle s'avança vers le tréteau. Hans se plaça en face d'elle, et ils se mirent à couper la bûche, mais la scie se recourba.

— Allez, les encouragea Astrid, faites un effort.

Ils recommencèrent, mais la scie se courba de nouveau.

— Je croyais que vous étiez deux athlètes de haut niveau ? s'amusa Uli.

Olivia et Hans échangèrent un regard, déconcertés, puis sourirent et inspectèrent la lame de la scie.

— Elle est complètement émoussée, remarqua Hans. Donnez-nous la bonne, bande d'idiots !

Il y eut un éclat de rire général, puis une nouvelle scie flambant neuve leur fut tendue. Il leur suffit alors de quelques passages pour entamer la bûche, puis celle-ci fut rapidement découpée. Les deux parties de la bûche tombèrent au sol et les invités applaudirent.

— On garde la forme, hein, Liv ? plaisanta Hans, en s'approchant d'elle pour la serrer dans ses bras et l'embrasser sous des applaudissements redoublés.

— On garde la forme, confirma-t-elle après avoir repris son souffle.

— Et tout cela sans pilules bleues, non ?

Elle secoua la tête, ayant à l'esprit l'image du Dynamo et des consignes suspectes auxquelles ils étaient soumis. Elle se remémora également Frau Scholz, qui n'avait cessé de veiller sur eux pour les protéger et leur avait sauvé la vie à un moment crucial. Elle avait récemment vu une photographie prise au Dynamo dans le journal et avait aperçu le couple Scholz à l'arrière-plan. L'astuce utilisée par Hans avec la serviette avait fonctionné, et Leonie était saine et sauve, du moins pour l'instant.

Dès le début de l'année prochaine, Hans et elle se rendraient à Hanovre pour s'y entraîner avec Almut Brömmel et son équipe. Ils seraient obligés de trouver du travail et de financer leur entraînement au lieu d'être pris en charge comme au Dynamo, mais cela ne les gênait pas. Suzanne Bauer les avait contactés à plusieurs reprises et leur avait trouvé un appartement. Gretchen avait insisté pour le financer.

— Nous ne pouvons accepter ! avait protesté Olivia.

— Bien sûr que si. J'ai emporté tous les bijoux que je possédais dans cette maudite DDR, et il est bien plus utile que je m'en serve pour que vous ayez un endroit où vivre que pour surcharger mes vieux doigts ! Et puis, j'aurai bientôt une toute nouvelle bague…

Elle avait jeté un coup d'œil vers Heinrich, son gardien de zoo, et celui-ci avait levé les yeux au ciel, l'air heureux. Il avait proposé d'embaucher Uli comme apprenti dès l'été suivant, et la famille semblait retrouver un bel équilibre. Kirsten, Lotti, Uli, Gretchen et Heinrich étaient déjà en train d'envisager de se rendre à Hanovre, et Olivia imaginait les recevoir dans son nouveau foyer.

— Nous l'appellerons « le nid d'amour », avait plaisanté Suzanne. Je vais commander un écriteau.

Olivia avait ri, mais en réalité, elle espérait que Suzie allait le faire. « Nid d'amour » était un nom très fleur bleue, mais comme ils étaient de jeunes mariés, cela n'avait aucune importance.

— Pourrions-nous porter un toast à la santé du jeune couple ? proposa Heinrich.

Olivia soupira.

— Attendez un peu, dit-elle. Nous devons d'abord nous rendre quelque part.

Il y eut une belle procession derrière les mariés magnifiquement vêtus. Les passagers du tramway nord leur sourirent et leur adressèrent leurs vœux de bonheur. Bientôt, ils se rendirent compte que beaucoup d'entre eux se rendaient au même endroit qu'eux, et lorsque Olivia, Hans et Kirsten arrivèrent à proximité d'une étendue de terrain tristement familière, ils furent étonnés de voir qu'une grande foule était déjà présente. Devant, le prêtre, qui les avait vus arriver, leur fit signe d'approcher, et les gens s'écartèrent gentiment pour les laisser passer.

Il s'agissait du jour le plus court de l'année, et le soleil s'enfonçait déjà entre les nuages bas, projetant une lumière dorée sur la croix en bois érigée en mémoire de Dieter Wohlfahrt, et faisait miroiter la plaque en laiton sur laquelle étaient inscrits son nom ainsi que la date de sa mort tragique. Olivia se souvint de l'affreux projecteur des Ossis, qui avait éclairé sa silhouette mourante, et elle chancela, mais Hans s'approcha d'elle et la soutint. Elle passa un bras autour de la taille de Kirsten, et tous trois se tinrent côte à côte tandis que le prêtre s'avançait vers eux.

Il souhaita la bienvenue aux centaines de Wessis qui s'étaient rassemblés pour honorer la mémoire de Dieter. Puis il se retourna en souriant vers la clôture, de l'autre côté de la route pavée, la frontière qui coupait Berlin en deux, et prononça des mots semblables à l'intention de la foule tout aussi nombreuse d'Ossis qui se trouvait en face. Il ne cita aucun nom, conscient que cela pouvait être dangereux, mais à l'avant, Olivia vit un couple en larmes, sans doute les parents de Dieter. Puis, en apercevant ses parents, elle se mit elle-même à pleurer.

— Mutti, chuchota-t-elle. Vati.

« Nous serons là, lui avait écrit Ester. Nous serons de l'autre côté. »

Ils étaient effectivement présents. Et, mieux encore, les parents de Hans les avaient accompagnés. Ses beaux-parents se montraient donc solidaires en s'opposant aux lois qui leur interdisaient de voir leurs enfants.

Des gardes patrouillaient, et Olivia n'osa pas interpeller ses proches, mais tout en s'avançant aux côtés de Hans et de Kirsten pour déposer son bouquet de mariage devant le mémorial consacré au jeune homme audacieux qui avait permis à cette journée d'exister, elle jeta un long regard à Ester et Filip, les vit sourire et sut que cette journée de mariage était pleinement réussie.

Ce fut Ester, sans doute, qui entonna le chant. Ester qui prononça le début de *Douce nuit*, d'une voix légèrement tendue, certes, et entrecoupée de larmes, mais puissante et claire. Aussitôt, la foule se joignit à elle, et les voix s'élevèrent de chaque côté de la clôture, unies dans leur appel au calme et à la paix. Olivia songea au récit de ce que sa mère avait vécu à *cet endroit*, à ce qui avait été infligé avec tant de haine aux prisonniers en ce jour de Noël, et à leur chant empli d'amour, comme celui d'aujourd'hui. Elle songea à Ester qui avait donné naissance à Pippa au sein de cet univers misérable et cruel, et qui s'était vu enlever sa fille. Dans deux jours, ils fêteraient l'anniversaire de Kirsten à l'Ouest, et toutes deux seraient éloignées d'Ester et de Filip, qui venaient de passer dix-huit longues et douloureuses années uniquement pour se retrouver prisonniers d'un nouveau KZ. Mais cette fois, il était à espérer que le monde ne permettrait pas que cette situation perdure.

Le mur les avait séparés, mais ne les avait pas divisés, et il tomberait. Il tomberait, tout comme Auschwitz était tombé. Le mal ne pouvait persister tant qu'on lui résistait, et alors qu'Olivia soufflait un baiser secret en direction de sa famille par-dessus la clôture, les premiers flocons de neige se cristallisèrent autour d'eux et se mirent à tomber sans distinction, à l'Est comme à l'Ouest.

Épilogue
Ester

Auschwitz-Birkenau, printemps 1990

La voiture s'arrête au moment où les premières lueurs de l'aube prennent des teintes roses et orange incongrues au-delà des épais barbelés entourant Auschwitz-Birkenau, et j'observe l'univers obscur qui s'étend devant moi.

— Tu es sûre, Mutti ? me demande Olivia, assise au volant, en se tournant dans ma direction.

Je n'en suis pas sûre du tout. La peur s'empare de moi, me faisant frissonner comme à l'époque les poux, les rats, la fièvre du typhus, mais nous ne sommes pas en 1940. Nous ne sommes pas non plus en 1960, mais en 1990, et Auschwitz est devenu un musée. Au moins aux yeux de la plupart des gens.

— Tout le monde a le droit de connaître l'endroit où il est né, même si c'est ici, dis-je.

Assise à l'arrière, Kirsten pose une main sur mon épaule, mais il m'est difficile de sortir de l'habitacle aseptisé de la voiture.

— Il n'y a plus de portes, désormais, prononce avec calme la voix d'une jeune fille. Personne ne peut plus t'enfermer, Oma.

Je me retourne. Je souris.

— Tu as raison, Pippa, ma chérie. Merci.

Je vois Kirsten tapoter le genou de sa fille. Elle a été ravie, après la naissance de ses jumeaux, de mettre au monde une fille. Elle m'avait écrit qu'elle était très heureuse d'avoir eu une Pippa, et j'avais eu le sentiment que le prénom que je lui avais donné avait dû lui peser, ce qui m'avait chagrinée. Car il lui avait été attribué par une femme que Kirsten ne connaissait pas. Mais sa propre enfant, née après le conflit, nous avait permis de concrétiser le lien qui existait entre nous.

— Allez, déclare Pippa en bondissant de la voiture avec toute l'insouciance de ses dix-huit ans. Maintenant que nous sommes là, allons-y.

C'est facile, pour elle. Elle a grandi en jouissant d'une précieuse liberté à Berlin-Ouest. Elle a vécu avec ses parents dans le quartier du Tiergarten, non loin du zoo où oncle Uli s'occupe de la maison des singes, et où Oma Lotti et Großetante Gretchen vivent avec leurs seconds maris. Elle est l'enfant de David Bowie et de Whitney Houston, avec ses tee-shirts *tie and dye,* ses minijupes froncées et ses jeans délavés. Cette Pippa-là n'a pas connu les difficultés du rationnement, de la conscription, ni la vie derrière un rideau de terreur. Dieu merci.

Mes deux filles se sont forgé une belle existence à l'Ouest. Olivia a participé à la compétition de javelot aux Jeux olympiques de Tokyo, Hans y a concouru également, et nous avons hurlé de joie en les regardant sur le poste de télévision qu'ils nous avaient envoyé. Hans a mené une merveilleuse carrière d'entraîneur et Olivia a ouvert un club de sport pour les enfants défavorisés de Hanovre, dont elle dirige aujourd'hui des filiales dans plusieurs villes d'Allemagne.

Kirsten est devenue une styliste célèbre dans toute l'Europe pour ses superbes vêtements pour enfants, que Jorgie, l'adorable photographe qu'elle a épousé, a rendus célèbres. Ils nous ont envoyé de superbes photographies de nos petits-enfants, qui sont tous très chics et, plus important encore, qui ont l'air très épanouis. Et naturellement, Filip suit chacun de ses défilés, découpe tous les articles qui parlent de ses créations et s'extasie devant toutes les chemises et les vestes qu'elle lui envoie.

— Regarde la couture, répète-t-il toujours, admiratif comme le premier – et unique – jour où il l'avait rencontrée avant aujourd'hui.

Je suis certaine que sa couture est très finement réalisée, mais je m'intéresse toujours au logo figurant sur l'étiquette – un petit numéro noir qui avait été effacé de son aisselle, mais qui avait marqué sa vie. Un signe issu de l'endroit que nous nous apprêtons à visiter.

Kirsten m'aide à descendre de la voiture. Il m'est impossible de faire demi-tour, maintenant. Nous avons été autorisés à accéder aux lieux de bonne heure, pour éviter la foule, et nous sommes les seuls visiteurs. Nous passons lentement sous l'arche tristement célèbre. Je suis en tête, appuyée sur ma canne, maudissant l'arthrite qui fait souffrir les membres de la femme de soixante-dix ans que je suis devenue. Mais en réalité, ce sont peut-être les souvenirs liés à ce lieu qui me jouent des tours.

Je sais qu'habituellement, il n'y a pas de bruit à cette heure, mais je crois percevoir de nombreux sons. Un chien qui aboie, un garde qui hurle des ordres, un orchestre qui joue à contrecœur une marche grotesque tandis qu'une centaine d'hommes et de femmes épuisés reviennent en claudiquant vers les planches de bois nus qu'ils sont tenus d'appeler des lits. Des relents de dysenterie, de sueur et d'urine me parviennent aux narines, je me remémore le goût de la soupe de navets pourris, je ressens la torture permanente de la soif et j'aperçois dans le ciel au-dessus de nous la fumée noire des vies juives confisquées.

— Oma ?

Pippa me prend le bras et je m'appuie sur elle, m'imprégnant de l'énergie de sa jeunesse, regardant ce lieu à travers ses yeux – de simples alignements de baraquements vides en bois, des clôtures inoffensives et les vestiges effondrés des crématoriums qui dominaient autrefois le camp.

— Par ici, dis-je, et je m'éloigne, mes pas me conduisant infailliblement deux allées plus loin et en contrebas vers le baraquement dans lequel j'ai vécu pendant deux longues années.

J'aurais aimé que Filip puisse m'accompagner, mais le médecin lui a dit qu'il valait mieux qu'il ne parcoure pas une aussi longue distance. Et de surcroît, je ne suis pas certaine que j'aurais supporté le chagrin que lui aurait causé cet endroit. Le mien est déjà trop lourd.

Je jette un coup d'œil derrière moi. Kirsten et Olivia me suivent de près… Mes deux filles, qui sont devenues mères à leur tour. Je sais que d'avoir vu à quel point Filip et moi avons vieilli les a choquées. Mais nous avons été séparés durant vingt-huit ans. Quant à moi, je suis également sous le choc – non à cause de leur apparence, car ce sont deux belles femmes, mais parce que j'ai pris conscience de tout ce que j'avais manqué. Elles ont de petites pattes-d'oie au coin des yeux qui témoignent de moments de jeux avec leurs enfants, de visites au parc, de fêtes d'anniversaire et de spectacles scolaires. Ces rides évoquent aussi les périodes plus difficiles, les vacances, les soirées passées avec leurs époux, et les très nombreux repas familiaux. Tout ce que je n'ai pu vivre.

Si nous avions su, lorsque le mur a été construit au cours de cette terrible nuit d'août 1961, que celui-ci resterait en place jusqu'en 1989, aurions-nous agi différemment ? Aurait-ce été possible ? Même lorsque des laissez-passer furent délivrés dans les années 1980, la DDR nous refusa systématiquement ce privilège, et nous refusions que Kirsten ou Olivia franchissent le rideau de fer. Les listes de la Stasi sont rédigées à l'encre indélébile, et nous ne voulions pas qu'elles courent le moindre risque.

— C'est ici, dis-je en m'arrêtant devant un bâtiment délabré, dont je connais le moindre recoin. Il s'agissait du bloc 24.

Je pose une main sur l'encadrement de la porte, et Kirsten et Olivia se précipitent pour me soutenir, mais étrangement, je me sens maintenant plus forte.

— Ne vous inquiétez pas, leur dis-je en souriant, mes souvenirs sont précis, mais si certains me font mal, il y en a tout autant qui me réinsufflent du courage.

Je fais un pas en avant et, même si je me remémore les odeurs infectes du lieu, ce souvenir est adouci par les paroles d'amour, d'amitié, le soutien dont j'ai bénéficié, et les éclats de rire, même s'ils étaient rares.

— C'est ici que je dormais avec Naomi et Ana, leur dis-je encore en désignant l'endroit. Et c'est là que je gardais la lettre de Filip que Mala Zimetbaum m'avait apportée clandestinement – jusqu'à ce qu'ils pulvérisent le matelas de désinfectant et qu'elle se désintègre. C'est le jour où je me suis rendu compte que j'étais enceinte de toi, Pippa.

— De moi ?

La fille de Kirsten, ma petite-fille, me regarde, l'air perdue.

— Non, pas de toi, ma chérie, de ta mère. Même si la graine qui t'abritait était déjà contenue dans le bébé que je portais, de même que la graine de la génération suivante est déjà en toi. La vie, vois-tu, est toujours prête, et n'attend plus que le moment de s'épanouir.

Je caresse le visage juvénile de Pippa.

— J'avais dix-huit ans, comme toi, ma chérie, lorsque les nazis ont envahi mon pays. Et ta tante et ta mère avaient dix-huit ans également lorsque les Russes, nos soi-disant sauveurs, se sont transformés en tyrans et nous ont séparées en construisant un mur.

Pippa semble inquiète.

— Que va-t-il m'arriver, à moi, selon toi ?

— Dieu est clément, il ne t'arrivera rien d'aussi grave.

Pippa semble réfléchir.

— J'étais à Berlin lorsque le mur est tombé, l'an dernier, Oma, explique-t-elle. J'ai dansé sur ses ruines lorsqu'il a été abattu et que les télévisions ont retransmis les événements de la réunification au monde entier. Est-ce que j'ai bien fait ?

Je pose une main sur sa tête et caresse sa douce chevelure blonde, de la même couleur que la mienne autrefois, même si mes tresses ont blanchi aujourd'hui. J'apprécie le fait de pouvoir enfin prendre mes proches dans mes bras.

— Tu as très bien fait, ma chérie. Lorsque ce mur a été abattu, cet événement n'a pas simplement marqué la fin de la division de Berlin. Il a aussi montré que les dirigeants politiques n'avaient pas le droit d'enfermer des personnes qui n'avaient rien fait de mal. Personne ne devrait avoir le pouvoir de vie et de mort sur les autres. Personne.

Mes filles et ma petite-fille se rapprochent de moi et je détourne le regard des vestiges de mon passé pour le poser sur les personnes qui m'ont accompagnée pour que je les affronte. Toutes les trois me regardent avec amour.

— Les clôtures ont été abattues, et nous devons les laisser à terre. Ta génération devra y veiller, Pippa.

— Nous ferons de notre mieux, Oma.

— C'est pourquoi nous continuerons de vous rappeler pourquoi cela est important. Tu auras peut-être l'impression que nous radotons, mais j'espère que lorsque tu seras agacée par ce que ton Opa et moi te répétons, tu te souviendras de cette visite. Tu te souviendras pourquoi ce que nous disons est important.

— Je m'en souviendrai, promet Pippa.

— Tu es une fille merveilleuse.

J'ai de la chance d'avoir autant de petits-enfants, notamment si l'on pense aux milliers de grands-parents, et de futurs grands-parents, qui sont morts à Auschwitz-Birkenau.

— Je vais vous montrer les wagons à bestiaux dans lesquels ils nous ont transportés ici, leur dis-je. Je vais vous montrer les ruines des chambres à gaz dans lesquelles ils ont tué tant d'entre nous, ainsi que les grands entrepôts où ils triaient nos affaires, pour prendre nos alliances, nos médaillons et parfois nos dents, comme si ces objets avaient plus de valeur que les personnes auxquelles ils appartenaient. Je vais vous montrer les potences sur lesquelles ils pendaient les courageux qui tentaient de s'échapper, et les fils sur lesquels ceux que cet enfer rendait fous allaient s'électrocuter volontairement. Je vais vous montrer tout cela.

Je me sens brusquement submergée par tout ce dont je dois témoigner, alors je les regarde, et je me souviens de ce qui importe vraiment. En prenant les mains de Kirsten et d'Olivia, je les entraîne plus loin à l'intérieur du bâtiment austère.

— Vous voyez cela ?

Je touche le rectangle bas en béton qui court le long du bâtiment.

— Il s'agit de l'endroit le plus précieux de Birkenau.

Kirsten le scrute, l'air perdue, mais Olivia passe respectueusement la main sur sa surface rugueuse.

— Je sais de quoi il s'agit, tu en as parlé dans tes histoires, Mutti. Il s'agit du poêle.

Je ris amèrement.

— C'est ainsi qu'ils l'appelaient, c'est certain, mais il était rare que nous ayons du bois pour l'alimenter, dis-je en désignant à une extrémité un foyer en métal rouillé. Il fallait d'abord allumer ce foyer et la chaleur se propageait le long du tuyau qui se trouve sous le béton. Ah ! Mais nous avions de la chance si le poêle était un peu plus que tiède au toucher.

— Mais il s'agissait de l'endroit le plus précieux malgré tout ? interroge Pippa.

— Oh oui. Parce que c'était ici que les enfants naissaient, que mes bébés sont nés, que vous êtes nées toutes les deux.

Mon regard oscille entre Olivia et Kirsten, et je me souviens des minuscules nouveau-nés parfaitement proportionnés qu'étaient alors ces deux magnifiques femmes d'âge moyen.

— C'est ici, au cœur même d'Auschwitz-Birkenau, qu'ont eu lieu des miracles… Des miracles porteurs d'espoir. Car tant que nous pouvions donner la vie, nous pouvions faire reculer la mort.

Elles s'asseyent autour de moi.

— Mais ensuite, ils nous ont enlevées ? demande Olivia.

— Je pense que l'homme qui a fait cela était mon père, intervient Kirsten.

Son sentiment de culpabilité et sa peine font écho à la mienne, mais elle n'est en rien coupable. Aucune de nous ne l'est.

— Il est arrivé en voiture. Il a fouillé ces planches en bois, juste ici, et t'a emportée comme si tu ne valais pas plus qu'une bague, un collier ou une dent – comme si tu n'étais qu'un autre bien destiné à alimenter la cupidité du Reich. Mais nous t'avions tatouée – il s'agissait d'une affreuse marque malhabile tracée sur la peau d'un nouveau-né, peut-être, mais elle symbolisait l'espoir que tu nous avais apporté, l'espoir de te retrouver un jour.

— Et cela a été le cas, ajoute Olivia. Nos périodes de séparation n'auraient pas dû être aussi longues, douloureuses et complexes, mais c'est terminé, conclut-elle en passant un bras toujours aussi musclé autour de moi.

Kirsten et Pippa se joignent à nous, et cette étreinte nous console des souffrances passées.

— Le mur est tombé, tout comme les barbelés autrefois, et nous pouvons être ensemble et nous aimer sans entraves, poursuit Olivia.

— Nous aimer sans entraves, oui, dis-je. Et c'est le plus beau des miracles.

J'observe le camp de concentration dans lequel j'ai failli mourir, et qui est devenu un témoignage puissant de ce qui peut advenir lorsque nous cédons à la haine.

— Vous voyez, dis-je à mes filles. Mutti a toujours raison.

Elles me regardent d'un air incrédule, et je ris, d'un rire cristallin et joyeux qui retentit au milieu des ruines du camp.

— Je vous avais dit, mes belles, mes merveilleuses filles, comment cela se terminerait, comment cela se termine toujours.

Je me lève et sors du bloc 24, quitte le musée qu'est devenu Auschwitz et m'expose au soleil. Entourée de ma famille, je constate que les sons, les odeurs et les goûts du passé s'évanouissent.

— L'amour triomphe, dis-je en souriant. Notre amour a fini par triompher.

Une lettre de l'auteur, Anna

Chère lectrice, cher lecteur,

Je souhaite vous remercier d'avoir choisi de lire *La sage-femme de Berlin*. J'ai reçu d'innombrables courriers de lecteurs de *La sage-femme d'Auschwitz* l'an dernier, et c'est grâce au message désespéré d'une personne qui aurait aimé savoir ce qu'il était advenu de Pippa que j'ai songé à écrire cette suite. Depuis, beaucoup d'autres lecteurs m'ont posé la même question, et, bien que Pippa et Ester soient des personnages fictifs, je suis heureuse que leur histoire ait autant touché certains de mes lecteurs, au point qu'ils aient eu envie de savoir comment elle se terminait. J'espère que cette suite leur apportera satisfaction. Pour connaître mes dernières publications, il vous suffit de vous inscrire à l'adresse suivante. Votre adresse e-mail ne sera pas divulguée et vous pourrez vous désabonner à tout instant.

www.bookouture.com/anna-stuart

Lorsque je me suis aperçue que Pippa et Olivia allaient avoir dix-huit ans en 1961, l'année de la construction du mur de Berlin, je n'ai pu manquer de saisir cette occasion. Le mur, et la terrible guerre froide qu'il a déclenchée, constitue un événement majeur de l'histoire moderne de l'Europe, et je me suis particulièrement intéressée à la manière dont cette terrible décision politique avait influé sur les existences des individus vivant de part et d'autre. L'occasion de traiter ce sujet à travers Pippa et Olivia, et leurs familles complexes, a posé quelques difficultés, mais le résultat en valait la peine.

Si l'intégration de la Russie stalinienne aux forces alliées en 1941 a permis de vaincre le nazisme, elle a aussi entraîné l'implantation d'un autre régime dictatorial en Europe. La chute du mur de Berlin ayant déjà fait couler beaucoup d'encre, j'étais heureuse de décrire une période antérieure et d'explorer les terrifiants événements qui se sont déroulés autour de sa construction.

J'espère que vous avez apprécié la lecture de ce roman, et si tel est le cas, je serais ravie que vous me donniez votre avis, qui pourra être utile à d'éventuels futurs lecteurs. Je suis par ailleurs toujours heureuse de recevoir des messages de mes lecteurs. Vous pouvez me contacter sur ma page Facebook, sur Twitter, Goodreads ou sur mon site internet.

Je vous remercie,

Anna

www.annastuartbooks.com
facebook.com/annastuartauthor
x.com/annastuartbooks
instagram.com/annastuartauthor

Notes historiques

Comme dans tous mes romans, je me suis efforcée ici de décrire les lieux, les événements et les impressions de l'époque avec autant d'exactitude que possible. Dans ce roman-ci, cependant, j'ai dû me familiariser avec un univers politique et géopolitique complexe. J'espère réellement avoir décrit la situation de Berlin, alors ville occupée, de manière suffisamment compréhensible pour que les lecteurs apprécient l'histoire d'Olivia et de Kirsten sans les avoir ennuyés ! Pour ceux que cela intéresse, je livre ci-dessous quelques détails historiques supplémentaires.

Est et Ouest

Nous sommes en général familiarisés avec les notions d'Allemagne de l'Est et de l'Ouest telles que les deux moitiés du pays étaient configurées après la construction du mur, mais la situation antérieure de Berlin était complexe et difficile à appréhender. J'ai donc été contrainte d'ajouter davantage de « faits » dans le roman que je ne le fais normalement, et je vais ici apporter quelques précisions.

Lorsque l'Allemagne signa sa reddition en 1945, elle perdit le droit de gérer son propre territoire. Elle fut divisée en deux, la Russie obtenant le contrôle de sa moitié est, et les Alliés (la Grande-Bretagne, les États-Unis et, dans une moindre mesure, la France), celui de sa moitié ouest. La frontière entre les deux moitiés était située au centre du pays, mais Berlin se trouvait dans la zone est. Comme il s'agissait de la capitale, elle fit l'objet d'un traitement particulier et fut également divisée en une zone soviétique et une zone alliée (à l'origine, il existait quatre zones, une pour chaque pays allié, mais la Grande-Bretagne, les États-Unis et la France constituèrent rapidement une zone commune).

Les accès à Berlin-Ouest par la route, le chemin de fer ou les voies aériennes continuaient d'être ouverts, même s'il est à noter que seules les voies aériennes figuraient dans les accords officiels. En juin 1948, lorsque Staline tenta d'imposer un blocus berlinois pour s'assurer le contrôle de la ville, seul un pont aérien en permettait donc l'accès. Durant huit longs mois, par le biais du pont aérien, les pays occidentaux ravitaillèrent la population de Berlin-Ouest assiégée *via* des centaines d'avions par semaine. Finalement, Staline comprit qu'ils n'allaient pas abandonner la ville et autorisa la réouverture des routes.

Pendant ce temps, Staline, qui avait pris le contrôle de presque tous les pays d'Europe de l'Est, mettait en place le rideau de fer (un terme employé par Winston Churchill lors d'un discours au Westminster College, dans le Missouri, en mars 1946, mais rapidement adopté à l'échelle internationale) en faisant édifier une clôture, voire un mur, surveillée par des gardes et garnie de barbelés tout le long des frontières avec l'Ouest – ainsi que le long de la frontière interallemande. Par conséquent, Berlin-Ouest devint une minuscule enclave occidentale au sein du bloc de l'Est. Et comme il n'existait pas de frontière matérielle entre Berlin-Est et Berlin-Ouest, il était possible pour quiconque vivait en Allemagne de l'Est – mais aussi au sein des pays du bloc de l'Est avec un minimum d'effort – de se rendre à Berlin-Est en train, en avion ou en voiture et de rejoindre l'Europe de l'Ouest ou tout autre endroit.

En 1961, cette possibilité d'échappatoire commença à poser de grandes difficultés, car des milliers d'Allemands de l'Est quittaient « illégalement » l'Allemagne de l'Est chaque jour. Fait révélateur, la plupart de ceux qui choisissaient de fuir étaient de jeunes professionnels dotés d'un bagage universitaire, si bien que l'Est perdait ses médecins, ses enseignants, ses universitaires, ses scientifiques et ses experts financiers. Cette fuite des cerveaux allait compliquer le fonctionnement économique du pays, et les autorités tentèrent d'y mettre fin à tout prix – notamment en postant des gardes sur les lieux de passage pour arrêter toutes les personnes munies de valises. Elles essayèrent d'interdire toute traversée vers l'Ouest pour y travailler et de taxer lourdement tous ceux qui se déplaçaient entre les deux secteurs. Malgré tout, la population continuait de fuir. Le mur de Berlin – ultime mesure marquant la frontière physique du bloc Est – fut la solution choisie par les autorités. Or sa mise en place devait être effectuée secrètement pour éviter la fuite d'un plus grand nombre de personnes au cours des semaines précédant sa construction.

Le mur

Le mur de Berlin – ou du moins sa version sous forme de clôture barbelée installée avant l'édification de la structure finale – sortit véritablement de terre du jour au lendemain, et surprit presque tous les habitants de la ville. Seuls une poignée de membres de l'élite gouvernementale avaient été informés avant la date du 12 août, à laquelle les premières instructions furent données à ceux qui, à leur insu, allaient exécuter l'opération. Les principaux fonctionnaires du gouvernement apprirent la nouvelle vers dix-sept heures ce samedi-là lors d'une *garden-party* dans les environs de Wandlitz, et personne ne fut autorisé à partir avant que les travaux n'aient commencé. Les responsables de la ville ouvrirent des ordres placés sous scellés à vingt heures et communiquèrent des instructions aux commandants de bataillons à vingt et une heures, tandis que les commandants d'unités ne reçurent leurs ordres qu'à minuit concernant des actions devant se dérouler à une heure du matin.

Naturellement, des rumeurs avaient couru au sujet de la construction d'un mur, et la conférence de presse au cours de laquelle Walter Ulbricht les avait démenties a réellement eu lieu. J'emploie même les mots exacts qu'il a utilisés et que j'ai traduits. Cependant, en coulisse, les préparatifs allaient bon train. Une commission envisageant l'option du mur avait par ailleurs été créée en janvier 1961, vraisemblablement sur une suggestion du leader russe Nikita Khrouchtchev, avec l'accord d'Ulbricht. Cette « Opération rose » au nom opaque fut organisée par Erich Honecker, le secrétaire de la sécurité au sein du Politbüro de RDA, et obtint le feu vert de Moscou début août.

Il y avait tout de même eu quelques indices – en particulier la mention, au Parlement est-allemand le 11 août, de « mesures imminentes destinées à assurer la sécurité de la RDA et à mettre fin à la campagne de *Kopfjägerei* – “chasse aux cerveaux” – organisée, ainsi qu'au *Menschenhandel* – “trafic d'êtres humains” – orchestrés depuis l'Allemagne de l'Ouest et Berlin-Ouest ». Cependant, cela se déroulait en été, et, avec les élections prévues en septembre, personne n'imaginait que quelque chose puisse se passer à l'automne. Cela faisait partie du génie de ce cruel plan.

Honecker avait dû coordonner de nombreux groupes pour faire installer autour de Berlin-Ouest 156 kilomètres de fil barbelé et 43 kilomètres en plein milieu de la ville en une seule nuit. Près de 32 000 hommes furent recrutés auprès de la Nationale Volksarmee (l'Armée populaire nationale), de la Volkspolizei (la Police du peuple est-allemande), des Grenzers (les gardes-frontières), des Betriebskampfgruppen (Groupes de combat de la classe ouvrière) et de la Freie Deutsche Jugend (la Jeunesse libre allemande). Ces hommes furent assistés par un minimum de 8 000 soldats soviétiques, qui les protégeaient pour éviter une rébellion. Des milliers de soldats, comme celui qu'évoque Kirsten dans le roman, furent conduits à Berlin depuis leurs unités situées dans divers endroits d'Allemagne de l'Est sans connaître le rôle qui allait leur être dévolu avant minuit. Ils furent alors envoyés dans les rues de Berlin avec des rouleaux de barbelés.

Quelques rares personnes travaillant dans les services de transport étaient dans le secret, afin de pouvoir se tenir prêtes à fermer les lignes de la S-Bahn et de la U-Bahn (les trains express et le métro) circulant entre l'Est et l'Ouest. De nombreux habitants qui s'étaient rendus à des soirées se retrouvèrent du mauvais côté, et c'est alors qu'apparurent les « stations fantômes » mentionnées dans le roman. Les seuls autres citoyens informés à l'avance furent ceux qui faisaient partie de l'équipe de direction du *Neues Deutschland*, le journal communiste contrôlé par le gouvernement de la RDA. Lorsque les autres membres du personnel du journal furent licenciés à vingt-deux heures, cette équipe réduite à une poignée d'individus resta sur place pour fabriquer une nouvelle édition qui annonçait la fermeture de la frontière. Ce fut presque la seule information donnée sur les nouvelles règles instaurées, y compris pour les gardes-frontières chargés de les appliquer – ce qui permit de prévenir très efficacement et rapidement Berlin de sa nouvelle configuration. Je suppose que le crédit en fut accordé à Honecker pour sa capacité à mettre en œuvre avec une incroyable énergie son détestable plan.

Checkpoint Charlie

Le poste-frontière est peut-être le symbole le plus emblématique du mur de Berlin, mais aussi de la guerre froide. Tout le mérite en revient aux Américains. Contrairement à leurs homologues, qui avaient érigé une vingtaine de mètres plus haut dans la rue un véritable rempart pour marquer la frontière, ceux-ci choisirent de conserver une petite cabane blanche que l'on peut toujours voir aujourd'hui pour en souligner le caractère transitoire – et qui rendit cependant de bons et loyaux services durant vingt-huit ans ! Le Café Adler (actuel

Einstein Kaffee) existe toujours, et son décor initial a en grande partie été conservé. Je vous en recommande la visite. Néanmoins, je souhaite apporter ici une petite précision…

J'ai passé un merveilleux séjour à Berlin pour effectuer des recherches pour ce roman, mais j'ai passé beaucoup trop de temps à observer Checkpoint Charlie, car ce que j'avais sous les yeux ne coïncidait pas avec les événements qui se sont déroulés sur les lieux en 1961 tels que je les relate dans le roman. Le poste-frontière était alors situé au croisement de la Friedrichstraße et de la Zimmerstraße. Cette dernière rue se trouvait à l'Ouest, à l'endroit où la plateforme d'observation mentionnée dans le roman a été construite. Cependant, le panneau annonçant « Vous quittez la zone américaine » se trouve aujourd'hui devant la Zimmerstraße. Cela ne me paraissait pas logique.

Finalement, en observant de magnifiques photographies anciennes du Checkpoint Charlie Museum, qui donne directement sur la rue, j'ai fini par comprendre que le panneau avait été déplacé – sans doute pour permettre de faire des photos plus intéressantes (et certainement aussi pour faciliter la circulation). Il se trouve désormais près de Checkpoint Charlie, et non de l'autre côté de la rue. Si vous avez l'occasion, après avoir lu ces quelques lignes, de visiter cet endroit symbolique, retenez bien ce détail.

Bernauerstraße

Pour moi, cette rue est l'une des plus fascinantes de Berlin, en particulier si elle est replacée dans le contexte historique du mur. Il vaut la peine de s'y rendre pour découvrir les photos et les textes passionnants que l'on trouve sur les lieux à propos de ce qui y est survenu si brutalement le 13 août 1961. La rue marquait depuis longtemps la limite entre les quartiers de Wedding et de Mitte, ce qui en soi était anecdotique jusqu'à ce que Wedding soit attribué aux Français, et Mitte aux Russes, lors du découpage de la ville après la guerre. Malgré tout, même si l'un des côtés de la rue était considéré comme étant situé à l'Ouest, et l'autre à l'Est, la vie continuait comme auparavant. Les membres d'une même famille et les amis traversaient en permanence la rue pour se rendre visite, et de nombreuses veuves de Berlin-Ouest se rendaient quotidiennement sur les tombes de leurs bien-aimés dans le cimetière situé du côté est. La frontière nominale n'avait pas de conséquence... jusqu'à ce que la RDA y installe des barbelés du jour au lendemain.

Plus absurde encore, la véritable frontière était située le long des immeubles de la partie est. La totalité de la rue se trouvait à l'Ouest, les portes des appartements de la partie est donnaient directement à l'Ouest, mais les immeubles étaient placés sur la frontière, et par conséquent se trouvaient techniquement sous le contrôle de la RDA. Les soldats y entrèrent et exigèrent le verrouillage des portes dont ils récupérèrent les clés. Des résidents sautèrent par les fenêtres, depuis des étages de plus en plus élevés au fur et à mesure que les étages inférieurs étaient condamnés par des planches – ce fut notamment le cas de Frieda Schulze, qui apparaît dans le roman. En l'espace de quelques semaines, les appartements furent réquisitionnés, condamnés puis finalement détruits pour aménager les tristement célèbres couloirs de la mort consécutifs à la construction du mur.

Lorsque, en visitant Berlin, j'ai découvert que le stade d'athlétisme était – et se trouve toujours – en haut de la Bernauerstraße, je n'ai pu manquer de tirer parti de ce détail, et j'ai donc placé l'appartement de Kirsten d'un côté de la rue et celui de sa tante, de l'autre. Quand, par la suite, j'ai évoqué la présence d'Olivia dans le stade, j'espère avoir accru le suspense et montré à quel point la coupure créée par le mur était totale, même pour des personnes qui vivaient à quelques mètres de distance.

Faits positifs à propos de l'Est

Je me suis efforcée, dans ce roman, de ne pas présenter l'Est comme la mauvaise partie de l'Allemagne, et l'Ouest comme le « bon » côté. La philosophie qui sous-tend le socialisme/communisme – et qui veut que chacun reçoive un salaire suffisant et équitable en contrepartie de son travail, plutôt qu'en fonction de la valeur subjective de ce qu'il accomplit – a, et aura toujours, un impact puissant. Je pense que la période d'après-guerre en Europe de l'Est a toutefois prouvé – tout comme d'autres tentatives de mise en œuvre d'une politique communiste dans le passé ou à l'heure actuelle – que les êtres humains sont intrinsèquement incapables de faire preuve d'assez d'intégrité pour que cela fonctionne.

Étant donné que l'économie de l'Allemagne fonctionnait déjà relativement bien, que le pays possédait une bonne industrie et que les qualités historiques d'organisation des Teutons constituaient un atout, il était communément admis que, si le communisme devait pouvoir fonctionner au sein d'un peuple, ce serait chez les Allemands de l'Est. Par ailleurs, le régime communiste présentait beaucoup d'avantages, du moins au début. Pour les femmes en particulier, il favorisait l'existence d'une société véritablement égalitaire, dans laquelle garçons et filles faisaient les mêmes apprentissages, avec la même rigueur, afin que tous puissent ensuite exercer un métier et contribuer à la vie domestique de manière équilibrée. L'État fournissait une éducation de qualité aux enfants (avec toutefois une grande part d'endoctrinement) et les femmes étaient encouragées à réussir.

C'est pourquoi l'attitude face à la sexualité était beaucoup plus libre à l'Est, et j'incite tout lecteur intéressé par le sujet à lire l'excellent ouvrage de Kristen Ghodsee intitulé *Pourquoi les femmes ont une meilleure vie sexuelle sous le socialisme ?* L'argument principal défendu par l'auteur est que, dans le cadre des relations traditionnelles à l'Ouest, le sexe est une monnaie d'échange : les femmes ont des relations sexuelles avec les hommes, et en échange ceux-ci les font vivre. Il y a donc un déséquilibre psychologique, car les femmes donnent et les hommes reçoivent. Lorsque cet état de fait disparaît de l'équation, les deux partenaires deviennent égaux au sein de la chambre à coucher, ce qui aboutit à des relations beaucoup plus équilibrées, basées sur la confiance, et de ce fait bien plus satisfaisantes. Bien sûr, je simplifie le propos de l'auteur, mais la lecture du livre vous permettra d'explorer de manière plus nuancée ce phénomène fascinant que je me suis efforcée de décrire à travers la liberté avec laquelle Olivia vit sa sexualité avec Hans.

Je souhaite également évoquer, en ce qui concerne l'Est, que tous les aspects importants de l'existence étaient soutenus par l'État. La santé, l'éducation et la culture – la RDA présentait une grande richesse sur les plans artistique, musical et littéraire – étaient très accessibles du point de vue financier, et chacun était encouragé à en profiter. Il n'y avait pas – ou il ne devait pas y avoir – d'élite. Les médecins vivaient avec des ouvriers et tous allaient ensemble au concert. Malheureusement, bien sûr, ceux qui détenaient le pouvoir se montrèrent incapables d'être fidèles à leur propre doctrine et s'accordèrent des privilèges, ce qui donna naissance à une nouvelle élite toujours aussi corrompue. Je me suis efforcée de présenter Olivia comme une partisane idéale et sincère des meilleurs éléments de l'idéologie communiste, avant que les événements de Wandlitz ne provoquent chez elle une désillusion et ne les mettent, elle et Hans, en danger.

J'ai décrit le complexe de Wandlitz en respectant à la lettre les documents dans lesquels il est évoqué – en citant également le goût d'Otto Grotewohl pour les meubles prussiens et la salle de bains en ébène de Red Hilde. Après la construction du mur, le complexe demeura un lieu fermé et tenu secret, et il est peu probable que des athlètes y aient été invités, même à cette époque, même s'ils relevaient de la responsabilité du commandant de la Stasi. Cependant, il était important que je fasse comprendre à mon personnage, Olivia, et au lecteur, que les dirigeants étaient corrompus – j'espère donc que vous me pardonnerez cette entorse poétique à la vérité historique.

La véritable égalité sociale est un objectif admirable, mais malheureusement, le communisme n'encourage pas ses citoyens à accomplir davantage que le minimum que l'on requiert d'eux. C'est ainsi qu'il alimente la méfiance, qui aboutit à la surveillance. En RDA, sous la houlette de la terrible Stasi, cette surveillance atteignit un paroxysme et une horreur sans précédents, ce que j'ai tenté de montrer au cours de la première scène avec Claudia, puis avec la menace d'emprisonnement dans les mêmes conditions qui pèse sur Olivia. Pour autant, cela ne veut pas dire que de nombreux citoyens sérieux et assidus n'étaient pas dévoués à la cause et ne souhaitaient pas qu'elle puisse aboutir. Beaucoup de Berlinois de l'Est furent enchantés par la construction du mur, comme cela est mentionné dans le roman, car il empêchait les Berlinois de l'Ouest de se rendre à l'Est pour profiter du faible coût des services. Ils pensaient que le mur permettrait au communisme de s'épanouir. Le fait que leurs dirigeants n'aient pas permis à cet objectif de se réaliser et que beaucoup d'entre eux l'aient payé de leur vie est une tragédie.

Fait intéressant, la presse a beaucoup débattu, récemment, du ressentiment éprouvé par les Ossis (le terme utilisé pour désigner les Allemands de l'Est), car après la chute du mur, l'Est fut subordonné à l'Ouest, comme si tout ce qui s'y était déroulé avait été négatif. Beaucoup, encore aujourd'hui, sont fiers d'être des Ossis, et je pense qu'il est important de considérer les événements d'Allemagne de l'Est, mais également ceux qui se sont déroulés dans tout le bloc de l'Est, d'une manière nuancée et prudente. J'espère y être parvenue ici.

Le Dynamo

Le Dynamo Football Club, qui intégra ultérieurement d'autres disciplines telles que l'athlétisme, la natation, la gymnastique et d'autres sports majeurs, était effectivement dirigé par Erich Mielke, le terrible chef de la Stasi, qui était passionné de football et ambitieux. Le complexe sportif existe toujours, y compris l'ancien stade du Dynamo FC, ainsi que les bâtiments centraux d'origine qui apparaissent dans le roman, même si un superbe bâtiment moderne est aujourd'hui venu s'intégrer à l'ensemble.

De jeunes sportifs de talent résidèrent à cet endroit, ainsi que dans d'autres lieux en RDA, et firent l'objet d'un excellent entraînement, assorti de conseils en nutrition et d'une surveillance médicale – mais cela ne s'arrêta pas là. Ce roman n'était pas destiné à décrire en détail la corruption et la manière dont le dopage était employé en Allemagne de l'Est. Le dopage ne s'y développa d'ailleurs réellement que durant les années 1960. Cependant, je tenais à évoquer les « petites pilules bleues » systématiquement administrées aux athlètes afin de décrire leur expérience et de montrer les pressions auxquelles Olivia et Hans étaient soumis pour réussir, initialement pour justifier leur intégration au sein du Dynamo, et ensuite pour assurer leurs propres sécurité et survie.

Stalinstadt

Stalinstadt est une véritable ville, qui fut créée autour des vastes usines sidérurgiques situées sur les rives de l'Oder. Il s'agissait d'une ville socialiste idéale, offrant de multiples services aux familles et faisant la promotion d'une véritable égalité. La ville existe toujours aujourd'hui, sous le nom de Eisenhüttenstadt (« Ville de l'usine sidérurgique »). Elle fut rebaptisée lorsque Staline fut discrédité par ses successeurs (le changement de nom de la ville eut en réalité lieu en 1961 et au début, j'avais intégré ce changement au roman, puis j'ai abandonné cette idée, car cela ne changeait rien au récit).

En effectuant des recherches pour ce roman, je me suis rendue dans cette ville, qui est un endroit véritablement fascinant. En sortant de la voiture, j'ai eu l'impression de faire un bond dans les années 1970 en raison de l'aspect des immeubles, des boutiques et des administrations. Cela dit, les grands immeubles d'habitation, dotés chacun d'une cour verdoyante, et dont l'aire résidentielle ne contenait aucune voiture, offraient une sensation d'espace et de convivialité. C'est pourquoi je comprends que la ville devait être considérée comme un lieu de vie sécurisant et agréable pour des milliers de familles souhaitant prendre un nouveau départ après avoir subi les horreurs de la guerre. Si l'un de mes lecteurs visite Berlin et a le temps de consacrer une journée à cette excursion, la ville n'est pas très éloignée et vaut le détour. Elle représente, peut-être, un témoignage de l'optimisme que suscitait le véritable communisme et offrait une alternative à ses dérives, qui donnèrent naissance à un régime corrompu, délétère et paranoïaque qui coûta à un grand nombre d'Ossis innocents leur joie de vivre, voire la vie.

Dieter Wohlfahrt

Dieter est le seul personnage de ce roman à avoir réellement existé. Le mémorial du Mur comprend un témoignage de son histoire, dans la Bernauerstraße, et je crois qu'une plaque se trouve toujours à l'endroit où une croix a été apposée en sa mémoire, comme je l'évoque (de manière romancée) dans ce livre.

Dieter était, comme je l'ai décrit, un jeune homme dont le père était autrichien, et qui étudiait la chimie à l'Université technique de Berlin-Ouest. Après la construction du mur, il a contribué avec plusieurs autres étudiants à faire sortir des personnes de l'Est, d'abord par les égouts, puis, lorsque ceux-ci furent condamnés, par toute autre issue possible. Il fut abattu le 9 décembre 1961 et laissé pour mort sur le pavé d'une rue déserte du quartier de Staaken – en réalité, il demeura sur place près d'une heure sans que personne ose intervenir. Il fut l'une des premières victimes liées au mur, dont le nombre allait s'accroître notablement. Il fut semble-t-il trahi par la mère de l'une de ses amies étudiantes qu'il avait déjà secourue. Cette histoire tragique semblait en parfaite adéquation avec mon récit de fiction.

J'espère avoir rendu hommage à Dieter et à ses compatriotes, et j'aimerais conclure mes notes en soulignant leur courage face à la persécution et à l'injustice. Le mur de Berlin et tous les drames qui en ont découlé devraient offrir une leçon au monde concernant le mépris inhumain des libertés fondamentales, mais je crains que beaucoup ne pourront l'entendre, ou choisiront de ne pas le faire. Je souhaite que ce roman rappelle que la bonté, la bienveillance et la compréhension devraient guider les décisions politiques au niveau familial, national et mondial, en dépit des dissensions. L'amour ne connaît pas de frontières.

Remerciements

Les premières personnes que je souhaite remercier ici sont Detmar, Penny et Sascha Owen, qui m'ont non seulement gentiment et généreusement hébergée lorsque je me suis rendue à Berlin pour effectuer mes recherches, mais qui m'ont également appris beaucoup de choses et assistée. Ils m'ont conduite jusqu'à Eisenhüttenstadt, où nous avons passé une merveilleuse journée, et ils m'ont fait visiter cette fascinante ville de l'Est, tout en me fournissant une aide précieuse en traduisant des guides, des articles et des panneaux d'information qui m'ont permis de mieux connaître Berlin. Sans leur dévouement et leurs connaissances, ce livre contiendrait beaucoup moins de détails intéressants. Je remercie donc les trois membres de la famille Owen. Je suis également reconnaissante envers Brenda, qui m'a assistée avec fidélité et efficacité dans mes recherches, et sans laquelle je n'aurais jamais retrouvé la position exacte de l'insaisissable Checkpoint Charlie. Merci Brenda, pour ton amitié, ton soutien et ton aide lorsque je n'arrivais plus à m'orienter !

Je remercie également, comme toujours, ma famille et mes amis, qui me soutiennent en permanence. Mais pour ce livre, je voudrais aussi exprimer tout particulièrement ma reconnaissance envers les personnes brillantes avec lesquelles je travaille au sein de cette folle industrie du livre. Je suis très heureuse d'être entourée d'une équipe talentueuse, amicale et pleine d'humour, donc ces quelques lignes sont pour vous !

Je dédie ce roman à ma merveilleuse agente, Kate Shaw, de la Shaw Agency. Elle m'avait répondu dès 2003, lorsque je lui avais envoyé un premier roman très rudimentaire, et avait eu la gentillesse de me dire que mon texte était prometteur et de m'encourager à l'enrichir. Ses conseils éditoriaux judicieux me permirent de perfectionner mon livre au cours des années qui suivirent et, après beaucoup de pourparlers (et la naissance de nos trois bébés respectifs), elle me prit sous son aile en 2010.

Nous n'avons pas réussi à trouver un éditeur pour ce premier roman – une histoire contemporaine – et Kate, heureusement, ne s'est pas montrée réticente lorsque je lui ai dit que j'avais envie d'écrire un roman historique – médiéval ! Elle m'a de nouveau aidée à améliorer mon texte, mais nous ne sommes pas parvenues non plus à trouver d'éditeur. Cependant, l'histoire a plu et j'ai été incitée à proposer un autre texte. Enfin, en 2014, nous avons signé le contrat d'édition tant espéré sous le pseudonyme de Joanna Courtney. Et cela ne s'est pas arrêté là, car grâce à Kate, qui m'a appelée la veille du jour où je devais présenter mon livre en me suggérant de « proposer deux futurs titres », nous avons signé un contrat pour trois livres. Notre parcours éditorial commun venait de commencer.

Il fut long et sinueux, nous menant de la période médiévale aux reines shakespeariennes, puis à la fiction contemporaine et à la création d'un autre nom de plume, Anna Stuart, alter ego qui s'est plongé dans la période infiniment fascinante et fertile de la Seconde Guerre mondiale. Tout au long de cette aventure, Kate m'a accompagnée, m'a offert son expertise éditoriale, ses compétences commerciales et son soutien émotionnel. Cette collaboration ne fut pas toujours un long fleuve tranquille – deux « femmes fortes » ont parfois quelques disputes – mais nous en sommes sorties plus solides et plus unies. Kate, je ne te remercierai jamais assez pour avoir traversé tout cela avec moi, et j'espère continuer à collaborer encore avec toi durant de nombreuses années.

L'éditrice Natasha Harding a également joué un rôle crucial au cours de cette tortueuse aventure littéraire. Il s'agit de l'une des premières éditrices à nous avoir suggéré de proposer d'autres livres, et de celle qui (lorsqu'elle travaillait chez Pan Macmillan) me publia sous le pseudonyme de Joanna Courtney. Ce fut également elle qui m'incita à écrire un roman sur la Seconde Guerre mondiale et je suis extrêmement heureuse de collaborer de nouveau avec elle, quelques années après, chez Bookouture. J'apprécie énormément son sens de l'intrigue, son génie commercial et ses qualités en général. Merci, Natasha.

Enfin, j'exprime ma gratitude à Bookouture ! Quelle merveilleuse maison d'édition ! Je n'ai jamais travaillé avec une entreprise plus proactive, capable d'anticipation, ouverte, agréable et passionnante. Ses membres veillent au succès de ses auteurs, en travaillant dur et en faisant appel à des techniques commerciales efficaces. Chacun y semble aimer véritablement son travail et apprécier la maison. J'adresse donc tous mes remerciements à Jenny Geras et à tous ceux qui travaillent avec elle. Merci à tous, et j'ai hâte d'aborder notre prochaine aventure commune.

14312

Composition
NORD COMPO

Achevé d'imprimer à Barcelone
par CPI Black Print
le 5 janvier 2025

Dépôt légal janvier 2025
EAN 9782290411421
OTP L21EPLN003793-640263

ÉDITIONS J'AI LU
82, rue Saint-Lazare, 75009 Paris

Diffusion France et étranger : Flammarion